我是猫

[日] 夏目漱石 著

焦海利 译

吾輩は猫である

台海出版社

图书在版编目（CIP）数据

我是猫 ／（日）夏目漱石著；焦海利译． -- 北京：台海出版社，2020.5
ISBN 978-7-5168-2535-8

Ⅰ.①我… Ⅱ.①夏… ②焦… Ⅲ.①长篇小说—日本—近代 Ⅳ.① I313.44

中国版本图书馆 CIP 数据核字 (2019) 第 286395 号

我 是 猫
WO SHI MAO

著　　者	[日] 夏目漱石	
译　　者	焦海利	
出 版 人	蔡　旭	
策　　划	亿德隆文化	
责任编辑	曹任云	
出　　版	台海出版社	
地　　址	北京市东城区景山东街20号	
邮　　编	100009	
电　　话	010-64041652（发行，邮购）	
传　　真	010-84045799（总编室）	
网　　址	www.taimeng.org.cn/thcbs/default.htm	
电子邮箱	thcbs@126.com	
发　　行	全国各地新华书店	
印　　刷	三河市天润建兴印务有限公司	
开　　本	880毫米×1230毫米　1/32	
字　　数	320千字	
印　　张	11	
版　　次	2020年5月第1版	
印　　次	2020年5月第1次印刷	
书　　号	ISBN 978-7-5168-2535-8	
定　　价	39.80 元	

序言

　　《我是猫》是夏目漱石的处女作，也是他的代表作。这部作品 1905 年 1 月起在《杜鹃》杂志上连载，颇受好评。

　　夏目漱石（原名夏目幸之助），三十七岁从英国留学归国，任东京帝国大学英国文学教授。因饱受神经衰弱综合征的折磨，决定通过文学创作发泄多年郁愤。然而，他虽然学贯东西，才华横溢，却一时找不到灵感，无从下笔。正在冥思苦想之际，一只黑猫（据说连脚掌心都是黑的）悄然而至。夏目漱石顿时感到灵光乍现，文思泉涌，落笔如神。

　　小说以一位穷教师家的一只善于思索、有见识、富有正义感又具有文人气质的黑猫为主人公，从这只猫的视角观察人类的行为及心理，并以猫的口吻进行叙述。故事以金田小姐的婚事引起的风波为主线，自命清高冥顽不化的苦沙弥、以捉弄人为乐的美学家迷亭、庸俗无为的寒月、张狂的铃木藤十郎、刻板的甘木医生等主要人物轮番登场，上演了一出出令人捧腹的嘲讽剧。

一群穷困潦倒的知识分子面临新思潮，既顺应又嘲笑，既贬斥又无奈，仓皇不知所措，只靠玩世不恭、插科打诨来消磨难挨的时光。他们时刻在嘲笑和捉弄别人，却又时刻遭受命运与时代的捉弄与嘲笑。

小说中的金田老爷是靠高利贷起家的资产阶级的代表，他"穷凶极恶，又贪又狠"，拥有大量的财产。他的"富丽堂皇的金田公馆"，与穷教师苦沙弥的"暗黑的洞窟"形成鲜明对比。他大言不惭地说出自己致富的"秘诀"就是"三绝战术"，即：绝义、绝情、绝廉耻；"只要能赚钱，什么事都干得出来"，把金钱看得比生命还重要。金田老爷凭借自己的财势，成为社会上赫赫有名的人物。他财大气粗，仗势欺人。不谙世事的苦沙弥与他素不相识，只因慢待了他的老婆，他便几次三番兴师动众进行打击报复。奸诈、凶狠可憎的面目暴露无遗。

这部因黑猫触发灵感而写成的惊世骇俗的皇皇巨著，用令人忍俊不禁的幽默笔法描绘了正处在社会转型期的日本社会众生相，淋漓尽致地反映了二十世纪初期，日本中小资产阶级的思想和生活状态，尖锐地批判了明治"文明开化"的资本主义社会，有力地揭露了资产阶级的腐朽，并对当时社会的拜金主义风气进行了辛辣的讽刺。

目录

第一章

我是猫没错，但我是一只会观察会思考的猫。

我是猫。姓名不详。

出生时间和地点不详。不过，对出生的地方我依稀有点印象。那里阴暗、潮湿，我好像正气若游丝地叫唤。正是在那儿，我第一次认识这种叫作"人类"的生物。

很久以后，我才知道我遇到的第一个人类，是一名寄人篱下的书生。据说，这是人类中最坏、最凶残的一伙，相传他们经常抓住我的同胞炖肉吃。不过，当时我年幼无知，并不知道他会把我们炖了。所以当他把我拎起来时，我并不是很害怕，只是感觉有些晕晕乎乎的。

在那个书生的手里稍稍定了定神，我抬起头睁开眼，第一次看到了他的脸，想来这是我有生以来见到的第一个"人类"。那张怪异的脸带给我的惊恐，至今仍记忆犹新。单说他的脸，竟然光滑得毫发未生，简直像一只烧水的壶。

这以后我遇到了很多我们这一种族的猫，再也没见过谁跟他一样有这样的一张脸。他的脸不仅从正中央鼓起来，而且还会经常从下方的洞向外喷出白色的烟雾，那烟雾呛得我难受至极。直到不久前，我才得知，原来这是人类在抽烟。真是匪夷所思。

我刚刚放下戒备想在书生手中安安静静歇一会儿，可突然间，我竟旋转起来，并且越来越快，以至于我完全搞不清楚是他的手在转还是我自己在转。我只觉天旋地转，恶心想吐，正当我绝望之际，只听咚的一声，眼前一黑，失去了知觉。

之后发生了什么，我完全想不起来了。待我苏醒过来，那个书生已经不见了，原本生活在一起的众多兄弟姐妹，还有亲妈也都消失了。我来到了一个完全陌生的环境，跟我先前待的地方一点都不一样。哎，真是怪哉。我想试着从这儿爬出去，但浑身疼得厉害！原来我被那个书生从稻草堆上扔到了一个竹林里。

好不容易爬出竹林，映入眼帘的是个好大好大的池塘。我蹲在池塘边，思量着如何是好，可半天也没想出办法。忽然间我冒出一个念头："如果放声大哭呢？那个家伙会不会回来接我呢？"

"喵——喵——"我连着叫了好半天，可连一个人影都没出现。正在一筹莫展，顷刻间刮起了呼呼的风，寒风掠过水面，我不禁打了个冷战。眼看日落西山，我已经饿得连哭的力气都没有了。现在只要能填饱肚子，要我做什么都可以，可是看样子，我只能靠自己想办法了。

我轻手轻脚地绕到了池塘右边，真是举步维艰。我强忍疼痛，用尽力气终于爬到了一个有人烟的地方。我心想，有人类的地方就会有食物，要是能溜进去，多半能找到点什么填填肚子。

于是，我就从一道篱笆墙的一个洞钻了进去，来到一个院子里。真是谢天谢地，要不是因为这道篱笆墙有个洞，恐怕我会饿死在路旁。至今这个小洞依然是我去拜访隔壁那只小花猫的必经之路。

我虽钻进了院子，可不知道接下来该怎么做。天色越来越沉，又开始下起雨来，我的肚子更饿，也越来越冷。没时间多想了，我只好大着胆子往有光亮、看着应该很暖和的地方爬。这个过程很漫长……现在回想起来，当时我是糊里糊涂钻进了那户人家里去的。

也就是在这个地方，我见到了除那个书生外更多的人类。首先碰上的是一个女仆，她比书生更野蛮。一见面二话不说，就直接掐住我的脖子把我摔出门外。天啊，我当时就觉得这下我肯定要一命呜呼了！我能做的只有两眼一闭，听天由命！

万幸，我居然没被摔死。饥寒交迫激起了我的求生欲，万般无奈之下我只能趁女仆不备再次溜进厨房。结果可想而知，我又被扔了出去。就这样，扔出去了爬进来，爬进来再被扔出去，有四五个来回吧。当时我可是恨死那个女仆了。对了，就在前几天我偷了她的秋刀鱼，算是出了口恶气。

当最后一次我即将被那个女仆扔出去之时，传来这家主人的声音："什么事这么吵嚷？"他边询问边走过来察看。女仆拎着我，对主人说："这只小野猫太可恶了，三番五次爬进厨房，赶都赶不走！"主人将将鼻下两撇黑胡子，端详了我一会儿，说："那就留下吧！"说完转身回房去了。

看上去这家的主人是个沉默寡言的人。那个女仆气哼哼地、无可奈何地把我扔进厨房。就这样，我算在这所房子里安了家，成了其中一分子。

我一天到晚也见不上主人一面，听说他的职业是教师。他每次从学校回来，就一头钻进书房里，几乎从不跨出书房一步。大家都认为他是个了不起的读书人。至少他对外界塑造了这种形象，其实根本不是这回事。

我经常溜进书房，十回有九回都看到他在睡觉，尤其是中午，有时他睡得口水都流到了书上。据说他肠胃不好，消化不良，因此皮肤看上去有点黄，每当他躺在那儿酣睡的时候，活像一具尸体。可他偏又特别贪嘴，每次非要吃到把肚子撑坏为止，然后靠吃很多消化药来缓解，吃完药就继续翻书，读两三页又开始打瞌睡，复又把口水流到书上。也许这就是他的课程安排吧。

我是猫没错，但我是一只会观察会思考的猫。

在我看来，教师这个职业真是十分逍遥。如果我能脱胎为人，一定要选择从事这一行，每天这样睡睡觉打打盹儿，我们猫也会。即便如此，我家这位主人好像并不知足，每次有客人来访，他总要抱怨做教师是如何辛苦。

不过有一说一，自从我在这家落户后，只有主人不嫌弃我。而其他人个个对我没有好脸色，每次见到我都会抬脚把我踢开，至今也没人给我起个名字。为了生存，我只好尽量讨好我的主人，再说也是他同意收留我的。

早晨读报时，我趴在他的膝头卖乖；睡午觉时，我会跳到他后背上。不过千万别误会，这么做并不代表我有多喜欢他，实在是寄人篱下，不得已而为之！

后来，经历丰富了些，我便不那么在意别人的眼光了。我决定早晨睡在饭桶盖上，夜里睡在暖炉上，中午呢，要是晴天就睡在檐廊下。不过最开心的还是夜里钻进这家人的孩子们的被窝里，和他们一同入梦。

所谓"孩子们"，有两个，一个五岁，一个三岁，他们俩睡一张床。我总是想方设法挤到他们中间，寻一个安身之所。如果我运气不好，把其中一个弄醒了，那可就麻烦了。尤其那个小的，品性最坏，哪怕深更半夜也会高声号叫起来："猫来了！猫来了！"我那神经性消化不良的主人就会被吵醒，从隔壁跑来。真的，前几天他还为此用格尺狠狠抽了一顿我的屁股！

和人类在一起生活久了，我越发觉得他们太过随性。尤其是我总是想和他们一起睡觉的那两个孩子，简直就是无法无天！每当他们兴致来了就会把我拎在手里，甚至会用布袋套住我的头，抓起来甩到一边，最难受的是把我塞进灶膛。可是只要我一反击，就会被他们全家追着满屋跑，对我展开全面追捕进行迫害。

就说说前几天吧，我刚在席子上磨了磨我的爪子，女主人就暴跳如雷，坚决不许我进入客厅。即便是我在厨房那间只铺了地板的屋子里冻得浑身发抖，他们也无动于衷。

我十分尊敬斜对面的白猫大嫂。它每次见了我都会说："再没有比人类更冷酷无情的生物了！"白猫大嫂不久前刚生了四只白玉似的小猫咪。听说就在第三天，在那家里寄居的书生，就把四只小猫咪全扔到房后的池塘里了。

白猫大嫂流着泪讲述了事件的来龙去脉，她最后发誓："为了我们猫族的子孙后代能过上温馨美满的家庭生活，一定要向人类宣战，把他们统统消灭掉！"我认为没有比这更有道理的话了。

邻居的猫哥哥杂毛也说："人类完全不懂什么叫所有权。"它越说越气愤。对于我们猫族来说，不管是干鱼头还是鲻鱼肚脐，从来都是谁先发现谁拥有。可人类根本不管你这些。每次我们发现美味，都会被他们掠夺一空。他们仗着自己孔武有力，就巧取豪夺，把本来属于我们的食物抢走，毫无半分愧色。

白猫大嫂住在一个军人家里，杂毛哥的主人是个律师。还好我住在教师家，没有这类麻烦，相比起来我还算是幸运的。只要一天天打发日子就可以了。人类再怎么样也不可能永远繁荣昌盛下去吧！我愿意等候我们猫族时代的到来！

说到任性，我倒想起我家主人因为任性而出粮的事。我家主人似乎在任何方面都没有过硬的本事，可就是喜欢凡事都要插一下手。比如胡诌出了几句俳句就向《杜鹃》①投稿，写点新体诗就寄给《明星》，甚至有时还会写错误百出的英语文章。

他的爱好可谓十分广泛，醉心射箭、学唱谣曲，把小提琴拉得吱嘎乱响。遗憾的是，每件事都稀松平常。不过他只要一干起这些事来就特别投入，连胃病都忘记了，有时一边如厕还一边哼唱谣曲，就连左右邻居给他取了"茅先生"这个外号，他也不介意，依然我行我素，旁若无人摇头晃脑地吟道："吾乃平家将宗盛是也。"大家几乎笑出声来，一本正经地喊道："看呀，原来是宗盛将军驾到了！"

大约在我住进这家一个月后吧，那天刚好发薪水，我家这位主人拎个大包跑回家来。你猜包里都是些什么？他不知为何突发奇想买了一堆水彩画具、毛笔和画画的纸，看样子从今天起他要放弃谣曲和俳句，开始钻研绘画了。

果不其然，第二天他就在书房里废寝忘食，一门心思只顾画画。然而，谁也看不出他画的那些究竟是些什么。看来他自己心里也知道，因此有一天，有一位搞美学的朋友来看他，我听到了他们下面这番对话：

"看别人作画，好像很简单，可我自己一动笔，才知道还真不是那么回事儿！"主人大发感慨。这倒说的是实话。

他的朋友透过金丝边眼镜看着他的脸，说道："那是自然，谁也不可能一开始就能画好。尤其像你这样一个人关在屋里只凭想象作画，当然更画不好了。意大利画家安德烈·德尔·萨托说：'欲作画者，莫过于描绘大自然。天有星辰，地有露华；飞者为禽，奔者为兽；池中金鱼，枯木寒鸦。大自然真乃一幅巨册。'明白了吗？如果你也想画出像样的画，不如去试试写生吧？"

"是吗，安德烈·德尔·萨托还这样说过？我怎么一点儿都不知道！说得太对了，的确如此！"我家主人佩服得五体投地，而他朋友却从金丝边眼镜后露出了嘲讽的笑。

---

① 《杜鹃》是日本明治时期著名诗人正冈子规创办的杂志。正冈子规主要致力于研究和革新俳句、短歌等传统文学形式，提倡创作写实的、具有绘画性的、印象性的俳句。《杜鹃》杂志得到夏目漱石等人的全力支持，大有一统整个俳句诗坛之势，对后世产生了很大影响。

第二天中午，我照例在檐廊下美美地睡午觉。我家主人竟然破例走出书房，在我身后不知一直在鼓捣什么，把我吵醒了。我偷偷把眼睁开一条细缝，只见他被他的朋友奚落之后，听从安德烈·德尔·萨托的教诲正在给我写生。此情此景，不禁让我哑然失笑。刚好我也睡足了，正想伸个懒腰。但突然想到，主人这样用心地画我，我怎好乱动呢？于是我强忍哈欠，一动不动继续装睡。此时他已勾勒出我的轮廓，开始给我的面部着色。

坦率地说，身为一只猫，我算不上仪表堂堂，无论身段、毛发还是五官，都不敢说能强过其他猫。但是我再怎么难看，也不至于是他画的这种怪模样。首先，毛色就不对。我有点像波斯猫，浅灰色带点黄，还有漆样油光的斑纹。这一点我想是毋庸置疑的。可主人涂抹的那都是什么？既不黄，也不黑；不是灰色，更不是褐色。难道是混合色吗？好像也不是。反正我看不出是什么，只能称其为某种颜色了。更搞笑的是，他居然没给我画眼睛。当然了，作为一幅睡态写生画，倒也情有可原。可脸上连个眼睛的轮廓都找不到，那就弄不清到底是睡猫还是瞎猫了。

我暗自想：再怎么学安德烈·德尔·萨托，就凭这个，也拿不出去！不过对主人的这份热忱，我不能不佩服。我本想尽量不动，奈何憋不住想尿尿了。我全身筋肉都绷得难受死了，实在没办法继续忍下去了。万般无奈之下，只好默默对主人说声抱歉了。我双腿用力朝前一伸，脖子往下一拱，打了一个大大的哈欠。我可没法再假装斯文。既然已经打乱主人的构思，索性到后院去方便一下吧！我慢条斯理地爬了出去。随后听到主人气急败坏地大声骂道："混账东西！"

"混账东西"是我家主人骂人时的习惯用语。他丝毫也不理解我忍耐多时的心情，竟然信口骂我"混账东西"，真是太不讲道理了。如果是平日里我趴在他的后背上时，他能多给点好脸色，我倒也不会太计较这种辱骂。可是他素来不会设身处地为我着想，从来不曾做过任何让我高兴的事，就连尿尿也要被他骂一声"混账东西"，这也太霸道了！看来人类对于自己太过自信，总是妄自尊大。如果没有比人类更强大的动物出现，来整治他们一下，真不知今后他们会嚣张到何种地步！

倘若人类的任性妄为仅此而已，尚且能够忍受！然而有关人类干过的缺德事，我可是听到了比这厉害很多倍的。主人家后院有个十坪①大小的茶园，虽不大，却是个幽静向阳的宜人之地。每当孩子们太过吵闹、难以美美地睡个午觉，或者是百无聊赖的时候，我就会溜到那儿，滋养我的浩然之气，这已成为一种习惯了。

在一个金秋十月小阳春之日，风和日丽，午后两点钟，我用过午膳，美美地睡了一觉，然后去室外舒活舒活筋骨，不知不觉来到那个茶园。我嗅着每棵茶树的树根，来到了西侧杉树篱笆墙边，发现一只大黑猫在枯菊上酣然沉睡。看情形它似乎没察觉到我，也可能察觉了，只是没把我放在眼里，依然响着浓重的鼾声，舒坦地做着美梦。擅自闯入别人家院落，居然还能睡得这般安闲，这不能不让我佩服它的胆量。

它是只纯种黑猫。刚过正午的阳光，将耀眼的光洒在它纯黑的毛上，那些绸缎似的毛仿佛燃起了看不见的火焰。它魁梧伟岸，看上去足足大我一倍，一副十足的王者风范。出于赞赏与好奇，我竟然忘乎所以地来到了它面前，目不转睛地看着它。

谁料此刻刮起一阵微风，风掠过伸展到杉树篱笆上方的梧桐枝，两三片梧桐叶随风飘落在枯菊丛中。猫大王猛然睁开眼，不怒自威。那情景我至今都记忆犹新，它那双眼睛远比世人所珍爱的琥珀还要晶莹剔透。它一动不动，深邃的目光聚集在我的小脑门上问："你是什么东西？"

这位猫大王如此出言不逊！可它的声音中蕴含着一股足以吓退猛犬的威力。因此，我战战兢兢又强作镇静地回答："我是猫。姓名不详……至少我自己不知道。"我明显感觉到我的心跳比平时快了好几倍。

猫大王轻蔑地说："你这也能算是猫？你要笑死老子了。那么，说说你住哪儿？"它简直是目中无人。

"我就住在这位教师家中。"我回答。

他接着说："一看就知道是这样！你也太瘦了点吧。"

不愧为猫大王，说话盛气凌人。从言谈举止来看，它不像是有身份人家养的猫。不过看它膘肥体壮的样子，倒像是吃喝不愁、养尊处优的。

---

① 十坪，约三十三平方米。

我斗胆反问一句："请问，怎样称呼您呢？"

它傲慢无礼地回答："我是车夫家的大黑！"

车夫家的大黑在这一带可是家喻户晓的粗俗野蛮。或许就是因为住在车夫家，所以才会像它的主人一样空有力气而没教养，因此，大家都对它敬而远之，没人爱和它交往。我一听它的名字，轻蔑之情就油然而生。但又忍不住想探测一下这家伙的智商，于是问道："在你看来，车夫和教师谁更了不起？"

"当然是车夫啦！看看你家主人，瘦得都皮包骨了。"

"看来是因为你生活在车夫家，所以才这么肥壮了。如此说来，车夫家的条件很不错喽？"

"笑话！我大黑走到哪儿不是吃香喝辣？小家伙，以后别总是在茶园里打转，何不跟着我大黑呢？不出一个月，准保你膘肥体壮，任谁也认不出你来。"

"那就承蒙大黑哥关照了！不过，说到住的地方，我听说教师家可比车夫家宽敞多了！"

"蠢材！房子再大能吃吗？"

它大为光火，两只耳朵像被削尖了的紫竹一样不住扇动，说罢它大摇大摆地走了。

从此，我和大黑经常会面，每次它都会对车夫吹嘘一番。前面提到的"人类的缺德事"，好多都是我从大黑那里听来的。

一天，我和大黑照例在茶园里天南海北地闲聊。它一如既往地对自己那些老掉牙的"光荣史"大吹大擂。而后，它突然问我："你小子至今捉到过几只老鼠？"

论知识，毫不吹嘘地讲，大黑不能和我相提并论。不过若论力气跟胆量，我承认远不及它。这一点我心知肚明，经它这么一问，我还真有些难为情。不过，事实就是事实，容不得弄虚作假，所以我如实答道："虽然一直都很想抓，不过到目前为止还未得手！"

大黑听完哈哈大笑起来，笑得鼻尖上翘起的胡须也跟着一个劲儿乱颤。

从大黑嚣张跋扈的性格上就可以判断出它很肤浅，所以只要你对它的威风表现出心悦诚服，它就成了一只最容易哄骗的猫。和它混熟不久，我就掌握了这个诀窍。像现在这种场合，如果强行为自己辩护，会引它发怒，那简直太蠢了。最好的办法就是对它所吹嘘的"赫赫战功"洗耳恭听，给它戴几顶高帽子。于是我用软话故意挑逗它说："老兄德高望重，一定捉过很多老鼠吧？"

一听这话，它立马吹嘘起来："不算多，也就三四十只吧！"它得意忘形，继续炫耀，"一二百只老鼠，大黑我单枪匹马，手到擒来！不过黄鼠狼那玩意儿，太不好对付了！我和黄鼠狼较量过，可是被害惨了！"

"哦？是吗？"我饶有兴致地问道。

大黑被我的态度鼓舞，双眼放光地说："去年大扫除的时候，我家主人搬一袋石灰刚跨进廊下仓库，突然，一只大个的黄鼠狼蹿了出来。"

"哇！"我作出一副吃惊的样子。

"黄鼠狼这东西比老鼠只大那么一点儿。我认为抓住它简直易如反掌，于是决定乘胜追击，一直把它赶到脏水沟里去了。"

"太厉害了！"我为它喝彩。

"可谁能料到，那家伙情急之下竟然放了一个臭屁！那个味道，搞得我只要一见到黄鼠狼就恶心！"它仿佛又闻到了那股臭味，伸出爪子捂住了鼻子。

看到这样子，我觉得它也怪可怜的，于是继续鼓舞它："不过那些老鼠，只要老哥您一瞪眼就只能坐以待毙了。抓老鼠您可是声名远扬，一定是吃了很多老鼠才会有这样强壮的身体。"

我本意是想讨好一下它，谁知道它竟然叹息起来："想想也很无趣，再能抓老鼠又能怎样？人类是最贪婪不过的，把我们猫捉的老鼠都抢了去送给警察。据说交一只老鼠可得五分钱。警察才不会管是谁抓的。光送老鼠我家主人就赚了一元五角钱。可他从来没为我改善一下伙食。人类全都是强盗！"

谈及往事大黑不禁满面愠色，背毛倒竖，猫眼圆瞪，让我望而生畏。虽说大黑愚蠢，可它也懂得这么深刻的道理。我被它的情绪影响，也有几分不快，于是应酬两句，回家去了。

从此我下定决心不捉老鼠，反正也吃不到嘴里。我也不打算做大黑的跟班，去猎取除老鼠以外的其他食物。与其吃得好，倒不如睡得香。也许在教师的家时间久了，也被传染了懒惰的毛病，说不定一不小心，哪天也会传染上胃病。

说到教师，我家主人最近终于醒悟，自己在画水彩画方面毫无希望。他在十二月一日的日记中这样写道：

"在今日的聚会上，第一次见到了某某。听闻此人放荡不羁，是情场老手。我认为与其说他是被女人喜欢才放荡，还不如说本性如此。据说他老婆是个艺妓，真是羡煞旁人。原来，骂人风流的人，其实是自己没有风流的资本；而那些自命风流的人，也多半是没有资本风流。这类人本来不是非风流不可，却硬要装出一副风流的样子给人看，这就像我画水彩画一样，纯粹是在浪费时间，却要装出一副精通此道的样子，而最终没法毕业。如果以为只要去喝喝花酒、逛逛艺妓茶馆就能成为情场高手，那我也能成为了不起的画家！看来我还是放弃画水彩画的好。与其不懂装懂，标榜自己是行家，还不如做个乡巴佬。"

对主人这种理论，我实难苟同。身为一名教师，居然能说出羡慕别人的老婆是艺妓的话，真是有辱斯文。不过他对自己画水彩画的批判倒是很中肯。只是他虽有自知之明，但终究不能避免要去自我陶醉，于是几天之后他就又在日记里写道：

"昨夜一梦：梦见自己气候难成，放弃了画水彩画。但不知是谁把我的画镶在漂亮的镜框内挂在窗楣上。我顿觉眼前一亮。真乃上乘佳作！我如痴如醉地欣赏，直至天将破晓。睁眼一看，拙劣如昨，在阳光下无可遁形。"

看来我家主人对画水彩画还是念念不忘。可不要说水彩画家，按他的潜质，恐怕就连所谓的风月老手，他也当不成。

在主人梦见水彩画的第二天，那位戴金边眼镜的美学家又来造访。他刚一落座就问："画画得怎么样？"

主人神色自若，答："听从您的忠告，正在努力写生。的确，一经写生，从前未曾留心的物体形状及其色彩的精微变化，似乎都能了然于胸。西方画就因为注重写生，才有今日之成就。安德烈·德尔·萨托真是太了不起了！"他闭口不谈自己日记里的真情实感。

美学家挠挠头笑着说："实不相瞒，那些是我瞎编的。"

"什么？"主人还是没意识到人家是在捉弄他。

"你不知道？就是安德烈·德尔·萨托那番话，是我胡诌的。你竟然那么深信不疑。"美学家捧腹大笑。我在檐廊下听了这段对话，寻思主人会不会将这件事写进日记。

这位美学家竟把捉弄人当乐趣，他丝毫不关心安德烈·德尔·萨托事件会给主人带来什么影响。他更加得意忘形地讲了下面这个故事：

"哈哈，没想到随便几句玩笑就能使人当真，这能产生滑稽的美感，真是有趣。前几天我对一个学生说：'是尼古拉斯·尼克贝劝服了吉本使用英文而不是法语写他的《法国革命》①。'没想到那个学生在日本一百多人的文学研讨会上认真复述了我这句话，更滑稽的是当时与会的所有人竟然听得津津有味。你说可笑不可笑。

"还有更可笑的。不久前，在一个聚会上跟一位著名的文学家讨论起了哈里森的历史小说《塞奥伐洛》，我评论说：'这部作品是我读过的最出色的历史小说，尤其女主人公临死那段，光看文字都觉得毛骨悚然。'坐在我对面的那位'百科全书'先生竟然连连点头附和道：'是呀，是呀！那一段堪称经典。'瞬间我便知晓，那位先生和我一样根本没读过这部小说！"

我那患神经性消化不良的主人瞪大眼问："你信口开河随意杜撰，万一对方真读过呢？"这句话的言外之意岂不是：骗人无所谓，只要不被揭穿就行？

那位美学家面不改色道："真遇到那种情况，就说是跟其他书弄混了，要不就胡扯一通嘛！"说完他哈哈大笑。

虽然这位美学家戴着金边眼镜，可我觉得他跟车夫家的大黑别无

---

① 尼古拉斯·尼克贝是狄更斯小说中的主人公名字，吉本指的写《罗马帝国衰亡史》的英国历史学家爱德华·吉本，他并未写《法国革命》，写《法国革命》的是英国历史学家托马斯·卡莱尔。这几句表明是在胡说八道以捉弄人。

二致。

　　主人吸着他的日出牌香烟，吐着烟圈，多半是在想："我可没有那个胆量。"而美学家看他的那种眼神仿佛在说："所以你才画不了画。"

　　美学家接着说："玩笑归玩笑。画画的确不是件容易事。据说，达·芬奇曾叫他的弟子临摹寺庙墙上的污痕。当你走进五谷轮回之所时若能静心观察墙上漏雨所造成的痕迹，说不定会发现妙不可言的画面。你不妨尝试一下。"

　　"又骗人吧？"

　　"怎么会，这次千真万确！只有达·芬奇才能说出这么精辟的话。"

　　"想想还真是够精辟。"主人将信将疑。但我不认为他真会去茅厕里写生！

　　车夫家的大黑后来变成了癞猫，它原本锃亮的毛也开始褪色并脱落。我曾夸奖过的那双比琥珀还美的眼睛，也已沾满了眼屎。最令我吃惊的是，它的身体越来越瘦弱，意志消沉。我最后一次跟它在茶园见面，问它怎么了，它说："唉，黄鼠狼的屁，鱼贩子的扁担，可把我坑苦了。"

　　曾经微红的枫叶如今三三两两地飘落在赤松林，仿若一个古老的梦。洗手钵旁争奇斗艳的红白二色山茶花，也落英殆尽。洒落在南面六尺回廊上的冬日也已然西斜。寒风萧瑟的日子越发多起来，看来我在此午睡小憩的惬意时光也所剩无几了。

　　主人天天去学校，回来后就躲进书房里不出来，有人来拜访他照旧会抱怨："做教师真是太辛苦了……"那些画画的东西也几乎没有再去碰，健胃消食片的疗效不佳，也就不再吃了。孩子们天天上幼儿园，回到家里不是唱些乱七八糟的歌，就是拎起我的尾巴，把我倒提起来。

　　我根本吃不到什么好吃的，因此我也就不可能长胖。好在健健康康的，没有像大黑那样变成癞子，无非就是虚度了光阴。

　　我发过誓决不捉老鼠。女仆还是那样讨厌。我还是没有名字。不过也无所谓了。猫的欲望也一样无止境呢！我就打算住在这位教师家，默默无闻地度过我没有名字的一生啦。

第二章

这足以说明，人类从利己主义出发推导出的"公平"原则，可能比猫族进步点，但要是说智慧，可远不如我们猫族。

新年过后,我多少有了点名气。即便是猫,也不免志得意满,倍感荣耀。

元旦当天一早,主人收到一张彩绘明信片。这是他的一位画家好友寄来的。明信片的上半截是红色,下半截是墨绿,中间用蜡笔画着一只蹲着的动物。

主人拿在手中横过来看竖过去瞧,连声称赞:"配色堪称完美呀!"我以为他赞美之后也就放下了,不承想他继续在那儿看个没完。忽而扭身看,忽而把手伸出去老远仔细端详,活像个老人在看三生相;看了一会儿,又对着窗子的亮光,把画儿举到鼻尖近前使劲看。他的腿老是这样扭过来扭过去的,卧在他膝头的我感觉随时会被甩下来。好不容易稍稍平静下来,只听他低声自语:"这画的到底是什么呢?"

原来主人虽然对这张明信片的配色赞不绝口,但却始终没弄明白明信片上的画儿。因此,一直在冥思苦想。真有这么难吗?我睡眼惺忪地瞧了瞧,嗨,画中那个动物不就是我吗?我想这位画家一定没听过安德烈·德尔·萨托的言论,他是一位真正有功底的画家。这幅画栩栩如生,任谁看都能一眼看出画的是只猫。如果稍有眼力,还会看出画的不仅是猫,而且不是别的猫,正是我。

这么显而易见都看不出来,竟要冥思苦想半天,我觉得人类真可怜。我恨不能亲口告诉他那就是我的肖像。就算看不出是我,也该看出那是只猫。可惜人毕竟不是天赐灵犀的物种,也就无法听懂我们猫族优美的语言了。

顺便让读者朋友们来评评理:人类在评价我们猫的时候,总是使用带有轻蔑的口吻。这让我非常不满。他们认为牛马来源于人类的垃圾,而猫族来源于牛马的粪便。那些教师之流对自己的愚昧浑然不知,还要摆出一副高傲的面孔。就算是猫,也不是粗制滥造出来的。在外族眼里,乍看上去,或许觉得猫是千篇一律的,毫无个性特色,但其实你只要去我们猫族世界转转就会知道,我们猫也是各具特色的。无论眉眼、鼻型、毛色还是走路姿势,都各有千秋,不尽相同。从竖胡须、耳朵,到翘尾巴、垂尾巴，也是姿态各异，毫无雷同。美与丑，善与恶，各种品格和素质在猫的社会也是千差万别。

然而，尽管存在着诸多明显的差异，但人类眼皮只顾上翻，两眼朝天望。不要说了解我们的性格，就连对我们的长相也辨认不清，实在是可怜！古语有云"物以类聚"，真是一语中的。卖年糕的了解卖年糕的，猫了解猫。也只有猫才能了解猫的世界。人类社会再如何发达也是白搭，何况人类并没有他们自己以为的那么了不起。

再者说，像我家主人这种为人冷漠的人，哪能懂得"爱的第一前提是彼此间的了解"这样深刻的道理？他像个牡蛎似的成天把自己关在书房，从不跟外界交流，还非要装出一副我最达观的可笑样子。其实，他一点也不达观，证据就是：我的画像就摆在眼前，却丝毫认不出，还装模作样、故作深沉地说："今年是日俄战争第二年，估计画的是一只熊① 吧！"

我趴在主人膝头眯起眼睛琢磨这些事，不多时，女仆又送来了第二张彩绘明信片。我仔细看了看，是活版印刷的，四五只西洋猫排成一排：有的握笔写字，有的看书学习，其中有一只离开了座位，在桌角边一边唱着"猫呀，猫呀"，一边跳起了恰恰舞。明信片最上面用日本墨写着"我是猫"，右边写了一首俳句："读读书，跳跳舞，小猫闹新春。"这是主人昔日的门生寄来的。其中含义，一目了然。可迂腐的主人却没懂，歪着头纳闷，自言自语道："莫非今年是猫年？"我都这样出名了，他竟然浑然不觉。

这时，女仆又送来了第三张明信片。这一份不是画片，上写"恭贺新年"，旁书"不揣冒昧，烦请代向贵猫致意"。这次写得如此直白，主人再愚钝也该懂了，他哼一声，瞅瞅我的脸。那眼神似乎对我略有敬意。一向遭人漠视的主人，这回备受关注都是拜我所赐，所以他用那样的眼神看我也理所当然。

突然，门铃响起，有客人来了。每逢有客到访，总是女仆前去迎接。我只在鱼贩子梅公登门送鱼时才会出迎，因此我依旧悠然地蹲在主人膝

---

① 日俄战争时期，日本人称俄国人为"北极熊"。

头上。而主人却神色不安地向门口望去，犹如债主闯进了家门。他一向不愿陪着拜年的客人喝酒。古怪如斯，实在让人无语。既然如此，早点出门去不就行了？可他又没勇气，愈发暴露出牡蛎本性。

片刻，女仆来报是寒月先生到访。这位寒月先生，是主人昔日门徒，据说如今比主人混得好多了。不知为什么，他常到主人家来玩，每次来不倒干净肚子里的苦水不会走。无非是有女人很可能对他一往情深，又感觉没有；人生很有意义，又很无聊；太悲惨，又很欢快之类。他为何专找我家主人这样的窝囊废来倾诉，我无从知晓，可我家牡蛎式主人听了还会予以附和，简直笑死猫了。

"好久没来看望您了，实在不好意思，从去年年末以来一直忙得不可开交，几次想来，最终还是被别的事情牵绊住了。"他搓着和服外褂的衣带，说些不着边际的话。

"那么，都去了哪里呢？"主人一脸严肃，扯着印有家徽的黑棉袍袖口问道。这件棉袍袖子太短，里边的粗布衣袖露出半寸。

"啊，嘿嘿，去了别的地方。"寒月先生略微尴尬地笑着。

主人看到寒月先生掉了一颗门牙，转而问道："你的牙怎么了？"

"这个吧，是在一个地方吃了点蘑菇。"

"吃什么？"

"蘑菇。我用前牙咬蘑菇伞，门牙突然就掉了。"

"吃蘑菇还能崩掉门牙？你很老了吗？这件事情当成写作俳句的素材还可以，但恋爱可就谈不成了！"

主人轻轻抚摸我的头。寒月先生对我大加赞赏："啊，还是之前收留的那只猫吧？肥多了嘛！瞧这块头，很快要超过车夫家的大黑了，不错不错。"

"近来是长大了不少。"主人得意扬扬地敲我的头，受到夸奖我也很高兴，只是头有点疼。

"前天晚上还举行了音乐会呢！"寒月先生将话题拉了回来。

"在哪儿？"

"在哪儿不重要，您还是不问的好。总之，是三把小提琴和钢琴合奏，好有趣。三把小提琴同台演奏，就算拉得不好，也会比较入耳。两名女的，我夹在中间，觉得自己拉得也不错嘛！"

"什么？那两个女人都是干什么的？"主人艳羡地问道。

别看主人平时板着一张一本正经的脸，实际上，他可不是对女色不感兴趣的人。他曾经读过一部西洋小说，作者在书中描绘了一个几乎会对任何女人动情的好色之徒。据统计，他对街头十分之七的过路女人都着迷。这引起了主人的共鸣。

如此轻浮之人竟然过着牡蛎式生活，我对此实难理解。有人说这是失恋造成的，有人说是胃病折腾的，也有人说是因为他囊中羞涩并且性格懦弱。总之不管是什么原因，反正不是跟明治史有关的人物，也就无所谓了。不过，他以无比艳羡的口吻询问寒月先生的小提琴女伴，足以证明他爱好女色。

寒月先生用筷子从小拼盘里夹了一块鱼糕，用剩下的前齿咬成两半。我担心他再次崩掉门牙，还好这次安然无恙。

"没什么，两位沦落风尘的小姐，您不会认识的。"寒月冷冷地说。

"原来——"主人拖着长腔，略去"如此"二字，陷入沉思。

大概寒月先生觉得此时火候已到，他试探着怂恿我主人："多么好的天气呀！老师您如果有暇，何不跟我一起出去溜达溜达，闷在家里多没意思。军队刚攻克了旅顺，街上可热闹了！"

看主人的表情分明是在说：与其听攻克旅顺的消息，还不如听寒月女伴的身世。不过他思索了一会儿，最终下定决心还是出去转转，毅然起身说道："那就走吧！"

主人依旧穿着那件印有家徽的黑棉袍，外加一件棉坎肩。据说这是他兄长的遗物，已经穿了二十多年，看上去很旧了。结城出产的丝绸再结实，也经不住年久月深的磨砺。多处的棉花已经变得很薄，在阳光下能很清楚地看到那些补丁上的针脚。主人穿衣从来就没有年末岁初之分，也没有便装跟礼服之别。外出时他总是袖起手来，抬脚就走。他是没有外衣还是嫌麻烦不想换呢？我不得而知。不过，我认为这跟他是否失恋无关。

二人出门之后，我可就不客气了，将寒月先生吃剩的鱼糕渣一扫而光。我认为我已不再是只普通的猫。至少具备了与桃川如燕笔下的猫，甚至格雷笔下偷吃金鱼的那只猫相提并论的资格[1]，车夫家的大黑之辈已不能与我比肩！现如今即便我把鱼糕吃得一丝不剩，也不会有谁说三道四。

何况背着人偷吃零嘴这码事，也不是我们猫族的专利，主人家的女仆，也经常趁女主人不在，连吃带偷的。岂止女仆，就连女主人吹嘘的她那几个受过良好现代教育的孩子，也有了类似倾向。就在四五天前，我看见那两个女孩早早醒来，趁她们的父母还在梦中，自己在餐桌前坐下。通常她们都是跟着我主人，吃一些撒上糖的面包片。那天糖罐不知道怎么没收拾起来，正巧就在餐桌上。因为没人给她俩分糖，等了一会儿，那个大的就自己从糖罐里舀出一匙糖来放在自己碟子里。小的就跟着学，同样舀出一匙放到自己的碟里。两人怒视了彼此片刻，姐姐于是再给自己舀了满满一匙，妹妹不甘示弱马上也舀了一匙。这时，姐姐又舀了一大匙，妹妹紧跟着也再舀了一大匙。姐姐继续来一匙，妹妹紧跟不舍。

就这样你一匙我一匙，不一会儿两人面前的碟子里就堆积如山，罐子里的白糖空空如也。这时，女主人才睡眼惺忪地从卧房里出来，好不容易才把她们舀出来的白糖装回到糖罐里去。这足以说明，人类从利己主义出发推导出的"公平"原则，可能比猫族进步点，但要是说智慧，可远不如我们猫族。在白糖堆积起来之前，赶快舔光多好。只可惜，我的话她们根本听不懂，我虽满满的遗憾，也只能趴在饭桶上作壁上观。

主人陪寒月出门后究竟去了哪里，怎么去的，我无从知晓。只知道那天他回来得很晚，第二天九点钟才起来吃早餐。我照例趴在饭桶上，抬眼一瞧，看到主人自己在那儿一块接一块地闷声吃煮年糕。年糕虽小，可他一连吃了六七块。直到剩下最后一块，说声"差不多了"，才放下筷子。假如是别人这样剩饭剩菜，他可不会答应。他很乐意这样摆主人威风，看着混浊的菜汤里焦煳的年糕，不以为然。

女主人从壁橱里拿出药放在桌上。主人说："这药不顶用，我不吃！"

---

① 桃川如燕是日本的说书先生，明治以前很活跃，著有《猫怪传》，号称猫如燕。托马斯·格雷是英国古典主义后期的重要诗人，曾写过诗文悼念溺死于鱼缸里的爱猫。

女主人劝道："可是别人都说，这药对于淀粉多的食物很有效的。还是吃吧！"

主人非常固执："什么淀粉不淀粉的，反正是没效果。"

"真没恒心！"女主人嘀咕着。

"不是我没恒心，是药没效果。"

"那前些天你不是说'效果显著，要坚持天天都吃'吗？"

"那些天是有作用啊，可这一阵子又不见效了！"主人理直气壮地回答。

"这样断断续续的，再灵验的药也没法奏效。胃病可不像别的毛病，如果不耐心些，不容易好啊！"女主人回头看看端着茶盘在一旁等候的女仆。女仆赶快为女主人帮腔："是呀，太太说得很对。老爷要是不坚持吃，怎知这药的效果到底是好是坏。"

"管它呢。不吃就是不吃。女人家懂什么！住口！"

"女人怎么了！"女主人把胃药推到主人面前，那气势似乎是不吃不行的。可主人一言不发，起身回了书房。

女主人和女仆面面相觑，扑哧笑起来。这时我要是跟进去，爬上主人的膝盖，肯定要倒霉。于是我悄悄溜到院子里，爬到书房的檐廊从门缝里一看，发现主人正在读爱比克泰德的书！假如能像平常一样读得进去，还算不错。但过了五六分钟，他狠狠把书往桌上一扔。"我就知道会是这样。"我得意地继续观察，看到他拿出日记本，写下这样一段话："与寒月去根津、上野、池端、神田等地散步。在池端酒馆门前，有几位艺妓身着花边春装，在玩羽毛毽子。她们服饰虽美，容颜却极丑，看上去有点像我家的猫。"

品评别人相貌丑陋，也不必以我为例！我如果也到剃头棚去刮刮脸，未必会比人类差。人类如此自负，真是不可理喻。

"拐过宝丹药房路口，迎面走来一名艺妓。身姿婀娜，双肩如削，模样俊俏。一身淡紫色和服，衬托出她的雍容典雅。她皓齿如雪，嫣然而笑：'源哥，昨夜太忙嘛，所以……'万万没想到她的声音居然像寒鸦一般嘶哑，使她那难得一见的风韵大为减色。甚至叫人懒得回头看看她所谓的源哥乃何许人也。我继续袖着手，向官道走去，而寒月不知为何，有些心慌意乱。"

再也没有比人心更难揣摩的了。此刻主人的心情，到底是恼怒还是兴奋？又或者是正在哲人的遗作中寻找些慰藉？恐怕只有天知道。他是在冷嘲人间，还是期待快点融入尘世去呢？是因无聊小事大动肝火，还是超然物外？实在是不得而知。

相较而言，猫族可单纯多了。我们想吃就吃，想睡就睡；生气时尽情发火，伤心时放声大哭，绝不写日记这类没用的玩意儿，因为没有必要写。只有我家主人这样表里不一的，才需通过写日记发泄一下自己见不得人的真情实感。对于我们猫族来说，行走坐卧，吃喝拉撒，随心所欲，没必要煞费苦心去掩盖自己的真面目。有写日记的工夫，还不如在檐廊下美美睡一大觉！

"昨晚于神田某亭晚餐，饮两三杯久未沾唇的'正宗'酒。今晨胃口绝佳。窃以为夜饮，对胃病者多有裨益。胃药就是不行。任凭别人如何吹嘘，我也不会再吃了。不顶用就是不顶用。"

主人拼命攻击胃药，好像在跟自己过不去似的。早晨那股肝火，竟在这时发泄出来，也许这便是日记的真实用途。

"先前听说，禁早饭可医胃病，我就试着免了早餐，落得个腹中空空，却未见任何疗效。又听取某人忠告：禁用咸菜。据他说，一切胃病的根源都在于吃咸菜。只要忌食咸菜，胃病自然会痊愈，身体康复指日可待。于是，我一周没吃咸菜，但病情如故，因而，近又开始吃咸菜了。又请教某某得知：只有按摩腹部才见功效。但普通的按摩无济于事，必须用皆川式[1]的古法按摩一两次，一般胃病都会手到病除。据说安井息轩也钟爱这种疗法，连坂本龙马那样的豪杰也常去按摩。我便急往上根河畔尝试此方，但按摩师说只有按摩骨头才行，不将五脏六腑翻个个儿，很难根治云云。其按摩手法无异于受刑，按摩后，身子像团棉花，跟得了昏睡症似的。所以，只尝试一次就告饶了，实在不敢继续领教。

"A君说：必须禁固体食物。因此，我天天喝牛奶度日。结果，腹内

---

[1] 此处指皆川淇园，日本德川时期的哲学家。

如大河涨水哗啦啦地响，不得安眠。B君又说：要用小腹呼吸。只要使内脏运动，胃部功能自然增强。此法我也试过，但总觉得肚子里难受得不行。而且，尽管偶尔记起时，开始聚精会神用小腹呼吸，但不过五六分钟又忘得一干二净。如若不想忘记，就总是挂记着小腹，弄得书也读不下，文章也写不成。美学家迷亭见我这般模样，嘲笑说：你又不是即将临盆，还是算了吧！于是作罢。C君的建议是：吃荞麦面有助于恢复。于是，我便一碗接一碗快速吃起清汤荞麦面。可是这样除了让我拉肚子，完全没有其他效果。

"为了治胃病，多年来我尝试了一切可试的方法，可全都是徒劳。只有昨夜与寒月君喝下的三杯'正宗'老酒才奏效。既然如此，今后就每天晚上贪它两三杯吧！"

这项决定恐怕也不会持久。主人的心，像我们猫的眼珠似的变化莫测。他不论干什么都没常性。而且，他既然在日记里那么担心自己的胃病，表面上又装出一副无所谓的样子，实在可笑。前些天他有个某某学者朋友来访，发表了一番独到的见解：从某种意义上来说，一切疾病，都是祖先的罪恶和个人的罪恶结下的果。他好像对此很有研究，有一套条理清晰、逻辑井然的精辟高论。可怜我家主人，根本不具备跟别人探讨的头脑，更别说反驳的能力。但他很可能是觉得自己正在饱受胃病折磨之痛，总得说点什么，不然太丢脸了。

"你的说法倒很有趣。不过，那位卡莱尔①也曾得过胃病！"这话的言外之意是：既然卡莱尔都得胃病，那么我得胃病自然也就不丢面子。这回答风马牛不相及，于是那位朋友断然反驳道："虽然卡莱尔也得过胃病，但得过胃病的，未必都能成为卡莱尔。"

主人无言以对。尽管有着强烈的虚荣心，但他心里还是希望没有胃病才好。说什么"今夜开始吃夜酒"，真滑稽。想想他今早吃那么多的年糕，说不定正是因为昨晚同寒月君夜饮的缘故！说得我也想吃年糕了。

我虽是猫，却不挑食。我既没有车夫家大黑能一口气跑到小巷鱼铺去掠食的蛮力，也没有新开路二弦琴师傅家花子小姐那样的财力。因此，

① 指前文所述《法国革命》一书的作者托马斯·卡莱尔。

我愿做一只不挑食的猫，既吃小孩吃剩的面包渣，也吃糕点的馅。虽说咸菜难以下咽，可为了尝尝也吃过两片咸萝卜。差不多的东西我都能吃，想想我真是太棒了。在饮食上百般挑剔，无非就是任性、摆阔，这可不是我这种寄人篱下的猫辈能做的。

听主人说，法国有个叫巴尔扎克的小说家，是个好奢侈的人。当然不是说他吃东西奢侈，而是说他写文章极其讲究。有一天，他想给自己小说中的人物起个名字，起了好多都不喜欢。刚好有朋友来看他，就被他拉着一起出去。朋友糊里糊涂不知所以。其实巴尔扎克是想想出一个适合那个人物的好名字来。因此，走在大街上他只顾盯着街两边的商店招牌看。但还是找不到满意的名字，就领着朋友四处乱走。就这样从早到晚，走遍了整个巴黎。在回家途中，偶然发现一家裁缝铺招牌上的店名："玛卡斯。"他拍手高兴地叫道："就是它了！'玛卡斯'，多好的名字啊！'玛卡斯'的前边再加上个'Z'，就完美无缺了。'Z.玛卡斯'这名字真好。主观编造的名字，尽管想要起得漂亮，可总是有点做作，没什么意思。这下总算有个称心的名字了。"

巴尔扎克完全想不起朋友在陪他受罪，兀自欣喜若狂。话说回来，只是为了给小说中的人物起个名字，就跑遍整个巴黎，未免太过铺张了。不过，能奢侈到这种程度，未尝不好，只不过像我这样有一个牡蛎式主人的小猫，不敢妄想。猫以食为天呀，不管什么，能填饱肚子就行，这恐怕也是环境使然！因此，现在想吃年糕，可不代表我是馋猫，而是在履行"能吃就吃"的原则。想到这，我突然想起厨房里也许有主人吃剩的年糕，于是朝厨房走去。

主人吃剩的那块年糕还粘在碗底，色彩也没什么变化。坦率说，年糕这玩意儿，我至今尚未品尝过。看上去好像很香，又有点吓人。我搭上前爪，将粘在表面的菜叶挠下来。爪上沾了一层年糕的外皮，黏糊糊的，闻上去很像把锅里的饭装进饭桶时散发的那种香气。吃不吃呢？我环顾四周，不见一个人影。女仆不论岁末还是新春，总是在外面踢羽毛毽子。孩子们在里屋唱着"小兔，小兔，你说什么"。若想吃，趁此刻，如坐失良机，到明年也不知道年糕是什么滋味。刹那间，我虽是猫，也悟出一条真理:"难得机缘巧合,会使所有的动物干出它们原本不敢干的事来。"

其实,我并不多么想吃年糕。相反,越是仔细看就越是觉得它在碗底的样子很丑,已经没什么食欲了。这时,假如女仆拉开厨房门,或是听见孩子们的脚步声朝这边走来,我会毫不犹豫地放弃那碗底的年糕,而且直到明年,也不会再想年糕的事。然而,一个人也没出现,没人来干涉我的迟疑和徘徊。这时,只有一个声音在心底响起:"还不快吃!"

我盯住碗底想:但愿有人来阻止我。可是,终究没人出现,注定我非吃年糕不可了。我把身体重心压向碗底,将年糕的一角叼住一寸多长。按理说,使出这么大的力气,大多数东西都会被咬断。然而,意想不到的是,当我以为已经咬断而要将牙齿拔出时,却拔不动了。这时我才意识到年糕原来是个妖怪,但为时已晚。

我现在的处境很像那些陷进沼泽的人,越是急着要拔出脚来,就陷得越深;我越咬越不行,最后牙完全动不了了。看来年糕这玩意儿虽然很有点嚼头,可惜我对它实在奈何不得。美学家迷亭先生曾评论我家主人"是一个当断不断的人",此话恰如其分。这年糕也像我家主人一样"切不断"。我咬来咬去,怎么也咬不断,就像用三除十,永远也除不尽。正在烦恼之时,我突然脑洞大开,悟出了第二条真理:"所有动物,都能凭直感预测吉凶。"

真理已经发现了两条,但被年糕粘住牙让我高兴不起来。现在我就跟拔牙一样疼。如果不快些咬断逃跑,女仆可就要来了。孩子们的歌声已停,一定也是朝厨房奔来。我焦躁不安,尾巴摇几圈,不见任何功效;耳朵竖起再垂下,还是没用。想想也是,耳朵和尾巴跟年糕怎么也扯不上关系,看来摇尾竖耳都是枉然,只能作罢。

慌乱之中,我突然急中生智,我想出借助前爪抓掉年糕的方法。于是我先抬起右爪,在嘴巴周围来回扒拉,可这并不奏效。接着我又抬起左爪,以嘴为中心快速有力地画了个圆圈。但看来即使这是一种咒语,也对付不了现在这个妖怪了。我安慰自己:最重要的是忍耐。我再次尝试左右爪交替着扒拉年糕。无奈牙还是嵌在年糕里。唉,真麻烦,索性双爪一齐上吧!谁知,这样一来,我竟然破天荒第一次直立起来了,那一瞬间我觉得自己已不再是猫。

可到了这地步，是不是猫又有什么意义呢？无论是什么，都要先解决这个年糕妖怪，我一鼓作气，双爪在脸上胡乱抓挠。因为前爪用力过猛，总是因重心不稳而摔倒。为了保持平衡，必须用后爪调整姿势，并且不能总站在一个地方，因而我不得不在厨房里到处转圈乱跑。意料之外的直立行走，让我悟出了第三条真理："临危之际，能为平时所不能为之事，此之谓'天佑'。"

承蒙天佑，正在我与年糕妖怪酣战之际，忽闻脚步之声，好像有人朝这边走来。这时候有人来，那还了得！我跳得更高，在厨房里绕着圈儿跑。脚步声渐近，唉，真遗憾，"天佑"不足，终于被女孩发现，她高声喊："哎哟，小猫吃年糕，在跳舞了！"

第一个听见这话的是女仆。她扔下手中的活计，叫了一声"哎哟"，便从厨房门跳了进来。女主人穿着带家徽的绉绸和服，道："哟，这只该死的猫！"主人也从书房赶来，喝道："混账东西！"只有小孩子们拍手喝彩："好玩呀，好玩！"接着像一声令下似的，大家齐声笑起来。

我又恼火，又痛苦，可又没法停下转圈蹦跳，真是有苦难言。总算大家渐渐停止了笑。可那个五岁的小女孩说："妈呀，这猫也太不成体统了。"于是，犹如力挽狂澜，又引爆了新一轮大笑。

对于人类缺乏同情心的各种行径，我也算见识过，但从未像此时此刻这样刻骨铭心。终于，"天佑"消逝，我也站不住了，我摔倒在地，四条腿乱爬，累得直翻白眼。

最终还是主人动了恻隐之心，他命令女仆："帮它扯下年糕！"

女仆瞧了主人一眼，那眼神仿佛在说："何不叫它再跳一会儿？"

女主人虽然也还想继续观赏我跳舞，但并不忍心叫猫跳死，便没作声。

"再不扯下来它就完蛋了！快点！"主人回头瞪了一眼女仆。女仆好像做梦吃宴席吃到一半被惊醒了，满脸不快，揪住年糕用力一拽。我虽然不是寒月先生，可也忧心门牙崩断。至于疼不疼，这么说吧，结结实实嵌进年糕里的牙，被她这么狠狠一拽，谁能受得了？由此，我悟出了第四条真理："一切安乐，必经困苦而来。"当我睁开眼睛四下观瞧时，家人都已散去了。

遭此劫难，无颜面对全家上下。索性去拜访热闹街二弦琴师傅家的花子小姐散散心吧！于是我从厨房溜到后院。

花子小姐可是个远近闻名的美女。不错，我是猫，但对男女之情却也略懂一二。在家里每当见到主人的哭丧脸，或是遭到女仆迫害心里憋屈时，就会找这位红颜知己倾诉一番。跟它聊聊天，心情不知不觉就舒畅了许多，烦恼皆抛于脑后。如此足以说明女性具有使人起死回生的神奇功效。

不知它是否在家。我从杉树篱笆缝隙放眼望去，看到花子小姐戴着新项链，在正值正月的檐廊下端庄而坐。它的脊背丰盈适度，尽显曲线之美，优雅得让我窒息；它弯曲着尾巴，双脚相叠，微微耸动着耳朵沉思的模样，美得难以名状。尤其是它光洁得赛过天鹅的一身皮毛，反射着春日充足的阳光，无风自动令人心旌摇曳。我看得入迷，好一阵子才清醒过来。

"花子小姐！"我摆动前爪向它问候。

"你好，先生！"它走下檐廊，红项链上的铃铛丁零零地响。一到正月，连铃铛都戴上了，声音真好听。在我暗自赞赏之时，花子小姐已经来到了身旁，将尾巴向左一摇说："先生，新年愉快！"

我们猫族互相问候时，要先把尾巴竖得像一根棍子，再向左方晃一圈。在这条街上，称我为"先生"的只有花子小姐。前文已经提到过，我没有名字，但因住在教师家，花子小姐对我还算敬重，口口声声称我"先生"。被尊为"先生"，我自然也很荣幸，也就满口答应："是，是……也要向您恭喜！您打扮得太漂亮了！"

"是吧！去年年底师傅给我买的。漂亮吧？"花子小姐将铃铛摇得丁零零直响，叫我听。

"的确，声音很动听。有生以来还不曾见过这么漂亮的铃铛。"

"太过奖了，大家不是都有吗！"它又将铃铛丁零零地摇响，"好听吧？我真开心！"

"看来，你家师傅非常疼爱你呀！"看看它，再看看自己，都一样是猫，我不由得流露出羡慕之情。天真的花子小姐笑着说："此话不假，师傅真拿我当亲生女儿呢。"

人类以为除了他们就没有会笑的动物，这就错了。别以为我们猫就不会笑。只不过，我们猫笑时是将鼻孔弄成三角形，从喉咙发出呼噜呼噜的声音，人类自然不懂。

"你家主人到底是干什么的？"

"哟，我家主人，多新鲜的称呼！她是位师傅呀！演奏二弦琴的师傅。"

"这我倒是早有耳闻。我是问她身世如何，大概从前是位了不起的人物吧？"

"那当然。"

"小松公主日日盼着君来呀……"纸屏后响起了二弦琴声和歌声。

"好听吧？"花子小姐自豪地问。

"好听是好听，可我听不懂。到底是什么曲子？"

"那首曲子叫什么我也记不清了，师傅顶喜欢……师傅六十二岁了，多硬朗。"

竟然活了六十二岁，不能说不硬朗。我"啊"了一声。这回答很敷衍，但我也想不出更好的了。

"这不算什么。她说她从前出身名门呢。"

"哦？出自哪里呢？"

"她说是天璋院的文秘的妹妹出嫁后的婆婆的外甥的女儿……"

"什么？"

"天璋院的文秘的妹妹的……"

"原来这样，等等！是天璋院的妹妹的……"

"哦，不对。应该是天璋院的文秘的妹妹的……"

"好，记下了。是天璋院的……"

"对。"

"文秘吧？"

"对。"

"出嫁后……"

"是他妹妹出嫁后。"

"对，对，我错了。是妹妹出嫁的夫家的。"

"婆婆的外甥的女儿。"

"是婆婆的外甥的女儿吗？"

"对。懂了？"

"唉，还是搞不清楚，到底是天璋院的什么人？"

"你真笨呀！天璋院的文秘的妹妹出嫁后的婆婆的外甥的女儿，刚才不是说过了吗？"

"这回懂了。"

"懂了就好。"

"是啊！"

好吧，我只好服输。在我们猫族，有时也不得不装懂。

二弦琴声停了，传来师傅的呼唤："花子，开饭了！"

花子小姐笑吟吟地说："噢，师傅叫我，我要回去了。"它带着一串铃声跑到院前，又很快折回来，担心地问："您面色很不好，哪里不舒服吗？"

我可不能说出偷吃年糕那档子事。"没事没事，我只是稍微想点心事就头疼。我想跟你说说话就会好，这才跑来找你。"

"那就好，请多保重。再见！"花子小姐看起来有点依依不舍。

于是，我吃年糕的痛苦经历随风而逝，心情立马好转。回去时，想穿过茶园，便踏着开始融化的霜，从建仁寺的残垣断壁探头一看，刚好看到车夫家大黑在枯菊上弓腰打哈欠。

如今我早已不是那个一见到大黑就哆嗦的小猫咪了，不过，我也懒得跟它搭讪，不如假装没看见走过去算了。但依大黑的脾气，要是觉得被别人小瞧了，可不会沉默。

"喂！那个没名的野崽子！近来神气得很啊！再怎么吃教师爷的饭，也不必这么盛气凌人呀。唬人多没意思！"

看来大黑还不知道我已小有名气。我本想告诉它一声，可转念一想，面对这般无理的家伙，又何必多此一举，不如客套几句尽快溜之大吉。

"噢，是大黑哥呀，恭贺新禧！您还是这么神采奕奕！"我竖起尾巴，向左绕了一圈。大黑只竖起尾巴，并不还礼，道："恭喜什么呀恭喜！正月拜年说的话，你打算从头说到尾吗？当心点儿，看你鬼头鬼脑的小样！"

我知道这是一句骂人话，但不懂具体的含义。所以我很虚心地请问它："请问'鬼头鬼脑'是什么意思？"

"哼！哪有挨了骂还问什么意思的。你这家伙真够呛！所以才会说你就是个木疙瘩脑袋！"

"木疙瘩脑袋？"听起来倒是挺有诗意的，不过比起"鬼头鬼脑"更令人费解。想再问问，又一想即使问也得不到明确答复，干脆不说话了。这时，传来大黑家老板娘的喊叫："哟嘿，碗架上的鲑鱼不见了。这还了得！肯定又是那个畜生大黑叼走了。等回来看我怎么收拾它！"

这叫骂声打破了初春的恬静，也搅乱了太平盛世的祥和。

大黑摆出一副蛮横的神情，那样子像是在说："爱发火不发，随她的便！"它伸展一下方脑袋下的脖子，向我示意道："听见了吧？"

我只顾应对大黑，没留意其他。这时才看到大黑脚下那块价值二厘三分钱的鲑鱼骨头，上面沾满了灰尘。一下子我的新仇旧恨全都烟消云散，我忙不迭地恭维道："老兄可真是威风不减当年呀！"

我当然知道仅凭这一句，是不可能让大黑消气的。

"什么？你这个浑蛋！叼一两块鱼骨就威风啦，简直就是看不起我！不是吹，我可是车夫家的大黑！"他用前爪倒挠肩头，很像人类撸胳膊、挽袖子。

"您是大黑哥，早就领教过。"

"既然知道，还说什么'威风不减当年'？"

他怒火中烧，若换作是人类，此刻一定会揪住我脖领，赏我一顿老拳。我有点害怕，不自觉地往后退。恰在此时，又传来了大黑家女主人的大嗓门："是西川先生呀！喂！西川先生，我正有事相求呢。请您立刻给我送一斤牛肉。喂，明白了吧？要一斤上好的牛肉。"她高声订购牛肉的声音传遍了街坊四邻。

"哼！一年就订一次牛肉，还特意大喊大叫，向左邻右舍炫耀，真是个泼妇！"大黑冷嘲着伸展开四脚。我在一旁静静看着，没再接话。

"才一斤！也罢，等送来时立刻吃掉！"仿佛那一斤牛肉是专为它订购的。

我想催它快些回去，就说："这回呀，可真正是一顿大餐。太羡慕您了！"

"你懂什么，少废话！讨厌！"说着，他突然用后爪刨起冰碴扬在我头上，吓了我一跳。在我忙着抖落身上的泥土的时候，大黑一溜烟钻进篱笆下不知去向，想来是去恭候西川家的牛肉了。

回到家，我就听到主人爽朗的笑声，那笑声中还带着几分春意盎然。我一头雾水，便从敞着门的檐廊纵身蹿了过去。走近主人身旁一瞧，原来有位陌生的客人来访。

这位客人梳着整整齐齐的小分头，带家徽的布袍上还罩了件小仓布的短褂，俨然一副规矩、纯朴的学生样。在主人的手炉和涂了春庆牌油漆的烟盒边放着一张名片："谨介绍越智东风君前往贵府拜访阁下。水岛寒月。"由此，我知道了客人的名字，也知道了他是寒月先生的朋友。由于我回来时，他们已经聊了半晌，我只能从他们谈话的部分内容推断出应该与那位美学家迷亭先生有关。

来客很文雅："迷亭先生说，一定妙趣横生，要我随他一同前往。所以……"

"什么？你是说陪他去西餐馆吃午饭妙趣横生？"主人斟满了茶，推到客人面前。

"这……所谓妙趣，当时我也不大明白。不过他那人嘛，总会搞点新花样……"

"看来是一起去了。"主人拍了膝头上我的头一下，拍得我有点蒙。他这举动仿佛是在说："我早就猜到了！"

"不过真是吓了一跳。"

"不会又是恶作剧吧？迷亭就爱干这种事。"看来主人马上就想起了安德烈·德尔·萨托那件事。

"谁说不是呢！"那人说，"你想知道吃了点什么新花样吗？"

“吃了什么？”主人问。

“他先看菜谱，说了一通各种菜名。”

“说的菜单里都有吗？”

“没有。”

“然后呢？”

“他回头看服务生：'怎么？没新菜肴？'服务生很不服气，问：'鸭脯和牛排，意下如何？'迷亭先生回答说：'太俗调，吃这个何须来此！'服务生不懂俗调什么意思，做了个怪相不再吭声。”

“早知如此。”

“后来，迷亭先生对我说，到了法国或英国，可以大吃而特吃'天明调''万叶调'①。可是在日本，无论哪家西餐厅，都没有西餐的气氛！真叫人扫兴。迷亭先生想必是去过外国吧？”

“什么？迷亭君什么时候去过外国！当然了，他又有钱又悠闲，只要愿意，随时都是可以去的。不过，他大约是把今后想去说成了已经去过，是在拿人寻开心吧。”主人想卖弄自己的幽默风趣，自己先笑了。可客人完全没有反应。

“是吗？我以为他出过国，一直洗耳恭听。他还谈起什么煮蜒蚰呀，炖青蛙呀，简直活灵活现。”

“他那只是道听途说吧？论胡编乱造，他可赫赫有名呀！”

“想必是这样。”客人边说边观赏花瓶里的水仙，面露遗憾。

主人问：“那么，刚刚提到的妙趣横生，就是指这件事吗？”

“哦不，这仅仅是个噱头，我还没开始正式讲呢。”东风接着说，“迷亭先生后来对我说：'咱们商量一下，反正煮蜒蚰和炖青蛙，也吃不到嘴里。那就掉点价，吃点橡面坊丸子如何？'我便随声附和：'那好吧！'”

“橡面坊丸子？绝！”

“是啊，太绝了！不过，迷亭先生说得太认真，我也就没有多想。”客人仿佛在向主人检讨自己的疏忽。

---

① 天明调指日本天明年间倡导的回归蕉风的俳风，崇尚客观写实的风格。万叶调指古代和歌集《万叶集》中古朴雄浑的风格。此处均为开玩笑。

"后来怎样？"主人不以为意，对于客人的致歉没有表示同情。

"接着他喊服务生：'喂，来两份橡面坊丸子！'服务生问：'是牛肉洋葱丸子吗？'迷亭一本正经地订正：'不是牛肉洋葱丸子，是橡面坊丸子。'服务生并不确定有这道菜，当时我也觉得稀奇。可迷亭先生十分沉着，何况又是出过国的人，我当时可是完全相信他去过外国，就随声附和道：'橡面坊丸子就是橡面坊丸子！'"

"服务生怎么说呢？"

"现在想起来真滑稽，服务生也够可怜的。他思考了一会儿说：'非常对不起，今天不巧，没有橡面坊丸子。您要不考虑一下牛肉洋葱丸子？'迷亭先生非常遗憾地说：'大老远跑到这儿来，那就太遗憾了。能不能想想办法弄两盘给我们品尝？'他交给服务生两角银币。服务生说：'那我尽力去和值班厨师商量一下吧！'于是他去了后厨。"

"看来，他非常想吃橡面坊丸子啰。"

"不多时，服务生走来说：'还正赶巧，这个菜，可以给您做。不过时间要长点。'迷亭先生真够沉着：'反正是正月，闲着没事儿，那就稍候片刻，吃了再走吧！'他边说边从怀里取出香烟，开始吞云吐雾。我见状只好掏出随身携带的《日本新闻》来读。这时服务生又进去商量了。"

"吃顿饭真是大费周折啊！"主人往前凑凑，那劲头，就像是在读战地通讯。

"过了一会儿，服务生走了出来，样子很可怜：'近来橡面坊丸子脱销，去过龟屋商店和横滨山下街十五街外国食品店，都没买到。一时太不凑巧……'迷亭先生瞧着我，反复强调：'真糟糕！太遗憾了。'我也不该沉默，便帮腔说：'太遗憾了！不胜遗憾之至！'"

"诚然。"主人也赞同。至于主人为什么赞同，我可不得而知。

"看来那个服务生也觉得很遗憾，就说：'改日有了材料，再请各位先生赏光。'迷亭先生问他想用什么做材料，服务生哈哈大笑，并不作答。迷亭先生追问道：'材料是日本派①的俳句诗人吧？'服务生回答：'如果

① 指正冈子规以《日本》为阵地发表诗作的俳句诗人们。橡面坊是指他的弟子安藤橡面坊，牛肉洋葱丸子的日语语序稍作变动，便与橡面坊丸子谐音，于是迷亭借此故意调侃。夏目漱石也是日本派俳句诗人。

是用这个做原材料，那么去横滨也买不到，实在抱歉。'"

"哈哈……原来谜底在这儿。妙！"主人不由高声大笑，双膝颤抖。我险些摔了下去。看来，主人是庆幸深受安德烈·德尔·萨托之害的远非自己一人，所以突然开心了。

"后来，我二人走出门去，迷亭先生得意地说：'怎么样，玩笑开得不坏吧？橡面坊丸子，这个笑料还有趣吧？'我说：'佩服得五体投地。'我随即告辞。其实早过了午饭时间，肚子实在是太饿了。"

"难为你了！"主人这才表示同情。其实，我也想对来客表示同情。一时谈话中断，只剩我喉头发出的响声回荡在客厅。

东风君将凉茶一饮而尽，郑重地说："实不相瞒，今日登门造访，对先生略有所求。"

"哦？有何吩咐？"主人也开始装腔作势。

"您知道，我爱好文学和美术……"

"那很好哇！"主人顺水推舟。

"前不久，一些同行聚会，创立了朗诵会，每月相聚一次，计划长久办下去。去年年末已经举办了第一次聚会。"

"那么请问：所谓的朗诵会，听起来像是声情并茂地诵读诗文之类，究竟怎样进行？"

"先以古典诗起步，今后还想朗诵同人的作品。"

"提起古典诗，莫非有白乐天的《琵琶行》？"

"没有。"

"那么，是与谢芜村的《春风马堤曲》之类吗？"

"也不是。"

"那么朗读些什么呢？"

"上一次朗诵了近松的殉情之作。"

"'近松'？是那个唱'净琉璃'的近松吗？"

当然不可能有第二个近松。只要一提近松，必是那位戏曲家无疑。连这主人都问，真是汗颜。可他毫不自知，还在得意地抚摸我的头呢！世上就是有这种人存在，女人斜一下眼他都要认为是在跟自己调情，所以主人这点误差，也就不足为怪。既然这样，那就任他抚摸好了。

"是的。"东风君应了一声，观察着主人的表情。

"那么，是由一个人朗诵呢，还是分配角色？"

"安排角色，轮流朗读。目的是让大家能感同身受，以便展现人物个性，还要加上手势和肢体语言。小姐也好，小伙计也好，都要演得形象逼真，如临其境。"

"这不是和唱戏一样了吗？"

"是的。只差戏装，也没布景。"

"恕我冒昧，请问进展顺利吗？"

"还好吧，至少第一次是成功了的。"

"那么，你所说的第一次表演的殉情之作……"

"就是船老大载着乘客去芳原那一段……"

"好大的场面！"不愧是教师，他晃了一下头，从鼻孔里喷出的"日出"牌香烟的烟雾掠过耳际，环绕在双颊。

"哪里，场面也不太大。登场人物不过是嫖客、船夫、妓女、女侍、老鸨、总管。"东风君满不在乎地说。但主人听到妓女二字，面色一沉。他对于女侍、老鸨、总管这些行话，似乎认识模糊，便提问："所谓女侍，指的是娼家婢女吗？"

"还没有深入研究。不过，据我所知，女侍，指的是茶馆下女；而老鸨，大约是妓女卧房里的女佣吧！"东风君刚才还说什么要演得活灵活现，要模仿人物的腔调，可他连女侍、老鸨是什么都不清楚。

"不错，女侍就是茶馆里服务的女子，老鸨是栖身于娼家的女佣。至于总管，指的是人还是特定场所？如果是人，是男还是女？"

"我想，大概是男人。"

"掌管什么事呢？"

"这……我还没仔细了解过。回去要深入研究一下！"

我想，像他这样一问三不知，还要对台词上台表演，不闹出笑话才怪。没想到，主人却格外严肃。

"那么，朗诵者除你外，还有些什么人？"

"各种人才都有。法学士 K 君扮妓女，虽蓄着小胡子，说的都是女人娇滴滴的道白，那才绝呢！而且还有个情节，是妓女大发脾气……"

"朗诵时也要发脾气吗？"主人担心地问。

"是的。总之，表情很重要。"东风君回答。一副文人派头。

"那么，脾气发得逼真吗？"主人问得绝妙。

"首次登台就能演好发脾气，要求可有点高啊。"东风君回敬了主人绝妙的问话。

"那你扮演什么角色？"主人问道。

"我演船老大。"

"哦？你扮船老大？"主人话中有话，意思是：你能扮船老大，我就能扮花街总管。

可即刻被这个东风挑明："您是认为我不配演船老大吧？"他没怎么生气，依然文质彬彬地说道，"都是因为要扮船老大，好不容易召开的会无疾而终。事先不知道会场隔壁住着四五名女学生，不知她们从哪儿探听到消息，知道当天有文艺朗诵会，就在窗外偷听。我用假嗓扮船老大，总算找到了调，正演得起劲，唉，大概是身段扭动得过火了吧，本来安静偷听的女学生们一下子哄堂大笑。我遭受惊吓，大脑一片空白，台词忘得一干二净，只好散场。"

声称成功的第一次朗诵会竟是如此，那么可想而知失败时的惨状，真叫人忍不住想笑。我不知不觉喉头又开始呼噜噜作响，主人更加温柔地爱抚我。嘲弄者却受到被嘲弄者的爱抚，这虽幸运，却也有些隐隐担心。

"这可是大不幸啊！"正值正月，主人竟说出丧气话来。

"我今天正是为此事而来，我们想重新开始，把接下来的演出办好，把朗诵会办得更加盛大。因此，我们想请您入会，助我们一臂之力……"

"我可不会表演发脾气呀！"主人立刻谢绝。

"不，您完全不用表演发脾气呀！这是赞助者花名册……"说着，他打开紫色包袱皮，小心翼翼地拿出一个小本，展开一页摆在主人面前，"请在这上面签名盖章。"

我一瞧，上面端端正正地写满了当今学者名流的名字。

"啊，当个赞助人倒也不是不可以。只是，不知需要承担何种义务？"牡蛎先生显然有些不放心。

"要说义务嘛，倒也没什么硬性要求。只要签上大名，表示赞助，也就可以了。"

"既然如此，我就入会吧。"一听不用承担什么义务，主人立刻就放松下来。不经意间流露出只要不负责任，造反的联名宣言书也敢签上名字的神色。何况能与这么多如雷贯耳的著名学者的名字排列在一起，何乐不为呀？

"请稍候！"主人说着，进书房去取印章，把我咕咚一下摔到了地板上。

东风迅速抓起点心盘里的蛋糕往嘴里塞，加紧咀嚼。可能是太急迫了，感觉有点噎住了，这使我马上想起了早晨的年糕事件。

主人从书房取来印章之时，蛋糕刚好顺利落入东风的胃中。主人似乎未察觉盘里的蛋糕一点没剩。假如觉察，第一个被怀疑的对象肯定会是我！

东风先生走后，主人走进书房，桌上有封迷亭先生寄来的书信，上书"恭贺新春"。主人心想：迷亭君居然也变得正经了，实在是难得。因为他写信从来没一封是严肃的。前些时来信甚至说什么："其后并无眷恋之人，更无佳人之情书，暂且得以安然度日，敬请释念。"

与这类书信相比，刚来的这封算体面得多了。

本拟趋府拜谒，因愚弟心境与仁兄之消极情绪大相径庭，弟将极力采取积极方针，迎此千古难缝之新春，故终日忙碌，望兄海涵。

可不是，像迷亭这种人，正月里定是要忙于四处游乐的。

昨日忙里偷闲，本想请东风君品"橡面坊丸子"，不料材料售罄，未能遂愿，深感遗憾。"

主人默默点头暗笑，心里一定在想："马上就要现出原形了。"

明日受邀参加纸牌赛，后日有美学学会之新年宴请，大后日有鸟部教授欢迎会，大大后日……

"无聊！"主人跳行往下看。

综上所述，因长期以来连连出席谣曲会、俳句会、短歌会、新体诗会等，着实分身乏术，万般无奈，遂以书代足，聊代趋访之礼，尚望莫怪，伏乞海涵。

"根本没必要来！"主人对信答辩。

望能光临寒舍，共叙久别重逢之情，敬请共进晚餐。寒舍虽无珍馐，尚可品尝"橡面坊丸子"，现已准备就绪……

迷亭又来兜售"橡面坊丸子"，真无礼！主人甚为不悦，但他还是忍不住读了下去。

但因近日"橡面坊丸子"材料售罄，唯恐不能如愿，届时将以孔雀舌代之。

虽然主人觉得这种模棱两可的态度很可恶，也还是很想知道下文。

如仁兄所知，孔雀之舌，其大小不抵小指之半。为填饱饕餮客仁兄之皮囊……

"一派胡言！"主人鄙夷道。

当捕二三十只孔雀。虽动物园与浅草花园有零星孔雀，一般鸟店等处难觅，可谓煞费苦心矣。

主人面有愠色了："那还不是你自找苦吃！"

孔雀舌珍肴，昔罗马鼎盛时曾风靡一时，极尽风雅华贵，食者无不终生垂涎三尺，愚弟亦向往之，尚望见谅。

"见谅什么！白痴！"

至十六七世纪，孔雀舌已成欧洲宴席不可或缺之珍馐。记得莱斯特伯爵宴请伊丽莎白女王于凯尼尔沃思城堡时，就用过孔雀舌。著名画家伦勃朗画《宴宾图》时，亦将孔雀开屏置于案头……

主人愤然："既对孔雀菜谱史如此洞晓，可见并非忙得不可开交！"

总之，像近日这样宴饮频繁，即使健壮如愚弟，亦必不久病胃如仁兄矣。

主人喃喃："什么？如仁兄？把我当成胃病患者的典型了！"

据史料分析，罗马人每日宴饮二三次。倘一日二三餐，尽是饕餮珍馐，恐怕任何健胃壮士，必将消化机能失调如同仁兄……

"又是'如同仁兄'。太过分了！"

然，为使奢侈与健康两全，经过一番苦心钻研，认为有必要在大量品尝美味之同时，保持肠胃功能之正常。于是，发现一条秘诀……

"啊！是什么呢？"主人顿时意兴盎然。

他们饭后必入浴。入浴后用一种方法吐尽浴前下肚之食物，以清扫肠胃，然再进餐饱尝美味，之后再度入浴，再尽吐之。如此行之，既尽享美味，亦无损于胃。愚以为堪称一举两得。

"没错，真是一举两得。"主人越来越感兴趣。

二十世纪之今日，交通发达，宴饮剧增，这自不必说。值此帝国多事之秋、征俄二载之际，愚自信吾等胜利之国民必效罗马人，深究入浴呕吐之术，恰逢其时。否则，窃以为虽有幸身为大国之民，不久之将来亦必如同仁兄，沦为胃病患者，思之令人痛心。

"又是'如同仁兄'，真是个混账东西！"

当下，国人有精通西洋之文明者，得其失传已久之秘方，如用之日本明治之世，可收防患于未然之功，聊报平素尽享逸乐之恩也……

"妙极了！"主人开始摇头晃脑。

愚弟近来虽然对吉本、蒙森、史密斯诸家之作多有涉猎，却端倪未见，颇为遗憾。然如仁兄所知，愚弟一旦立志，就绝不半途而废，故而坚信入浴呕吐妙方重现在即。一经发现，必及时报知。另，前所述橡面坊丸子及孔雀舌佳肴，亦必在上述发现事成后奉上。如此，对愚弟有利之处暂且不提，对苦于胃病之仁兄则将大有裨益。草就者言之未尽。

"哼，还是被他捉弄了。"主人边笑边说，"都是看他写得一本正经，才坚持读完。新正大月，开这种玩笑！真是游手好闲之人！"

其后四五日风平浪静。白瓷瓶里的水仙花日渐凋零，而绿萼白梅却含苞待放。身为一只猫，无意整天赏花。我去看花子小姐两次，都没有见到它。起初，以为它外出了。第二次去，才知道是病了。我躲在洗手钵旁蜘蛛抱蛋的叶荫下，偷听到二弦琴师傅和女仆在纸屏后的对话：

"花子吃东西了吗？"

"没有。我让它躺在火炉旁暖身子！"

这哪是猫，分明和人一样了。看看花子小姐，再想想自己，我都有点妒忌了。可转念一想心爱的花子小姐受此优待，又感到很欣慰。

"不吃饭哪行呀，身体会更加虚弱的。"

"是呀，就连我们这些下人，一天不吃饭，第二天就干不动活呢。"

听女仆的口气，仿佛比起她来，猫的等级更高。说不定，在这户人家里，猫真可能比女仆更高贵呢。

"带它去看医生了吗？"

"去过了。我抱花子到了诊所，那位医生问：'是受了风寒吧？'说着就要给我切脉。我说：'不是我，是它。'我把花子放腿上。医生笑眯眯说：'猫病我可看不了。不用管它，会好的。'这也太狠心了吧？我很生气：'不看也好！它可是只珍贵的猫！'我抱着花子就匆匆回了。"

"真是不可思议。"

"真是不可思议。"这词用的，不是"天璋院的什么人的什么人"是没法用这么高雅的词的。猫族不得不佩服。

"花子喉咙里总是发出响声……"

"是呀，一定是受了风寒，嗓子疼，要咳嗽的……"

不愧是天璋院的什么人的什么人的女仆，说话的腔调都与众不同。

"听说最近又流行起什么肺病了。"

"可不是嘛，肺病，黑死病，新鲜病越来越多。这时令，可半点大意不得！"

"旧幕府时都没有过的，如今竟是怪异的，所以你也要多留点心。"

"是的！"女仆感激地应道。

"要说是受了风寒，可它不大出门呀！"

"哪里，告诉你吧，近来它交了坏朋友了！"女仆神秘兮兮的，好像自己是在谈国家机密。

"坏朋友？"

"千真万确！就是临街教师家那只脏死了的公猫！"

"哪个教师？是每天早晨乱叫的那位吗？"

"就是他。每天洗漱时都喊叫，活像快被勒死的鹅。"

"快被勒死的鹅？"这比喻，真是妙不可言。我家主人有个怪癖，每天早晨在卫生间刷牙时，都会把牙刷往喉咙里捅，然后放肆地发出怪叫。反正不管高兴还是生气，都要哇哇乱叫一气。据女主人说，没搬到这地方前还没这个毛病。就是有一天无缘无故叫了起来，就再也没间断过。真难理解，干吗养成这样一种恶习，还坚持不懈？实在难以理解。不说我家主人这事了，刚才那个女仆好像提到了我，她说我什么？"脏死了"？也太刻薄了吧！

我竖起耳朵，继续听。

"那么号叫，会不会是在念什么咒语。明治前，从武士的侍从到仆人，都有规矩。在我们的宅邸街区，没人像他那样洗脸刷牙的。"

"可不是嘛。"这个女仆，不管是否听懂，都是随声附和。

"主人尚且如此，那只猫不野才怪。下次再来，你给我揍它！"

"对，揍它。花子的病说不定是它传染的，一定要揍它！"

竟遭此不白之冤。看来此地不宜久留，还是走为上策，我终于没能见到花子小姐。

回到家，看到主人正在书房握管而思。我想要是把刚刚在二弦琴师傅家听到的告诉他，他一定会大发雷霆。算了，还是俗语说得好："耳不闻，心不烦。"我还是别多事的好！主人开始摇头晃脑，哼哼呀呀，自以为是个神圣的大诗人了。

恰在此时，那位修书来自称繁忙，不得已"遂以书代足，聊代趋访之礼"的迷亭先生飘然而至。

"在作新体诗吗？我看看！"

"哪有，我认为是篇好文章，正欲翻译过来。"主人郑重其事地说。

"文章？谁的文章？"

"不知谁的！"

"无名之辈也常有佳作，不能小瞧！究竟刊在哪儿的？"

主人慢条斯理地说："《第二读本》。"

"《第二读本》？"

"就是说，我要翻译的名作登在《第二读本》里呀！"

"开什么玩笑！我看你是存心伺机报孔雀舌的仇吧？"

主人捻着小胡，神色泰然："我跟你可不一样，从不拿假话戏弄人。"

"有这么个故事：从前有人去见山阳先生，问：'先生，近来有何大作？'山阳先生拿出马夫写的讨债单说：'近来妙文，当首推此篇。'所以我想，说不定你的审美观还很独到呢。哪一篇？念来听听，我好评评。"迷亭的口吻还真当自己是审美专家了。

主人就开始用那种和尚读大灯国师遗训的腔调念："巨人，引力……"

"什么巨人引力？"

"标题是《巨人引力》。"

"奇怪的标题。不懂。"

"意思是说，有个巨人，名叫'引力'。"

"有点勉强。好在是标题，就先不跟你较真了！快点念正文。你嗓音还不错。很像那么回事呢。"

"不要再乱打岔！"主人强调一句，接着往下读。

凯特从窗口向外眺望，看到几个孩子正在投球玩耍。孩子们将球抛向高空。球越飞越高，然后落了下来。他们再把球抛上去。一连三次，每投必落。凯特问："为什么掉下来？不永远上升呢？""因有巨人在地下，"母亲回答说，"巨人就是'引力'。他很强大，将万物引向自己，也让房屋留在地面，否则，房子就会飞到空中，小孩子也会飞起来。看见过落叶吧？也是因为'引力'的召唤。你们的书本掉过是吧？因为这个巨人'引力'命令书本掉下去。皮球一上天，'引力'就呼唤。他一呼唤，皮球就落下来。"

"就这些？"

"嗯。多动听！"

"好吧！领教了。老兄这是出其不意攻其不备，我竟然遭到了你对'橡面坊丸子'的报复。"

"别总想着报复。就是因为好，才想翻译过来。贤弟不以为然吗？"主人盯住对方金边眼镜后的那对眼。

"太令人吃惊了！想不到你竟然有如此心机。这一回算彻底被你设计了。承让，承认。"

迷亭自拉自唱，主人一头雾水。

"没有要你告饶的意思，就是觉得文章有趣，才试译一下。"

"的确有趣，没有比这更有趣的了。厉害，佩服！"

"你太过谦虚了。我只是不想再画水彩画了，倒想写写文章。"

"那可不是远近无别、黑白不分的水彩画能比的哟！我对你真是肃然起敬！"

"有你的肯定，我更加信心百倍了。"主人闹误会已是家常便饭。

正在此时，寒月先生跨进门来说："上次失礼了！"

"哎呀，失迎，失迎！适才正聆听旷世名作，刚好赶走'橡面坊丸子'的幽灵。"迷亭这像是在打哑谜。

"啊，是吗？"寒月的应答也是稀里糊涂。

只有我那主人平静如常。他说："前些天你介绍的越智东风君到寒舍来过。"

寒月说："来过了？越智东风君可是个正直的小伙。不过有点古怪。我本不想给您添麻烦的。但他一定要我把他介绍给您……"

"哪里的话。"

"他到贵府，对您解释过自己的姓名吗？"

"没有。好像没提起这些！"

"是嘛。那就奇怪了。他有个习惯，不论去哪儿，都要对新结识的人讲解一番自己的姓氏。"

"讲解什么？"唯恐天下不乱的迷亭先生插嘴说。

"他十分担心别人把东风二字用音读法来读。"

"唉呀呀！"迷亭从金色虎皮纹烟盒中捏出些烟草。

寒月说："他总是一开口就对别人声明，越智东风不读成'越智touhu'，而是'越智kochi'。"

"妙！"迷亭深深吸了一口云井牌香烟。

寒月又道："这都是因为文学热。把东风读成kochi，和越智这个姓氏一起读，就成了'远近'，而且押上了韵，他非常得意。因此，他时常说：'如果用音读法来念东风二字，那我一片苦心就白费了。'"

"的确够古怪。"迷亭先生乘机将吸进肺腑里的烟雾从鼻孔喷出，没等烟雾散去又迅速吸了回去。他被呛到，握着烟管，不住咳嗽。

主人笑说："据东风君说，他在朗诵会上扮船老大，遭到了女学生们的嘲笑。"

迷亭用烟管敲打膝盖："哦，确有此事。"

我马上预感到会有危险，稍微离主人远了点。

迷亭说："关于那个朗诵会，前几天请他吃'橡面坊丸子'时，听他提起。他说不管怎样，第二次聚会时都要邀请知名文人参加。还说届时希望先生务必光临。后来我问他下次集会还打算演出近松作品中现实主义题材的剧本吗，他说：'不，下次要选个新潮的，《金色夜叉》。'我问他扮演什么角色，他说他扮演女主角阿宫。东风扮演阿宫，天啊！这一定特别精彩，我可不能错过。"

寒月阴阳怪气地笑了："有意思！"

主人说："不过，东风君那么诚恳，与迷亭之流截然不同啊。"

这分明是对安德烈·德尔·萨托、孔雀舌以及橡面坊丸子的报复，一箭三雕。但迷亭毫不介意，笑眯眯地说："我等怎么放都是'行德的案板'[①]嘛！"

"大同小异吧。"

据我所知，主人根本不知道"行德的案板"是什么意思。但总归是教师，惯于滥竽充数。显然，他将讲坛上的经验用于了社交。

寒月先生倒是直言不讳："'行德的案板？'此话怎讲？"

主人却硬是把"行德的案板"的话题岔开了，他看着壁龛说："那枝水仙，是我年末从澡堂回来时顺路买下插在花瓶里的。花期还真长。"

迷亭像演杂技似的把烟袋杆放在指尖上转："提起去年年末，我突然想起我还真有过一段离奇经历呢！"

听到迷亭先生这么说，主人松了口气，暗自庆幸"行德的案板"终于混过去了。

迷亭先生开始给在座的各位讲述起他的所谓的离奇的经历："记得是

---

① 意为圆滑世故。

去年年末二十七日，那位东风君事前通知我：'将趋府拜访，万望能领教有关文学艺术方面的高论，望先生相候。'于是我从清早开始恭候他，可他却迟迟未到。午饭后，我正在炉边读巴里·培恩的滑稽小说时，我住静冈的家母来信了。

"我展开信看，什么'严寒时节切莫出门'，什么'冷水浴时要生好火炉'，什么'室内要保温，否则会受风寒'，诸如此类注意事项多得数不胜数。到底还是父母呀，外人怎会有这样的关心。连我这个素来我行我素之人也深受感动。读罢这封信，我觉得总这么游手好闲太不像样子，所以必须写出伟大的著作，也好光宗耀祖。我希望在老母有生之年里，能让世人看到明治文坛上有我这么一位迷亭先生。

"信上还说：'你们这些人太幸福了。自从和俄国打仗，许多年轻人为国效力都付出了巨大辛苦；而你们，即使在这岁末年关，也过得像新正大月似的，玩得很开心。'其实，我哪像母亲想的那样游手好闲呀。再往下看，信中列举了我一些小学同学的名字，有的阵亡，有的负伤。我一一念那些名字，不知怎么，竟有了人生凄凉、了然无趣之感。家母最后说：'母年事已高，日薄西山，新春杂煮之宴，料也仅此一度了。'

"写得如此悲惨，使我更加郁郁寡欢，巴不得东风君快些到，可东风先生就是不见踪影。终于吃晚饭了。我想，给家母写回信吧，就写了十二三行。家母来信，长达六尺以上，而我无论如何也没有那么大的本事，一向写十行左右肯定写不下去。因我整天坐着等人，闷得难受。忽然想先出去寄信，顺便散步，东风君来了让他在家等我好了。

"不知怎的，我没去富士见街的邮局，竟鬼使神差地向大坝三号街走去。偏偏那晚有点阴天，从护城河而来的寒风透骨凉。神乐坂开来的火车鸣着笛从坝下驶过，我感觉越发凄凉。迟暮、阵亡、衰老、无常……一堆的念头在我脑中旋转。常听说有些人上吊自杀，大约就是在这种心境下萌生的念头吧！我抬起头往坝上瞧，不知不觉已经来到那棵松树下。"

"哪棵松树，是哪棵？"主人追问。

"上吊那棵呀！"迷亭说着脖子一缩。

"吊颈松不是在鸿台吗？"寒月也推波助澜。

"鸿台那棵是悬钟松，大坝三号街那棵是吊颈松。据说这吊颈松一名的由来是因为从古至今，无论何人，一来到这棵松树下就会有想上吊的冲动。尽管那地方有几十棵松树，可一旦有人上吊的话，一准是吊在这棵松树上。每年总有两三个人在这棵树上上吊，别的松树都不行，勾不起寻死的欲望。你看看那棵吊颈松，枝丫伸到大路上。啊，多美好的姿态！要不你说它就那么空闲着多可惜。说实话，我很想看看有没有人吊在上面。偏偏没一个人来。没办法，要不我自己去试一试？不行，不行，我去上吊可就没命了！这太危险，还是算了！据传说：古希腊的宴席上有种助酒兴的法子，就是模拟上吊。一人上台，将头伸进绳套。这时会有人将吊台踢倒。在撤走吊台的同时，给被套住脖子的人松绑，他便跳下台来。假如果有此事，我觉得大可不必惊慌，不妨一试！于是我手搭在松枝上，那松枝乖乖弯下来，弯曲的样子美不胜收。我想象着吊在上面我的身子随之摇曳的样子，就喜不自胜。我一定要上吊！可转念一想，如果东风君驾到，空自等候，叫人于心不忍。那么，还是先见东风，履行承诺，上吊的事，以后再说吧！于是，我便回家了。"

"如此说来，你是捡了条命喽？"主人说。

"有趣！"寒月嬉笑着。

"到家一看，东风君还是没来，看到他又寄来一张明信片：'今日有事不能赴约，容后竟日奉陪。'我总算放下心了。这样一来，我可是再也没什么后顾之忧，可以安安心心去上吊了。我忙穿上木屐，疾步返回原处。一看……"说到这儿，他有意停顿下来，朝主人和寒月煞有介事地瞟了一眼。

"看到了什么？"主人急切地询问。

"渐入佳境了！"寒月搓弄他的外衣衣带说。

"我一看，已经有人捷足先登了。只差一步，我就会铸成终生憾事。过后想来，我当时大概是阴魂附体了。按照威廉·詹姆斯等人的话说，那就是因为我的潜意识中的幽冥界与我所在的现实世界因为某种因果关系发生了交互感应。这还不是怪事？"迷亭先生说得神乎其神。

主人一言不发，兀自将糕饼塞满了嘴，不住地嚼着，多半是发觉自己又被耍了。

寒月先生弯腰把盆里的火灰小心摊平，低着头哧哧地笑。但不一会儿，他就极其平静地说："的确有些离奇，让人难以置信。不过我近来也有过类似经历，所以丝毫也不怀疑。"

"难道，你也想过上吊？"

"怎么会，我倒不是要勒脖子。说来也是去年年末，而且和迷亭先生是同时发生的事，这就更离奇了。"

"有意思。"迷亭也把团糕往嘴里塞。

寒月说道："那一天，向岛一位朋友家举办年末茶会和演奏会，我也带上小提琴去了。有十五六位小姐和夫人出席，热闹非凡，极其隆重。晚餐后，演奏也结束了，大家就开始天南海北闲聊起来，由于时间已经很晚，我打算告辞回家，这时一位博士夫人来到我身旁，小声问我是否知道 A 姑娘病了。我很吃惊，因为两三天前我和她见面时，她好像还好好的，看不出有何异样。我详细询问了情况，得知也就是从我和她见面的那个晚上开始，她突然发起烧来，还不住说胡话。如果只是这样倒也没什么，可据说胡话里不时出现我的名字。"

我看不要说主人，就连迷亭先生也不再调侃什么"艳福不浅"之类的滥调，都在恭听。

"据说请了医生，也弄不清什么病。只说有可能热度太高伤到了脑子。如果安眠药不能奏效，那就危险了。我一听就有一种不祥之感，好像做噩梦被魇住了似的，心头沉重，周围的空气也骤然凝固了，一股脑儿压在我的身上。回家后满脑子都是这事，痛苦极了。那位美丽、快活、健康的 A 姑娘，怎么会……"

"且慢！从开头就听你说 A 姑娘，已经听两遍了。假如没什么不便，请教芳名！"迷亭先生回头瞟了一眼主人，主人也含糊其词地应了一声。

"那怎么可以！这样说不定会给当事人带来麻烦，还是免了吧！"

"你是想就这么朦朦胧胧地讲下去吗？"

"请不要嘲笑，这可是严肃的故事。总之，一想到那个女人突然生那种病，我就生出落叶飞花的感慨。我全身像泄了气似的，萎靡不振。我就那样踉踉跄跄来到吾妻桥。倚着栏杆俯视桥下流水，也不知是涨潮还是落潮，只看到一片黑乎乎的水面在摇荡。这时，从'花川户'那边跑来一辆人力车。我目送车灯远去。灯光越来越小，在札幌大厦那儿不见了。我又看向水面，只听从远远的上游传来呼唤我名字的声音。天啊！深更半夜怎么会有人喊我？我又看向水面，除了一片昏黑，什么也看不见。我心下暗想，也许是心理作用吧，不如尽快回去吧。可刚一迈步，就又听到那个声音在远方呼唤我。我停下来侧耳聆听。当第三次呼唤我名字的声音出现时，我虽紧握栏杆，双腿却不住发抖。这个呼唤声像是来自远方，又像是从河底发出的。千真万确，就是 A 姑娘的声音。我竟然情不自禁应了一声！声音太大，竟在静静的水面产生回响，把我自己都吓一跳，四下望去，却空无一物。我被如此情景所惑，不由自主想到发出声音的地方去。A 姑娘的声音在敲我的耳鼓，那声音如诉如泣，又像是在呼救。我也不知道怎么回答，只脱口而出：'马上就来！'然后从栏杆上探出半个身子，眺望漆黑的河水，越发觉得那个声音是从河里传的。'就在水下！'我边想边跨上栏杆，下定决心只要听到再喊，就跳下去！果不其然，马上又传来了细若游丝悲惨的声音。说时迟那时快，我纵身一跳，就像块小石头一样坠落下去了。"

主人眨着眼问："跳下去了？"

迷亭先生捏着鼻尖说："想不到事情发展到如此地步。"

"我跳下后人事不省，如在梦中。过了会儿睁眼一看，虽然有点凉，但浑身哪儿都没湿，也不觉得呛过水。可我千真万确跳下去了呀！我百思不得其解，向四周一瞧大吃一惊。原来，我本心是想跳下水，可迷失了方向，跳到桥中心了。当时真后悔，只因神魂颠倒，竟然没能抵达 A 姑娘声声呼唤我的地方。"

寒月咻咻笑着，仍然不住搓弄着自己的外衣带，仿佛是个累赘。

"哈哈……有意思。神奇的是这段经历和我的那次体验很类似，这又成了詹姆斯的教材了。假如以'人的感应'为题写一篇纪实文章，一定会震惊文坛。言归正传，那位姑娘的病怎样了？"迷亭先生还是对姑娘的身子更关心。

"两三天前我去她家拜年，看到她正在门里和女仆打板球！可见已无大恙了。"

主人一直在沉思，这时终于不甘示弱道："我也有过类似经历！我那件事也发生在去年年末。"

"都发生在去年年末，这么巧，真是太离奇了！"寒月先生咧开嘴笑，豁牙的齿缝间沾着豆包渣。

"不会是同日同刻吧？"迷亭先生又在打岔。

"不，日子不同，我记得大约是二十五日前后。那天内人说：'今年不要给我买岁末礼物了，请我去看摄津大橡表演的木偶戏吧！'去也无妨。问她今天演的是哪出戏。内人查看了一下报纸，说演的是《鳗谷》。因我不想看这出戏，那天就没去。第二天，内人又拿来报纸说：'今天唱《堀川》，你意下如何呢？'我说《堀川》是三弦戏，只是热闹，没有内容，算了！内人一脸不悦地走开了。第三天，她说：'今天唱《三十三间堂》，我一定要看摄津唱的这出戏！你不会连《三十三间堂》也不爱看吧？既然请我看戏就陪我一起去，总行了吧？'她毫不退让。我说：'既然你那么想去，那就去。不过，都说这是绝代名戏，一定爆满，到时咱们未必挤得进去。一般想去那种场所，都会预先和茶馆联系定好座位。你不提前定好，咱们肯定没地方坐。实在抱歉，我看今天算了吧！'内人恶狠狠地瞪着我，带着哭腔说：'我一个女人家，哪懂什么手续。邻居大原的妈妈、铃木家的君代都没办什么手续，也都舒舒服服听完戏回来了。就算你是个教师，也大可不必经过那么烦琐的手续才看戏吧！太过分了。'我只好作出让步，说：'既然如此，那就吃过晚饭，乘电车去吧！'内人立马转怒为喜：'四点前必须到，不能磨磨蹭蹭的！'我追问一句：'为什么一定要四点钟到？'内人照搬铃木夫人的话说：'不提前些入场找座，就会进不去门的。''那么，过了四点就不行？'我又追问。'是呀，就是不行嘛！'她说。可就在这时，我突然打起哆嗦来。"

"夫人吗？"寒月问。

"不是，她活蹦乱跳的。是我。不知怎么了，觉得像气球开了口子，身体一下子萎缩，头晕目眩，动弹不得了。"

"这是急病！"迷亭先生仿佛很了解。

"真是糟透了！内人一年才提这么一次要求，无论如何也要如她所愿才行。我平时对她只有斥责与冷落，叫她操持家务，照料孩子，从未报偿过她。难得今天有暇，囊中尚剩四五枚铜板。一定要带她去！可我冷得打战，两眼迷离，别说去乘电车，连穿鞋的地方也走不到。啊，太惨了！想着想着，冷战越发打得厉害了，眼前更黑。

"我寻思，如果快些请医生来看看，吃点药，四点钟前说不定就会药到病除呢。于是我和内人商量，去请甘木医生。不巧他在大学值班，还没回家。真糟！我想，这时要是喝点杏仁茶，四点钟前肯定会好。可事与愿违，本来盼着有幸欣赏一次内人喜盈盈的笑脸，也好开开心，不承想她怒气冲冲问我到底能不能去，我说一定去！四点钟前这病一准好，不必担心，遂让她洗脸换衣服等着我。我嘴上说着，冷战越打越凶，眼前漆黑。假如四点钟前不能病除践约，像内人这等心胸狭隘之人，不定会出什么事，那时可就惨了。

"为防万一，应该趁现在对她晓之以'盛极必衰、生久必亡'之理，让她好有个心理准备，避免到时惊慌失措，这难道不是为夫之道？慌忙中，我把内人叫到书房问：'你虽然是个女子，但总该知道西方有句谚语吧！"Many a slip, twixt the cup and the lip."①'那种横行文字哪个懂？你明知我不懂英文，偏拿英文来戏弄我。你既然那么喜爱英文，为什么不讨个教会学校毕业的女学生做老婆？再没有像你这么冷酷的人了。'她气势汹汹，将我的精心设计拦腰斩断。

"不过，在诸公面前，也该辩白几句。我说英文绝非恶意，完全出于对妻子的怜爱。可内人竟然理解为另一种含义，真叫我啼笑皆非。而且，我一直打冷战，两眼发黑，脑子也有点乱。真是祸不单行。一时性急，竟过早对她灌输起'盛极必衰、生久必亡'之理，以致信口说句英语。

"思量起来，这都怪我，将事情弄巧成拙。由于此番折腾，我冷战越打越凶，眼前越来越黑。内人已经奉命去化妆，从衣柜里拿出和服换好。她整装待发，我心急如焚，甘木君早些来就好了。一看表，已经三点钟了，

---

① 源于古希腊传说，意指世事往往会功亏一篑。

距四点还有一个小时。内人拉开书房的外门说：'该走了吧！' 夸奖自己的老婆，也许令人好笑，不过，我从没发现妻子这么漂亮。她用肥皂擦洗过的皮肤柔润光洁，与黑绸小褂交互辉映；她那艳若彩霞的光辉发自有形无形的两个方面，一方面是由于用肥皂揉搓，另一方面是盼望听摄津大椽唱戏。我想，无论如何也要满足她的愿望，就当舍命陪君子吧！

"我刚吸了支烟，甘木医生就到了，真是一顺百顺。我介绍了病情，甘木医生瞧我的舌头，握我的手，敲前胸，搓后背，翻眼皮，摸头骨，沉思片刻。我问是否要紧，医生镇静地说：'无大碍。'内人问：'出一趟门，不至于有问题吧？''是啊，'医生又沉思，'只要不难受……'我忙说：'难受啊！''那就给你开点镇静剂和汤药。''好吧，不会越来越严重吧？'他说：'不，绝对用不着担心，神经不要过于紧张。'

"医生走了。三点半钟，打发女仆去取药。女仆遵夫人命飞奔而去疾驰而归。归来时差十五分四点。还有十五分钟。本已平安无事，可我突然又恶心起来。内人将汤药斟在碗里，放在我面前。我想端起碗喝下去，可胃里咕的一声，仿佛有个东西在呐喊。不得已，我又放下碗。内人逼我快些喝。是呀，不快些喝快些动身，怎么交代啊。我下定决心，又将药碗送到唇边，而胃里又咕咕叫，死活喝不下这碗药。我只得又放下。

"不知不觉客室里的挂钟敲了四下。啊，四点了，再也磨蹭不得。我又端起碗。你们猜发生了什么？简直太神奇了！随着时钟敲响四下，我居然一瞬间就不再想吐，汤药顺顺当当喝了下去。四点十分后，不得不拜服甘木先生名医之誉。喝过药，后背不冷了，两眼也不黑了，简直像在梦中。我久久不能外出的怪病，竟瞬息痊愈，多叫人高兴！"

"那后来去看演出了？"迷亭不知趣地问。

"本来是想去的，可过了四点钟。内人说进不去门了，没办法，只好作罢。假如甘木医生再早来十五分钟，我也就尽我所能，内人也会心满意足。可只差十五分钟，实在是憾事。回想起来，现在还觉得当时的处境真真急死个人。"

主人说罢，露出一副总算尽了义务的神情。他以为这样说来，在二位友人面前露脸了呢。

寒月先生露着豁牙笑："那太遗憾了。"

迷亭先生却假装正经，自言自语地说："妻子有你这样一位体贴的丈夫，实在幸福。"

这时，门后传来了女主人故意清嗓子的咳嗽声。

我老老实实，挨个听了三人讲的故事，既没有觉得可笑，也没觉得可悲。我觉得人啊，除了逞口舌之快，自己觉得了不起外，一无是处。

对我主人的任性与狭隘，我早有耳闻，但他平时沉默寡言，有些方面还不够了解。正是这不够了解之处，才让我有些敬畏。可刚才听完他的话，我顿时鄙夷起来了。他为什么就不能安安静静只听别人说，非要出糗才快活？难不成那个爱比克泰德在书本里写了，叫他这么干？

一句话，主人、寒月还有迷亭，都是些盛世的逸民。尽管他们像长老了的丝瓜随风飘摇，却装作超然物外的样子，其实，他们既庸俗又贪婪。即使这种无聊闲话，也要争个输赢。完全看不出他们跟自己平时所痛骂的俗骨凡胎有什么区别，这太悲哀了。好在他们还不像完全的凡夫俗子那样墨守成规得令人生厌，也算有一点可取之处吧！

想到这里，顿时觉得三人的对话无聊透顶，还不如去看一下花子小姐。于是，我悄悄来到二弦琴师傅家的门口。门前悬挂的松枝和稻草绳都撤了，现在已是正月初十。阳光普照，万里无云。那个不足十丈的庭院，比元旦曙光照临时更加生机盎然，檐廊下摆了张坐垫，却不见人影。连纸屏也紧紧闭着，可能二弦琴师傅洗澡去了。其实她在与不在都无所谓！我记挂的是花子小姐的病。既然院子里静寂无人，我索性登上檐廊，摊开泥脚在坐垫上一躺，别提多舒服了。很快就昏昏入睡，探望花子小姐的事情也抛到了九霄云外。

忽然从纸屏后传来人声："辛苦了。做成了吗？"这是二弦琴师傅，说明她在家里。

"都妥当了，回来迟了。我到了那家婚丧用品店，他们说赶巧刚做成。"

"在哪儿？我看看。啊，做得真棒！这一来，花子可以安心地去了。金漆的面不会脱落吧？"

"不会的，我叮问过，他们说用的是上等材料，比人的灵牌还耐用。

还有,他们说'猫誉女居士之灵位'中的'誉'字,还是简化些好看。所以,改了笔画。"

"那好,那就赶快供在佛坛前,烧香吧!"

花子小姐怎么了?我预感情况不妙,猛然从坐垫上坐起来。只听二弦琴师傅念道:"南无猫誉女居士,南无阿弥陀佛,南无阿弥陀佛……"

"你也烧炷香吧!"

"南无猫誉女居士,南无阿弥陀佛,南无阿弥陀佛……"这是女仆的声音。一种不祥的预感袭来,我呆坐在垫子上,像座木雕,眼珠都不敢转。

"真可惜!起初大概只是受了点风寒。"

"甘木医生若是给一点药吃也许会好的。"

"都怪那个甘木医生不好,太不把花子当回事了。"

"怪他也是无用了,这也是命中注定呀!"

看来,花子小姐也请甘木医生给诊过病的。

"其实,我认为就怪临街教师家那只野猫,总是来招惹它。"

"是的。那畜生是花子的仇敌!"

我本想辩白几句,但又认为那样做也无济于事,便咽了口唾沫听下去。

"真是世事难料啊!像花子这样俊俏乖巧的猫竟然夭折,而那只丑陋的野猫却还健在,胡作非为……"

"谁说不是呢。像花子这样可爱的猫,打着灯笼也找不到第二位!"

听听,不说"第二只猫",而说"第二位"。依女仆看,似乎猫和人是同宗。还别说,这个女仆还真长了一张猫脸。

"如果可以,真想找个替身替花子去死……"

"如果是那个教师的野猫死了,您可就如愿以偿了。"

她如愿以偿,我可爱莫能助。我才刚体味生之幸,怎可去尝死之痛?没体验过,谁知道喜不喜欢。对了,前些天因为太冷,我钻进了灭火罐,女仆不知我在里边,扣上了盖子。我当时那个难受劲儿就别提了!如今只要一想就害怕。据白嫂说,再迟一会儿就命丧黄泉了。如果可以替花子小姐去死,我心甘情愿。但,如果非要遭那份罪才能完成死的使命,替谁去死也不干!

"花子小姐虽说是猫，师傅却拿她当亲生女儿，给她念了经，取了法名，花子小姐也该瞑目了。"

"也是啊，真是只幸运的猫。若说有什么不足，只是给猫儿念的经太短。"

"我也觉得太短，就问月桂寺的和尚，他说'恰到好处。对于一只猫来说，念这些，足够送它上西天了'。"

"对了，那只野猫呢……"

事先声明多次，我至今还没名字。虽说如此，可那个女仆一口一个"野猫"地叫，真是太没有涵养了！

"那家伙呀，罪孽深重！不论多灵验的经文，也超度不了它啰。"

在她们后来的交谈中，我不知又被她叫了几百次"野猫"。我不想再听二人闲扯，遂离开坐垫，从檐廊窜了下去。

这时，我的八万八千八百八十根猫发全都倒竖起来，浑身打战。从此以后，我再也没去过二弦琴师傅家。如今，大概该轮到二弦琴师傅自己接受月桂寺和尚敷衍了事的超度了吧？

近日来，我厌世情绪浓郁，连门都不想出，越来越像我主人了。

主人将自己困于书房中，人人都说他因失恋而不可自拔。我也觉得不无道理。

我依然没抓过老鼠，女仆甚至对我下了逐客令，但好在主人认定我不是只平凡的猫，我才能继续优哉游哉，在这个家庭里虚度晨昏。就事论事，在这一点我要对主人感恩戴德，并由衷钦佩他具有一双慧眼。

那个女仆就不要提了，她是个有眼无珠之人，而且还虐待我，我也懒得和她计较了。

假如今天又有个左甚五郎，将我的肖像雕刻在门楼的立柱上，或者有个日本的斯丹伦，兴致盎然地将我的风姿描在画布上，那些家伙们都会因自己的有眼无珠而羞愧！

第三章

鼻子夫人将戴着钻石戒指的手搭在膝上，调整了一下落座的姿势。她那醒目的鼻子更加大放异彩，不论迷亭还是主人，都渺小到尘埃里去了。

花子小姐去世了，真是天妒红颜。我跟大黑素来不是同道中猫，幸亏我在人类中交上了朋友，要不会寂寞死。

前些天有人致书主人求我玉照，近日又有指名送给我的冈山名产黄米面包子。随着名声日隆，喜欢我的人越来越多，我几乎忘了我是猫这档子事，不知不觉与人类的关系越来越近了。

当然了，原本的猫族征服人类的念头也早已荡然无存，反倒是觉得我在人类中的仕途越来越不可限量。

话虽如此，我可没半点看不起同胞的意思。不过是形势使然，不得不借此栖身而已，更何况这么多人喜欢我呢！可别说我见利忘义、卖辱求荣之类的，我消受不起，要骂就去骂那些搬弄是非、摇唇鼓舌、口蜜腹剑、心胸狭隘的家伙吧。

说起来，我既脱了猫性，脑子里就不仅仅是花子小姐和大黑哥了，我想跟人平等地去评价他人的思想言行，这不过分吧！只是主人竟还是把我看成披毛带爪的普通猫，连一句客气话都没有，就把黄米面包子吃个精光，这也太过分了。

照此推测，人家要我的玉照想必也没寄走。我对此不是很满意。但想想也是，主人有主人的理由，我有我的道理，看法不同也正常，我又能怎样呢？

因我与人类日渐亲近，逐渐疏远了猫族，对猫族世界近日动态不够了解，不好妄自揣测。既然如此，不如继续说说迷亭、寒月诸公。

一个晴朗的周日，主人迈着四方步踱出书斋，把笔墨和稿纸放在我身边，趴在榻榻米上念念有词，怪腔怪调的，我猜测可能是在为撰写初稿序章凝神聚气吧。

好奇心驱使我仔细看看主人在写什么，只见他用很浓的墨重重写了"香一炷"三个字，天哪！是诗，还是俳句？对主人来说，这三个字风雅了些，能写出来真不容易。紧接着，我看到他另起一行，挥毫写下："早就想写篇天然居士的故事。"然后停下笔一动不动。他举着笔，歪着脖子，似乎词穷，因为舔笔尖，嘴唇都乌黑了。他在最后那句后画了个小圆圈，在圈里点两点，安上了眼睛；正中画了个鼻翼大张的鼻子，最后在鼻子下横着来一下，算是安上了嘴。

这算不上文章，也算不上俳句。大概主人自己也觉得不顺眼，忙涂了。又另起一行。很可能他认为，只要另起一行，就会成为诗、赞、语、录。片刻，只见他一蹴而就，写下"天然居士，探空间、读论语、烤白薯、流鼻涕者也"。风马牛不相及的一段话。接着，他朗读这段话，少见地哈哈大笑，叫着"有意思"。随后又说"'流鼻涕'太尖刻，去掉"，于是他在这个词上划了一杠。本来画一条线就足够，可他划了一条再来一条，都是很漂亮的平行线，而且划得越界，侵入另一行，他也不管。划了八条仍然没有想出下一句，这才投笔捻须。他气急败坏，把胡子忽上忽下狠狠地捻，那态势仿佛要从胡须里捻出文章来给大家瞧。

这时，女主人从饭厅走来，一屁股坐在主人面前："喂，你听！"

"什么？"主人瓮声瓮气的。

女主人似乎不满意，接着继续来一句："哎，你听我说！"

"什么？"主人正用大拇指和二拇指从鼻孔里拔掉一根鼻毛。

"这个月，钱有点不够用……"

"不可能不够啊。医生的药费已经付过，书费上个月不也还清了吗？本月必有节余。"主人泰然自若地将拔掉的鼻毛对着天仔细研究。

"可您不吃米饭，要吃面包，还蘸果酱……"

"一共吃了几盒果酱？"

"这个月买了八盒。"

"八盒？不会有那么多吧！"

"不光你，孩子们也要吃呀。"

"再怎么吃，不过五六元钱罢了。"

主人一边说着一边把拔出来的鼻毛一根根竖立在稿纸上。由于鼻涕的缘故，鼻毛站得像针一样挺直。突然之间，主人有了意外发现，看上去很激动，噗一声吹了口气。但鼻毛一动不动。"真顽固！"主人起劲儿地吹，而女主人已经满脸不悦："不光果酱，还有别的非买不可的东西！"

"大概是吧。"主人又将手指插进鼻孔，兴致盎然地拔毛。有红的，有黑的，五颜六色中，竟有一根是纯白色。主人眼珠子都鼓出来了。他把鼻毛夹在指缝，伸到女主人眼前。

"哎哟，讨厌！"女主人将主人的手推开。

主人无限感慨地说："瞧，这鼻毛中的白发！"

女主人被逗笑了，她回了饭厅，不再谈经济问题……

主人用鼻毛赶走了女主人，看样子很得意，终于可以安下心来了。他继续开始边拔着鼻毛边思考怎么写，可还是无处下笔。

"'烤白薯'？画蛇添足，割爱吧！"他勾掉了这句。"'香一炷'？太突兀，见鬼去吧！"他毫不留情笔诛墨伐，纸上最后剩下一句"天然居士，探空间、读论语者也"。但这看上去又有点过于空洞。唉，伤脑筋！不写文章了，写一篇"铭"吧！想到这，他挥动手中的大笔，用力在纸上一通胡画。还别说，还真像一株低劣的南画风格的兰草！他又把稿纸翻个面，写下些不知所云的东西："生于空间，探索空间，死于空间。空也，间也。呜呼！天然居士！"

这时，迷亭先生驾到。我想，他很可能是把别人的家当成自己的了，总是这样不请自来，大摇大摆闯进屋里，有时甚至是从后门飘然而至。他这个人，从一出生，就把犹豫、礼貌、顾忌、辛苦之类的，抛之脑后了。

"又在写《巨人引力论》？"迷亭劈头就问。

主人虚张声势说："是的。不过，并不是一直在写《巨人引力论》，现在正撰写天然居士墓志铭。"

"天然居士？和偶然居士一样，都是戒名吧？"迷亭信口开河。

"有叫偶然居士的吗？"

"怎么可能有，不过想来会有这类名字的。"

"恕在下孤陋寡闻，不知偶然居士为何许人也。不过，天然居士你该认识的。"

"到底谁呀，装神弄鬼起了个天然居士的名号？"

"就是那位曾吕崎！毕业后去了研究院，研究课题就是'空间论'。因为劳累过度，患腹膜炎去世了。说起来，曾吕崎还是我的知己好友呢！"

"是知己也好嘛，我绝不说个不字。不过，到底是谁使曾吕崎变成了天然居士？"

"我呀！是我给他起的名字，因为再没有比和尚们起的戒名更俗气的了。"看来主人是在炫耀他起的这个名字文雅。

迷亭先生却笑了："那就给我看看你写的墓志铭吧！"说着拿起原稿，高声朗读："呜呼！生于空间，探索空间，死于空间。空也，间也。呜呼！天然居士。"

"不错，写得好。与'天然居士'这个名字很匹配。"

"不坏吧？"主人眉开眼笑道。

"应该把这个墓志铭刻在腌菜缸的压缸石上，再像'试力石'一样扔到佛殿的房后去，无比高雅！天然居士也该得道成仙了。"

"正合我意。"主人回答时表情很严肃，但他突然对迷亭先生说，"失陪一会儿，就来，你先逗猫玩玩吧！"说话间主人早已一阵风去了。

我既然奉命陪伴迷亭先生，总不该板着脸，所以我就憨态可掬地喵喵叫两声跳上他膝头。谁知迷亭先生竟粗暴地揪住我的颈毛，将我头朝下按住。"嘀，肥呀！后腿肥嘟嘟的，可就捉不了耗子。"

捉弄我一个还不够，他又和隔壁女主人攀谈起来："这猫会捉耗子吗？"

"哪会捉耗子，倒是会吃年糕跳舞呢。"万没想到，她竟然会揭我的短。现在我被迫表演空中倒立，怪不好意思的。可迷亭先生仍不肯罢休。

"的确。看这猫，长着的面相就是跳舞的。嫂夫人！你可得留心这猫的脸，很像从前通俗小说里描写的猫怪！"迷亭先生开始胡扯起来，想着法跟女主人搭讪。女主人不得不勉强放下针线来到客厅。

"叫您久等，他快回来了吧？"女主人重新斟杯茶送到迷亭面前。

"这个苦沙弥去哪儿了？"迷亭先生竟然这样称呼主人。

"他这人，不管去哪儿，从不知会，所以不得而知呀。大约找医生去了吧！"

"是甘木先生？甘木先生被这样的病人缠住，真是倒霉！"

"嗯。"女主人不知怎样回答才好，只得虚应一声，而迷亭先生却完全不加理会：“苦沙弥兄近况如何？胃病好些吗？”

“具体情况我一点都不了解。随他去找甘木先生好了，像他那样光吃果酱，胃能好吗？”女主人竟把先前的牢骚对迷亭发泄。

“他那么爱吃果酱吗？简直像个孩子！”

“不光吃果酱，近来还胡乱吃起萝卜泥，说是治胃病的良药，因而……”

“简直闻所未闻！”迷亭发出惊叹。

“听他说在报纸上读了一条消息，说什么萝卜里面含有淀粉酶。”

“怪不得！他是想弥补贪吃果酱的损失啊！亏他想得出。哈哈……”迷亭眉飞色舞。

“近来他还叫孩子们也吃……”

“果酱吗？”

“萝卜泥呀！他说：‘宝宝，爸爸给你好东西吃，来呀！’我还以为他突然喜欢起孩子来了，谁知他干那种蠢事！两三天前，他抱起二丫到衣柜上……”

“什么目的呢？”迷亭不论听什么，总要追问目的。

“哪里有什么目的。就为了欣赏女儿从高处蹦下来。小女儿才三四岁，怎么会那么野？”

“是吗？毫无目的！不过话说回来，他这个人心眼儿不坏。”

“那要是心眼还坏，可就无法忍受了！”女主人满腹怨言。

“唉，何必不快！只要长此这般样样不缺，一天天打发日子，也够福气的了。像苦沙弥兄这样不吃喝嫖赌，又不讲究穿戴，还省吃俭用的，天生是过日子的人。”迷亭开始了不合身份的说教。

“那您可大错而特错……”

“难道他背地里有什么见不得人的事？这可是含糊不得的！”

“那倒没有，只是胡乱买些根本不看的书。如果量力而行，倒也无可厚非。可他呢，想起来就去丸善书店，一拿就是几大本，到了月末就装糊涂。去年年底，由于月月拖欠书款，弄得非常拮据。”

“嗨！书嘛，想买就买，没关系！如果来人讨账就说‘马上付钱，马上付钱’！他自然会走。”

"话是这么说，可不能老拖欠着呀！"女主人说得凄凄惨惨的。

"那就讲清道理，削减他的书费嘛！"

"哎呀呀，他哪里肯听。还反驳说：'你哪像个学者的妻子！一点不了解书籍的价值。从前罗马有个故事，为了开导你，讲给你听！'"

"这可有点意思。什么故事呀？"迷亭感兴趣了。我认为他这不是出于对女主人的同情，而是完全源于好奇。

"据说古罗马有个皇帝名叫什么骄傲者……"

"'骄傲者'？这名字多新鲜。"

"外国人的名字难记，我可记不住。据说是第七世皇帝……"

"是吗？第七世皇帝叫骄傲者？妙。这个第七世皇帝骄傲者怎样？"

"哟，连您也取笑我，让我情何以堪呐。您知道告诉我不行吗？真坏！"女主人娇嗔地说。

"取笑你？我可没这么缺德。只不过听到什么骄傲者皇帝，觉得新鲜……对了，是说罗马的第七世皇帝？这个吗……记不太准确，好像是骄傲者塔奎尼①？算了，不重要，那个皇帝怎么了？"

"据说，有个女人拿九本书去见皇帝，问他买不买。皇帝问她要多少钱，她开出很高的价格。皇帝说太贵，问能不能少点。那个女人就从九本书里抽出三本，扔到火里烧掉。"

"太可惜了！"

"据说那三本书里记载着预言什么的，人世罕见。"

"哇！"

"皇帝以为九本书只剩了六本，准能便宜些，再问价钱，还是一样，皇帝认为这太不讲理了。那女人就再把三本扔进火里烧掉。皇帝觉得奇怪，问那女人，剩下的三本书要多少钱。那女人回答跟开始一样。九本变成六本，六本变成三本，可价码一分钱不少。如果再讲价，那女人说不定会把剩下的三本也扔进火堆里了。皇帝也是出于好奇，就花大价钱买下了三本还没被烧掉的。丈夫讲完这个故事，还问我'怎么样？总该说多

---

① 原文是英文"Tarquin the proud"的片假名标记，意为"骄傲者塔奎尼"，指的是罗马王政时代第七任君主卢基乌斯·塔奎尼乌斯·苏培布斯，是一位有名的暴君和独裁者。

少懂了点书籍的贵重吧？'他倒是得意扬扬，可我一点都不这么认为。"

女主人说罢，催迷亭回答。看不出连一向精明的迷亭先生也有些穷于应对了。他从和服长袖里掏出手帕逗弄起我来。"不过嫂夫人，"他好像想起什么，高声说，"就因为他那样胡乱买书，胡乱往肚子里塞书，才被人称一声学者。前不久我看一本文学刊物，还登了一篇评论苦沙弥兄的文章呢！"

"真的？写些什么？"女主人惊喜地问道。毕竟是夫妻嘛。

"哎呀呀，只有二三行，说苦沙弥老兄的文章'行云流水'。"

"只这些？"女主人完全不满足。

"还有什么'忽生忽灭，灭则永逝忘返'。"

女主人听得丈二和尚摸不着头脑："是夸他吗？"

"大概是吧？"迷亭若无其事将手帕垂落在我眼前。

女主人说："书籍本是谋生工具，怕是少不得的。只是，他也太犟了。"

迷亭猝不及防，不承想女主人竟从另一条路杀将过来，他像是在为我主人开脱似的，回答得不偏不离很是妙："虽说是犟，不过做学问的人都是这个样子。"这既像为女主人帮腔，又像是在为我主人苦沙弥开脱。

"前些天从学校回来，说是还要出门，换衣服太麻烦。他连外套也不脱，坐在饭桌旁就吃。他把饭菜放在火炉架上，我捧着个饭盆坐在一旁，看他那样子真可笑……"

"有点现代'验明首级'的风格。不过，这也正是苦沙弥兄之所以是苦沙弥的原因……总而言之，他非'俗调'之徒。"迷亭的恭维令人作呕。

"俗调不俗调的，女人可不懂。不过，无论如何，他也太任性了。"

"可总比俗调好。"

迷亭一味偏袒，女主人话锋一转，不满地说："总说俗调俗调的，可俗调是什么啊？"

"就是……还真不大好说……"

"既然模糊不清，那么就算是俗调，也没什么不好吧？"她以女人特有的逻辑步步紧逼。

"也不是模糊不清，我其实是心知肚明，只是不大好解释。"

"是不是把自己讨厌的都叫俗调？"女主人一语中的。迷亭先生不得不对俗调做些交代："所谓俗调，大约指的是那些一见'二八佳人二九佳人'便不言不语，在相思中辗转反侧的人；一到'是日也，天朗气清'，准要'携箪酒，墨堤嬉游'。"

"有这样的人吗？"女主人疑问，但终于还是被忽悠得甘拜下风了，"乱糟糟的，我可不懂！"

"这就好比在曲亭马琴的脖子上，安了彭登尼斯[①]上尉的脑袋，再用欧洲的空气熏上几年。"

"这样就能成俗调吗？"

迷亭笑而不语。良久才说："不需费那么大功夫，只要把中学生和'白木屋'老板加起来，再用二除，就能得出俗调的答案，标准的俗调！"

"这样呀。"女主人百思不得其解，越听越糊涂。

"你还没走？"不知什么时候主人回来了，在迷亭身旁坐下。

"你这话说得好像我赖着不走似的！不是你自己说'马上回来'，叫我等吗？"

"他总是这样！"女主人回头看看迷亭说。

"你不在家这工夫，你的奇闻逸事我可都听说了。"

"反正女人多嘴是要不得的！人要是能像这只猫一样缄默该多好啊。"说着主人摸摸我的头。

"听说你给孩子们吃萝卜泥？"

"是啊。"主人笑道，"如今的孩子们可真乖。自从给她们吃了萝卜泥，如果问：'好宝宝，哪儿辣？'她准把舌头伸出来。太有意思了！"

"简直像训练小狗，残酷。寒月兄总该到了！"

主人惊问："寒月也来？"

"是呀。我给他寄了一张明信片，邀他下午一点钟到你家。"

"你这个人，也不问声人家是否方便，就自作主张，叫寒月来干什么？"

"唉，与我无关，今日之约可是受寒月所托。这位先生据说将在物理学会发表演说，需要练一练，叫我听一遍。我说正好，叫苦沙弥兄也听

① 彭登尼斯是英国作家萨克雷的小说《彭登尼斯》中的主人公，是个俗不可耐的家伙。

听。才邀他到你家来的。反正你也是闲着,这不正好吗?他这个人没说的,听听也好!"迷亭自说自话。

主人有点恼火迷亭的自作主张:"物理学我不懂!"

"哎哎,这可不像镀镁玻璃管之类那般枯燥乏味。这可是个与众不同的题目——《关于吊颈的力学》,值得一听。"

"你是上过吊的人,当然听听也好。我可是门外汉。"

"总不至于做出这样的结论吧——'连看戏都打冷战的人没资格旁听!'"迷亭调侃道。

女主人哑然失笑,看看丈夫,去了隔壁。

主人默不作声,摸着我的头。只有这时的抚摸,才无限温存。

果然,不出七分钟,寒月先生如约而至。因为晚上要去讲演,他打扮得衣冠楚楚,刚刚浆洗过的雪白衬领峭然耸立,为他的男子气概平添两成风采,他从容致歉:"来迟了……"

"我俩恭候多时。您就快开始吧老兄!"

迷亭看了看主人。主人无奈,只好含糊地应了声"嗯"。寒月则不紧不慢地说:"先给我斟杯茶吧!"

"啊,当真了?是不是我们还要鼓掌?"迷亭起哄。

寒月这才从内衣袋里掏出草稿,缓缓开了头:"这是演练,请不吝赐教!"接着,预演开始了。

"对罪犯处以绞刑,最初是主要在盎格鲁-撒克逊人中流行的一种刑罚。远溯上古,吊颈主要用以自杀。据说犹太人的习惯是投石击毙罪犯。查《旧约全书》,所谓'吊颈'的准确原意是:将人的尸体吊起来,喂野兽或食肉的飞禽。按希罗多德的记载,犹太人在离开埃及前,最忌讳夜里曝尸。而埃及人,据说罪犯被斩首后,将其躯体钉在十字架上,曝尸于野。至于波斯人……"

"寒月兄,离题了吧。这跟'吊颈'似乎没什么关系呀?"迷亭插了一句。

"就快了,请再耐心些……波斯人如何?据说是用磔刑。只是不太清楚是活着钉在十字架上,还是死后钉,这一点,不得而知……"

"那些事,无关痛痒!"主人打起哈欠。

"还有好多事想讲，不过，各位要厌烦的，所以……"

"要厌烦的，不如'会厌烦的'听起来中肯。是吧，苦沙弥兄？"迷亭据理力争。

苦沙弥无所谓："随他说去吧！"

"那么，就言归正传了，听我一一道来。"

"'一一道来'？这是说书先生的行话，演讲还是用文雅些的好。"迷亭不断打岔。

"如果'听我一一道来'太俗，那怎么说好呢？"寒月先生问，语气带着厌烦。

"迷亭君，你是在听还是在捣蛋？寒月，随他起哄，快些讲下去。"

主人是想尽快结束这场无聊的聚会。

"惆怅久，恰似慢慢道来庭中柳。"迷亭一本正经吟诵起来，寒月扑哧一声笑了。

"据我查证，真正在行刑时动用绞刑，首见于《奥德赛》第十二卷，也就是忒勒马科斯绞死珀涅罗珀的十二名宫女那一段。我本想用希腊语朗诵原文，但恐有卖弄学识之嫌，只得作罢。请读原著四百六十五行至四百七十三行。"

"希腊语之类，还是免了吧。否则无异于炫耀：看，我的希腊语多棒！是吧，苦沙弥兄。"

"这一点，我也赞成。还是免去那些炫耀之词，显得文雅谦和。"主人不知不觉袒护了迷亭，因为他也一样看不懂希腊文。

"好，就把那两三句略去，听我继续道来……噢，不，听我继续演讲。"

"这种绞刑，今天来想象一下，其具体实施方法大概有如下两种：一、大概忒勒马科斯是在欧迈俄斯和菲力西亚斯的协助下，将绞绳一端系在柱子上，然后在绳子上打很多活扣，把宫女的脑袋一个个套进去，将绞绳的另一端狠狠一拉，人就吊起来了。"

"你是说像西方的浆洗房晾衬衫似的把宫女吊起来，是这样吧？"

"正是。其二，程序是这样的：绞绳的一端还是系在柱子上，而另一端高高吊在天棚上。然后从高处那条绳上另外放下几条绳，系好绳套，套在宫女的脖子上。一声令下，把宫女们脚下的凳子一撤。"

"打个比方吧，就像酒馆的草绳门帘上吊着些彩色灯泡。这样比喻应该很形象吧？"

"彩色灯泡？没见过，无可奉告。不过要是真有这种灯泡，想想也差不多吧……下面将给大家用实例说明：从力学角度看，第一种方法无法成立。"

"真有意思。"迷亭说。

主人也赞同："嗯，有意思！"

"首先，假定宫女们被等距离吊了起来，并假定套在距地面最近的两名宫女脖子上的绳索是水平状的，那么，把 A_1、A_2……直到 A_6 看成是绞绳与地平线形成的角度，把 T_1、T_2……直到 T_6 看成绳子各部分受的力，把 $T_7=X$ 看成绞绳最低部分所受的力。不用说，W 自然是宫女们的体重了。怎么样，各位明白了？"

迷亭和主人面面相觑："大致明白。"但"大致"这个词，是二人信口一说。

"当然，各位也都清楚，据多边形的平均性原理，可成立十二个如下的方程式：$T_1\cos A_1=T_2\cos A_2$……(1) $T_2\cos A_2=T_3\cos A_3$……(2)……"

"方程式讲得多了点吧？"主人直言不讳。

"其实，这个公式正是我演说的灵魂。"寒月有点遗憾。

"那么，灵魂部分改日领教可好？"迷亭也有点敬谢不敏。

"删掉这部分，苦心钻研的力学可就付诸东流了。"

"唉，怕什么，大胆往下删就是。"这个我知道，主人最会删。

"那就狠心删掉。"

"这就对了！"迷亭竟不合时宜地鼓起掌来。

"接下来转到有关英国方面的论述。在《贝奥武夫》这部史诗里有'绞首台'一词，可见从那个时代起就有了绞刑。据布拉克斯顿的说法，被处以绞刑的罪犯，万一由于绞绳的缘故未能致死，就得重新绞一次。但在《皮亚斯·普鲁曼》这部著作里却有这么一句：'纵使恶棍，也绝无被二度绞首之理。'虽然二者是非难辨，但从中可以推断，出现过很多受刑者一绞而未绝命的事例。有这么个故事：公元一七八六年，费兹·鸠拉尔这个臭名远扬的恶棍被送上了绞刑台。但神奇的是，第一次他两脚刚刚离开台阶，绞绳竟然断了。又吊第二次，但是这一次因绞绳太长，双脚着地，又没有致死，后来是在看客们的帮助下，才送他上了西天。"

"哎呀！"一到节骨眼迷亭兴趣就来了。

"命真大！"主人也活跃起来。

"有趣的还在后头。人被吊起来后，身高就会增加一寸左右。这是由医生测量过的！"

"这可是新技术！苦沙弥兄如果报名上吊，脖子拉长一寸，那就成中等身材了！"迷亭瞟了主人一眼，谁知主人竟信以为真："把身体拉长一寸的人还能起死回生，有这样的事？"

"肯定不行。一吊起来，脊骨就被拉长。直接说吧，不是身材长高，而是脊骨抻断了。"

主人好像很失望："既然如此，那就算了！"

后面的演说还很长，本该对绞首的生理作用也进行论述，但迷亭总是在插话打诨，说些奇谈怪论，而且主人哈欠连连，寒月只好中止演讲回家去了。至于当晚寒月先生采取了何等姿态、何等辩术，我不得而知。

接下来几日风平浪静，波澜不惊。一天下午两点，迷亭先生又一如既往地飘然而至。他刚落座就迫不及待地说："老兄！越智东风君的高轮事件你听说了吗？"

"不曾耳闻，许久未见。"主人一如既往地愁眉苦脸。

"今天，我就是为报告东风君惨败的事，才百忙中专程来访哟！"

"又说些玄话，你呀，真是个不正经的家伙。"

"哈哈哈……与其说'不正经'，还不如说'没正经'，二者无大差异，可与本人的声誉有关呢！"

"都一样！"主人犹如天然居士重生。

"据说不久前的一个星期天，东风君去过高轮的泉岳寺。这么冷就不该去，这个季节去泉岳寺，岂不像个乡巴佬？"

"随他自愿好了，你无权阻止他。"

"是没有权利。不过，那个寺院里不是有个热闹场所叫作'烈士遗物保管会'吗？听说过吧？！"

"嗯，这……"

"不知道？那你去过泉岳寺吗？"

"没有。"

"没去过？这就怪了。难怪你极力为东风君辩护。江户人，却不知道泉岳寺，匪夷所思！"

"不知道也照样当教师。"主人这就更像个天然居士了。

"服了你。东风君去那个展览会瞧热闹，据说来了一对德国夫妻。起初，好像是用日语向东风君问了些什么。不过，这位东风先生跟平时一样，总是忍不住要秀几句德语。嘿！他哇啦哇啦说了两三句，居然还说得非常流利。可事后想，恰恰是因此埋下的祸根。"

"后来发生了什么？"主人终于上套了。

"那德国人看见大鹰源吾^①的漆金印盒，想问一下是否能够卖给他。当时东风君的回答真是太妙了。他说，日本全是清廉的君子，不会卖的。直到这时，一切都还顺利。那德国人觉得好不容易遇到个不错的翻译，就不断地问。"

"问什么？"

"问题就出在这，要是听懂了也就没事了。那德国人说话像放机关枪似的，语速非常快，他完全不知所云。偶尔听懂一句半句，又问的是鹰嘴钩子和大木槌，东风先生没学过这两个词，不知该怎样翻译，一下陷入了困境。"

"的确。"主人联想到自己当教师的经历，深表同情。

"可是，一些好事之徒围上去看东风和一对德国人的热闹。东风满脸通红，慌了神。和刚开始的派头相反，狼狈不堪。"

"结局如何？"

"最后，东风感觉应付不了了，干脆用日语说了句'撒见'，匆忙溜了。那德国人觉得这个词儿古怪，以为是把再见说成撒见。人们说：'哪里，

---

① 实为大高源吾，迷亭信口乱说，说错了一个字。

是再见。只因谈话对象是西方人,为跟西方发音调和一下,才念成了撒见。'东风君身处困境也不忘调和,实在令人钦佩。"

"关于'撒见'就此打住。接下来那西方人又怎么了?"

"据说那西方人一时目瞪口呆。试想这一幕,该有多滑稽!"

"没什么滑稽的。你特地为此来报信,这倒是真滑稽呢。"主人将烟灰磕进火盆里。这时门铃突然响了。

"对不起!"是女人尖细的声音。迷亭和主人不由得面面相觑,迷惑不解。主人家居然会有女客来访,真新鲜!

这位到访的尖嗓子女客人穿着双层绉绸的和服,底襟拖在了床席上。看上去四十出头,已经秃顶,发际却有一排发帘,如同一座堤坝伫立在她头上,至少有半个脸长。眼睛斜吊成两道直线,左右对称。所谓直线,是说这女人一对眼比鲸鱼眼还要细。她的鼻子大得出奇,仿佛是偷了别人的鼻子安在自己脸的正中,也像把招魂神社或靖国神社的石灯笼搬到不足十平方米的小院里,显得触目惊心,看上去很不协调。那鼻子是所谓的鹰钩鼻。从最开始高高耸立似目中无人,到了中途又谦虚起来,来到鼻尖了又突然下垂,偷窥着自己的嘴巴。

很可能是因为拥有如此非同凡响的鼻子,这女人说话时,让人总误以为是鼻孔在说,而不是嘴巴。我为向这伟大的鼻子表示敬意,决定以后称她为"鼻子夫人"。

鼻子夫人叙罢初次见面之礼,冷冷打量一番室内说:"漂亮的宅子。"

主人漠然地吸烟,心里嘀咕:"扯谎!"

迷亭则望着天棚说:"老兄,那是雨漏,还是木板的花纹?多美的图案。"他在催主人快说话。

"当然是下雨漏的。"主人回答。

迷亭装模作样说:"好哇!"而鼻子夫人这时心里一定很愤怒,多半在心里咒骂:"真是些不懂交际的人!"一时三人对坐,鸦雀无声。

"有事请教,特来拜访。"鼻子夫人引出话题。

"噢!"主人的反应冷淡,鼻子夫人觉得不能这样僵下去,说:"其实,我家不远,就是对面巷角那栋房子。"

"就是那个带有仓库的大楼房？怪不得，门牌上写的是金田。"

主人终于知道了楼房和仓库的主人是金田，但对这位金田夫人一点敬意也没有。

"说起来是有处房子要出租，想来和您商量一下，但因公司里太忙……"鼻子夫人的眼神在说："这服药应该灵吧？"

可主人仍然无动于衷。他认为一个初次见面的女人，说话油腔滑调，已经很不讨喜了。

"公司嘛，不止一个，而是挂了两三个公司的衔，并且都是董事……想你一定知道的。"鼻子夫人的表情像是在说："说得这么开诚布公，还不对我鼻子夫人毕恭毕敬？"

我家主人，你要是说是博士或大学教授，他会佩服得五体投地。可是对实业家们的尊敬极低，他确信中学教师远比实业家们伟大。换一种说法，即使不那么自信，就凭他死板的性格，也绝不会得到实业家和财主们的什么恩赐，很可能因此对这些人失去信心。不论对方多么有权有势，哪怕是什么百万富翁，既然明知没希望给自己好处，那么，对他们无感、不当回事也就理所当然。因此，对学者圈外的人和事，他都表现得迂腐。尤其对实业界，连何地、何人、从事何种事业，他都不闻不问，更不可能心存敬畏。

至于鼻子夫人，恐怕做梦也想不到，茫茫乾坤中居然还有这样的怪人。对于她而言，一般她接触到的那些人，只要说声是金田夫人，态度都会马上恭敬起来。在各种聚会、会议上，无论地位多高，她"金田夫人"这块招牌都很吃得开，何况眼前这个斗室中的迂夫子？按她的预想，只要说声家住对面巷角那个公馆，不等问干什么，老夫子早就该肃然起敬了。

"你认识金田这个人？"主人漫不经心地问迷亭，迷亭却一本正经地回答："认识。金田是我伯父的朋友，伯父前些天还参加游园会了呢。"

"咦？你伯父是哪位？"

"牧山男爵嘛！"迷亭的话越来越严肃。

主人本想说点什么，可不等他开口，鼻子夫人早就把脸转向迷亭。迷亭身穿大岛绸的衣裳，外加一件早年进口的印度花布衫，端坐在那。

"哎呀呀，原来你是牧山先生的……什么来着？我可一点都不知道，失敬失敬。我家夫主常常念叨：'一向承蒙牧山先生的关照'呢。"她突然变得满口敬语，甚至躬身施礼了。

"哪里哪里！哈哈……"迷亭大笑起来。

主人愣住，默默看着二人。

"说真的，小女的婚事也要请牧山先生多多费心哪……"

"哦？是吗？"听到这，连迷亭先生也感到不可思议，发出了惊叹之声。

"说真的，四面八方，求婚者络绎不绝。不过，由于我家是有身份的人，不三不四的必定不能许给，所以……"

"说得对。"迷亭这才放下心来。

"想就这件事请教，才特来拜访。"鼻子夫人望着主人，语声又变得高傲起来。

"听说有个叫水岛寒月的男人是贵府的常客，他是个怎样的人？"

"您问寒月有何贵干？"主人不高兴了。

迷亭先生却机警地问："是与你家小姐婚事有关，想了解一下寒月兄的平素为人吧？"

"如能就此领教，那就求之不得了……"

"那么，您的意思是要把你家小姐嫁给寒月吗？"主人问。

"还谈不上嫁给他。"鼻子夫人说，"除了寒月，说亲的人多得应接不暇。即使寒月先生不肯俯就，也不发愁。"

"既然如此，关于寒月兄的情况就不必打听啰！"主人不耐烦地说。

"但也没必要替他隐瞒吧？"鼻子夫人摆出一副咄咄逼人的架势。

迷亭坐在二人中间，手拿银杆烟袋，像相扑裁判手拿着指挥扇那样，可我分明感觉他是在心里喊："动手啊，摔呀……"

"请问寒月君可曾表示过一定要娶你家小姐？"主人迎头一炮。

"倒是没说过……"

"是猜想他有意要娶吗？"主人现在明白了，这女人吃炮轰。

"事情还没有发展到那地步……不过，寒月先生未必不高兴吧！"紧急之下，鼻子夫人开始反攻。

"寒月君爱上你家小姐可有事实？"主人气势汹汹，一副从实招来的架势，把头往椅背上一靠。

"嗯，十有八九吧！"

主人放了一个空炮。迷亭在一旁装成裁判的样子，津津有味地观战，鼻子夫人的这句话突然勾起了他的好奇，他放下烟袋探出身子："寒月兄给令爱写过情书吗？痛快！到了新年，又添一份趣闻，会成为茶余饭后绝妙的谈资哟！"他喜不自胜。

"不是情书，可比情书还火热了。您二位不都知道吗？"鼻子夫人奚落了迷亭先生两句。

"你知道吗？"主人的表情像是被狐仙附体了，他问迷亭。

迷亭一脸迷惑说："不知道。知道的唯有老兄吧？"这时候迷亭倒谦虚起来。

只有鼻子夫人一个人扬扬自得："哪里，是二位都清楚的事哟！"

"嗯？"二人都愣住了。

"二位如果都忘了，那我不妨提醒一下。去年年底，向岛阿部先生的府上举办音乐会，寒月先生不是也赴会了？那天晚上回来，吾妻桥上不是出了点事吗……至于细节，我不便透露。若讲了，说不定会给本人带来麻烦。有这些证据，我认为已经足够了。不知二位意下如何？"

鼻子夫人将戴着钻石戒指的手搭在膝上，调整了一下落座的姿势。她那醒目的鼻子更加大放异彩，不论迷亭还是主人，都渺小到尘埃里去了。

不要说主人，就连擅长逢场作戏的迷亭先生也一时间不知所措，呆坐无语。待这一阵惊风骇雨稍住，稍稍平静后一种滑稽感又上心头。

"哈哈哈……"二人不约而同笑起来，笑得前仰后合。那个鼻子夫人有点意外，怒视着二人，她肯定是在想："这种节骨眼上还笑，未免太失礼了。"

"那位就是你家小姐？哎呀，好嘛，您说得都对呀。喂，苦沙弥兄！寒月君肯定是爱上金田小姐了，这事瞒也瞒不住，还是如实说了好。"

"哼！"主人哼了一声。

"真是瞒也瞒不住呀！已经证据确凿了嘛！"鼻子夫人得意忘形。

"事已至此，有什么办法。无论如何也得把有关寒月君的恋爱事实交代一番，以供参考。喂，苦沙弥君，你可是主人，别光顾着笑！说来'秘密'这东西可真厉害，再怎么遮掩，也说不定会从哪儿暴露的……不过说离奇，也真够离奇的。金田夫人，您怎么探听到的这个消息？真叫人吃惊。"

"我呀，从不打无准备之仗！"鼻子夫人立马得意起来。

"你究竟是听谁说的？"

"房后那个车夫的老婆。"

"就是有只大黑猫的那个车夫家？"主人瞪大了眼。

"嗯，实不相瞒，为了了解寒月先生，我花了一大笔钱。每次寒月先生到你这来，我都想知道他说了些什么，就委托车夫老婆事后一一向我报告。"

"好手段！"主人大声说。

"哎呀，至于您干了什么，说了什么，我可一概不关心，我只对寒月先生的消息感兴趣。"

"不管你是查访寒月先生还是别人，反正车夫老婆从来就是个'万人嫌'！"主人鄙夷道。

"到你家篱笆墙下站站，难道这不是人家的自由吗？如果怕偷听，那就小声些，要不就搬到宽宅大第去住，岂不平安无事了？"鼻子夫人毫无愧色，理直气壮，"不单是车夫家，我还从热闹街的二弦琴师傅那儿探听到了好多信息。"

"关于寒月吗？"

"当然不光是寒月。"话说得怪吓人。她以为主人一定会慌神儿，可主人却骂道："那个琴师摆臭架子，把自己当成个人，混账东西！"

"恕我冒昧，她可是个女人，这么骂她有失体面吧！"这句话使她的来意昭然若揭。这一来，她才像是专门为了吵架才登门的。迷亭先生倒不含糊，他听得津津有味，不慌不忙。

主人很快意识到要是引开骂战的话，自己可不是鼻子夫人的对手，就立马沉默了。但很快他就想出了个点子："你口口声声说寒月先生主动追求你家小姐，但据我所知，有些出入。是吧，迷亭君？"主人在向迷亭呼救。

"呃，按那时的传说，当初你家小姐玉体欠安……好像多有梦中呓语……"

"什么？怎么可能！"金田夫人一口否认。

"确实听说是某位博士夫人转告给寒月的。"

"那是我的计策，是我托她去试探寒月。"

"那位夫人答应了？"

"是的。不过虽说答应了，也不能叫她白干。前前后后，送给她好多礼物！"

"这么说您是铁了心，不把寒月的情况查个水落石出，就不肯走？"迷亭一反常态，不由得粗鲁起来，"好吧，苦沙弥兄，说说也没什么害处，你先说说吧。金田夫人，不论是我，还是苦沙弥兄，凡是有关寒月的事，必将知无不言，言无不尽……好吧，最好请您按顺序一一提问。"

鼻子夫人见迷亭先生这样，马上恭敬地问道："听说寒月先生是个理学士，可究竟他学的什么专业？"

"在一所大学的研究院研究地球磁力。"主人认真回答。

可惜鼻子夫人对此一窍不通，虽然"啊"了一声，却仍然大惑不解地追问："研究这个，就能当上博士吗？"

"您的意思是，您的女儿非博士不嫁吗？"主人不悦，反问道。

"当然。寻常的学士，那还不要多少有多少。"鼻子夫人大言不惭地回答。

"寒月能否当上博士，我们也无法保证。所以，下一个问题！"主人看看迷亭，越来越不高兴。迷亭也有些不悦起来。

"近来寒月先生还在研究地球什么的吗？"

"两三天前，他在理学协会发表了演讲，关于吊颈力学的科研成果。"主人漫不经心地说。

"哎哟，真的！什么吊颈不吊颈的！这人太怪了。研究上吊的，恐怕无论如何也当不上博士吧？"

"要是他自己上吊，那就希望不大。不过，研究吊颈的力学，不一定当不上博士。"

"是吗？"鼻子夫人又开始对主人察言观色。无奈，她不懂什么是力学，因此怎么也不可能放心。同时又觉得如果连这么点常识也要请教，会伤了她金田夫人的面子，所以才观察主人的脸色，偏偏主人的表情扑朔迷离。

"除了这个，他就没研究点什么好懂的学问？"

"有啊，前不久他写过一篇论文：《橡子的安定性及天体运行》。"

"橡子也是大学要学的课程？"

"这我也是个外行，不大清楚。不过，既然寒月研究它，那就一定有研究的价值。"迷亭现在开始一本正经调侃起鼻子夫人。

鼻子夫人意识到继续把学术性对话进行下去，自己只会颜面扫地，于是调转话头说："听说今年正月，寒月先生吃蘑菇崩掉了两颗门牙。是真的吗？"

"是的，豁牙的地方塞满了年糕。"迷亭立刻兴奋起来。我想他一定在这样想："这下子她可任我摆布了。"

"这也太不文雅了吧？为什么不用牙签呢？"

"下次见面，一定提醒他一下。"主人咯咯笑了。

"吃蘑菇还崩掉牙，可见牙齿不结实。你说是吧？"

"应该不结实。是吧，迷亭君？"

"不算结实。后来他一直不肯填充，这才有趣！很可能想继续让那里做年糕的住宅吧。"

"他是因为没钱补牙才留下那个窟窿，还是喜欢这样？"

"反正他不会总这么自报'缺个门牙'的。放心好了。"迷亭的兴趣真是召之即来挥之即去。

可鼻子夫人又提出新问题："假如府上有他的翰墨书笺之类，很想拜读一二。"

主人起身去书房里拿来三四十张明信片说："他寄给我的明信片还真不少，请过目。"

"用不着看那么多。随便看看其中两三张……"

"来，我给您挑几张好的。"迷亭挑出一张明信片，"这张，很有意思。"

"啊！还有画，太有才了！让我瞧瞧！"

她接过去一看，马上嫌弃地说："哎哟，这画的是山狸子呀！画什么不好，偏画山狸子。"继而又赞扬起来，"不过他能画得叫人一眼看出是山狸子，很了不起！"

"别错过文字。"主人边笑边说。

鼻子夫人用女仆读报的腔调开始念："除夕之夜，举办游园会的山狸们唱着歌翩翩起舞：'来吧！除夕之夜不会有人上山哟！嘿唷嗬，嘭嚓嘭！'"

"这也太不正式了！捉弄人呀？"鼻子夫人颇为不悦。

"仙女这张，您喜欢吗？"迷亭又抽出一张。画的是一位仙女穿着霓裳羽衣，正在演奏琵琶。

"鼻子感觉小了点。"鼻子夫人评价道。

"有吗？很正常吧。好了，先不谈鼻子，还是把上面的题字念一下吧！"

鼻子夫人继续念："从前某地有位天文学家。一夜，他依例登上高台仰观天象。这时，一位绝色仙女现于空中，奏起举世罕闻的优美乐曲。天文学家听得入迷，竟忘了刺骨寒风。翌日清晨，只见那位天文学家的尸体上落了一层白霜。一位专爱扯谎的老头说，此事千真万确。"

"什么乱七八糟的！一点意思都没有。就这样还想当理学博士？不自量力！还不如读一段《文艺俱乐部》有趣呢！"

迷亭又拣出三张明信片，半开玩笑说："这几张如何？"有一张是铅印，印了一只帆船，画下照例胡乱写着："昨夜泊岸船上的二八佳人，说她没有一个亲人，哭得像礁石上的白鸥、半夜惊醒的白鸥。哭诉自己孤苦伶仃无依无靠，爹是船工，葬身浪下。"

"好，这故事动人。难道不值得吟咏吗？"

"吟咏？"

"是呀。可以用三弦琴伴奏！"

"用三弦琴伴奏，那真是太讲究了。再看这张如何？"迷亭信手拈来一张。

"我看还是算了吧！拜读这几张足够了。对此人我已略知一二，他并不是胡作非为的人。"她自己下了结论。

至此，鼻子夫人好像是已经结束对寒月先生的考察了，说："今天太打扰了。关于我来过这件事，希望二位对寒月先生保密。"

可见她的方针是：对于寒月，一切都要查个水落石出；而有关自己的，丝毫也不许对寒月透露。迷亭和主人都似是而非地应了声"嗯"。

"容后致谢！"鼻子夫人趾高气扬地说，边说边站起身来。

二人送客后回来落座，异口同声道："她是个什么东西！"忽听到女主人在内室忍俊不禁，笑出声来。迷亭高声喊道："嫂夫人，嫂夫人！'俗调'的活标本来过啰。俗到那种程度，还懵然不知。好吧，不必客气，尽情笑吧！"

"最看不惯的是那张脸。"主人嫌恶地说。

迷亭立刻补充："鼻子盘踞中央，神气十足！"

"而且是带弯的。"

"有点水蛇腰。水蛇腰的鼻子，绝无仅有！"迷亭忍不住大笑。

"那张脸克夫！"主人依然愤愤不平。

"那副面相嘛，十九世纪没卖出去，二十世纪又赶上滞销。"迷亭怪话连篇。

这时女主人从内室走出。到底是女人心细，她警告说："说话当心些，不然车夫老婆还会去告密的！"

"有人告密正好，让她有些自知之明。"

"不过，私下贬斥别人的相貌，不太体面。谁也不愿意自己有那么一只鼻子，何况是个女人。你们的嘴也太刻薄了。"听上去她在为鼻子夫人的鼻子辩护，实际上是间接为自己的长相辩护罢了。

"有什么刻薄！实事求是而已，那种人也能算女人？一个蠢货！是吧，迷亭君。"

"也许是个蠢货，但也很不简单。我俩不是被她好一顿捉弄吗？"

"在她眼里，教师究竟算什么呢？"

"想必和后屋的车夫别无二致。想要得到这种人的尊敬，只有等你拿到一个博士证书。一般来说，没有博士证书，就只能怪你自己不争气。

嫂夫人，是吧？"迷亭边说边回头看女主人。

"还博士呢，他是没指望了！"女主人不屑一顾。

"我怎么了，说不定眼下就能当上博士，别小看人，尔等未必知道，古时候有个叫埃斯库罗斯的人，九十四岁才完成了巨著；索福克勒斯的杰作震惊天下时，几乎是百岁高龄；西摩尼得斯八十岁写出了美妙的诗篇，我嘛……"

"真糊涂！像你这样害胃病的人能活那么久？"看来做妻子的已经对主人的寿命有了预判。

"放肆！你问问甘木医生去。我被那种女人嘲笑，还不是都怪你让我穿这身皱巴巴的黑布长袍还有补丁摞补丁的破衣烂裳！从明天起，我要穿迷亭这样的衣服，给我拿出来！"

"说得轻巧，哪有那么漂亮的衣服呀？金田太太对迷亭先生客客气气，是她听了迷亭说出伯父的名字，跟衣服没关系。"女主人几句话就开脱了自己。

提到迷亭的伯父，主人突然想起了什么："你还有一位伯父？从来没听你说过。你真有这样一位伯父？"

"哼，我那位伯父是个老顽固，因为他也从十九世纪一直活到今天。"他看看主人跟主人妻子。

"哈哈，别瞎逗了。他住在哪儿？"

"住在静冈。他的生活可不寻常。头顶挽了个发髻，令人肃然起敬。叫他戴帽子，他却说：'我活了这么大岁数，还从没冷到要戴帽子。'告诉他天太冷，再多睡会儿，他总反驳：'睡眠时间四个小时就足够，睡四小时以上那就是浪费！'于是，早晨天不亮他就起床。还说什么：'我之所以能把睡眠时间缩短为四个小时，是长年锻炼的结果。'他吹嘘自己年轻时总贪睡，近来才进入了随遇而安的佳境，并自得其乐。其实，他已经是六十七岁的人，当然睡不着，谈不上什么锻炼不锻炼。可他本人却自认为是勤修苦练的结果。另外，他外出时一定要带把铁扇。"

"拿它干什么？"主人问。

迷亭却脸朝着女主人说："谁知道他要干什么，可就是非拿不可，也许他是当文明杖用吧。不过，不久前还闹出了笑话。"

"哦？"女主人不敢多嘴，生怕打岔。

"今年春天突然来了封信，命我把圆顶礼帽和燕尾服火速寄去。我有点吃惊，询问他所为何事，他回信说，是他老人家自己穿，并下令一定要赶得上二十三日在静冈举行的祝捷大会。可笑的是命令中还有这么一段：给我买一顶尺寸合适的帽子，西装也要估计一下尺寸，到大丸和服店去定做……"

"现在大丸和服店也做西装了吗？"

"哪里，他是和白木西服店弄混了。"

"叫人估计尺寸去做，这不是难为人吗？"

"这正是伯父的个性！"

"你怎么办？"

"我能怎么样，只能估量着做一身寄去了。"

"你也够胡闹的。赶上祝捷大会了吗？"

"好歹总算一切顺利。后来看家乡的报纸报道：当天牧山翁破例身穿燕尾服，手拿一把铁扇……"

"可见他势必要与铁扇形影不离。"

"可不，等他归西时，一定把那把铁扇给他放进棺材里。"

"尽管是估计，可帽子和衣服还都穿得合体，真是难得！"

"大错特错。我原本也认为一切顺利，万事大吉。但不久就收到一个小包，起初还以为是送给我的礼品。谁承想，打开一看是顶大礼帽，还附了一封信说：'烦请特制之礼帽，因尺寸稍大，差你前去帽铺，予以缩小。改制用款，将如数汇去。'"

"真够迂腐的。"主人发现天下竟有比自己还迂腐之人，感到很惬意，"后来呢？"

"只能我自己戴了！"

主人恍然大悟："就是那顶？"

"那位是男爵吗？"女主人好奇地插话。

"谁？"

"你那位手拿铁扇的伯父呀！"

"哪里！他是汉学家。自幼在孔庙里潜心诸子百家，无论何时何地，都要毕恭毕敬头顶一个发髻。真无语。"说着，他来回搓自己的下巴。

"可你刚才好像对那个女人提起过牧山男爵呀！"主人说。

"您是说过的呀，我在茶室里也听见了。"这一点女主人与主人倒是不谋而合。

"是吗？哈哈哈……"迷亭先生大笑起来，"那是扯谎。要真有个男爵的伯父，如今我怎么也弄个局长当当了。"他说得倒坦率。

"我就觉得奇怪。"主人的神色中既有窃喜又有担忧。女主人则大加赞赏："哎哟哟，撒这种谎也能装得这么坦荡，说明您是个吹牛大王！"

"比起我来，那女人更高明。"

"您也毫不逊色！"

"不过嫂夫人，我吹牛只是单纯地说大话而已，而那个女人吹牛，却是句句有鬼，奸诈无比。假如不把讽刺跟幽默加以区别，可真就到了那种连喜剧之神都不得不自愧不如的地步了。"

"谁说的？"主人垂首问。

"还不是一回事。"女主人笑得灿烂。

印象里，我从没去过对面那条小巷，自然对拐角处的金田老板是何方神圣一无所知。今天是第一次听说。主人家也从没提起过什么实业家。我这个在教师家混吃混喝的猫，跟实业家也不可能有任何交集，也就没什么感觉。

刚才鼻子夫人突然造访，也算让我领略了这位夫人的"风采"，从而想象她家小姐的美貌，并对她家的荣华富贵开始浮想联翩。虽说我是猫，也不愿再继续躺在檐廊下得过且过，何况我对寒月君充满了同情。对方竟把博士的太太、车夫的老婆，甚至琴师、天璋院公主都收买了，神不知鬼不觉的，连崩掉门牙都侦查个一清二楚，而寒月君却只顾担心外褂上的衣带，纵然是个涉世未深的理学士，也未免太窝囊了。

可话又说回来，对手既然是个脸上安了个伟大鼻子的女人，可就不是随便什么人都能接近的。关于这场风波，可以说主人一开始就漠不关心，更何况他穷得叮当响。至于迷亭，虽然不缺钱花，但他既然是位"偶然童子"，支援寒月的可能性也微乎其微。如此看来，最可怜的只能是研究"吊颈学"的那位寒月先生了。此时如果我再袖手旁观，不深入敌人后方去侦察敌情，那就太有失公平了。

我虽是猫，但毕竟寄居于学者之府，哪怕这学者不过是个把爱比克泰德的大作翻一翻就摔桌上的货色，我也终归有别于我们猫族那些痴蠢之流，担点风险，尽点侠义，我尾巴尖那点储备应该是足够的。倒不是我为逞个人之勇，也无须寒月先生对我感恩戴德。说得义正言词严一点，这就是在把"讲公道、爱中庸"具体实施，该算得上是一壮举。

那金田太太实在可恶，未经当事人允许，把什么"吾妻桥事件"满世界宣扬，还派些走狗到别人窗下窃听，完了又四处炫耀。既然这样利用车夫、卫兵、无赖、落魄书生、产婆、佣婆、妖婆、傻婆、按摩婆，滥用国家有用之才，那么作为猫，我也不免要从长计议。

虽然冰霜消融，行路艰难，好在天气不错。肩担此道义之重担，我定当全力以赴，纵然脚心粘泥，在走廊留下梅花爪印，那也最多给女仆添点麻烦，就我而言，完全谈不上痛苦。下定了勇往直前的伟大决心，刻不容缓，马上出发！

我先蹿到厨房，惊觉作为一只猫，我不仅已达进化之顶峰，而且论智力也绝不亚于初中三年级的学生。稍有遗憾的是，尽管每天耳濡目染人类的胡扯八道，而咽喉的结构注定了我除了猫语，无法学会人言。这一来，即便是能轻易潜入金田府，查清敌情，也没法把情报传递给当事人寒月先生，更没法告知主人或迷亭先生。既然不会说，那就如同土里埋着金刚钻，虽有骄阳高照，却也无法放光；纵有千条妙计，也是无用武之地。鉴于此，我认为自己是在干件蠢事，不如就此打住，于是，复又在门槛上蹲下。

然而雄心壮志半途而废，就像求雨的人看见乌云从头顶天空飘过去，飘到别人头顶的天空上，不惋惜那是假话。而且，假如是自己的事，自然另当别论；但如果是为了伸张正义，就该勇往直前，奋不顾身，这才是见义勇为的猫儿本色。

至于白白受累，白白脏了手脚等，对于猫来说，不值一提。因为是猫，才没办法以三寸不烂之舌，与寒月、迷亭、苦沙弥诸公坐而论道；也正因为是猫，神出鬼没才是独门绝技，是那几位仁兄所不具备的。能为他人之所不能，这本身就是一大快事。哪怕只有我一只猫了解金田家内幕，也总比举世不晓来得好。虽然不能把真相传播出去，但是叫金田家知道事情已经败露，就足以大快猫心。这么开心的事还不去做，那就是主人那样的傻瓜了。于是，我终于踏上征程。

来到对面小巷一瞧，果然有幢楼房盘踞在巷角，一副高高在上的架势。料想这家主人也和这幢楼房一样，一副不可一世的嘴脸！进得门来，将全楼上下里外巡视一番，但见那二层楼房兀立，除了吓唬人，别无他用。此即所谓迷亭之"俗调"是也。

进门向右拐，穿过花园，转到厨房门口。厨房果然够大，至少比苦沙弥家的大十倍，而且琳琅满目。想来跟不久前报纸上详细介绍过的大隈伯爵府上的厨房比，也毫不逊色。"好一个标准厨房！"我心想着，便钻了进去。进去后看到那个车夫老婆站在六七平方米的水泥地上，正跟金田家的厨子、车夫交头接耳。我怕被发现，便藏在水桶里。听见厨子说："听说那个教师不知我家老爷的名字？"

"怎么可能不知道？这一带不知金田公馆的人，除非是个没长眼、没长耳的废物！"拉包车的车夫说。

"提起那个教员，除了书本什么都不懂，就是个怪物。哪怕稍微对金田老爷的身份有所耳闻，都会吓一跳。要说这家伙，是个连自己孩子几岁都不知道的蠢货。"车夫老婆说。

"连金田老爷都不怕？真是个莽夫！没关系，咱们大伙吓唬他一下好了。"

"那太好了。他嘴太刻薄，居然敢谈论金田夫人的鼻子，还有金田夫人的脸……也不看看他自己那副尊容，还觉得自己多体面似的。真不要脸！"

"岂止是脸，你没看见他腰里别条毛巾上澡堂子那副架势，要多傲慢就有多傲慢，当自己是什么大人物了。"

据此看来，苦沙弥在厨子等人眼里，是半点人缘也无的了。

车夫接着说："干脆我们一起到他家墙下，臭骂他一顿！"

"这一来，他一定告饶！"

"但如果我们被他发现，那就扫兴了。刚才金田太太不是吩咐过吗？只需要让他听见叫骂声，干扰他读书，让他干着急上火就行了。"

"明白。"这表示车夫老婆接受了不少于三分之一骂的任务。

好哇，这帮家伙竟然要去羞辱我家主人。我边想边从三人身旁蹿进室内。

猫最典型的特征，就是行走起来悄无声息，不论到哪儿，都脚步轻盈，如同腾云驾雾，洞中抚琴；又如"尝遍人间甘辛味，言外冷暖我自知"。不论"俗调"的楼房，还是标准的厨房，也不论是车夫老婆、包车夫、厨子、伙夫，还是小姐、丫鬟，甚至鼻子夫人和老爷，我想见谁就见谁，想听什么就听什么。吐吐舌头，摇摇尾巴，胡须一扎，天地任我行。擅于此道如我者，在整个日本国也名列前茅。连自己都怀疑，我多半是遗传到了旧小说里描写的猫怪的血统。传说癞蛤蟆头上藏有夜明珠，而我尾巴尖上却囊括了能嘲弄天下的灵丹妙药，还是不要说什么天地神佛之类了，一切尽在不言中。

我在金田府的走廊里畅行无阻，神鬼不知，简直比金刚力士一脚踏烂一堆凉粉还容易。这时，连我自己都对自身的力量不得不由衷钦佩。当我意识到这一切都有赖于平素所珍爱的尾巴时，心想：以后对它可要更加爱惜，理当顶礼膜拜我这尾巴大仙，由此让猫运长久。

我低头看去，却找不准方向。看来得先对尾巴行三拜之礼。为了望见尾巴，我就得回身，可只要一回身，尾巴就跟着转走；扭头想要赶上，无论怎样努力，尾巴始终保持原有距离跑在前面。果然厉害！　天地玄黄，果然是灵物，我甘拜下风。追逐尾巴七圈半后，我精疲力竭，眼冒金花，顿感天旋地转，一时忘了身在何处。但是区区小事何足挂齿，只需稍作歇息，我就可以继续随心所欲。

忽听纸屏后传来鼻子夫人尖声尖气的说话声。这可是关键时刻！我立刻站住，竖起两耳凝神静听："一个穷教员，还很神气哩！"

"哼！是个不自量力的家伙！给他点教训，先收拾他一通！那个学校里有咱们同乡。"

"都有谁？"

"有津木乒助，福地基沙戈。可以唆使他们去挖苦那个穷教员一通！"

我不知这位金田家乡何处，只觉得那里的人尽是些怪里怪气的名字，有点吃惊。金田先生继续问："那个家伙是英语教师吗？"

"车夫老婆说，他专教英语入门课什么的。"

"反正绝对不回（会）是身处要职的教员！"

"不回是……"把"会"说成"回"，又让我拍案叫绝一回。

鼻子夫人说："前不久我遇到乒助，他说他们学校有个奇怪的家伙。学生请教他番茶用英语怎么说，他一本正经回答：番茶就是 savage tea①，在教员当中成为笑柄。他说有了这么个教员，搞得大家不得安宁。他指的大概就是那个家伙吧！"

"这还用说，肯定是他。看面相就是会说出蠢话那种，还留了一把胡子。"

"混账东西！"

留胡子就混账？那我们猫族可就没一只不混账喽。

"还有那个叫什么迷亭的不是'酩酊'的家伙，他就是个跳梁小丑！居然说什么伯父是牧山男爵。就他那副德行也配有个男爵伯父！"

"不管哪个蠢货说什么你都信，真笨！"

"骂我笨？你太过分吧？"鼻子夫人觉得非常委屈。

奇怪的是，关于寒月他们却只字未提。不清楚是在我潜入之前就已经评论过了，还是他落选不值一提。这可有点令人担心，问题是除了尽力偷听，我可无计可施了。不一会儿，隔着走廊从某个房间传出铃声。不知发生了什么，我抬腿直奔那边而去。

到了地方一看，原来是一个女人在那儿自言自语高谈阔论，声音跟鼻子夫人很像。据此推测，她很可能就是那位让寒月君投河未遂的女主

---

① 番茶本意指粗茶，教师译为"粗鲁人之茶（savage tea）"，闹了笑话。

角了！可惜了，隔着纸屏没法一睹芳容，我也就很难判断她的脸上是否也摆放着一个大鼻子。不过，由她说话的腔调和盛气凌人的语气可以得知，即使不像鼻子夫人的，也绝非普通的塌鼻梁。从那个女人喋喋不休的交谈中可以听出还有另外一个人，这人的应答很是含混不清，我想，这大概就是人类常说的"打电话"吧！

"是大和茶馆吗？明天我去看戏，给我预订三排的座……听……明白……什么？不明白？哎呀，真讨厌。叫你订一张三排……什么……订不成？怎么会订不成？一定要订……你还呵呵，开玩笑？……什么玩笑……拿人开心呀！你是谁？是长吉？长吉懂个屁！叫老板娘来听电话……什么？你一切事都能办……你太冒失。你知道我是哪一位吗？是金田小姐！呵呵……说什么洞晓一切？你这人真讨厌……一提金田……什么'承蒙关照，谢谢！'……谢我什么？不爱听……哎哟，又笑起来了。你简直浑蛋……我说的不对？……太欺负人了，我要挂断电话！放明白点儿，你不怕？……你不说，谁知道……你倒是快说呀……"

估计是那边那个长吉什么的把电话挂断了，没有了回音。小姐发起脾气来，把电话铃按得乱响，惊动了脚边那条哈巴狗，汪汪叫起来，这可大意不得，我急忙蹿出走廊，钻到地板下。

这时候，走廊上传来脚步声和开门声。是谁呢？我侧耳倾听，来人说："小姐，老爷和太太有请。"好像是女仆的声音。

"我不去！"小姐对女仆射出了第一颗子弹。

"老爷和太太说有点事，叫我来请小姐去。"

"你听不懂吗！不是说了不去吗？"小姐射出第二颗子弹。

"听说是水岛寒月有点事……"女仆灵机一动，想起护身甲寒月君。

"什么寒月、冷月的，烦死人。那张脸像个窝囊废大傻瓜。"这第三颗子弹射向的居然是连门都还没来得及上的寒月兄。

"哎哟！你什么工夫梳起西式发型？"

"今天。"女仆松了口气，尽可能简明扼要地回小姐的话。

"真狂！一个臭丫头也敢梳西方式。"这叫回马一枪，第四颗子弹还是送给了可怜的女仆，"你还带了新衬领？"

"是的。前些天小姐赏给了我，我觉得太漂亮，不好意思戴，就放在箱子里。因为旧衬领全都穿脏了，今天我才找出来换上。"

"我什么时候给过你衬领？"

"今年正月，您去'白木屋'商号买来的，是茶绿色，还印着角力的图案。您当时嫌它太素气就送给我了，就是这条。"

"烦死人了！你戴着这么合身，恨死我了！"

"不敢当！"

"不是夸你，是恨你！"

"明白。"

"那么合身的东西，为什么不吱一声就收下？"

"啊？"

"你用都这么好，我用总不会不好看吧？！"

"肯定比我合适。"

"明明知道我用合适，你为什么不声不响收下，还偷偷戴上？"这简直就是在扫射。

就在我正静观其变时，却听到对面屋传来金田老爷大声呼喊小姐的声音："富子！富子！"

小姐不情不愿地应了声，走出电话室。

那只哈巴狗也跟着出去了，它只比我大一丁点儿，眼睛跟嘴都挤在脸的正中央。我依旧蹑手蹑脚，从厨房溜到大街，匆匆回到主人家。这次探险可以说是首战告捷了。

不比不知道，一比才发现这两家简直就是豪华的公馆对上贫民的寒舍，犹如天壤之别，我的心情也随之一落千丈。由于探险过程中过度紧张，没留神细看金田公馆的室内装饰还有窗帘款式等，但凭感觉就知道跟我住的老师家不能相提并论。

现在，我开始对所谓"俗调"的金田公馆有些留恋了。觉得比起教师来，还是实业家了不起。当然我自己马上意识到这种念头要不得，于是便按惯例竖起尾巴，向它求教。尾巴尖里发出的神谕是："言之有理！"

我来到室内，发现迷亭先生竟然还没走，抽过的烟头插在火炉里，弄得像个马蜂窝似的。他盘腿而坐，正在长篇阔论。寒月先生不知道什么时候来了。主人则曲肱为枕，凝视着天花板漏雨的地方。这里依然是一幅其乐融融的逸民欢聚图。

"寒月君！连说胡话都念叨你的那个女人，从前你保密，现在总可以公开了吧？"迷亭打趣说。

"如果只关系到我个人，说了也无妨。但这会给对方带来麻烦。"

"要继续秘而不宣？"

"和博士夫人已有言在先。"

"是绝密喽？"

"是的。"寒月依然搓弄自己和服的衣带。那条衣带是少见的紫色。

"这衣带的色彩，有点像'天宝调'呀！"主人对于"金田事件"并不关心。

"是的，毕竟不是当今日俄战争年代的货！扎这条带子，不戴上武士头盔，穿上葵记纹章的开缝战袍，有点不成体统。想当年织田信长入赘时①，据说头上梳了个圆筒竹刷式发型，系的确实就是这样的带子。"迷亭的话烦冗无味。

"实际上，这条带子是我爷爷征伐长州时用过的。"寒月说得像真事儿一样。

"捐给博物馆如何？您可是'吊颈力学'的专家理学士水岛寒月先生哟！如果打扮得像个过时的封建武将，那可有伤大雅！"

"本应遵旨照办，怎奈认为我最适合扎这条带子的大有人在嘛……"

"谁？说这种不着调的话！"主人翻身质问。

"你不认识，所以……"

"认识不认识有什么关系，到底谁呀？"

"一名不复相见的女士。"

"哈哈哈，太浪漫了！我猜猜？大概又是从隅田川水下喊你名字的那个女子吧？贤弟何不穿上那件长褂，再跳水赴死一回？"

"嘿嘿……她已经不在水下喊我，而在西方清净世界了……"

① 此句为迷亭信口雌黄。织田信长并无入赘经历，有入赘经历的是他的部将丰臣秀吉。

"未必有多清净吧？她可是有一只不得了的鼻子哟。"

"嗯？"寒月困惑不解地看着迷亭。

"对面巷子的那位大鼻子女人刚突然降临。把我俩吓了一跳。是吧，苦沙弥兄？"

"嗯。"主人躺着喝茶。

"大鼻子，谁呀？"

"就你那位永恒相爱小姐的令堂大人！"

"咦？"

"金田老婆来了解你的情况了！"主人严肃地解释。

我偷偷对寒月察言观色，想看看他是惊是喜还是羞涩。可全都不是，他竟处之泰然，不慌不忙地说："无非是劝我娶她家的小姐呗！"说着，又搓起紫色的衣带。

"但贤弟错了。小姐的令堂大人是个伟大鼻子的拥有者……"

迷亭刚刚说了半句，主人竟转移话题："喂，告诉你，我为那个鼻子夫人构思了一首新体长调俳句！"

女主人在隔壁房间哧哧笑。

"真有闲情逸致！想好了没有？"

"想好了一点。第一句是：'脸上祭雄鼻。'"

"然后呢？"

"在此鼻前供神酒。"

"下一句？"

"只想到这些。"

"有意思！"寒月嬉笑着。

"接上'双孔黑幽幽'如何？"迷亭也诗兴大发。

寒月说："再接'两洞深深毛几许'！"

他们聊得正欢，突闻那边的篱笆墙根附近的马路上，有四五个人七吵八闹地喊叫起来："卖今户窑的狗獴子啰①！"

主人和迷亭面面相觑，向院外望去，只听那群人哈哈大笑，脚步声

---

① 东京今户街出产各种瓷器，其中狗獴子瓷器象征丑女。

渐渐远去。

"今户窑的狗獾子是什么意思？"迷亭不解地问主人。

"谁知道呢！"主人说。

"这倒新奇！"寒月评论道。

迷亭好像想起了什么，蓦地站起身来仿佛在演说："敝人多年来从美学见地对鼻子进行过研究。现抒己见，尊请二位悉心静听。"

由于来势迅猛，主人望着迷亭。

寒月先生低声说："愿闻其详！"

"经多方考察，鼻子的起源很模糊。第一个疑问：假如它是实用的器官，只要有两个孔也就足够了，根本不需要耸立在脸中央。而且，正如你们所见，鼻子为什么越来越高了呢？"说着，他捏起自己鼻子给二人看。

主人说："没翘太高呀！"

"不管怎么说，也没有凹下去！假如和只有一对窟窿混同起来，说不定会产生误解。因此，首先提请注意……按敝人愚见，鼻子的发达是拧鼻涕这一细小动作的结果。年深月久，才呈现出如此鲜明的形象。"

"真是货真价实的愚见！"主人加一句批语。

"众所周知，擤鼻涕时要捏住鼻子，于是鼻子被捏的局部受到刺激。按进化论的基本原理，这被捏的鼻子局部，经刺激就要比其他部位发达，皮肤更牢固，肌肉也逐渐硬化，转化为鼻梁骨。"

"这可有点牵强，肌肉怎么会那么轻易就变成了骨头呢？"寒月是个理学士，提出抗议。

迷亭不予理睬继续论述："噢，您有疑问这也难怪。不过事实胜于雄辩，确有这样的骨头，鼻骨已经形成，但鼻涕还是要流，鼻涕一流，就得擤。由此鼻骨左右两侧变薄，变得又细又高，最后鼓了起来……这结果真令人难以置信呀，好比滴水能穿石，佛顶自闪光，异香天来，恶臭畅流，于是，鼻梁就这么变得又高又硬！"

"可你的鼻子怎么又肥又软呀？"

"演说人鼻子的局部构造，是为了回避自我辩护之嫌，才有意避而不谈。下面特向二位介绍金田小姐的令堂大人，她的鼻子最发达，最伟大，堪为奇珍异宝。"

寒月不禁喊道:"对呀,对呀!"

"不过,物极必反,尽管壮观,却总有些令人望而却步。她的鼻梁够雄伟,可险峻崎岖了些。古人苏格拉底、戈德史密斯,还有萨克雷等人的鼻子,从构造来说,当然谈不上完美。不过恰恰是这不完美,才招人喜爱。所谓'鼻不在高,奇者为贵',或许就是这个道理。俗语也说:'舍其名而求其实。'我认为,从美学角度来说,在下的鼻子最标准。"

寒月和主人笑了,迷亭也很开心。"却说,书中道罢……"迷亭接着说。

"先生!'道罢'有点像说书人的用语,俗气,请您更换之!"寒月趁机报前仇。

"那就洗心革面,重新上场……嗯,以下想就鼻子与脸庞的比例探讨一二。假如抛开其他部位只谈鼻子,那位鼻子夫人算是拥有了一个踏破铁鞋无觅处的好鼻子;纵使在鞍马山开个展览会,也极有可能拔得头筹。问题是她的鼻子完全无视口、眼等其他器官的存在,随心所欲就那么长出来。即使是如恺撒那非凡的鼻子,如果用剪刀从恺撒脸上剪掉,安在贵府的猫脸上,那也会有碍观瞻!打个比方吧,在猫额那个小小的地盘上巍然耸立个硕大的鼻子,就算是伟岸,也会像在棋盘上摆了个奈良寺的大佛像,比例严重失调,完全不存在美学价值。金田夫人的鼻峰和恺撒的同样英姿飒爽拔地而起,可环绕在鼻峰周围的面庞又如何呢?尽管不至于像贵府的猫脸那么面目可憎,也会像患癫痫的丑妇,眉横八字,细眼高吊。这事实,怎能不让人喟叹'有其面,必有其鼻'呢?"

迷亭的话稍停,房后就传来人声:"还在谈鼻子,真是执迷不悟呀!"

"是车夫老婆!"主人告知迷亭。

迷亭依然我行我素,继续演讲:"在阴暗处出人意料地发现异性偷听者,这是对演说家最高的奖赏。其莺声燕语,仿佛一缕春风,给枯燥的讲坛平添风韵,是梦都梦不到的福气。本该尽力讲得通俗易懂些,不负佳人光顾;但因下文涉及力学,一时很难兼顾女士小姐们。还请海涵。"

寒月听到"力学"一词,又咻咻笑起来。

"我想证明的是:这张脸和这只鼻子不可调和,因为违背了蔡辛的黄金律。我现在就用力学公式来给列位演算一遍。请允许我首先以 H 代表鼻高，以 A 代表鼻与脸平面交叉的角度，W 代表鼻子的重量。怎么样，可以懂吧？"

"懂个屁！"主人说。

"寒月兄呢？"

"我也不是很懂呢！"

"这就惨了。苦沙弥情有可原，而你，一个理学士竟然也不懂。这条公式是我这场演说的灵魂，如果删掉，就都毫无意义了……啊，没办法，略去公式，只谈结论吧！"

"还有结论？"主人惊讶地问。

"当然有。没有结论的演说，犹如没有水果的西餐……好吧，二位仔细听好了！且说上述公式，如果依据微耳和、魏斯曼诸家学说，当然无法否定鼻子受遗传的影响。但由这鼻子带来的心理现象，就算有科学证明是后天习得，并非来自遗传，也不能否认，在某种程度上依然受到遗传影响。综上所述，有个与其面部不协调的特大鼻子的女人生下的孩子，鼻子也会非同凡响。寒月君还年轻，也许不在意金田小姐鼻子构造的异常，但鉴于这种性状遗传潜伏期的长度，一旦气候突变，就会迅猛发展，说不定刹那间膨胀起来，鼻子像她老母一般大。因此，这门亲事按我迷亭的学术论证，还是斩断为好，否则难保平安。这一点，不仅这家主人，就连睡在那边的猫大仙也会赞同！"

闻听此言，主人翻身而起，强烈认同道："那是自然。那种货色的女儿谁要？寒月，要不得的。"

我为了表达赞同之意，也喵喵叫了两声。

寒月叹口气说："听罢两位老兄的肺腑之言，我也死了这心了。只是如果女方又害起病来，我可担待不起……"

"哈哈，可谓'艳罪'不浅啰！"

主人依旧怨气满腹地说："谁能那么糊涂！那种货色，她的女儿肯定好不到哪去！初来乍到，就给我难堪！混账东西！"

这时，篱笆墙根那儿又传来几个人的放肆笑声。一个说："真是个狂妄的蠢货！"另一个说："幻想住个大房子吧！"还有一个大声说："可怜，再怎么神气，也不过是'在家是老虎，出门是豆腐'！"

主人一下子跑到檐廊下吼叫起来："走开！干吗跑到我家墙根来乱吵？"

"哈哈……savage tea, savage tea……"

主人怒发冲冠，操起手杖向马路冲去。迷亭拍手称快："有意思！使劲打呀！"寒月依然满脸堆笑地搓弄衣带。只有我跟在主人身后，穿过墙豁，来到马路上。

马路上空无一人。只有主人拄着手杖，茫然四顾，仿佛像被狐仙施了法术。

第四章

铃木藤十郎尽管是金田老板的心腹，但对我这个镇守在二尺见方坐垫上的猫仙，也还是有点无可奈何。

照例潜入金田公馆。既然是"照例"，那也就是不止一次，而是很多次，甚至到了可以用"三次方"的程度。干过一次，还想再干，一而再，再而三。好奇不只是人类的专利，我们猫族也一样不能免俗，和人类一样，只要是经过三次以上重复的行为，就很容易成为习惯，习惯了也就成为自然，认定这种行为是本性所必需的。

对于我反复潜入金田家的行为，如果有谁要是提出质疑的话，我会反问一句：为什么人要用嘴吸进烟雾，而要从鼻孔里释放出来呢？人类既然能为所欲为恬不知耻干这种既不饱肚子，又不强身健体的吞云吐雾活动，那就请您别干涉我是不是潜入金田家。您就当金田家是我的香烟好了！

"潜入"这个词有点用词不当，听着像是小偷、奸夫似的，我去金田公馆，虽没受到邀请，但也绝非是为了偷点鲣鱼干，或者是去跟那只鼻子眼睛强迫性挤压到脸中心的母哈巴狗幽会。侦探？快别说笑了！您知道在我的职业观中，世界上哪一行最卑微吗？实不相瞒，非侦探和放高利贷莫属！

不错，为了寒月，我不惜触犯猫规，屡次偷偷去金田家搜集情报。但只此一回，绝没有再干过这种有辱我猫族侠义天性的勾当。您也许会这样问：既然如此，又为何要用"潜入"一词？这个说起来，倒是很有趣的一件事。

按我一贯的思维，天空是为了笼罩万物才升上去的，大地刚好在下面托住了万物。对于这点，不管你怎样颠倒黑白，都无法否定。至于开天辟地这事儿，人类又出过多少力呢？难道不是没有过尺寸之功吗？想想看，既然非自己创造，却要据为己有，这也太厚颜无耻，不讲道理了吧！好吧，你占山为王暂且不去追究物权归属，可你也没权限制别个进出是吧？我看到人类的自作聪明，他们竟然在这一望无际的大地上筑起一道道围墙，竖起一个个木桩，画地为界，把根本不属于自己的瓜分了，然后毫无廉耻地你的我的。这简直就像是用一根绳子量一下天，然后拿去备案注册：这段是我的天，那段是他的天。既然大地可以切成小块按亩论价拍卖，那么，空气也理所当然可以切成一尺见方的小块拿去拍卖了。假如既不能零售空气，又不能割据苍天，那么，所谓土地的私有，岂不也是不合理的吗？

正因为我具有如此理念，奉行如此原则，才能随心所欲，除了那些不想去的地方，想去哪儿就去哪儿。凡是我心之所向的地方，管它东西南北，无不大摇大摆，从容往返。如金田之流何足挂齿！不过可悲的是，猫族的实力不足以对抗人类。既然这个世界奉行的是"强权即公理"，那么，猫微言轻，根本无门可诉。车夫家的大黑冷不防挨鱼贩子的一顿扁担的事，可是殷鉴不远呢。

真理在我猫心，可权力握在人的手心。如此只有两条路可选：表面委曲求全唯命是从，背地里我行我素唯我独尊。若问我嘛，当然选择后者。既然如此选择了，就要随时防备扁担，也就不得不"潜入"。

随着潜入次数的增多，尽管无意当密探，但金田府的全貌却在不知不觉烙在我的记忆上，这本非我刻意为之，我也拿自己没办法呢。诸如鼻子夫人洗脸时总专心致志擦她的鼻子，富子小姐贪吃安倍川汤圆，还有金田老板的脸——此人和太太截然不同，是个塌鼻子。不单是鼻子，整张脸都是扁的，让人无法不猜想是不是因为小时候被厉害的孩子王掐住脖子狠狠往墙上撞过，才成现在这形状。

那张脸，一马平川，看不到任何起伏。很可能是过于平坦，缺少变化的缘故，所以不论喜怒哀乐，都显得面无表情。这位金田老板吃金枪鱼生鱼片时，不知为何总拍打自己的秃头。他不光脸扁，个子也矮。在任何场合都戴一顶高帽，穿一双高齿木屐。车夫觉得滑稽，将此情此景说了寄食门下的学生听，学生赞赏说："不错，你的观察力很敏锐……"诸如此类。

最近一段时间，我基本都是从厨房旁穿过院子，在假山后瞭望。如果房门紧闭，悄无声息，我就会偷偷溜进去；如果人声嘈杂，有被客厅里的人发现的危险，我就绕到水池东畔，从茅房一侧蹿到檐廊。

我没干过坏事，本来不用这样躲躲闪闪见不得人，但考虑到很可能一不小心，就会撞上一个莽撞家伙，我认为还是小心点好。假如世人都如大盗熊坂长范之流，我想不论是多么德高望重的君子，也会认可我的想法。

金田老板堂堂实业家，自然不必担心他会像熊坂长范抢起五尺三寸的大刀。但据我所知，他习惯了目中无人。既然如此，自然更不会把猫放在眼里。这也就是说，身为猫者，不论怎么德高望重，在这家公馆里也绝不可掉以轻心。然而，正是"不可掉以轻心"这点让我兴趣盎然。频繁出入金田家，很可能跟这种兴趣有关呢！这一点，请容我三思后，对猫的思维模式做过深入研究，再向列位一一道来。

不知道金田公馆有没有新情况，进展如何。我在假山的草坪上，下巴贴地朝前瞭望，只见三十多平方米的客厅，迎着三月阳春窗门洞开。金田夫妇正和一位客人谈得热火朝天。偏偏鼻子夫人的鼻子隔着池塘，正与我的额头怒目相向。被鼻子盯住，自我有生以来，这还是第一次。而这时，金田先生正转脸面对着客人，扁脸被遮住了一半，看不分明，他的鼻子下落不明。不过，他那花白胡须在我视线所及范围蓬生，我很容易就得出结论：胡须上端应该有两个洞才。我不免有点思绪缥缈，假如总是吹拂这样一张平坦无奇的脸，料想春风也会觉得腻烦！

客厅里的三人中，来客的容貌最平庸。既然平庸，也就没有什么值得介绍的。平庸倒也不是坏事，但如果平庸到只能登俗堂入庸室了，那也可谓惨绝人寰！注定要有这么一副庸俗尊容而降临于明治盛世的那位来客，究竟是何许人也？如不照常钻进檐廊的地板下靠近了仔细听听他们的谈话，是猜不到的。

"……内人特意到那个家伙家里去了解过情况……"金田老板说话一如既往地粗野。但粗野却不凶恶，他的言谈和他的面孔一样庞大而平庸。

"是的，他教过水岛先生……是的，好主意……是的。"

这个满嘴"是的"的人，便是来宾。

"不过，还没弄出个头绪。"

"哦，是问那个苦沙弥呀，难怪。他以前和我住一个公寓，就是个蒸不熟煮不烂的家伙，您受委屈了吧？"客人看着鼻子夫人。

"说什么委屈不委屈的，我长这么大还没在别人家见过这种待客之道！"鼻子夫人愤愤道。

"净说些不三不四的话吧？他就是这样顽固不化。看他当教员，十年如一日永远在讲英语入门课，就可见一斑！"客人说话十分得体。

"是呀，简直不像话！内人向他询问，他就冷嘲热讽……"

"简直岂有此理！这人啊，有点学问，就容易生傲气；再加上穷，就有了狂气……唉，世上刁钻之人多着呢！他们不觉是自己劳少得少，硬是对财主们恨之入骨，仿佛别人是侵占了他们的财产，哪有这样的道理啊。哈哈哈……"客人看上去非常开心。

"简直是不可理喻！所以如此，全怪他没见过世面，太任性。应该给他点苦头吃，稍微教训一下，所以，轻轻治了他一下……"

"言之有理。他大概知道厉害了吧？说到底这也是为了他好！"客人也不管是什么教训，只一味赞同。

"不过，铃木兄！他可是个顽固的家伙！听说他到学校后，竟然不理福地和津木。你以为他会默不作声吗？全然不是。据说最近他竟拎着手杖，追赶毫无过错的舍下学生。三十多岁的人还这般无耻，干出那种蠢事来，简直是疯了！"

"咦？怎么这般胡闹呢？……"这位精明的来宾都搞糊涂了。

"嗨！不过是因为舍下的学生从他面前走过时说了点什么，于是他突然拎起手杖光着脚板追了出来。就算是说了几句不中听的话，他也不至于这样，又不是三岁的孩子，他可是满脸胡须的大人，是个教师！"

"对呀！为人师表！"客人附和。

最后三人达成了共识：教师即便受到再大的侮辱，也应该像个木雕似的乖乖忍受。

"而且那个名叫迷亭的狂妄家伙，最没正经，只会胡吹乱讲。我还第一次碰上这么个怪物！"

"迷亭？他还是这样喜欢胡扯呀？夫人也是在苦沙弥家见到他的吗？叫他缠住可吃不消。他从前跟我多有往来，总爱捉弄人，我为此常常和他发生争执。"

"像他那路货，换谁也要恼火。偶尔撒个谎，倒也情有可原。比如碰于情面不得不迎合几句，这种场合，谁也会说点违心话的。可那家伙，不管什么事都不免要胡扯，我真不明白他图什么，瞪着眼睛说谎话，真是活见鬼了！"

"说得太对了。胡扯成了他的嗜好，难缠！"

"你听，我特意去是为了了解水岛先生的情况，可被他搅得一团糟。我又气又恨……可人情毕竟还是人情。既然到别人家去，如果不顾念人情，那是说不过去的。所以，后来我打发车夫送去一箱啤酒。可你猜怎么着？他说：'无功不受禄，拿回去！'车夫说：'别这样，一点心意嘛，还是请收下吧！'他却说：'真讨厌！我天天吃果酱，从来不喝啤酒这种苦水！'说罢，转身进屋。你瞧，多不通人情，太没规矩了是吧？"

"这太过分！"客人这次是真觉得过分了。

"所以呀，今天特邀你来，"金田老板停了会儿说，"那些混账东西，本来暗中捉弄他们一下也就算了，可没想到倒惹出来点麻烦……"说着，金田老板像他吃金枪鱼生鱼片时一样，啪啪拍打自己的秃头。

当然，我在檐廊的地板下，他到底拍了秃头没有，按理我不可能看得见的。但我对他那拍打秃头的声音已经耳熟能详，就好比尼姑熟悉木鱼声一样，我虽然委身地板之下，只要听到那种声音，立刻就能做出判断。

"因此，才有劳于您啊……"

"只要我力所能及，定不负嘱托！请吩咐就是……不管怎么说，我这次能转到东京工作，全靠您提携！"客人高高兴兴地答应了。

听口气，这位客人也是受过金田老板恩惠的人。事情越来越热闹。原本我只因今天天气好，不想来却又来了。万没想到会掌握这么好的信息，真是歪打正着了。

现在最重要的是要知道金田老板所托来客之事到底是什么，我于是大气不敢出地趴在檐廊地板下仔细听。

"苦沙弥这个怪物，不知为什么挑唆水岛不要娶金田小姐……"

"岂止挑唆！他还说：'天下哪里有这样的浑蛋，要娶那个东西的女儿！寒月兄，娶她可绝对不行！'"

"他是说'那个东西'？真无礼！他真说这样混账的话了？"

"车夫老婆来一五一十报过信。"

"铃木君，你都听到了。看来不免要费些手脚。"

"过分！这种事不同其他，外人是不该插嘴的。苦沙弥就算糊涂，这点道理也总该明白呀！到底在搞什么？"

"那么……既然曾和苦沙弥做过同窗，不管现在怎样，从前总还算亲密无间，所以才拜托你。你见了他，要彻底晓以利弊。行吗？也许他会不听劝告，但那是他的过错。只要他老实点儿，我们会充分考虑他的个人利益，可以不再去招惹他。如若不然，他魔高一尺，我们道高一丈。也就是说，再执迷不悟，吃亏的只有他自己。"

"是的，您说得字字箴言，顽固反抗，吃亏的只有他自己，没有任何好处。我好好劝说劝说他吧！"

"其次，向我家小姐求婚的人多得很，不一定非嫁给水岛先生不可。不过，了解到此人学识和品格还都不错，如果他肯用功，不久能考上博士，或许有成亲的希望。这番心意，可以自然些透露给他才好。"

"把这番话一说，对他也是鼓励，会用起功来的。您尽管放心吧！"

"说来也怪……我认为这与水岛的身份不符，但是，他却口口声声称苦沙弥为老师。苦沙弥说的话，他好像差不多都听，这很麻烦，唉，好在我女儿也不是非水岛不嫁，所以他说什么，搞什么鬼，对我们也没太大影响……"

"只是水岛先生怪可怜的。"鼻子夫人插嘴说。

"水岛这个人我还没有见过。反正如能和我家结亲，是他一辈子的福气，他本人也是求之不得吧！"

"水岛先生巴不得要娶，可是苦沙弥呀、迷亭呀，这些怪物总是说三道四。"

"这就不对了。这不该是读书人所为的。等我到苦沙弥家去好好和他谈谈。"

"那就添麻烦了，请多多费心。还有，实际上苦沙弥最了解水岛的情况。上次内人去，由于出现了刚才说过的那些乱事，没能打听清楚。希望你这一次去，能把他德才各方面情况都仔细了解一下。"

"明白！今天是星期六，我打算一会儿就去，他大概已经回到家里。不知他近来住在哪儿？"

"出门右拐，走到头再往左走一百多米，有一堵眼看要倒的黑墙，就是那一家。"鼻子夫人说。

"那就在附近！好说，临走时去看看。看门牌就大致清楚了。"

"门牌号可时有时无啊。大概是用饭粒把名片粘在门上的，一下雨就掉，晴天再粘上。所以门牌靠不住的！你说他干脆钉个木牌有多好！真是搞不懂，处处阴阳怪气的。"

"真叫人吃惊！如果，问一下有一面黑墙要倒的那家，就能打听到的吧？"

"对，这条街上没有第二家那么脏，很容易找得到的。啊，对呀，对呀，如果这样也找不到，还有个好主意，只要寻找房顶长草的那家，保险没错。"

"真是个特征鲜明的人家。哈哈……"

听到这么多情报应该足够了，我想还是趁铃木光临前返回，不然事情恐有不妙。于是我顺着檐廊的地板往前走，从茅房绕到西边，再从假山后来到大路上，迅速跑回房顶长草的那户人家，若无其事地转到檐廊。

主人正趴在檐廊下铺的那块白毛毯上，沐浴着春天的阳光晒他的脊背。看来阳光是公平的，无论是房顶上有乱草的破屋还是金田公馆的客厅，它都一视同仁。可惜那张毛毯太破坏意境。记得那个毛毯厂家原本是想织成白色，洋货庄也当作白色出售，而且主人也是订购的白色。可惜那已是十二三年前的事，流行白色的年代早已逝去，如今流行的是深灰色。不知这个毛毯能否度过这一历史时期，直到变成暗黑色的年月。难说，那毛毯已经千疮百孔，横纹竖线清晰可见，已经名不副实。去掉个"毛"字，干脆叫"毯子"倒恰如其分。不过，照主人的习性，既然用了一年、二年、五年、十年，那就用上一辈子好了，他是最擅长凑合之术的了。

且说主人趴在那张历史悠久的毛毯上正干什么呢？他探着下巴，双手托腮，右手指缝间夹着香烟。但说不定，他那覆盖着头皮屑的脑袋里，正有宇宙最高真理火轮样在飞旋呢，只不过看上去跟做梦似的。

香烟越烧越短，已经烧到了烟嘴，烟灰有一寸那么长，一下子掉在毯子上，主人毫不理睬，只顾死盯住袅袅青烟的去向。烟在春风里忽高忽低，旋绕出一道道烟圈，飘落在女主人洗后披散着的深紫色发丝上……哎呀呀，本应描绘一下女主人的，差点忘了。

女主人是把屁股对着丈夫……是的，她是个没规矩的婆娘。说起来，倒也没什么不规矩的。规矩不规矩，看怎么认识。主人毫不介意贴近妻子的屁股，双手托腮；而妻子也毫不介意将庄严的屁股抵于丈夫的脸前。不过呢，什么规矩不规矩的！这对结婚还不到一年就抛弃了那些繁文缛节和陈规陋习超然物外的夫妻……

言归正传，把屁股对准丈夫的这位妻子，今天不知抽什么疯，趁天气晴朗，用海藻和生鸡蛋将一尺多长黑油油的头发好一顿搓洗，然后就将顺溜的青丝披散到后背，坐在那里全神贯注地缝制婴儿的坎肩。其实，她不过是为了晾干头发，才拿个薄呢子坐垫还有针线盒到檐廊坐下，把屁股展示在丈夫面前。也可能是丈夫故意把脸凑近妻子的臀部，谁说得清呢？

主人的香烟云雾，在乌发上缭绕，犹如一缕缕妖娆闪烁的阳光。主人凝神注视着。可惜，烟不会停留在一个地方，它们总是缠绕一会儿就袅袅升起散去。假如主人想饱览青烟缭绕乌丝，目光就得紧紧追随。于是主人就从妻子腰部开始，沿着脊背往上，从肩头到脖颈，越过脖颈慢慢抵达头顶。

蓦然之间，主人不禁大吃一惊，原来与他订下白头偕老之盟的妻子，天灵盖正中儿竟有好大一块秃癞，在此刻正反射着春日和煦的阳光。这突如其来的重大发现，使主人惶惑的目光中有了惊诧，顾不得阳光耀眼，就那样目不转睛久久不语。

他脑海里最先闪现的是那盏在佛坛上不知摆了多少岁月的家传神灯的灯碗，他全家信奉真宗。按老规矩，真宗信徒要把不合身份的钱奉献在佛龛上。他还记得小时候家里仓房内供着的那个黑乎乎的贴金大佛龛，佛龛里吊着一个黄铜的灯碗，灯碗里的灯火夜以继日地燃着。在昏暗的仓房内，那只灯碗里的灯光格外分明，他幼时不知看过多少遍。现在，这本来已经尘封的记忆，猛然间被妻子头顶的秃癞唤醒。

回忆中的神灯灯光转眼消逝，观音菩萨的神鸽又在他脑海中飞舞。观音菩萨的神鸽与女主人的秃癍并无太大关联，但在主人头脑里，二者却神奇地紧密连接在了一起。也是小时候，他每次去浅草，都要买豆给神鸽吃。那些大豆装在红色瓦碟里，每份两个铜板。那个瓦碟无论色调还是大小，都像极了女主人头顶的秃癍。

　　"真是太像了。"主人不禁感叹。

　　"什么呀？"女主人背着身问。

　　"你头顶上有一大块秃癍呀！你知道吗？"

　　"知道。"女主人回答，手里继续飞针走线，坦荡得根本不在乎自己是不是有瑕疵。

　　"是出嫁时就有，还是婚后新长的？"主人嘴上不说，心里却在合计：如果是婚前就有，自然被蒙骗了。

　　"我也不曾留意过。秃不秃的，随便它嘛！"她可倒想得开。

　　"随便？那可长在了你的脑袋上！"主人愤然。

　　"所以啊，正是长在了我的脑袋上才随它的便呢。"她嘴上这么说，但终归还是有些沉不住气了，右手搭在头上，画着圆圈揉搓那块秃癍。"哎呀，长得这么大了！没想过会长这么大呢。"看来现在她总算认识到，按年龄来说这块秃癍的确有些过大。"女人一挽发髻，那个地方就被吊了起来，长此以往，搁谁也要秃的。"她又辩解道。

　　"若是都这么快就秃，到四十岁非成个秃子不可。那一定是病，说不定会传染，趁早请甘木医生瞧瞧。"主人边说边不停揉摸自己的头顶。

　　"净挑别人的毛病。你自己不是鼻孔里生了白毛吗？秃癍要是传染，白毛也会呀！"女主人愤愤不平。

　　"鼻孔里的白毛看不见，所以无害；而头顶，尤其是年轻女人的头顶，秃成这种样子有碍观瞻。是残疾！"

　　"嫌我残疾为什么娶我？分明是你自己爱上我才把我娶回家，如今却说什么'残疾'……"

　　"因为不了解呀！直到今天都不了解。神气什么呢。你倒说说，为什么出嫁时不让我看看头顶？"

"蠢货，哪有出嫁还要等脑袋检查合格的？"

"有秃癞混将过去也就算了，可你身材特别矮，看着真不顺眼！"

"身材不是一眼就可以看清的吗？当初不是明知我身材矮也心甘情愿娶我的吗？"

"同意倒是同意了的，不过满以为还会长高些，因此才娶！"

"欺人太甚！都二十岁了还能长高？"女主人将婴儿坎肩一摔，扭头对着主人。那架势，看来再有一句言语失当，必将引发一场大战。

"哪有那样的规定，人到二十就不许再长高？我还以为你过门后，吃些补品就会长高点呢。"主人很认真地说出一番谬论来。

还未等女主人开口，门铃突然响起。这时铃木先生一路看着屋顶找乱草，终于找到苦沙弥先生的"卧龙窟"了。

女主人只得暂且压下怒火，准备改日再和他理论，她挟起针线和婴儿坎肩躲进饭厅。

主人起身，卷起鼠皮色毛毯扔进书房。不一会儿，女仆拿来名片给主人看，主人看了面露惊讶。他吩咐请客人进来，却拿着名片走进了茅厕。他为什么这个时候上茅厕？还拿着名片去？反正我是百思不得其解，好在倒霉的是奉陪他去粪坑的名片了。

女仆在壁橱前摆好花洋布的坐垫，说了声"您请"便告退。铃木先生进屋后将室内巡视一番，见壁橱里挂着一幅木庵的《花开万国春》画轴的赝品，还有一个京都产的廉价青瓷瓶，里面插着春分前后开放的樱花。一一点检之后，低头发现，一只猫往那张女仆拿给客人的坐垫上看了看，居然旁若无人落了座。不消说，那只猫正是我！

看到此，铃木先生的心中瞬间掀起了波澜，我想他一定恨不得踢我一脚。我不否认这个坐垫是为铃木先生准备的。为自己准备的坐垫自己还没坐下，就被一只动物毫不客气先坐为主了，换谁都会生气，铃木内心里的平静遭到破坏那也是情有可原的。

另外，假如这张坐垫无人落座，闲在那任凭春风拂荡，那么，铃木先生为了略表谦逊之意，说不定会在主人让座前暂且在坚硬的床席上屈尊。问题是这个不打招呼，就那样旁若无人地在坐垫上蹲下的家伙，到底是谁？是人也许还能忍受，可却是一只猫呀，有点太没教养了！所以这使铃木先生更加不快，因此这就是破坏他内心平静的第二个因素。

最后，那只猫的表情更惹他生气。不仅没一点歉意，反而泰然自若蹲踞在坐垫上，还用一对猫眼盯着自己的脸眨巴，像是在问："你什么东西？"这成了破坏铃木先生内心平静的第三个因素。

如此诸多的无理，真该掐住我的后脖颈将我拎走，但铃木先生却默默地看着我。想堂堂一员人类，难道会被猫吓得不敢动手？他为什么不立刻惩治我这猫，以泄心中如此多的不平？我看，主要原因是碍于人类要面子的本性。

说起诉诸武力来，即使是人类的三岁孩童也能轻易叫我上天入地。但对一个成人，从自尊角度出发，铃木藤十郎尽管是金田老板的心腹，但对我这个镇守在二尺见方坐垫上的猫仙，也还是有点无可奈何。无论如何，和猫争席位也多少有损人类的尊严。谁要认真和猫争个曲直是非，难免显得滑稽可笑。为了避免丢这份脸，他只得受点委屈了。

然而，正因为受了这份委屈，他对猫的憎恶也成正比地递增。铃木哭丧着脸看着我；而我，却很有兴趣欣赏铃木先生哭丧着的怒脸，于是我假装对这份滑稽熟视无睹，装作若无其事。

就在我和铃木先生正演着这部哑剧的当儿，主人整理好衣服从茅厕里出来了，"噢！"一声算是打个招呼便坐下来，但手里的那张名片不知去哪儿了。料想他是对铃木藤十郎的尊姓大名宣判了无期徒刑，将它押进粪坑里了。没容我更深刻地思考名片之事，主人突然一声责骂向我抛来："这个畜生！"他揪住我脖子后的毛，把我摔到檐廊。

"喂，坐在垫子上！稀客呀！几时到东京来的？"主人邀老朋友入坐，铃木将坐垫翻了过来坐下。

"一直忙乱，也没打个招呼。现下，我已调回东京的总公司了。"

"那真是恭喜了。很久不见了，自从你下乡，这还是第一次见面吧？"

"说来真是呀，将近十年了。唉，常常到东京来，但一直公务繁忙，始终没来拜访，不要见怪。公司的工作和老兄的职业不同，一刻不得闲！"

"十年了，你变化很大呀！"主人上下打量着铃木先生。铃木梳的是漂亮的分头，穿的是英国产的毛料西装，系的是华丽的领带，胸前挂一条闪闪发光的金链。从穿着打扮和言谈举止来看，谁也不会相信这就是苦沙弥当年的旧友。

"就连这个，也非戴上不可呢！"铃木频频引导主人欣赏他的项链。

"这是纯金的吗？"主人问得有点冒昧。

"十八 K 金的！"铃木先生笑着回答，"你也很见老啊！真的，应该有孩子了。一个？"

"不！"

"两个？"

"不！"

"还没猜对？那么，三个？"

"是呀，三个。不知以后还会有多少！"

"还是那么爱开玩笑。最大的几岁？"

"我也搞不清几岁，大概六七岁吧！"

"哈哈……当教师的可真逍遥。我也当个教师就好了。"

"你当当看吧，不出三天就会厌烦。"

"是吗？不是说高尚、快活、清闲，爱学什么就学什么吗？这不是很好嘛！当个实业家也不坏，但如我者就不足挂齿。要做就做个大的，个小的只有左右逢迎，还不得不接过那些你不情愿的酒杯。"

"我从在校时就讨厌实业家。只要给钱，就没有他们不干的事。借句古语吧，就是：'市井小人'。"主人这可是在指桑骂槐呢。

"是吗？话也不能说得太绝对，有些地方是有点卑贱。总而言之，如果不下定'人为财死'的心，是干不来这一行的。不过，这钱嘛，可不是好惹的。刚才我还在一位实业家那听说，要想发财，必须实行'三绝战术'：绝义、绝情、绝廉耻。多透彻！哈哈……"

"哪个浑蛋说的？"

"那可不是个浑蛋。是个精明强干的人，在产业界大名鼎鼎，你不知道？就住在前面那条胡同。"

"是金田？他算什么东西！"

"好大的火气呀！唉，这有什么大不了的，何必那么较真，这不过是开个玩笑，打个比方。意思是连这'三绝'都做不到，就甭想赚钱！像你那么认真分析，太没必要了。"

"'三绝战术'？开开玩笑也好！可他老婆的鼻子算什么玩意儿！你既然去过，总该见到过那个鼻子吧。"

"你说金田太太呀，那可是个非常开通的人哟！"

"鼻子！我指的是她的大鼻子！不久前我给她的鼻子写了一首俳句呢。"

"什么？什么是俳句？"

"连俳句都不懂？你也太无知了。"

"啊，我每天只顾忙里忙外，对文学之类毕竟是外行！况且从前我就对此毫无兴趣。"

"你知道查理曼大帝的鼻子长得什么样吗？"

"哈哈……真是填饱肚子没事干！我哪会关心那个！"

"威灵顿的部下给威灵顿起了个'鼻子'的绰号，你知道吧？"

"你怎么盯住鼻子不放了？有什么了不起，管它是圆的还是尖的。"

"绝非如此。知道帕斯卡吗？"

"你简直像监考官。帕斯卡又怎么了？"

"帕斯卡说过。"

"说什么？"

"假如克莱奥帕特拉女王的鼻子稍微短点，世界就会是另一种样子。"

"是吗？"

"因此，像你这样菲薄鼻子，可不行哟！"

"好吧，好吧，今后一定重视。我这次来，是找你有点事。那个，听说原来你教过的那个叫作水岛……水岛……唉，一时想不起。听说常到你这儿来。"

"是寒月吗？"

"对对，寒月。我就是为了解他的情况才来的。"

"是为了一桩婚事吧？"

"算是吧。我今天到金田那……"

"前些天'鼻子'已经亲自出马了。"

"是呀，金田太太也是这么说的。她想向苦沙弥先生虚心请教，可是赶巧迷亭也在，被他的胡扯搅乱了思绪，分不出青红皂白了。"

"怪只怪她带那么大个鼻子来。"

"唉，她可没有怪罪你！她说上次都因为迷亭在场，不便细问，觉得遗憾，托我再来详细问问。我还从来没帮过这种忙。假如男女双方都有意，我从中周旋一下，倒也不是件坏事。所以我才前来造访。"

"有劳了！"主人冷冷地说。

他听到"男女双方"这个词，不知为何心竟为之一动，有点像酷热难耐的仲夏之夜，有一缕清风钻到了袖口里。原本在我心中，主人是由粗俗、固执和无聊等材料混合而成的。不过话又说回来，他可是跟如今这冷酷无情的现代商品不能同日而语的。要想摸清他的脾气秉性，只需看他无端恼火、怒气冲天的样子就行。

前些天他和金田夫人吵架，仅仅是因为看不惯那只鼻子，可不是对鼻子夫人的令爱有什么不满。他讨厌实业家，无疑也要讨厌实业家一分子的金田，但这与金田小姐本人毫不相干。他和金田小姐素无恩怨，寒月又是自己心爱的门生。正如铃木先生所言，要是男女双方有情有意，即使只是间接去破坏，那也不是正人君子所为——苦沙弥先生一直都自诩为君子——男女双方相爱……不过，问题就出在这儿。对于这次事件，若想端正态度，首先得从真相入手。

"喂，你能肯定那个姑娘愿意嫁给寒月吗？不管金田和鼻子怎么想，姑娘本人的心意如何？"

"这个嘛……怎么说呢……据说……大概愿意吧！"铃木先生的回答有些模棱两可。本来他是来了解寒月先生的情况的，能回去复命也就万事大吉，至于小姐的心愿他还真没考虑过。这有点突然，就算铃木为人圆滑老到，也掩饰不了一时的狼狈。

"'大概'？此话怎讲！"主人从来就不懂得善罢甘休。

"不对，是我表达有误。小姐确实有意。是真的……嗯？太太对我说过的。据说她也常常骂几声寒月。"

"那个姑娘？"

"嗯。"

"还骂人，岂有此理！这不恰恰表明，她对寒月没意思吗？"

"说到点子上了！世上的事跟人就是这么难以捉摸，有些人对自己喜欢的人骂得更凶。"

"还有这样的糊涂虫？"

我这主人啊，看来对人情世故真的是一窍不通。

"世上这样的糊涂虫多得是，没办法。刚刚金田太太也是这么解释的：'小姐骂寒月先生是个稀里糊涂的窝囊废，这正说明小姐心里一定是思念着寒月呀！'"

对这番离奇的解释，主人深感意外，瞪起眼睛不知如何应答，像卦摊上的算命先生似的盯住铃木的脸。铃木心想：这个家伙！看样子弄不好我会白费功夫的。有了这样的预感，他调转话头，指向主人能够轻松理解的事物。

"你想想，小姐是富豪之家的小姐，模样又是那么漂亮，天底下想要娶她的人是数不胜数。即便是寒月博学多才，小有成就，但他目前的情况……不，说这有点冒失，我是说从经济能力方面来看，两人并不是很般配。但小姐的父母还是在尽力而为，为了这事不单金田夫人亲自来你这，还特地派我来一趟，这不正说明小姐对寒月是有诚意的吗？"尽管有点说客的味道，但铃木的话不能说不在理。

听完铃木一席话，主人仿佛恍然大悟。看到这，铃木总算松了一口气，但他明白在这关键时刻如果不斩钉截铁，仍有突然变故的可能，最好一鼓作气，完成使命，免得夜长梦多。

"这事嘛，正如我先前所说。对方曾表示，对于金钱、财产不作任何要求，但求寒月能够取得个资格头衔——也就是学位证书与文凭吧！倒不是说小姐端架子，非博士不嫁。不要误会。上次金田太太来，都是因为那个迷亭兄在场，净扯些奇谈怪论……

"噢，这不怪你。太太还夸你是个真诚坦率的好人呢！那一次全怪迷亭……再者说，寒月如果成了博士，女方在社会上也脸上有光。你说是不是？短期内水岛君不要提出博士论文，争取授博士学位吗？……唉，如果单纯只有金田家，什么博士、学士的，都无所谓，这不是还要面对社会嘛，就不那么简单啰！"

经他这么一说，又觉得对方要求有个博士学位也不无道理。既然觉得不无道理，就会同意依照铃木君委托的意思办。那么，主人的意志就要和铃木先生保持一致了。果然，主人是个单纯而又坦率的人。

"那么，下次寒月来，我劝他写一篇博士论文吧！不过，寒月到底想不想娶金田小姐，必须首先盘问清楚。"

"盘问？态度要是太生硬了，可能会适得其反呢。不如在平时谈话中，有意无意试探一下吧。"

"试探？"

"没错！说是'试探'也许不是很恰当。嗨，不用试探，谈话中自然会搞清楚。"

"你也许可以，可我，不问个水落石出是不会清楚的。"

"不清楚也没什么。但像迷亭那样胡乱打岔，故意搞破坏就不好了。这档子事，即使不去成全，也要尊重男女双方的意愿。下次寒月来，尽可能别去干扰就是了。这不是针对你，是说迷亭。他若是一搭话，恐怕就没希望了。"

正当他大骂迷亭，顺利为主人找到替死鬼之时，迷亭先生满面春风地照例从后门飘然而至。这真是"白天莫说人，晚上莫提鬼"呀。

"啊，稀客！若像我这样的熟客，苦沙弥总是要慢待，不像话！看来，苦沙弥家只能十年登一次门。这份点心不是比往日高级吗？"迷亭说着顺手把从藤田点心铺买来的羊羹大把往嘴里塞。

铃木先生显得很尴尬，他可没想到迷亭会突然冒出来。主人则笑嘻嘻地看着嘴里塞得满满的迷亭。我在檐廊上默默欣赏着这足以演绎成哑剧的一幕。如果说禅门的无言问答是以心传心，那么，这一幕无言哑剧也分明是在互递心灵信息。剧短，却极其精彩。

"我还以为你这辈子将客死他乡了呢，可不知什么工夫又回来了。还是盼着多活嘛！说不定还会很走运呢。"

迷亭对铃木也像对主人那样，根本不懂什么叫客气。尽管从前是一个桶里盛饭的老朋友，但终归十年没见，多少会有点拘束。只有迷亭先生不会因此感到有什么异样。这是聪明还是愚蠢？我可就弄不明白了。

"说得多么可怜！可我还不至于那么没出息。"铃木的回答不痛不痒，但总有些做贼心虚，我看到他故作镇静地搓弄着那条金链，无非是想缓解一下心中的不安。

"喂，坐过电车吗？"主人突然对铃木提了个不沾边的问题。

"看来，我今天是专程为接受诸位的嘲弄而来。我再怎么土里土气，可在市内电车公司还有六十张股票呢。"

"那可真了不起！我有八百八十八张半的股票，遗憾的是全被虫子蛀了，如今只剩下半张。假如你更早些到东京来，趁虫子没蛀的工夫，可以送你十张嘛。可惜！"

"还这么刻薄。不过玩笑归玩笑。手里无论有哪种股票都是不会吃亏的，股票年年涨价呀。"

"对呀！即使半个股，过了一千年也能盖上三座仓房了。你我干这一行都是无人能及的当代才子。不过，谈起这些，苦沙弥之流就可怜了。你说'股'，他说不定以为是骨头的'骨'——'肉'的老大哥呢。"

他继续吃起羊羹。主人也在迷亭的影响下，将手伸向点心盘。看来，世界上万事争先的人，都享有引领大众的机会。

"股票的事先暂且放一放。我真想让曾吕崎坐坐电车，哪怕只一次。"主人怅然若失地看着羊羹上留下的齿痕。

"曾吕崎如果坐电车，一定每次坐到品川下车。依旧当他的天然居士，将法号刻在压咸菜缸的石头上安全。"

"提起曾吕崎来，听说他死了。真可怜！他非常聪明，太可惜了。"

迷亭马上接过铃木的话说："虽然聪明，但烧饭技术最差劲。轮到他做饭时，我总是到校外去弄点荞面条凑合。"

"谁说不是呢，曾吕崎做的饭糊就算了，还夹生，我也吃不下。而且从不炒菜，光是给你吃冰凉的生拌豆腐，真是难以下咽。"铃木也从记忆的深谷中唤醒十年前的旧日恩怨。

"苦沙弥从那时起就和曾吕崎成为密友，天天晚上一同出去喝小豆汤，这才做下了病根，如今遭慢性胃炎的罪。实话吧，苦沙弥是小豆汤喝多了，按理说，应该比曾吕崎早死才是！"

"岂有此理！我吃小豆汤算得了什么。怎么不说你自己，美其名曰运动，天天晚上拿着竹刀到校后墓地去敲打石碑。不是被和尚发现，还挨了顿训吗？"主人不甘示弱揭迷亭的短。

"啊，哈哈……对对！和尚说：'你敲死人的头，会妨害他们安眠。住手吧！'不过，我用的是竹刀，而这位铃木将军却是赤膊上阵。他跟那些石碑摔跤，推倒了大大小小三座石碑呢。"

"那和尚的火气可真大，非叫我原样扶起不可。我说，等我雇几个人来吧！他说'不许雇人！为了表示忏悔，你必须亲自把石碑扶起，否则就是有拂佛旨'。"

"那时候，你的风采也不见了。上身穿件白细布衬衫，下身扎了个丁字形兜裆布，站在雨后的水坑里吭吭唧唧……"

"你还装模作样给我画什么素描，太过分了！我这个人轻易不大发脾气。可那时心想：这太失礼了。你当时说的那一套荒谬的言辞我至今没忘，不知你是否还记得？"

"十年前说过的话谁还能记得住？不过，那座石碑上刻的字倒是历历在目：'归泉院佛殿黄鹤大居士，永安五年正月。'那座石碑古色古香的，我搬家时甚至有盗走它的念头！真是座按美学原理修筑的顶拱式石碑！"迷亭又在卖弄他那似是而非的美学。

"那些事算了，我问的是你讲过的那套遁词。你当时不动声色地说：'我学的是美学专业，所以必须把天地间一切有趣的事物尽可能全都描述下来，以供将来参考，我这样忠于学业的人可怜呀、可悲呀等等，这样的话怎么可能出自一个勤奋好学之人的嘴呀。'我心想：这家伙简直胡搅蛮缠，就用泥乎乎的脏手把你的写生册扯碎了。"

"就是从那时起，我本该前途无量的绘画天分遭到摧残，从此一蹶不振。都是被你毁于一旦，我和你不共戴天。"

"别恶心人了！倒是我觉得你可恨呢。"

"迷亭从那时候起就爱吹牛。"主人已经趁机把剩下的羊羹吃光了，插言道，"约定的事，他从不履行，责怪他，他也绝不认错，一通胡扯搪塞过去。当寺院里紫薇花开放时，迷亭这家伙说：他要在紫薇花飘零前，写出一部有关美学的著作。被我直接否定。这家伙却说：别看我这个样，但人不可貌相，我可是条汉子，不信打个赌！我信以为真，跟他打赌谁输谁请客到神田区去吃西餐。虽然料到他绝不可能写出什么著作，但心里还是七上八下，因为我哪里有去吃一顿西餐的钱呀。万幸，此公丝毫也没动笔的意思。过了七天，然后是二十天，一篇也没写。紫薇花逐渐飘零，连一片残瓣都没了，他还是没动笔。我心下暗想：这顿西餐算是吃定了，便催他履约。谁知他居然装疯卖傻不理不睬！"

"又胡编些什么理由？"铃木先生火上浇油地问。

"哼，真是个厚颜无耻的家伙！他还嘴硬说：'我没别的能耐，论下决心嘛，可不比你老兄差哟！'"

"真的一页也没写？"迷亭先生自己也不记得了。

"那还用说！当时你还说什么：'就意志而言，我胜过任何人，绝对当仁不让。然而遗憾的是，在记忆上，我比别人坏上一倍。我想写美学原理的意志很坚定，可这意志对你宣扬后的第二天就忘得一干二净。因此，没能在紫薇花凋零前完成我的著作，这不是意志的过错，而是记忆力的过错。既然不是意志的过错，也就没有理由请你吃西餐了。'那种理直气壮，真让人难以接受！"

"就是这样。很有意思，这简直就是迷亭兄把自己突出的特征毫无保留地展现在世人眼前！"铃木先生不知为什么突然兴趣盎然，说话的口气完全不同于迷亭先生来之前，我很怀疑也许这就是人类的本性！"

"有什么意思？"主人眼看又要发怒了。

"多久的事了，不过还是抱歉啰。我不是为了赎罪，一直都在上天入地为你找孔雀舌吗？息怒，息怒，等好消息吧！不过提起著作嘛，我今天可带来个特大奇闻！"

"你这个家伙，每次来都说有奇闻。别上当！"

"今日之奇闻可是货真价实。你知道吗？寒月君动笔写博士论文了。寒月这人总在吹嘘自己满腹经纶，怎么会突然想到要写什么博士论文呢？看来他春心萌动。好滑稽！喂，你一定要通知鼻子夫人，说不定他正在做橡子博士的美梦呢！"

一听迷亭提到寒月，铃木马上一边动下巴一边使眼色暗示主人不要走漏风声，而主人看着像是完全没意会到似的。铃木之前对他动之以情晓之以理的说教，使他刚刚对那个金田小姐有了点同情。现在只怪那迷亭一口一个"鼻子"，又让他记起来前几天跟鼻子夫人吵架的场景，立马觉得"鼻子"又好笑又烦人，那点同情立刻烟消云散。

听说寒月着手写博士论文的新闻，算得上迷亭唯一没有吹嘘的事情，倒可以称之为最近最大的奇闻！岂止是奇闻，简直就是鼓舞人心的喜讯！主人认为娶不娶金田，先不去管它，反正寒月能当上博士是件好事。他觉得自己就像一个雕刻坏了的木雕，白扔在佛像店旮旯也没人看一眼，唯一的命运就是烟熏火燎，最好被虫子蛀空；但寒月却是一件工艺精湛的佛雕，最好是快点泥金涂彩。

"真开始写了？"主人对铃木的暗示视若无睹，热情地问道。

"你总是不相信别人的话……当然，他写橡树果还是论吊颈力学，这还不大清楚。总之，这是寒月的事，一定会使'鼻子'大吃一惊的。"

铃木每当听迷亭不客气地一口一个"鼻子""鼻子"地叫，就显得局促不安。可迷亭丝毫不知，说起来十分顺口。

"以后我要继续研究鼻子。最近在《项狄传》这本小说里发现了有关鼻子的论述。假如金田太太的鼻子被斯特恩遇到，一定会成为难得的创作素材！太遗憾了！既然鼻子有充分资格流芳百世，竟然如此怀才不遇而被埋没，令人扼腕！不如等她下次再来，我为她画一张素描，作为美学参考资料保存下来！"迷亭信口开河起来简直滔滔不绝。

"不过听说那位姑娘要嫁给寒月。"听到主人提到了这件事，铃木一个劲儿给主人使眼色，他担心这会惹来麻烦。问题是主人像个绝缘体，完全不导电。他竟然把铃木先前说的复述给了迷亭。

"这可是闻所未闻啊！那种人生下的闺女还会谈恋爱？不过没什么了

不起，无非是'鼻恋'而已吧。"

"鼻恋就鼻恋，只要寒月肯就好。"

"肯就好？前几天你不是大力反对吗？今天怎么又让步了？"

"不是让步，我决不让步！不过……"

"不过，有点被同化了吧？喂，铃木！你也算末流实业家之一，谨进一言与你。话说那位金田某某，想让他的女儿高攀天下闻名的秀才水岛寒月，当上博士夫人，这简直是癞蛤蟆要升天！我们做朋友的，自然不能坐视不管；即使你这位实业家，也不会反对这个吧？"

"精力还是那么充沛呀！老兄和十年前一个样，了不起！"看来铃木是想敷衍过去。

"过奖了，既然夸我了不起，那我就把我的渊博知识再给你讲点好了，也好让你开开眼界。话说古希腊人重视体育，所有竞技项目都设有重奖。然而独对学者的知识毫无褒奖的记录，这一直都是一个谜。"

"的确有点奇怪！"不论说什么，铃木只随声附和。

"然而，两三天前在研究美学时，终于被我发现了原因，解开了多年的谜团，使我茅塞顿开，恍然大悟，达到了欢天喜地的妙境。"迷亭的虚张声势，大概就连最擅此道的铃木先生也甘拜下风了。看到一场雄辩一触即发，主人赶快把头低下去，用象牙筷子砰砰敲打点心碟。

迷亭对此毫无反应，继续夸夸其谈："那么请问，这位辨明矛盾现象、解我千载之谜、从黑暗深渊中拯救我们的是谁？他是号称人类文化史上头一名学者、希腊哲学家、逍遥派始祖亚里士多德。他说过——喂，不要敲点心碟，必须洗耳恭听！——他们希腊人在竞技中所获的奖品，远比他们表演的技艺贵重；因此，奖品是表彰和鼓励的手段，被人去追求。但对于知识来说，如果同样给予奖励，那这奖励当然要比知识贵重才行。

"然而，世上可有比学识更贵重的东西吗？当然没有。如果所授奖励不足以与知识对等，那只会辱没知识的尊严。当时，人们宁愿堆积万两金箱如奥林匹斯山那般高，倾尽克罗伊斯之财富，也要奖掖知识。但思来想去，发现根本没什么比知识更有价值，根本没法奖励。所以后来干脆就没有奖励。

"由此可见，金钱比不上学识也就不难理解！我们既然信服这条真理，那就不妨对照一下眼前的事实。金田算什么东西？难道不是个见钱眼开的家伙吗？打个比方，他不过是张流通券罢了。小姐既然是流通券的女儿，顶多不过是一张邮票！反过来再看看寒月，感谢上帝，他毕业于最高学府，名列前茅。至今也毫不懈怠扎着祖上征讨长州时系过战袍的衣带，夜以继日地研究橡树果的硬度。而且他并不满足于现状，即将发表力压凯尔文的高论。他虽然在一次偶尔经过吾妻桥时，无意之中上演了投河丑剧，但这是热血青年常有的冲动行为，丝毫无损于他的学者身份。以迷亭我一流的比拟来形容寒月，他就是一个行走的图书馆，是用知识铸成的二十八毫米的子弹。这颗子弹一旦时机成熟，将在学术界爆炸……假如让它爆炸……总会爆炸的！"

还以为他自诩为"一流的比拟"会怎样惊天动地，看来也不过如此，有点俗语说的"虎头蛇尾"。可他又说："邮票嘛，就算有千万张，也炸它个粉碎。因此对寒月来说，这样的女人完全配不上他，绝对要不得。我坚决反对！这简直就是百兽中最聪明的大象要和最贪婪的猪崽结婚。你看是不是，苦沙弥兄！"

迷亭的夸夸其谈终于告一段落，而主人却照旧沉默地在那儿敲点心碟。铃木先生有点招架不住，他说："不至于这样吧？"

迷亭来之前，铃木对主人说过很多迷亭的坏话。任眼下这种情况发展下去，不知道像主人这种冒失鬼，还会说出些什么来。铃木现在最想的是不要把事情搞砸，首先得先避一避迷亭的锋芒，平安度过才是上策。

铃木先生是个聪明人，他认为做事就应尽力避免不必要的对抗，甚至认为毫无意义的争辩都是封建时代的流毒。人生成败与否不体现在唇舌之间。唯有事情能如愿顺利进展，才是最终目的。最好是尽量省去无谓的争论与斗气，让事情简单易行。铃木毕业后，就靠这种生活哲学一步步戴上了金表，取得了成功。

现在接受金田夫妻的委托，最开始也是靠的这种手段说服了一向冥顽不化的苦沙弥。眼看胜利在望，谁料半路杀出个程咬金来，遇到迷亭这种玩世不恭、完全不按常理出牌的家伙。现在铃木越来越没把握，是否能不辱使命。想来发明乐天精神的是明治绅士，实践乐天精神的是铃木藤十郎，而如今使乐天精神陷入困境的，还是铃木藤十郎。

"因为你一无所知，才无关痛痒地说'不至于这样吧'！破例摆出一副斯文的架势。不过，假如阁下前些天见过鼻子夫人驾到的场面，恐怕再怎么想给实业家呐喊助威，也肯定会泄气的。是吧，苦沙弥兄！你不是与她交过手了吗？"

"尽管如此，我可比你的名声好听些！"苦沙弥说。

"哈……真是个自负的家伙！不然被师生嘲笑'savage tea'，怎么还有脸在学校进进出出呢？我的倔强绝不比别人差，但是厚颜无耻还是做不来。所以，不胜钦佩之至呀！"

"学生和老师有几句流言蜚语有什么可怕！法国圣佩韦是冠绝古今的评论家吧，但在巴黎大学讲课时，他就很不受欢迎。听说他为了对付学生可能的攻击，外出时袖藏匕首。伯吕纳吉埃尔也在巴黎大学任教，他攻击左拉的小说时……"

"可你压根不是大学教授呀！你不过是个教英语入门的老师罢了。将自己和世界文豪相提并论，简直就是'泥鳅充鲸鱼'，说这种话，不怕被人笑掉大牙吗！"

"住口！圣佩韦和我同样都是学者。"

"哎哟，好大的学问呀！不过，走路时袖里藏剑可不安全，还是不要模仿的好。如果大学教授袖里藏剑，那么，教英语入门的中学教师，只能佩戴一把小刀。话虽这么说，带凶器总归危险，不如去地摊买把孩子们的玩具气枪，背上走路倒更显与众不同。是吧，铃木兄？"

铃木在一旁听着这场口水战，感觉谈话已经从"金田事件"这个主题上走开了，不由得松了口气。"你还是那么天真活泼。十载别离一朝相逢，仿佛从狭隘的小巷来到了辽阔的原野。我和同学们谈话，一点儿也不敢大意。不论说些什么，都必须小心谨慎。无时无刻不在担心和紧张中度过，真是苦不堪言！言者无罪最好。还是昔日同窗们交谈无拘无束。今天巧遇迷亭君，真是意外之喜。我有点事，就此告辞。"

铃木要走，迷亭说："我也走。我必须立刻到表演矫风会去一趟，陪你走一段路吧！”

　　“那最好了。久别重逢，刚好一同散散步吧！”于是二人携手离去了。

第五章

三更半夜的，溜门撬锁而入，断然不会是迷亭先生和铃木君，看来很可能是我久闻大名的梁上君子！

把一天二十四小时所发生的事点滴不漏记下，然后再一字一句读一遍，恐怕得再要二十四个小时。我再怎么提倡"写生文"，也不得不承认：这毕竟不是猫族敢奢望的！因此，尽管我家主人整天都在卖弄精雕细琢的奇谈怪论，我却没能力和毅力向读者做详细报告。深表遗憾，但无可奈何。

铃木和迷亭走后，主人家里就像是冬夜里寒风乍住，下起了纷纷扬扬的雪，一下子变得静悄悄的。主人仍旧钻进书房，孩子们去了一个十二平方米的小屋并枕而眠。

在隔着一道两米多长纸壁的坐北朝南的房间里，女主人正躺着给那个不到三岁的孩子喂奶。樱花时节的天很短，转眼就日暮西坠，房前行人低齿木屐的行走声清晰地回响在客室，邻街一家公寓里的笛声时断时续，轻轻缭绕在耳鼓上，屋外大约已暮色苍茫了！晚餐我只喝了半碗汤，吃了点蛤蜊肉，转眼又已饥肠辘辘，可无论如何也要休息的。

隐约听过世间有喜欢写所谓《猫恋》这类诙谐俳句与和歌的，还听说，早春时节的夜里，街上总有我等猫族们鼓噪沸腾，搅得人难以入眠。可我，还不曾有过这种心境。说起来，爱情本是宇宙的活力之源。上自天神宙斯，下至土里蠕动的蚯蚓、蝼蛄，无不为此心驰神往，情难自禁，此乃万物之天性是也。如此，我等猫辈之春心萌动，一时里放浪形骸，不拘小节也在情理之中了。

回首往事，我也曾对花子小姐芳心暗许。"三绝主义"创始人金田老板的千金，那位对甜年糕情有独钟的富子小姐，也与寒月传出过绯闻。因此，普天下的雄猫雌猫，在那一刻千金的春宵里意乱情迷如痴如醉，我可不会将其视作是轻薄无聊不知廉耻。

至于我，就另当别论了吧，现如今我已是看破红尘，不再为情所动。没办法！目前只求休养生息。这么困倦，如何谈情说爱？想到此，我迈着闲适的脚步转到孩子的被边，酣然入睡……

一觉醒来，发现不知何时，主人已从书房来到卧室；又不知何时，已钻进妻子身旁的被窝里。按主人的习惯，睡前要从书房带几本横写的外文书。但实际情况是，躺下以后基本翻看不了几页，有时干脆连碰也不碰一下。既然连一行都不看，似乎就没有必要特意带来！然而，这正是主人之所以为主人的独特之处。哪管妻子怎么嘲笑，怎么叫他不要带书，他也绝不肯妥协。每晚照例不辞辛苦把书搬运到卧房，有时贪心不足，竟然抱来三四本，前些天，甚至将韦伯斯特主编的大辞典也抱来。就好像富家子弟不听龙文堂茶壶的松涛声就难以入眠一样，主人则是没有书本在枕边做伴，便辗转反侧。在我看来，对主人而言，书本的意义不是供阅读，而是催眠，是活版铅印的催眠剂。

今夜会带点什么书来呢？我扫了一眼，其中有一本红皮薄书半打开着躺在紧挨着主人胡须尖的位置。主人左手拇指还停放在书页间，没来得及抽出来。由此可判断，他今夜很可能读了五六行。与红皮书并列的那块镍金怀表，闪着与春色不相称的寒光。

女主人不知不觉已将吃奶小儿推出一尺多远，枕头也不在脑袋下，嘴巴大开，鼾声如雷。要问人世间最不堪入目的是什么，我认为，再也没有比张嘴睡觉更不成体统的了。我们猫族绝不会有此不堪入目的丑态。原本口是用来发声，鼻孔是用来呼吸的。不错，北方的人们大多都很懒，尽量不开口说话，甚至图省事半闭着嘴哼哼，这样的结果就是出现了用鼻子发音的鼻方言。但紧闭着鼻孔，用嘴代替鼻子呼吸，要比用鼻子说话更不像话。不说别的，倘若屋顶上的老鼠粪从天而降，那岂不是太危险了！

那几个孩子也都睡着了，但睡姿的不雅程度一点都不逊色于她们的老娘。姐姐敦子的右手搭在妹妹澄子的耳朵上，就像是在宣布自己的权力；而妹妹澄子毫不示弱，干脆把一只脚压在姐姐的肚皮上，仰着傲慢的脸。据我观察，双方都比入睡时做了九十度的位移。最难以置信的是，双方互不相让，这种姿势竟也睡得这样香甜。

春宵的灯火阑珊，在这既天真烂漫却又不成体统的情境下，幽幽青光仿佛是在反复提醒人们：不要白白浪费这大好良宵。巡视完这一家人的睡姿之后，已不知是什么时辰，我又将室内环顾一番。

万籁俱寂，唯有墙上的壁钟低吟浅唱，与女主人的鼾声、远处女仆的磨牙声合奏成一首嘈杂的小夜曲。说起这女仆，别人说她晚上睡觉磨牙，她还矢口否认，狡辩说："我有生以来，直到今天，从来不磨牙。"她是绝不会说上一句"今后一定改正"或是"抱歉得很"的。

当然了，熟睡中的事嘛，本人肯定不会知道。但事实胜于雄辩，你不知道事实也依然存在，这就麻烦了。世上竟真有这样的人，一面作恶多端，一面却自命为君子。这种人由于自信无罪，倒也天真可取。问题是再怎么天真，也没法让人因此遭受的痛苦减少半分。由此我敢说：这样的人，绅士也好淑女也罢，和那女仆都是一路货色。

有人在厨房的套窗上砰砰敲了两下。咦？这个时候怎么会有人来？我看多半是那些老鼠。假如是老鼠，随便闹去吧，我才不去捉。又砰砰敲了两下。感觉不像是老鼠，就算是老鼠，也一定是个谨小慎微的家伙。主人家的老鼠，全都像主人任教的那所学校的学生，不论白天黑夜，一心操练行凶撒野，仿佛把惊扰可怜的主人的幽梦视为自己的天职。他们绝不会像此刻这个叩窗的不知是人还是鼠的这样文静。

屏息倾听，我断定了这不是老鼠。因为这个东西比起前不久那次擅自闯进卧房，咬完主人的塌鼻尖后耀武扬威的那只老鼠，要小心谨慎。绝不是老鼠！突然，传来钥匙开锁声和自上而下的推窗声。同时，格子门被尽量轻地沿着槽沟滑动。这更加证明了这不是老鼠而是人！

三更半夜的，溜门撬锁而入，断然不会是迷亭先生和铃木君，看来很可能是我久闻大名的梁上君子！只要是君子，我就好奇会是何种尊容。这时，那君子似乎已经进了厨门。我开始数这人的步数。当数到他迈第三步时，传来了咕咚一声，很有可能他是摔在地窖盖上了。这突如其来的声响在深夜里格外清晰。我后背上的毛不由得倒竖，像用刷子逆向梳了一下似的。脚步声停了。

我看向女主人，她还是张着嘴，肆意吞吐着太平空气。主人大约梦见了他的拇指夹在红色书本里了！厨房传来擦火柴的声音。虽说是君子，可毕竟不像我一样拥有这么一双夜眼，他人地生疏，行动不便，需要照明。

我静观其变，暗自琢磨着：那个君子将会从厨房移到饭厅吗？还是向左转，穿过堂门直奔书房？……脚步声伴着推门声在檐廊响起。看来他离书房更近，然后一切归于平静。

这时候我才想到，该趁这工夫快些叫醒主人夫妇。但怎样才能叫醒他们呢？脑海里的各种方法像水车在打转转，却想不出一个好主意。我咬住被子晃动，试了两三下，但毫无效果；用我独特的冰凉的鼻尖去蹭主人的脸，可主人这家伙仍然鼾声贯耳，还用力把手一伸刚好打在我的鼻尖上，好像还骂了句"滚！"将我一把推开。鼻子对猫来说也是重要部位，这一下痛杀我也；别无他策，我只好喵喵叫了起来，企图叫醒他们。可是屋漏偏逢连夜雨，偏偏这时我喉咙里像卡住个什么东西似的，发不出声来。好不容易喊出声沉闷的低音，倒是把我自己吓一跳，可主人还是没醒来……

那边君子的脚步声又响了起来，沿着外廊走近。终于还是来了！这下子全都要玩完了。到了这个地步，我想还是先保存实力吧，免得全军覆没，只能随机应变，暂且就藏在纸格门和柳条包之间吧。

君子的脚步声到卧室门前戛然而止。我屏住气息，全神贯注等他下一步的行动。事后回想，我认为自己当时完全就是"全神贯注"。如果是在抓老鼠，绝对会一击成功。现在看来还真该谢谢这位梁上君子，终于使我茅塞顿开了，幸甚幸甚！

这时候我看见门的第三道格纸好像被雨点打湿了，中心部位变了颜色。透过薄纸，但见一点淡红，随后越来越浓。纸终于破了，露出一条血红的舌头。少顷，舌头消失在黑暗中，那个洞换上的是一只晶亮的东西。正是梁上君子的眼睛。怪的是那双眼睛并不瞧室内任何物品，却一直盯在藏在柳条包后的我身上。

虽然我被盯了仅仅几十秒，但觉得再这样被他盯下去，一定会折寿。我忍无可忍，决心从柳条包后蹿出，正在这千钧一发之际，卧室的门哗的一声开了，恭候多时的梁上君子终于现身。

根据故事叙述的逻辑次序，我本应该首先荣幸地把这位不请自来的梁上君子向列位做一番介绍；但在此之前，不如由我抛砖引玉，让列位先在心里有所准备。

古代的那些神，被看作是无所不能的。尤其耶稣，直到二十世纪的今天，依然披着全能的面纱。然而，凡夫俗子心中的全能，有时也可以解释为无能。这分明是个反论。而道破反论的，开天辟地以来非我这只猫莫属了！

想到这里，我也沾沾自喜起来，突然觉得自己原来也不是单纯的猫，对此我必须做一番阐述，用"猫也不可小瞧"这一观念，来改造一下人类那傲慢的大脑！

据说是上帝创造了宇宙天地万物。由此可以推断，人也是上帝创造的！这点在那个《圣经》里有详细记载。关于人，就连人类自己通过数千年的观察，也都感到玄妙和不可思议，因此，自然而然地倾向于承认上帝的全能是事实。其他的姑且不提，单说这茫茫人海，就找不出两个面孔相同的人来。脸形自然有大致的规格形状，大小也都大同小异。这说明，人都是用同样材料按照相同模式制成的；神奇的是尽管用的是同样材料、同样模式，却无一相貌雷同。多么神奇！只用那么简单的材料，竟然设计出千差万别的面孔来，不能不佩服造物主的天工智巧。这需具备怎样丰富和独特的想象力，才能有这样无穷无尽的变化。那些画家们，穷其毕生想要描绘出不同的面孔，也顶多画成十二三幅罢了。依此推论，上帝一手承包下造人重任，怎不令人叹服！这毕竟是凡尘中不可能存在的能力，称之为"全能"完全实至名归！在这一点，人类似乎对于上帝是由衷地敬畏和诚惶诚恐。当然，这是从人类的立场出发，人类对上帝的顶礼膜拜也就理所当然。

不过呢，站在猫的立场同是这件事，却可以做出不同解释：这一下子就证明了上帝的无能。我想，即使不是一无所能，也总可以断定他绝不比人类有更大的本事！

传说上帝按人数创造了众多面孔，当初他到底是胸有成竹造得千差万别，还是本想不管大郎、二郎都造它个千人一面？是不是预期设想是一回事，实际操作起来是另一回事？因此造一个坏一个，换种说法就是无心插柳柳成荫，而并非是忠于原著呢？这一点尚属未知。

人类的面孔，难道不是既可以当作是上帝天工开物的丰碑，也可以看作是上帝力不从心，应付差事的劣迹吗？说"全能"当然可以，但称之为"无能"又何尝不可！因为人类的两只眼睛并列在一个平面上，不能左顾右盼，所以，只能看到事物的部分，想起来真可怜。

如果换个立场想，这种再简单不过的事实，在人类生活中层出不穷，当局者却眼花缭乱，要不就是被上帝震慑住了心神，一直无法看清。如果说富于变化的创造极其困难，那么，彻头彻尾的仿制想做到分毫不差，也绝非易事吧！不信就要求拉斐尔画两幅一模一样的圣母像出来看看，这无异于逼他画两个不一样的马利亚！我想拉斐尔要为难了！不，比起画两种不同的景物，也许画两张完全一样的景物更难。这就像要求弘法大师用昨天的笔法再写"空海"二字，写出来的要跟昨天写的完全一样。

人类使用的母语，完全是靠模仿的办法获得。人们向妈妈、乳母或其他人学习日常会话，完全是机械运动。如此建立在模仿基础上的母语，过十年、二十年，发音自然或多或少会有所改变，这就证明人类不具备彻底的复制能力。纯粹的模仿，想复制出先前出现的事物，看来是任重道远。

那么，如果上帝能把人类造得一模一样，像一个模子铸成的玩偶，那才可以证明上帝的全能；否则，像今天看到的这样，粗制滥造的面孔光天化日之下横行于世，千姿百态，令人目不暇接，恰恰是上帝无能的铁证。

我竟然忘了自己怎么就会这样长篇大论侃侃而谈了！不过，既然人类把"忘本"当成家常便饭，我等猫辈也自然难免，那就请各位别见怪了吧。这些感慨，可全都是当我看见梁上君子拉开卧房的格子门，闪现在门槛前的一刹那迸发的灵感。

"为什么？"既蒙下问，只得重新理清头绪，如实作答：平时我就觉得上帝造出来的"人"这种作品很烂，很可能上帝的成功刚好就是来自现在看到的人的样子，对此我想不出比无能更好的形容了。可当那位梁上君子出现在我眼前时，他面部的特征瞬间推翻了我的成见。其他倒没什么，只是这位君子的面部特征对一个事实展现得过于充分了：那就是眉眼和我们那位亲爱的美男子水岛寒月先生简直是别无二致。

别以为我认识多少窃贼，更谈不上和他们中任何人私交甚厚。但根据平时所闻对那些贼盗的残暴行径加以想象，倒也不是完全没在心中勾画过他们的脸谱：通常是有一对朝着左右张开的鼻翼，长着两只一分钱铜板一样大小的眼睛，剃个光头……这大概就是我心目中盗贼的形象吧。不过现在亲眼所见，却与我的想象有着天壤之别。由此可见，任何想象都是不可胡来的。

这位君子身材修长，浅黑色的一字眉，作为贼，倒是气宇轩昂，风流倜傥。目测他的年龄也是在复制寒月，二十六七岁的模样。看到这个贼之后，我不再怀疑上帝的全能，否则绝不可能造出两个一模一样的人来。

老实说，我其实也在怀疑：难道是寒月精神失常，深更半夜跑了出来？要不是因看到盗贼的鼻下没蓄浅黑色胡须，这才意识到，此公必是另外一位。寒月是个堂堂正正的美男子，是上帝的精制品，能让迷亭称之为"流动邮票"的金田小姐魂牵梦绕。不过从长相看，这位梁上君子对于女人也一定具有足够吸引力。我想要是金田小姐只对寒月的眼波与嘴角迷恋，却不以同样的热情对待这位盗贼，那就太不公道了。

公道不公道，暂且不提，反正不合逻辑。像金田小姐那么既有才华又很机灵的女子，此等小事，用不着向别人请教，也自然一清二楚！可见，能差遣这名盗贼代替寒月出场，金田小姐也肯定献出了全部的爱，以期盼修得秦晋之好的结局。

万一寒月先生被迷亭等人说服，从而毁掉了一桩千古奇缘，只要这位盗贼健在，小姐也就无须发愁。我对未来事态的发展做出这样的预测后，才算对富子小姐放下心来。这位梁上君子能俯仰于天地之间，实在是使富子小姐生活幸福必不可少的前提。

这位梁上君子身着蓝底花格布的短褂，臀部扎了条博多产的青灰色绢带，双膝下裸露着白皙的腿，一只脚跨进室内。腋下挟着个什么东西，定睛一看，原来是主人放在书房的那条旧毯子。

主人一直在做梦，多半是大拇指被红书咬住了。他突然间翻了个身高声大喊："寒月！"惊得此贼毯子落地，忙用屋内那只脚接住，纸屏上映出两条微微抖动的长腿。主人哼了声，嘟嘟囔囔一把推开那本红皮书，像得了疥疮似的，卡哧卡哧抓挠他那漆黑的胳膊。随后安静下来，撒开枕头睡熟了。他呼喊寒月，不过是在说梦话。

君子在长廊下站了一会儿，待室内再次归于平静，他确认夫妻二人都已酣睡后，弯腰捡起毛毯，将一只脚跨上室内的床席。这回呼喊寒月的声音没再发出。隔一会儿，另一只脚也跨了进去。

二十平方米的房间在春宵的一盏青灯中朦胧迷离，却被君子的身影截成两半。那影子从柳条包旁越过我的头顶，直到半面墙壁，挡得一片昏黑，我扭头一看，这位君子的影子刚好在墙壁的三分之二高的地方晃动着。就算是美男子，假如只看他的影子，也像个芋头似的，很是好笑。君子低头看了一眼女主人的睡容，不知为何笑了。我可以向你们保证，连这笑容都是从寒月脸上揭下来蒙在他脸上的，太让我吃惊了。

女主人的枕旁，放着一个用钉子钉成的四寸宽、一尺五六寸长的箱子，那是她的心爱之物，里面装的是家住肥前国唐津市的多多良三平前些日子归省后带回来的土产山药。居然会有人拥着山药入梦，简直是闻所未闻。然而，女主人可是个连炖菜用的上等白糖也往衣橱里放的女人，头脑中可是没有"适材适所"这种观念的。对她来说，别说是山药，说不定咸萝卜放在卧室里也满不在乎。

然而，君子并非仙子，不可能知道夫人是这么个女人，只知她既然如此贴身珍藏，那一定是件贵重物品。君子提起箱掂量，觉得很有分量，于是，脸上露出窃喜。我心想，他竟然偷山药，这么一位美男子偷山药，该有多滑稽。我强忍住笑，千万不能发出声响，这是危险的。

那君子把山药盒子小心翼翼用主人那条毛毯包起，又扫了一眼周围，估计是想找条绳子用，这不，正好主人熟睡时解下了绉绸腰带，君子就用这条腰带将山药箱捆得结结实实，轻飘飘扛了起来。我看在眼里，心想这副嘴脸女人可不会喜欢。然后，君子又把孩子的两件外罩坎肩塞进女人的紧腿绒线裤里，弄得线裤的腿部圆鼓鼓的，像黑眉锦蛇吞了青蛙一般。不对，最好是用"锦蛇临盆"这四个字，才形容得准确无误！总之，像个怪物。如果不信，您亲自一试便知。

君子把主人的绒线裤一圈又一圈缠在脖子上，不知下一步他准备偷什么，只见他把主人的丝绸上衣当大包袱皮摊开，将女主人的腰带、男主人的短褂和背心等杂七杂八的东西全都整整齐齐叠好包了起来。对他那熟练、灵巧的动作，我十分钦佩。然后，他用女主人和服上的装饰衣带和整幅布的和服腰带接成一条绳，绑紧这个大包，用一只手拎着。

他又四下张望，看还有什么可拿的，见主人头前有包朝日牌香烟，随手扔进和服袖里。又从烟盒里抽出一支烟来，就着灯火点燃，美美吸了一口。喷吐出的烟雾，在玻璃灯罩外缭绕。不待烟消，君子的脚步声已沿着外廊消失了。而主人夫妇仍在酣睡。这就是人了，都不想说是有多麻痹大意了。

经过这一番暗中窥探，委实有点累，我还是暂时休息好了。于是酣然大睡。再度醒来，只见三月里的天晴空万里，主人夫妇正在后院便门处与巡警谈话。

"那么，是从这儿进院，溜进卧室的吧？您二位是在睡梦中，压根儿没察觉吧？"

"是的。"主人有点难为情。

"那么，作案时间是几点？"这巡警简直是岂有此理。假如知道作案时间，还至于失盗吗？我看主人夫妇一点都没有意识到这一层，竟然在那儿商量着怎样回答这位巡警。

"是几点？"

"这个……"妻子沉思。她很可能以为自己只要一沉思，就会想得起来。

"你昨晚几点钟躺下的？"

"我睡得比你晚。"

"是啊，我是在你之前躺下的。"

"是几点钟醒的呢？"

"七点半？"

"那么，贼闯进来是几点钟呢？"

"总该半夜了吧？"

"谁不知道是半夜？问你几点钟？"

"准确时间不仔细回想一下是不清楚的。"

女主人似乎还要想下去，但巡警不过是走走形式，那贼什么时候闯入，还不如随便说个时间，那巡警也好拿去交差了，可这两位，还要在那儿左思右想。看得出，那位巡警有些不耐烦："那么，是被盗时间不明？"

　　主人一贯的腔调："噢，是呀！"

　　巡警板着脸："那么，请你交一份失盗申报书。写上：'明治三十八年×月×日，闭门就寝后，盗贼拆下××套窗，闯进××室内，盗走××物品。以上属实，特此申诉。'这不是一份报告，是申诉，最好不写收信单位名。"

　　"被盗物品要每一样都写清吗？"

　　"几件短褂，不值几个钱的，按这格式作表呈报好了。进屋看了也无济于事，已经是失盗后了嘛！"巡警说得十分轻松，转身走了。

　　主人将笔墨砚池拿到室中心，唤来妻子，吵架似的大喊着："马上写失盗申诉书。你把被盗物品一件件快说！喂，说呀！"

　　"哟，烦人！还'快说'，你这个态度，谁还肯说？"女主人只把细带子缠在腰上，系也没系，便一屁股坐下。

　　"瞧你的德行！活像遇到个卖不出去的妓女！为什么不把腰带子扎好再出来？"

　　"你嫌这样难看，就给我买一条带子去嘛！光骂我有什么用，既然失盗，我有什么办法！"

　　"连宽幅腰带也被偷了去吗？混账东西！那就从腰带开始写吧！什么样的腰带？"

　　"什么样的？还能什么样？你以为我有多少条啊？就是那条黑缎子面、绸子里的呗！"

　　"好，黑缎面绸子里腰带一条！值多少钱？"

　　"六元左右吧！"

　　"扎这么贵的带子，太奢侈！今后要扎一元五上下的！"

　　"哪有那么便宜的带子！你可真是个吝啬鬼。不管老婆穿得怎么寒酸，你只要把自己打扮得好就行。"

　　"唉，算了！还丢了什么？"

“缎子褂。那可是河野婶送的纪念品，同样是缎子，和今天的缎子可大不相同。”

“懒得听你分辩！值多少钱？”

“十五元。”

“穿十五元的和服外褂，太不合身份了！”

“又没花你的钱！”

“还有什么？”

“黑布袜子一双。”

“是你的吗？”

“是你的，两角七分。”

“接着说。”

“山药一箱。”

“什么？连山药也偷？他是想煮了吃还是熬汤喝？”

“谁知他想怎么吃，你到贼家去问一问吧！”

“多少钱？”

“山药的价钱我可不清楚。”

“那就写上十二元五角上下吧。”

“这不是扯谎吗？就算是从唐津刨来的山药也不值十二元五角呀！”

“你不是说不知道吗？”

“是不知道，不过，说十二元五角太过分了。”

“不知道价钱，可又说十二元五角太过分，这是怎么回事？简直不合逻辑。因此，才把你叫作奥坦钦·帕里奥洛格斯①。”

“叫我什么？”

“奥坦钦·帕里奥洛格斯。”

“什么意思？”

“说了你也不懂。你的衣服怎么一件也没有提？”

“你管我懂不懂，快告诉我‘奥坦钦·帕里奥洛格斯’是什么意思？”

---

① 奥坦钦·帕里奥洛格斯是拜占庭的末代皇帝，他的名字是君士坦丁十一世·帕里奥洛格斯。“奥坦钦”在江户口语中是“糊涂虫”的意思，苦沙弥在此故意将“君士坦丁”念成“奥坦钦”，既贬斥了妻子又让妻子不明所以。

"哪来那么多废话！"

"凭什么不告诉我？你欺人太甚！以为我不懂英语就张口骂人。"

"少说蠢话，快干正事吧！不迅速交上申诉书，失盗的物品就找不回来了。"

"反正现在申诉也来不及。我现在只想知道奥坦钦·帕里奥洛格斯是什么意思。"

"不是告诉你什么意思也没有了吗？你怎么这么烦人！"

"失盗物品只有这些，到此为止吧！"

"真是无理取闹！随你好了。我不再写什么申诉了。"

"爱写不写！申诉书是你自己要写的，与我何干！"

"那就算了！"

主人忽地站起身走进书房。妻子进了客厅，一屁股坐在针线盒前。约莫有十来分钟，二人都一动未动，只是瞪着纸屏发呆。

寄山药来的多多良三平来了，他推开大门，神采奕奕地走进屋来。跟寒月一样，多多良三平也是这家主人的门生。法政大学毕业后，在某公司的矿山部供职。这位也是实业家的苗子，步的是铃木藤十郎的后尘。

由于曾师从我家主人，这位三平君常常来恩师的草庐造访，碰上星期日，就玩上一整天再回去。他和这一家人关系很是亲密无间。

"师母，天气真好呀！"他在女主人面前极随意地支起腿坐下，听口音应该是唐津一带的。

"噢，是多多良君呀！"

"老师外出了吗？"

"没有，在书房。"

"师母！老师总这么用功，会伤身子的呀！难得赶上个星期天也不休息！"

"跟我说没用，你去劝劝他吧！"

"不过……"说到这，三平将室内扫了一眼，"今天连小公主们都不见了？"他这话至少一半是说给师母听的。正说着，敦子和澄子就从隔壁跑了出来。

"多多良哥！今天带饭卷来了吗？"姐姐敦子记起了前些天多多良的承诺，向他讨起债来。

多多良搔着头坦白："记得清清楚楚，不过，下次一定带来！今天忘了。"

"不行！"姐姐一说，妹妹也立刻照着学："不行！"

女主人渐渐心情好些，有了点笑容。

"我没带来饭卷，可是之前送来过山药吧？小公主尝过了吗？"

"山药是什么？"姐姐一问，妹妹依旧还是照样学说："山药是什么？"

"还没吃？快叫妈妈煮呀！唐津山药不同于东京的山药，可甜了！"三平夸赞道。

女主人这才想了起来。"多多良君，上次蒙你关心，送了那么多山药，谢谢！"

"怎么样？尝过了吗？我定做了个木箱，牢牢装好，免得山药折断。大概还保持原来那么长吧？"

"说来可惜，您好心送来的山药，昨天夜里失盗了。"

"贼？混账东西！竟有人偷山药？"多多良三平大吃一惊。

"妈妈，昨天晚上进小偷了吗？"姐姐问。

"是呀。"女主人轻声回答。

"小偷来……来的时候是一张什么样的脸？"

对于这奇怪的发问，女主人也不知怎样回答才好："进门时是一张吓人的脸。"说着看了看多多良。

"吓人的脸，是不是像多多良哥那样的脸儿？"姐姐毫不客气地问道。

"别胡闹！失礼！"

"哈哈哈……我的脸有那么吓人吗？真糟糕！"多多良说着搔起头来。

多多良三平的脑后有一块直径一寸左右的秃癣，一个月前出的。虽然找医生治过，但是很难治愈。

第一个发现这块秃癣的就是敦子。"哎呀，多多良哥的脑袋和妈妈的脑袋一样亮！"

"不是叫你们住嘴了吗？"

"妈妈，昨晚那个贼，脑袋也发亮吗？"这是妹妹在提问。女主人和多多良三平不由得大笑起来。孩子们太闹，有她们在跟前简直没法聊天。

"喂，喂，你们到院子里去玩吧，妈妈这就给你们做好吃的。"女主人总算把孩子们哄了出去，认真地问，"多多良君，您脑袋怎么了？"

"被虫子咬的，很难治愈。师母也是？"

"瞎说，哪里是虫子咬的！女人嘛，发髻往下坠的地方都会稍有点秃的。"

"秃，就是有细菌呀。"

"我这可不是细菌。"

"师母别不信。"

"不管怎么说，反正不是细菌，英文把秃头叫作什么？"

"好像叫'包尔德'。"

"不，不是这么说。还有个更长的名字吧？"

"问问苦沙弥老师，立刻就会清楚的。"

"你的老师哪肯告诉我，所以才问你啊！"

"我除了'包尔德'，不知道其他说法了。很长？怎么说的？！"

"叫'奥坦钦·帕里奥洛格斯'，大概'奥坦钦'说的是秃，后面说的是头吧。"

"可能吧，我现在到老师书房去查查韦氏大辞典。不过，老师也够怪的，这么好的天气闷在家里。师母，这样下去，可是对胃病不利！不如劝他到上野等地去观赏樱花吧！"

"你跟他说去吧！你的那位老师呀，绝不肯听女人的话。"

"近来还吃果子酱吗？"

"是的。老样子。"

"不久前老师还对我发牢骚说师母总是嫌他果子酱吃得太多了，可他也没想要吃那么多呀！他怀疑是不是计算失误。我就说：'那一定是令爱和太太合伙吃掉了……'"

"你这个讨人嫌的多多良！干吗要那么说呀？"

"可师母看样子也像是吃过的呀！"

"看样子能看得出？"

"是看不出……不过，难道师母一点儿也没吃？"

"吃倒是吃了一点点。自己家的东西，吃点又何妨。"

"哈哈……果然……不过，说正经的，失盗，可是意外之灾呀！只偷走了山药吗？"

"要是只偷了山药，那就不发愁了，平时穿的衣服都没放过。"

"岂不是雪上加霜？又要借钱了吧？这只猫，如果是条狗就好了……真遗憾。师母，一定要养一条肥狗……猫没什么用，光知道吃……它拿耗子吗？"

"一只耗子也没捉过，真是只又懒又不知耻的猫！"

"啊，那就毫无用处了。还不如扔掉！要不，给我拿走炖肉吃吧？"

"啊？多多良先生还吃猫？"

"吃过呀。猫肉可香呢。"

"真是十足的英雄气概！"

确有这样的传闻：在下等门生中，有些野蛮人吃猫肉。但是，连多多良君这样看上去善良的家伙，竟也是一丘之貉，这是我做梦也想不到的。何况，此公已不再是寄人篱下的穷学生。虽然刚出校门不久，也是堂堂的法学士，还在六井物产供职，这就更让人大跌眼镜了。我对人类越来越失望。

"遇到人首先要防贼。"这句格言已经被那个寒月二世——梁上君子所证实。现在多多良君让我懂得了一条新的格言，那就是"遇到人要防吃猫的家伙"。"见多识广"就会变得精明，精明固然好，但过于精明了，遇到的危险也会增多，每时每刻都不能疏忽。人，不论变得狡猾、卑鄙，还是披上表里不一的伪装，无不是因为过于精明。精明，还是年纪的罪孽，因为一般都说"老奸巨猾"，指的就是这个道理。谁说得清呢，说不定像我等猫辈，趁今日多多良君在，还不如进了他的炖锅里陪着葱花香味一起升天了更好。我想着想着，在墙角缩成一团。而刚刚和妻子吵架后回到书房的主人，听见多多良的声音，又踱进了客厅。

"老师，听说失盗了？真蠢呀！"多多良劈头盖脸地问道。

"闯来的贼才蠢！"主人以圣贤自居。

"偷的愚蠢，被偷的也聪明不到哪去。"

"还是多多良这号人最聪明吧？反正也没什么好偷的。"妻子这回算是助了丈夫一臂之力。

"不过，最蠢的还是这只猫。真是的，它居心何在呀？不捉耗子也就算了，贼来也不闻不问……老师，把这只猫给我吧，留在家也没用。"

"行倒是行，不过你要它做什么？"

"炖了吃！"

主人听了这句恶狠狠的话，立刻隐隐作呕，露出胃病患者的病态笑容，没接他的话，多多良也就没表示非要吃了我不可，真是万幸逃过一劫。

一会儿主人话锋一转："先别谈这只猫了。衣物被盗，冷得受不了呢。"主人样子很沮丧。

的确，怎么能不冷？以前，主人身穿两件棉衣，而今天只穿了件夹褂和半截袖的衬衫，从清早就一动不动闷坐在书房，本来就不足的血气，现在很可能都去他的胃里了，那么手脚自然就滴血难至了。

"上帝啊！看来不能当教师！稍一失盗就混不下去，还不如去当个实业家，您说呢？"

"你说了也是白说，你老师最看不起实业家。"女主人插嘴说。女主人是巴不得丈夫成为实业家。

"老师，您毕业几年了？"

"今年是第九个年头吧。"女主人回头看了丈夫一眼，丈夫未置可否。

"九年还不涨薪水，也没人说个好。真是'郎君独寂寞'啊！"多多良将中学时期背过的一句诗朗诵给女主人听，女主人不懂，因此默不作声。

"教员嘛，谈不上热爱；实业家呢，更不想干。"主人好像心里在盘算到底干什么呢。

女主人说："你老师讨厌一切，所以……"

"不讨厌的只有师母？"多多良开了个不合身份的玩笑。

"最讨厌！"主人斩钉截铁地回答。

女主人别过脸去，沉默片刻，又扭过头来盯着主人，决定彻底制服主人："恐怕你是连喘气都厌烦了吧？"

"还真是不怎么稀罕。"主人回答得意外从容，妻子也就束手无策。

"老师，您不如放松一下，出去散散步。总这么闷在书房里，会搞坏身体的……并且，您当个实业家吧！赚钱，实在是轻而易举的事。"

"可我看你并没有赚到几个钱呀。"

"我去年刚进公司嘛。尽管如此，也比老师多点储蓄。"

"存了多少？"女主人热心起来。

"五十块。"

"你月薪多少？"女主人又问。

"三十块。每月在公司存款五块，以备不时之需。师母，您也用零钱买点环城路电车股票吧，从现在起，不出三四个月，就能翻一番。稍有一点钱，很快就可以涨两三倍。"

"有那么多钱，即使失盗也不至于犯愁了。"

"所以说嘛，最好当个实业家。假如老师是学法律的，在公司或银行里做事，如今每月会有三四百元的收入。太可惜了……老师，您认识工学士铃木藤十郎吗？"

"嗯，昨天来过。"

"是吗？前些天在一次酒宴上遇到，提起老师来，他得知我是老师您的门生，说从前他也曾和您在小石川寺一同搭过伙。托我下次来时帮他带个好，他说不久要来拜访您。"

"听说他最近到东京来了？"

"是的。以前他一直在九州煤矿，近来调到东京，混得风生水起。他拿我也当朋友……老师，您猜他每月挣多少钱？"

"猜不到。"

"月薪二百五十元。年中年末还有分红，平均起来要挣四五百元。像他那号人都拿这么多钱，老师您可是教英语入门课的专家，却混得'十载一狐裘'，太傻啰！"

"的确很傻！"

在猫家我看来，别看主人超然物外，但对金钱的看法其实跟普通人没有多大区别。甚至正因为穷，对于金钱的渴求更强烈呢。

多多良大肆鼓吹了一番干实业的好处，接下去不知道还有什么好说的，转头对女主人说："师母，有个叫水岛寒月的人到老师这儿来过吗？"

"他是常客呢。"

"是个什么样的人物？"

"听说很有学问。"

"非常英俊吧？"

"嗯……和您差不多吧。"

"哦？和我差不多？"多多良非常认真地问。

"你怎么知道寒月的？"主人警惕地问。

"不久前有人托我了解一下。寒月是这么重要的人物吗？"多多良好像不看重结果，直接摆出一副凌驾于寒月之上的派头。

"此人远在你之上！"

"是吗，比我还强？"多多良一点儿都不生气，他这人最大的优点即是如此，"很快能当上博士吗？"

"据说目前正在写论文。"

"又是个傻子。写什么博士论文！我还以为是什么了不起的人物呢。"

"你的见解总是这样与众不同呀！"女主人嬉笑着说。

"传闻说他只要当上博士，姑娘就嫁他什么的。荒谬！为了讨老婆才当博士？要让我说，姑娘与其嫁给那号人，还不如嫁给我更好些。"

"对谁说的？"

"对求我了解一下水岛寒月的那个人。"

"铃木？"

"那怎么行，这种话，可不能对他明讲，因为他是我上司！"

"多多良原来是背地里的本事呀！到我家来神气十足，可一到铃木面前，立马变得低眉顺目了吧？"

"不得不为之啊，不然就要岌岌可危了！"

"多多良！散步去吧？"主人突然问。天气现在很有些冷，而他只剩这么一件夹袍。估计他是想活动一下热热身吧，才破天荒第一次提出这么个建议。多多良欣然应允。

"好呀！去上野？去芋坂吃饭团吧，老师！您吃过那里的饭团吗，师母？一起去尝尝吧。又软又便宜，还给酒喝。"多多良在那儿喋喋不休，主人已经戴上帽子去换鞋了。

有关主人和多多良在上野公园干些什么，在芋坂吃了几盘饭团这类事情，我既无跟踪的勇气，也无侦查的必要，那就索性在家趁机休养生息好了。休养本来就是苍天赐予万物的基本权利，但凡身负生息之义务者，要是想要为苍天尽生息繁衍之责，必须得休息好才行。假如神明这样说："汝等为劳作而生，非为睡觉而活。"那我就要毫不客气地回敬："所言甚是。我为劳动而生，故也要为劳动而休息。"即使像主人那种整天牢骚满腹的家伙，不也常常安排自己在星期天之外休息吗？

如我这般多愁善感，昼夜劳神，虽说是猫，也理所当然需要比主人更多的休息。只是方才多多良君那样辱骂我，说我除了偷懒便一无是处，这深深刺激了我脆弱的心。总之，天底下的凡夫俗子们，除了寻求感官刺激外对其他一无所知；因此，他们在评价他人时，除了外在，别的一概不管不顾，真是让人讨厌。他们可能认为，只要不是撅起屁股，面朝黄土背朝天一身臭汗，就不算是劳作了。

据说达摩祖师面壁苦修时，坐到双脚溃烂，藤蔓从石缝中长出来长到他嘴巴上，即使嘴跟眼睛都被封住了也纹丝不动。他并不是死了或者睡着了，他的头脑半刻也没停下来过，一直在不停思索"廓然无圣"这类的玄奥禅理。

相传儒家也有打坐静修一说，但也不是闭关深居，修炼安闲与跪坐，而是为了让思想不受约束活跃起来，其实所耗精力远超常人。不过是表面上看起来很少运动，凡夫俗子很难理解，才以为这些伟大的巨人是昏睡假死的泥胎，为此嘲讽他们是废物、饭桶等。这类凡人有眼无珠，根本不可能懂得除了吃喝拉撒外，还有别的奥秘存在，多多良三平这个家伙，正是这类庸夫俗子中的翘楚。所以，他理所当然地把我看成百无一用。令我心寒的是，就连略知古今诗文、稍识事理真相的主人，竟也不问青红皂白就赞同庸俗的多多良三平，对他"炖活猫"的倡议未加阻拦。

退一万步想，人这样蔑视我，倒也情有可原。所谓"大声不入于俚耳""阳春白雪，曲高和寡"是也。要一个眼里只能看见表象的家伙来看到我灵魂深处的光辉，简直就是在要秃子扎辫子，让金枪鱼演讲，要电车脱轨，劝主人辞职，叫多多良不想赚钱，这完全是在强人所难。

但即使是猫，也不能脱离社会。既然是社会的一分子，不管如何自命清高，也不可能完全断绝与社会的联系。主人、太太以及女仆、多多良之流并不能公正对待我，这固然遗憾，但对此我也只能听之任之。人类因为愚昧无知和胡作非为，扒了我的皮，卖给做三弦琴的；剁了我的肉，做多多良的盘中餐，那事情可就严重了。

猫家我乃奉天命下凡，运筹帷幄，古今中外第一猫是也。这肉身尽管是皮囊，却也十分珍贵。应了那句古语："千金之子，坐不垂堂。"如果不时刻谨慎行事，徒招风险，不仅殃及自身，也有悖于天意。看看那些威风八面的猛虎，被关进动物园了，也只好与猪比邻而居；那志存高远的鸿雁，若落入猎人罗网，也只落得个与鸡鸭共釜俎而亡。

我既暂时落魄，不得已与庸人混在一起，那就不得不入乡随俗为庸猫；既是庸猫，那就不能不捕鼠……怎么回事？我终于决定要捕鼠了。

听说日本和俄国在打一场大仗。我身为日本猫，自然忠于日本。恨不能组织一支猫兵混成旅，用利爪与那些俄国兵展开殊死搏斗。由此想来，我既然精力充沛，捉那么一两只老鼠嘛，只要想便唾手可得。从前有人问一位著名法师："怎样才能达到菩提？"据说法师颇为风趣地回答说："要像猫捕鼠那样。"这意思就是说，只要像猫捕鼠那样专注，什么样的老鼠都难逃猫爪。虽有"女子无才便是德"的古训，却还从来没有过"猫不捕鼠便是德"的警句。由此看来，作为一只猫，不论如何温文尔雅，也没理由不抓老鼠，更没有理由抓不到老鼠。但之所以至今没有捉到，不是不抓，而是不想抓！

像昨天一样，今天也日暮西沉了。习习晚风中，落英缤纷，它们从厨房门的破洞中飞进，漂在桶里的水面上，被厨房昏黄的油灯照得泛白。我决心今夜便要扬名立万，以赫赫战功堵住那些看扁我的人类的嘴。

鉴于此，有必要先巡视战场，熟悉地形。战线不能拉太长，那个没铺地板的厨房，如果铺席子大约可铺四张。在一张草席那么大的地方，中间被隔开；一半是水池，一半用来和饭馆、菜店伙计们谈生意。这套厨房里的炉灶豪华得与我家主人的厨房很不相称，紫铜水壶锃亮。右边到板壁间有二尺地盘，是我日常存放蛤蜊壳的地方。靠近饭厅的六尺之地放一柜橱，装些碗呀、盘呀、钵呀什么的，本就狭小的厨房被弄得更加狭小。柜橱紧挨着一个和它一般高的简易横格架子，架子上口朝上放着一个研钵，钵里有个小桶，桶底儿正对着我，并排挂着萝卜、泥擦板和研钵杵，一旁还有个孤零零的灭火罐。熏得漆黑的椽子上在交叉处正中位置，悬着个铁链吊钩，平时就挂着个平底大竹筐，不时随风摇曳晃动。至于为何吊起一个竹筐，在我初来乍到时，对此百思不得其解。但后来我终于揭开谜底，原来这是专为防备我辈之用，不禁令我为人类的奸诈狡猾与自私自利感到痛心疾首！

言归正传，现在就开始拟订作战计划。首先是锁定作战区域，我首选了老鼠出洞的地方。但地理环境优势只是备战所需条件之一，如果我采取守株待兔的方案，那不能称之为一场真正的战争。因此，研究一下老鼠出入鼠洞的线路就大有必要。于是乎我就站在厨房正中，眼观六路耳听八方，很有点东乡大将指挥若定的感觉。

此时，女仆去了浴池还没回，孩子们睡得正熟，主人在芋坂吃罢饭团回来，照旧闷坐书房。女主人嘛，不知在干什么，多半是在打瞌睡，说不定梦见了山药。门前不时有人力车跑过，夜凉如洗。不论是我的决心、勇气，还是厨房的氛围，都让我有了风萧萧的感受，一种悲壮之感油然而生，当然，我更觉得自己就是猫中的东乡大将。此情此景，使我又紧张又激动。不过，我发现在我激动的深处，也有一丝隐隐的担忧。

既然制订了与鼠作战的计划，那无论面对多少只老鼠也不会退缩。我所担忧的主要是，如果摸不清老鼠的路径，那将十分被动。我通过认真观察获取了第一手资料，再周密思考后得出结论，老鼠出洞有三条路线：第一，如果是地沟里的老鼠，一定是顺着下水道到水池，再转到炉灶的后面。这时，我就藏在灭火罐后断其归路。第二，老鼠也许向地沟进军，从已放掉洗澡水的浴盆的白灰洞里钻进去，绕过澡堂，出其不意侵入厨房。

如果是这样，那我就在锅盖上居高临下，以逸待劳，老鼠一出现就立刻出击捉拿。为万无一失，我再度巡视一周。果不其然，发现柜橱右下角有个被咬成月牙形的洞，我疑心这便是老鼠的出入之处。凑近一闻，还真有老鼠的味儿。那么，假设老鼠从这儿冲上来，我便靠柱子掩护，放它过去，再从背后发起突然袭击。

假如从天花板下来呢？我抬头朝上观察，上面被油烟熏得漆黑，在灯光照耀下，真像是把地狱倒悬起来了。平心而论，以我这点本事，可是上上不去、下下不来的。但想必那老鼠也没胆量从那么高的地方往下跳，那么，这条线路就暂且不设防好了。

但即使是放弃了那条线路，我还是处在三面受敌的险境中。假设鼠兵只是从一个方向攻来，我闭一只眼睛也能击溃它们。即使是夹击我，我也自信有办法完胜它们。可问题是如果三面受敌，那我恐怕束手无策，这跟是不是有强烈捕鼠欲望与勇气无关。

想到这里，我不由得想起了车夫家的大黑，犹豫是不是向它求援，但又碍于颜面。如何是好呢……绞尽脑汁，就算是我这样举世罕见的奇猫，也想不出一条妙计能安天下了。

在这种情形之下，最能安抚心绪的，就是对这样的事淡然处之；或者对无能为力的事视而不见。环顾这茫茫世界：昨日刚娶的新娘，谁也保证不了今天就不会与世长辞。那新郎却满心都是什么花好月圆，天长地久，面上岂不毫无忧色吗？面无忧色，并不等于不担心，而是因为再怎么担心也无济于事。这样一想，我觉得也可以妄下断言：三面夹攻的事绝不会发生！无非是一旦予以否定，我这忐忑的心就会安稳下来。世间万事万物，哪个不渴望得到安心呢？那么就这样决定了，三面受敌之事绝不会发生在我身上。

尽管如此，难免还是有点放心不下，怎么会这样呢？思来想去，原来是还没确定三个方案选择哪一个才是上策。这个问题，绞尽脑汁也得不出称心如意的结论，我当然烦恼。鼠兵从壁橱攻来，我自有对策；从澡堂攻来，我自有计谋；从水池发起攻击，我也胜券在握。但要确定一条战线，可就没那么容易了。

据说当年东乡大将，对于俄国的波罗的海舰队究竟是会穿过对马海峡而后出现在轻津海峡，还是远绕宗谷海峡，心里完全没底。今天我按自己的处境设身处地感受东乡大将当时的心情，顿时感同身受起来。我不仅看来和东乡阁下身份地位相似，而且遭遇也相似，真是英雄惜英雄啊。

在我正全神贯注研究战略战术时，那扇破格子门突然被拉开，闪现出女仆的一张脸。说她只露一张脸，并非说她没有手脚，而是因为她别的部位用夜眼看不清，唯有脸儿光彩夺目映入我的眼帘。沐浴后归来的厨娘红脸蛋比平日更鲜艳。她顺手把厨房门关严实，失盗之事对她也是一个教训。

忽听主人在书房里喊，叫把手杖放在他枕旁。真不明白，为什么要把手杖放在枕旁呢？难不成他异想天开，想扮演易水壮士倾听横笛悲歌吗？昨日山药，今日手杖，不知明日又会是什么。

未至深夜，老鼠们估计还没出洞。大战当前，我得先好好休息养精蓄锐。

这厨房没有气窗，只是在客厅靠近门楣的地方开了个一尺见方的洞，用来冬夏通风，也代替了气窗。一阵风儿携了早樱的落花钻进洞内，突如其来的风声把我惊醒。举目看去，已是月上梢头，炉灶的影子斜斜地躺在地板盖上。我担心睡过头了，用力抖动几下耳朵，打起精神屏气凝神察听屋内动静，屋内只有那架挂钟和昨夜一样嘀嘀咕咕。我想这时辰老鼠也该出洞了吧！但会从哪儿来呢？

壁橱里有了咯吱咯吱的响声，仔细听很像是用爪子在挠碗碟的边，一定是在偷吃里面的食物。好，看来是准备从这里出来了！说时迟那时快，我迅速过去蹲在洞旁守候，可半天也没看到它出来。碟子里的响声很快就没了。现在好像在咬一个大碗，声音比刚才沉闷很多，而且就在柜门边，跟我的鼻尖相距不到三寸。虽然听到老鼠的爪步声有时靠近洞口，但来来回回很快又退回去很远，一只也不肯冒出来。只隔了一层柜门，敌人就在柜门后面横行，可我却只能乖乖守在洞口，这滋味真难受。我现在听到了老鼠正在碗里开盛大舞会。这时候要是女仆能把柜门开条缝，让我钻进去，那该多好！真是个没头脑的乡下女人。

炉灶的背后属于我的蛤蜊壳传来嘎嘣响声，敌人竟然蹿这儿来了！我蹑手蹑脚走过去，只见两个水桶间有条尾巴晃动了一下，马上钻到水池下边去了。又过了一会儿，澡堂的漱口杯撞在了铜脸盆上，咣当一声。敌人就在身后。我扭头看见一个五寸左右的家伙撞翻牙粉，逃到外廊去了。"哪里逃！"我追了出去，但它早就无影无踪了。看来，捉老鼠远比想象中的难。也许我天生不是这块料。

我转到浴池，鼠兵从壁橱逃掉；我在壁橱站岗，鼠兵从水池下蹿出；等我在厨房中心安营扎寨了，鼠兵却在三面骚动。说不清它们这是肆无忌惮还是胆小怕事，反正不是君子所为。我十五六次东奔西跑，耗尽精力，但一次也没有成功。可怜！看来，跟这样的无名小辈打仗，就算是威风凛凛的东乡大将也无计可施。

开始时，我信心百倍，勇气十足，甚至都有点壮士一去兮不复还的悲壮，不过最终换来的只有懊丧、疲惫和困乏，我干脆不再跑来跑去，就蹲在厨房中心一动不动。虽然不动，却装作眼观八方，认为这样渺小的敌人，不足以成大患。

原以为是棋逢对手，没想到全都是胆小鬼，这战争的光荣感突然消逝，剩下的只有厌倦。一旦厌倦，意志就消沉；消沉的后果，就是轻蔑从而随便了，反正也干不出什么大事；既然有了这种心态，我就开始昏昏欲睡。我终于睡了。即使身临前线，也不可不休息。

那个檐下亮板横着开的气窗，又飞入几片落英。我刚觉得寒风扑面，竟从橱门蹦出一个枪子儿似的小东西，我完全没做好准备，它就风似的扑过来咬住我的左耳。此时又觉得一个黑影蹿到我的身后，还来不及想，它就已经吊在我的尾巴上了。这全都是刹那间发生的事。于是我发自本能毫无目的地纵身一跳，竭尽全身之力，企图抖掉这两个怪物。

咬住我耳朵的那家伙失去平衡，歪歪斜斜悬在我的脸上，它那胶管似的柔软尾巴竟然插进我嘴里。嗨，天赐良机呀！咬住不放，左右摇晃，咬烂它。天知道怎么回事，只剩下一点尾巴尖留在我们牙缝里，而那家伙的身子摔在了旧报纸糊的墙上，又被弹到地窖盖上。它刚要起身，我立刻扑了过去。但是，那家伙竟像球似的掠过我鼻尖，跳到架子边上蹲着。从架子上居高临下俯视我，相距五尺，我从地板向它仰视。而这时候，月光如昼，斜洒进屋内。我聚集全身力气奋力一跳。

好尴尬，前爪搭在了架子边，后腿悬在空中乱蹬；而这时刚才咬住我尾巴的那个家伙还在咬，仿佛是誓死不松口能奈我何的意思。情况险恶，我现在身处危境了！体力逐渐不支，需要倒换前爪。问题是只要我换爪，尾巴上的重负就会让我往下掉一点，照此情景，要不了多久我就会摔下去了。

正在这千钧一发之际，只听我的爪子发出了嘎吱一声！就在我倒换左爪的一瞬间，由于没有抓牢，只剩右爪搭在架子上，全身悬空。加上尾巴上的重量，我的身子吊在半空打转起来。架子上那个一直注视着我的小坏蛋，趁此机会跳到了我的额头上，那一下简直就像是一块石头砸在头上，疼死我了。我前爪滑落，头顶、尾巴，加上我自己，纠缠成一团在月光下朝着无底深渊坠落。

与此同时，架子下一层上的研钵还有研钵里的小桶以及被吃光了的果子酱的空瓶，还有那个灭火罐也加入到这个月夜的坠落中来。最后，所有这些坠落物一半栽进水缸，一半摔在地板上，在这夜阑人静的深夜发出惊心动魄的巨响，就连正在垂死的我也为之胆战。

"有贼！"主人的公鸭嗓在凄凉的夜色中传来。他随即从卧房跑了出来，一手提灯，一手持杖，睡眼蒙眬。

我在蛤蜊壳堆旁静静蹲着，两个怪物已经销声匿迹。主人怒气冲冲地问："怎么回事？谁搞出的这么大声？"

月儿西沉，清光如练，但已瘦削了，像半截信纸。

第六章

和猫相比，人类是过分清闲了才会无聊，想着法子折腾自己来开心。

这天热得猫都受不了。听说英国有个叫什么西德尼·史密斯的，他叫苦说："恨不能把皮剥了，把肉挖了，只留骨头好凉快凉快。"其实大可不必那么劳神费力，只要把我这身浅灰色带花纹的皮毛拆洗一下，暂时送进当铺就谢天谢地了。

在人类眼里，我们猫一年到头总是一副嘴脸，春夏秋冬同是一张皮，过着最简陋、最平常、最不需金钱的生活。他们不知道也不想知道，我们猫也知冷暖。不是不想偶尔洗洗澡，完全就是无奈这身皮毛水洗了，再想弄干太麻烦。这才是我这猫不得不忍受一身臭汗味，没进过澡堂子的门的原因。

说实话，并非我不想拿把扇子扇，问题是我没法握住扇柄！想起这些，就为人类不懂得珍惜感到痛心疾首。比如本来应该生吃的东西，偏要煮呀、烧呀，添油加醋大费周章。

再说穿戴，对人类这种生来就有缺陷的物种，要求他们像猫这样一年四季不换行头有点勉为其难。但何必非把那么多玩意儿套在身上呢？弄得那些羊呀、蚕呀不胜其烦，连像我这样的一点清闲都没有。我想对此只能说：无能。

衣食之类，我觉得最好是睁一眼闭一眼，无须强求。难以理解的是，其实很多东西根本不影响基本的生存，可人类也要弄得极其烦琐，真是让我费解。首先我们来说说头发，头发是自然长起的，所以，我认为任其自由生长，才最符合自然规律，也是对头发的主人最有利的；但是人类却挖空心思，琢磨出千奇百怪的发式。我记得有一种发式，人们称其为光头，就是脑袋上寸草不生。太阳大了就撑起伞来遮住，天冷了就缠上头巾。既然如此，那你干吗要把头发剪掉，还刮得锃亮？简直就是无理取闹。这还不算，人用个像锯条似的无聊玩意儿，叫什么"梳子"的，把头发左右两分。还有一堆分法，诸如四六、三七、二八的，把好好一个天灵盖划成两片。有人还让分界线穿过旋涡，一直通到脑后，活像芭蕉叶的仿制品。还有人把头发中部剃成平平的，两边急剧下降，让个好好的头颅看上去像个锅盖，简直就是一幅杉木篱笆的写生画。对了，我还听说有留什么五分发、三分发、一分发的。难以想象将来还会流行什么款式，指不定哪天疯了，就把头发朝头盖骨里剃进去，出来个负一二三分哩。总之，人们穷其所有，将折腾进行到底。总是无事找事，简单方便的不去要，一定要复杂了才好。就拿这脚来说吧，明明长着四只，偏要只用两只，另外两只又不用来走路，像送礼的鳕鱼干悬在身上，真是暴殄天物！而且非常难看！

由此可见，和猫相比，人类是过分清闲了才会无聊，想着法子折腾自己来开心。最可笑的是，越是这些闲人一见面越是大肆宣扬："忙得很呀，忙得很呀！"你要是只看脸色，还真像是很忙。一群吝啬鬼，真让猫担心会不会忙到西天去。有人见了我常说什么："像猫那样闲适多快活啊！"想快活就快活呗，谁也没求你们没日没夜蝇营狗苟的呀！作茧自缚，偏还要叫苦连天。好比自己燃起一堆火，又吵着嫌热。

我想，就算是我等猫辈，如若哪天也发明了二十多种发型，大概也不会有今日之闲了。干脆学学我好了，夏天也始终一件毛衣……不过话说回来，还真有点热。夏天穿毛衣，也是逼不得已而为之。

这天气热得简直连睡觉也没法睡了。

难道就没点新闻吗？我对尘世仿佛失去了热情。今天本想再去欣赏一番人们奔波劳碌的样子，偏偏主人在睡眠这点上酷似于我，贪午睡程度和我不相上下，尤其放暑假后，正经的事他一点都不做，所以，再怎么观察，也只有败兴而归。

想想要是迷亭能来，主人被消化不良折磨得晦暗无华的肌肤也许会稍有起色。我正在这盼着迷亭先生，那边不知何人在澡堂里哗哗作响。不仅有浇水的声音，还不时传来只言片语"噢，好呀""太舒服了""再来一勺"等，叫喊声响彻全宅。在主人家能这么无拘无束、肆无忌惮的，非迷亭莫属了。

他终于来了。一想到迷亭先生，就觉得今日剩下的半天好混了。不一会儿，就见迷亭先生擦完汗，把两条鳕鱼干伸进衣袖里，大摇大摆走进客厅。

"嫂夫人！苦沙弥兄在干吗？"他咋咋呼呼，把帽子扔到床席上。

女主人在隔壁，正伏在针线盒旁打盹，此一番吵嚷，几乎把耳鼓震破。她被惊醒，强睁着睡眼往客室一瞧，看出是迷亭，穿着萨摩产的上等麻布衫，手不停摇着小扇占据了上座。

"您来了！"女主人觉得有点尴尬，"我一点都不知道呢。"她也不知道擦擦流到鼻尖上的汗珠。

"不妨，刚来一会儿。在澡堂里求女仆给浇点冷水，好歹算保住命了……天太热呀！"

"这几天，纹丝不动还冒汗。真是太热了……可，您好吗？"女主人依然没擦鼻尖上的汗。

"劳您记挂。热个一星半点儿，身子倒不会出什么毛病。不过，热到这种程度可是意外。热得四肢无力呀。"

"我从来没睡过午觉。可这么热……"

"睡着了吗？好哇！白天晚上都能睡，那可再好不过了。"迷亭又开始口无遮拦。可看起来他还觉得不过瘾，接着说："我这号人就不犯困，体质决定的。每次来看见苦沙弥兄酣睡，真羡慕呀！当然，这么热，胃病患者熬不住很正常。即使健康人，像这种天气，肩膀上扛个脑袋都累得慌呢。话说回来，既然长了这么个脑袋，就不好把它拧掉！"迷亭终于发现了，有了苦于无法处理人头的烦恼，"像嫂夫人，头还顶着个东西怎么坐得住。光是那个发髻的分量，就叫人必须要躺下睡。"

女主人以为是发髻露马脚了，让迷亭看出她一直在贪睡，就一边说："你呀……嘴太刻薄！"一边摆弄发髻。

迷亭可不在乎。"嫂夫人！我昨天在房顶上进行过煎鸡蛋试验！"

"怎样煎？"

"我看房瓦滚烫，热量十足，觉得这能源白白浪费太可惜，就把牛油溶解，又打了鸡蛋。"

"天哪！"

"不过，太阳光还不够毒，只煎得半熟。我从房顶下来，正在看报，有客人来，就把房瓦煎鸡蛋的事给忘了。今天早晨忽然想起，心想这回煎得差不多了吧？结果上房一看……"

"怎么样？"

"全流了。"

"哎呀呀！"女主人皱起眉头，连连感慨。

"不过，您说三伏天那么凉爽，现在又这么热，岂不怪哉？"

"谁说不是。前些天光穿单衣还觉得冷，说热就热起来了。"

"正是螃蟹横行时嘛。今年的天气简直是开倒车。说不定是在预言：'倒行逆施，其无止境乎？'"

"你说什么？"

"啊，没什么。是说气候反常，倒像赫拉克勒斯的牛呢。"迷亭得意忘形，越说越离谱，女主人如坠云雾。只因刚被"倒行逆施"那句话弄得尴尬，她这回才只简单应答一声，不再反问。既然她不反问，迷亭的这番用典也就毫无用处。他特意提醒一句："嫂夫人！你知道赫拉克勒斯的那头牛吗？"

"我哪懂那些。"

"不知道？那我讲给你听？"

女主人也碍于情面，就含含糊糊应了一声。

"从前有个叫赫拉克勒斯的，他牵了一头牛。"

"赫拉克勒斯是养牛的人吗？"

"他可不是养牛的人，更不是那牛肉铺的老板。那时候，希腊连一家牛肉铺都还没有哩。"

"希腊的故事吗？那你干吗不直说呢！"女主人可是知道有希腊这么个国家。

"我不是告诉你赫拉克勒斯了吗？"

"赫拉克勒斯就是希腊吗？"

"不不，赫拉克勒斯是希腊的一位英雄。"

"难怪我不知道。他怎么样了。"

"他呀，像嫂夫人一样，犯困就呼呼大睡……"

"不好听！"

"他正酣睡，伏尔甘①的儿子来了。"

"伏尔甘又是谁呢？"

"伏尔甘是个铁匠呀，他儿子偷走了那头牛。因为这小子是扯着牛尾巴往后拖的，赫拉克勒斯睡醒后到处找：'我的牛呢，我的牛呢'，就是找不到，他也不可能找到。因为他是顺着牛蹄印往前找，可小偷是拉着牛倒退走的！铁匠的儿子太聪明了。"迷亭似乎忘了炎热，接着说，"苦沙弥老兄近来可好？照例午休吗？要知道在汉诗里，午休还很风流呢。不过，像苦沙弥兄天天循规蹈矩地睡，就有点俗气了。每天无所事事，毫无活力。嫂夫人，麻烦你叫醒可好？"

这一催促，女主人才恍然大悟："的确不像话。不说别的，只怕身子会搞坏呢，刚吃过饭就睡。"

女主人转身走了，迷亭喊道："嫂夫人！提起吃饭，我还没用膳呢！"迷亭一点都不见外。

"哎呀，都忘了是吃午饭的时候了。那可没什么好的菜，将就吃点茶泡饭？"

"算了，茶水泡饭就别吃了。"

"反正没有你可口的东西呀！"女主人话里带刺儿。

迷亭这才恍然大悟："好好，茶水泡饭也罢，开水泡饭也罢，全免。刚才在路上，我顺便在饭馆叫了些饭菜，就在这儿享用了吧！"这话说得！一般人真是说不出口。

女主人啊一声。这"啊"把惊讶、不快和因免掉麻烦而谢天谢地种种意思都包含在内了。

这时候，主人也被迷亭的喧哗声吵醒，摇摇晃晃走出书房。"你这人总是七吵八闹。好不容易睡一觉可……"主人哈欠连连，哭丧着脸说。

"你醒了？惊破凤梦，万分抱歉！不过偶尔为之，不算不可原谅吧！喂，坐下。"

真是喧宾夺主。主人则默默落座，从各种材料拼成的烟盒里抽出一支"朝日"牌香烟，开始吧嗒吧嗒抽。看见滚落在地板上的迷亭的那顶

---

① 伏尔甘是罗马神话中的火与工匠之神，此处应该是赫菲斯托斯之误。

草帽随口问："你买帽子了？"

迷亭立刻将草帽捡起来，举在男女主人面前炫耀："怎么样？"

"呀，漂亮！格细，柔软！"女主人接过去摩挲。

"嫂夫人呀，这帽子可是万宝囊啊！你叫它怎样就会怎样。"迷亭攥紧了拳头，用力打在巴拿马草帽的侧面。果然不差，草帽遵旨，瘪了拳头那么大个地方。

"哟！"女主人惊呼。说时迟，那时快，迷亭又把拳头伸进帽里，用力一拳，那帽盔又鼓了起来。接着，他双手捏住两边的帽檐，用力压扁。压扁了的草帽活像用擀面杖滚压过的荞面饼，最后把它像卷席子似的从一端一圈一圈卷了起来。

"瞧，就这样。"说着，将卷成一团的草帽揣进怀里。

女主人仿佛看了"归天斋"的正一变戏法，赞叹道："太神奇了！"

迷亭装模作样，把从右边塞进怀里的草帽，特意从左边袖口掏出。

"哪儿也没坏。"说着让草帽恢复原状，用拇指顶住帽子滴溜溜地转。你以为他就此结束了吗？怎么可能，他随即又将草帽啪的一声扔到身后，一屁股坐在帽子上。

"喂！没事吧？"连主人都紧张了。

女主人更是担心地警告："好容易买一顶出奇的帽子，弄坏了那还了得！我看你还是见好就收吧！"

草帽的主人沾沾自喜："要知道，就因为弄不坏，它才出奇呢！"说着，他把坐得没了外形的草帽从屁股下拽出，也不整理一下就戴头上。真神奇，那草帽竟立刻恢复了原状。

"真是个结实的帽子。怎么回事？"女主人艳羡不已。

"啊，其实也没什么，本来就是这么一种帽子嘛！"迷亭戴上帽子自得地说。

"你也买一顶多好啊！"隔了一会儿，女主人向丈夫提议。

"不过，苦沙弥兄不是有顶漂亮的草帽吗？"

"你哪晓得，前些天孩子把它踩碎了。"

"哎哟，真可惜！"

"因此想，再买一顶像您这顶这样结实的就好了！"女主人不了解巴拿马草帽的价钱，再三劝丈夫："就买这样的吧！嗯？你觉得呢？"

迷亭又从右袖筒里掏出一个红盒，盒里装着一把剪刀，拿给女主人看。"嫂夫人，草帽嘛，就介绍到这里。请看这把剪刀。这也是非常贵重的宝器，有十四种用途呢！"

我可是看明白了，要不是迷亭亮出这把剪刀，主人一定会因为巴拿马草帽遭到妻子的唠叨责难。幸亏女人都特别好奇，喜欢刨根问底，他才免去了一场浩劫。与其说是迷亭机智，不如说纯属侥幸。

"这把剪子怎么会有十四种用途？"女主人困惑重重。

迷亭得意扬扬地开始解释："现在，就听我一一说明。看到这个月牙形的洞眼吧？把烟卷往这儿一放，嘎嘣一下就切断了。你再仔细看，这刀把上是不是有些装饰？这里可以剪铁丝。把它弄平放在纸上，可以用它画线。还有，刀背上有刻度表，可以当格尺用。这面有一把小锉，可以用来磨指甲。再看这里，把这个尖儿插进螺丝口，使劲一拧，就是一把螺丝刀。还能代替小锤。把这一头插进去一撬，不费吹灰之力就能把一般铁钉钉的木箱盖撬开。还有，这个刀尖还可以当锥子用。这还有呢，能当橡皮擦擦写错了的字。全都卸开，就是一把刀。最后，喂，嫂夫人，这最后一件太有趣了。这儿有个苍蝇眼珠那么大的圆球，你仔细看看。"

"不，您又该拿我寻开心了。"

"别不信任我，你就权当再上一次当，请往里边瞧。嗯？不肯？只瞧一眼。"说着，把剪刀递给了女主人。

女主人迟疑着接过剪刀，眼睛贴在苍蝇眼珠的地方不住往里瞧。二人你一言我一语地交流着："看见了？"

"什么也看不见，一片漆黑呀！"

"怎么可能漆黑呢！你再稍微面向纸格门，别把剪子放倒……对了，对了，这就看见了吧？"

"啊，是照片呀！怎么能把这么小的照片贴上呢？"

"妙就妙在这里。"

主人一直默不作声。这时，似乎想看一眼那张照片。"喂，让我也看看！"

女主人却把脸贴在剪子上，不肯交出去。

"太漂亮了！是裸体美人！"

"喂，给我看看呀！"

"等等。头发多美呀，搭到腰部了。微微扬起脸来，身材太高了。不过，是个美人哟。"

"喂，叫你给我看看！看一会儿就够了，给我看看。"主人急了，教训起妻子来。

"哼，让您久候了。就请瞧个够吧！"

当妻子将剪刀递给主人时，女仆从厨房走来报告客人预约的饭菜到了，她将两笼荞麦面端进客厅。

"嫂夫人！这是我自备的饭食。抱歉得很，就在这儿吞下了！"迷亭假惺惺客套几句。

听起来像真事，又像开玩笑，女主人无言以对，只好低声说："呃，您请！"然后眼看着他吃。

主人终于将目光从照片上移开："迷亭，大热的天，吃荞麦面伤胃！"

"嗨——不要紧！爱吃的东西轻易不会得病的。"说着，他揭开笼屉盖。"好面！幸运，幸运。荞麦面切得太长，人活得太蠢，从来都是没有出息！"说着，把佐料放进汤里，胡乱搅了一通。

"你放那么多姜末，当心辣哟！"主人担心地提醒他。

"荞麦面嘛，就是蘸汁拌山姜吃的。你不爱吃荞麦面吧？"

"我爱吃馄饨。"

"馄饨是马夫吃的玩意儿。再也没有比不知荞麦面味的人更可怜的了。"说着，把杉木筷子随随便便往笼里一插，夹了不能再多的荞麦面，挑起二寸多高。"嫂夫人，吃荞麦面也有各种派头呢。初次吃面的人，一味蘸汁，吃到嘴里吧嗒吧嗒不住嚼。这样就吃不出荞麦面味儿了。应该这样挑起一筷子吃！"他边说边将一大团长长的面条挑起一尺多高，看看差不多了，可往下一看，还有十几根尾巴还留在笼屉里，和竹帘缠绕在一起。"这面可真够长！这个长度看见了嫂夫人！怎么样？"迷亭找女主人做对手。

"确实够长。"女主人面露钦佩。

"最讲究的吃法，是把这长长的面条三分之一蘸上汁，一口吞下去。不能嚼，一嚼，荞麦面就走味了，得囫囵吞下去才正宗！"说着，他高高举起筷子，等笼屉里的面条全都离开了，这才把面条往左手拿着的碗里缓缓放，让面条的尾部沾上了汁。按阿基米德原理，荞麦面放进去多少，汁就涨起多高。然而问题是碗里原本就装了八分满，还不等迷亭手里的面条放进四分之一，碗里的汁就要溢出来了。迷亭的筷子夹着面，在高出碗五寸上下的地方突然停下不动。也难怪，他现在只要一动，汤汁就会水漫金山了。

迷亭的表情看上去有点犹豫不决，突然他低头以迅雷不及掩耳之势把嘴靠近筷子，说时迟那时快，还没等人看清，那筷头上的荞麦面已经不见了，只剩迷亭被塞得鼓鼓的嘴巴，喉头在上下急速蠕动。迷亭君眼角淌下两滴泪水，流向面颊。到底是因为姜汁，还是狼吞虎咽噎住了呢？不得而知。

"竟然一口吞下！"这次主人是彻底服了。

"真过瘾！"女主人满脸都是钦佩。

迷亭却一言不发，放下筷子拍拍胸脯："嫂夫人，一笼大约三口半或是四口就下肚。细嚼慢咽，就失去味道了。"他掏出手绢擦擦嘴，歇息了会儿。

这时，寒月君不请自来了。真奇怪，这么热的天，寒月君却戴着棉帽，两脚沾满了泥。

"呦，美男子驾到！我正在用餐，暂且失陪！"迷亭在众人环座中，毫不介意地荡平了另一笼荞麦面。这回他没有像刚才那样狼吞虎咽，也没有不成体统用手绢擦嘴中途歇气儿，而是把荞麦面轻松吃掉，表现得不算失态。

"寒月君，博士论文已经脱稿了吧？"主人问道。

迷亭紧跟着说："金田小姐等急了，快些交卷吧！"

寒月有些胆怯地说："惭愧！我也想早交稿叫她安心。可问题总归是问题，要潜心研究。"他一嘴的违心话，说得却像肺腑之言。

"是呀，问题总归是问题，事情不能以'鼻子'的意志为转移。诚然，硕大的鼻子，倒也值得仰其鼻息的哟！"迷亭学着寒月的口吻，拿腔拿调地说。

到底还是主人正经些，他问："你论文题目是什么？"

"是《紫外线对于青蛙眼球电动作用的影响》。"

"妙啊，不愧是寒月先生！青蛙的眼球，多离奇！怎么样，苦沙弥兄？在论文脱稿前，先把这发明报告给金田公馆吧？"

主人不理睬迷亭的动议，继续问寒月："你的研究很苦吧？"

"是的。非常复杂。最大的难题是，青蛙眼球上的晶体构造并不那么简单。因此，必须进行各种实验。首先，要做一个玻璃球，然后才能进行研究。"

"做玻璃球还不容易！到玻璃店去一趟就完事嘛！"主人说。

"不，不！"寒月挺起胸膛说。

"原本，圆呀，直线呀，都是些几何学上的术语。至于理论上完美的圆与直线，在现实世界不存在。"

"既然不存在，又何必苦苦追求？"迷亭插嘴。

"所以我想，先试制一个可以应对试验的玻璃球，前些天已经开始了。"

"做成了吗？"主人问得可倒轻松。

"怎么能做成呢？"寒月说，又觉得前言不搭后语，连忙解释道，"很困难。要一点一点磨。刚觉得这边的半径过长，稍稍磨去一点。呀，不得了！另一边的直径又变长了。费了九牛二虎之力，好歹磨去了一块，又整个变成椭圆了。好容易把椭圆矫正过来，直径又不对了。开始磨的时候，那圆球足有苹果那么大，可是越磨越小，最后只剩杨梅那么小了。我仍然坚持磨下去，磨得像颗豆。即使小得像豆，也磨不成纯粹的圆。可我还是执着地磨……从今年正月到现在，已经磨废了大小六个玻璃球。"这些话真假难辨，反正只有寒月一个人知道。

"你在哪儿磨了那么多呀？"主人问。

"在学校的实验室。清早就开磨，吃午饭时休息会儿，再一直磨到天黑。

工作量很大呢！"

"那么你近来总说忙得不可开交，连星期日也到学校去，就是为了磨玻璃球？"主人问。

"正是！眼下我从早到晚，整天磨玻璃球。"

"正如那句台词：磨球博士'混进来了'。不过，如果鼻子夫人听说你这么刻苦，无论如何也会感动吧？老实说，前些天我有点事去图书馆。离开时刚跨出门，就遇见了老梅。此公毕业后还跑图书馆，我觉得非常奇怪，便敬佩地说：'真用功啊！'而他却做了个怪脸：'哪里，我不是来看书的。刚才从门前路过，突然想小解，这才进来借地方方便一下。'说完哈哈一笑。老梅则正好是反例，请无论如何收进《新撰蒙求》这本书里吧！"迷亭照例做了又臭又长的说明。

主人严肃地问："你每日磨球，倒也可以理解。不过到底几时能磨成功呀？"

"按目前情况，要十年吧！"看样子寒月比主人沉得住气。

"十年？再快些磨成才好呀！"

"十年已经算快的。弄不好，要二十年呢。"

"这还了得！那么，当上博士很不容易啰？"

"是呀。但愿早一天磨成，好遂了金田小姐心愿。可总而言之，不把玻璃球磨成就不可能进行试验……"寒月停了会儿骄傲地说，"也无须那么担心。金田小姐完全了解我在一心一意磨球。老实说，两三天前去的时候，已经把情况说清楚了。"

这时，听不懂三人对话的女主人奇怪地问："可金田小姐不是从上个月就全家出动，去大矶了吗？"

寒月有些招架不住，便装傻充愣起来："那就怪了。怎么回事？"

每当这时，迷亭就成了活宝。不论是谈话间断，还是羞于启齿，打瞌睡以及陷于僵局等任何情况，他都会斜刺里杀出。

"本来上个月去大矶，可硬说两三天前在东京相遇。够神秘的，妙！这大约就是心有灵犀一点通吧！相思最苦的时候，常常出现这种情景。乍听来像是在做梦，但就算是梦，这梦境也远比现实真切。拿嫂夫人来说吧，竟然嫁给了并没有思念你也不曾被你思念的苦沙弥，一辈子也不知道恋爱的滋味，那么，你不理解，是情理之中的啰……"

"呸，你说这话有什么根据？真把人瞧扁了。"女主人这下子不答应了。

"你不也没害过相思病吗？"主人正面出击，助夫人一臂之力。

"唉，我的风流史嘛，不管有多少，无奈都是旧闻了，也许在你们的记忆中荡然弗存了……说真的，我一把年纪还过着单身生活，正是谈恋爱的后果呀。"说着，迷亭依次察看每张脸。

"呵呵……那有点意思！"女主人说。

"又寻开心了！"主人看向庭院。

只有寒月笑眯眯地说："为了有助于后进，恭听您的往日艳史！"

"我的故事都很神秘，如果说给已故的小泉八云听，他一定会大加赞许。遗憾的是先生已经长眠了。老实说，我已经没兴致讲它，实在是盛情难却呀，我就如实招来吧！不过有个条件，列位必须一直听完。"他事先约法，才言归正传。

"回想起来，不知不觉距今……啊……是几年前呢……也记不太准了，暂且就算是十五六年前吧！"

"瞎扯！"主人习以为常。

"记性太差了。"女主人奚落说。

只有寒月严格遵守约定一言不发，盼着尽快听到最后一句。

"就算有这样一个冬天好了！那时我从越后国，经过蒲原郡的竹山登上蛸壶岭，眼看要到会津境内了……"

"这地方怎么这么怪。"主人又在打岔。

"请你静静听！有意思呢。"女主人脸也不转就制止说。

"这时，天黑，路生，肚子饿，没办法，看到山腰一户人家就去敲门，把情况对他们说明一番后，请求借宿一夜。里面有人回话：'这事不难，请进！'我抬头一看，映入眼帘的是张姑娘的脸，正举着蜡烛照我，我可就颤抖起来了。我那时才真切感受到了爱这个妖怪的魔力。"

"哎呀，我不听！深更半夜哪个半山腰里有户人家，还有美女？"女主人抗议起来。

"别管刀山火海，夫人，我真想让你看看那位姑娘。梳着高高的发髻哟！"

"咦？"女主人重新感兴趣了。

"我进屋一瞧，八张床席的中间，横着一个炕炉，炉旁围坐着姑娘的父母。他们问我：'喂，大概饿了吧？'我恳求说：'请快些给我点东西吃吧，什么都行！'于是老人说：'既然贵客临门，就做一顿蛇饭吧！'喂，眼看到失恋的时候了，可要竖起耳朵听呀！"

"先生，竖起耳朵听不是不可以。不过那是越后国，恐怕冬天没有蛇吧？"

"言之有理！不过，这么诗情画意的故事，就不该较真了。在泉镜花的小说里，不是说雪里还有螃蟹吗？"

寒月只说"不错"便继续洗耳恭听。

"当时，我是个什么都敢吃的吃货。什么蝗虫、蜒蚰、癞蛤蟆也算是刚好吃腻，吃顿蛇饭倒也别有风味。我就对老人家说：'那就速速品尝吧！'于是，老人家把锅放在炉膛上，倒些大米，咕嘟嘟煮了起来。奇怪的是，揭开锅盖，有大小十个窟窿，从窟窿眼里呼呼冒出热气来。真是有创意！一个乡下人也能叫人大开眼界！这时，老人家忽然起身不知去了哪里。过一会儿他回来，腋下挟着个竹篓。他把竹篓随手搁在炉旁。我往里这么一瞧，乖乖！那些长长的家伙，大概是太冷，扭成一堆，滚成一团哟！"

"免了，免了，叫人听得难受！"女主人立马制止。

"为什么？这可是造成我失恋最大的因素，不能免的。不多一会儿，老人左手提着锅盖，右手将那些盘在一起的家伙抓起，扔进锅里，再盖上锅盖。我当时也吓得大气不敢出。"

"不要讲下去了，太吓人了。"女主人央求道。

"眼看就到失恋那段了，再坚持一下。不到一分钟，从锅盖窟窿眼里突然钻出个小蛇头，把我吓一跳。我刚想说钻出来了，另一个窟窿又钻出个蛇头来。我说：'又钻出一条！'话音未落，又一处也钻了出来。终于锅盖上一片蛇头蛇脸！"

"为什么都钻出头来？"主人问。

"因为锅里热，想钻出去呀！不多时，老人家说：'好了吧，开拽！'老妈妈说：'知道了！'姑娘也回答：'哎！'于是，一人抓住一个蛇头，用力一拔。如此这般，蛇肉都留在锅里，蛇骨全部拔出，一拽蛇头，骨架越拉越长，真有趣。"

"这就是剔蛇骨吧？"寒月笑问。

"一点不错，是剔蛇骨。干得漂亮吧？然后揭开锅盖，用勺子把米饭和蛇肉拌匀，对我说：'喂，请啊！'"

"你吃了？"主人冷冷问。

女主人哭丧着脸说："不要再讲了。太恶心了，怎么可能吃得下。"

"嫂夫人没吃过蛇饭，才会这么说。你吃一回试试，那味道终生难忘呀！"

"我可受不了，谁肯吃它？"

"于是，我吃得饱饱的，不觉得冷了，又有精力欣赏姑娘的芳容了。这时忽听：'请安歇吧！'只好客随主便。也许由于旅途劳顿，我一头倒下就酣然入梦。"

"后来呢？"这回，倒是女主人催他讲下去。

"第二天清晨一醒，就开始失恋了。"

"为什么？"

"噢，倒也没有什么。清晨起来，吸着香烟，从窗户往外一看，对面引水的竹管旁，有一个秃子在洗脸。"

"是老头，还是老太婆？"女主人问。

"当时我也分不清。端详了一阵，直到秃头扭过脸来面向我时，我不禁大吃一惊，原来正是我昨晚暗恋的那位姑娘！"

"可你开头分明说，这姑娘头梳高高的发髻呀。"

"头天晚上的确是梳的高高发髻呀，而且是漂亮的岛田发式。谁知道第二天早晨变成了秃子。"

"又是拿人寻开心吧？"主人眼看着天花板。

"没有，当时我太意外了，内心有点害怕，但我还是在旁偷窥。秃子洗完了脸，把放在身旁一块石头上的岛田式发套忙乱扣在头上，若无其事地走进屋来。于是，我的恋爱出师未捷身先死，我也从此沦为哀叹命运多舛的人。"

"竟有这样无聊的失恋。寒月君！正因为无聊，他才失恋，而且还是这么兴致勃勃，精力充沛！"主人看着寒月评价迷亭的失恋。

寒月却说："不过，假如那位姑娘不是秃子，有幸和迷亭君一起来东京，迷亭先生说不定更加神采焕发。总之，千载难逢，却是个秃子，真是抱憾终生！说来也怪，正值妙龄的少女，怎么会掉光了头发呢？"

"对此我也是百思不得其解。我猜呀，一定是蛇饭吃太多。蛇饭这玩意儿毒火攻头呀！"

"那你可哪儿都没事，完整无缺。"

"万幸，我没有秃头。不过，从那以后变成了近视眼。"说着，他摘下金边眼镜，用手绢轻轻擦拭。

隔了一会儿，主人猛然想起什么来："到底有什么神秘可言？"

"那顶发套到底从何而来，是从哪儿买来的，还是拣来的？我百思不得其解，这一点就很神秘！"说着，迷亭将眼镜戴上。

"简直像听单口相声！"女主人评价。

迷亭的胡扯到此告一段落，你以为他会就此打住吗？不，只要不堵住他的嘴，这位先生是不会住嘴的。

紧接着，他又讲起另一件事，自以为高明地说："要说失恋，我这也算是一次痛苦的经历，可如果换个角度想，要是当时没发现她是个秃子，稀里糊涂娶了她，以后岂不是要天天看见她的秃头。正所谓一失足成千古恨哟！结婚这事嘛，不到最后不会发现隐藏着的伤口。因此，我奉劝寒月君不要一味朝思暮想、神魂颠倒地折磨自己，还是赶快收心，磨你的玻璃球去吧。"

寒月做出一副踌躇不定的样子说："是啊，我也想专心去磨玻璃球。可对方不答应，真麻烦。"

"说的也是！你是被对方纠缠，可有的人就滑稽了。提起跑进图书馆解手的那位老梅，那才真正出奇。"

"他怎么了？"看起来主人对此很感兴趣。

"嗨，是这么回事。这位先生曾在静冈县东西旅馆住过一晚，就一晚，当晚就向一位女侍者求婚。说起来我就够没心没肺的了，可跟他比起来还是稍逊一筹了。那家旅馆里有个出名的美女叫阿夏。那晚到老梅的房间来侍候的正是她。这也难怪了。"

"这有什么难怪！这和你到什么岭去，不是如出一辙吗？"

"是有点相似。老实说，我和老梅不相上下。总之，老梅向阿夏求婚，不等答复，又想吃西瓜了。"

"什么？"主人莫名其妙。

不仅主人，连女主人和寒月，也不约而同一脸茫然地看着他。

迷亭却满不在乎，滔滔不绝地讲了起来："老梅叫来阿夏，问她静冈还有没有西瓜。阿夏说，静冈再怎么不好，西瓜还是有的。于是阿夏就端了满满一大盘子西瓜给老梅吃。他一个人把一盘子西瓜全吃光了，一边吃一边等阿夏的答复。可答复没等到，他肚子就开始疼，疼得乱喊乱叫，问阿夏静冈有没有医生。阿夏还是跟西瓜一样的说法：'静冈再怎么不好，医生还是有的。'于是请来了德库特尔医生。这名字像从天地玄黄、宇宙洪荒那个《千字文》里抄下来的。到了第二天早晨，谢天谢地肚子不疼了。临出发前十五分钟再次问起阿夏求婚的事。阿夏笑着说：'我们静冈，西瓜也有，医生也有，就是没有一夜成亲的新媳妇！'说罢，拂袖而去，据说老梅此后再也没见到过她。就这样，老梅和我同是失恋沦落人了，除了小便，再也不到图书馆去。细想起来，女人真是祸害呀！"

"一点不假。不久前读缪塞的剧本，书中人物引用罗马诗人的一段话：'比鸿毛还轻的是灰尘，比灰尘还轻的是清风，比清风还轻的是女人，比女人还轻的是虚无……'说得精辟。女流之辈真没办法。"这次不同以往，主人竟接受了这个观点。

主人在这稀奇古怪事情上大发感慨，女主人可不干了。"你说女人轻了不好，请问，男人重了是件好事？"

"重，什么意思？"

"重就是重呗！像你一样。"

"我怎么重了？"

"你还不重吗？"

一场离奇的争论又开始了。迷亭听得津津有味。最后，他开口总结："这样面红耳赤相互攻击，才是夫妻关系的真实写照！从前的夫妻，一定是索然无味的。"

他的话含混不清，不知是在奚落还是赞赏。说到这，本应适可而止，可他又以他那种故作高深的语气继续说道："传说古时候女人都不会跟丈夫顶嘴。真如此，那不等于是娶了个哑巴？这一点我一向认为不可取，倒是巴不得像嫂夫人这样偶尔呵斥几句：'你还不够重的吗？'娶个老婆要是隔三岔五不吵一架，那真的会把人郁闷死的！比方说我妈吧，在老爷子面前唯唯诺诺。共同生活了二十年，据说老两口除了参拜神社，竟然没有一同跨出过大门，这也太过分了点吧？要知道多亏妈妈，我才记住了列祖列宗的戒名。男女之间就是这样：毕竟我们小时候不可能像寒月君那样跟意中人心心相印，心有灵犀，到那梦一般朦胧的地方神会了……"

"可怜！"寒月垂下了头。

"的确可怜！而且，那时候的女人未必就比现在的女人品行好。嫂夫人，就如近来盛传女学生堕胎等消息，这算得了什么，早些年比这可严重得多了！"

"是吗？"女主人很认真。

"是呀！证据确凿，可不是我胡说。苦沙弥兄，你也许还记得，直到我们五六岁的时候，还有的女孩被装进笼子里，像茄子似的用扁担挑着四处叫卖。是吧，老兄！"

"我可不记得那些事。"

"你家乡的情况我不太了解，静冈确实有过这样的事。"

"这可是不敢想……"女主人小声说。

"真的？"寒月也大为吃惊。

"真的。我爸爸就讨价还价过。那时我大概六岁，我和爸爸从油街去通街散步，迎面有人高声叫卖：'谁买女孩！谁买女孩！'刚好我们走到二号街的拐角，在'伊势源'成衣铺门口和卖孩子的撞上了。那时的'伊势源'有十间铺面，五间仓库，是静冈县最大的服装店，至今也还保持着原貌，那些门市真是漂亮。掌柜的叫甚兵卫，他总是哭丧个脸坐在账房里，一脸苦相地坐在算盘前，像刚死了娘似的。我还记得他身旁坐着的那个二十四五岁的年轻徒工，叫阿初。这小子面色苍白，活像云照大师的徒子徒孙，三七二十一天就只喝荞麦汤似的。阿初身旁那个账房先生，活像家中夜里遭了火灾好不容易才跑出来似的，挨着账房的……"

"你到底是讲服装店的故事，还是讲卖小孩的故事？"

"我是讲贩卖人口的故事。不过说真的，'伊热源'成衣铺也有好多奇闻哩。今天先放下不表，单讲贩卖人口的事吧！"

"我看，卖孩子的事也别说了吧。"

"为什么？这对研究二十世纪的今天和明治初年的女人人格，可是很有价值的参考资料，怎么能让其尘封……且说，我和我爸爸来到'伊势源'门前，那个人贩子见了我爸爸就拦住我们说：'老爷，这还有点货底子，两个女孩削价处理，你就买下吧！'说着，他放下扁担，擦了擦汗。我一看，前后两个筐各装一个小女孩，都两岁左右。爸爸对他说：'便宜些倒可以买下。只有这么点货？'人贩子回答：'哎，赶巧今天都卖了，只剩这两个。'人贩子像拿茄子似的把两个女孩举到爸爸眼前：'要哪个都行，尽你挑。'我爸爸啪啪敲了几下两个女孩子的脑袋：'嗬，声音很响呀！'接着果然开始讲价。一番讨价还价之后，我爸爸说：'买下倒也可以。不过，货可地道？'人贩子说：'地道！前边那个我始终看在眼里，不会有问题。挑在后边那个我没长后眼不敢打保险，往坏处想，也许有点毛病。那就价钱少算点。'这番对话至今我记忆犹新，所以，在幼小心灵中就有这样的念头：'女人，真是不可慢待呀！'然而到了明治三十八年的今天，再也没有人干挑着女孩沿街叫卖这种荒唐事，再也听不到'眼睛看不见，后筐里的女孩不保险'之类的荒唐话了。因此，我认为，多亏了西方文明，女子的品格也有很大提高，这是毋庸置疑的。你同意吗，寒月君？"

寒月在回答之前，先认认真真清了清嗓子，然后用低音故作庄重地发表了如下见解："今天之女性，在往返学校的途中，在音乐会、慈善会或游园会上喊'请买下我吧！''什么？不喜欢？'……她们自己拍卖自己，再也没必要雇那些难缠的商贩，干那种下贱的沿街叫卖的营生。女人一旦意识到了自己的独立性，这就是必然的结果。那些老人总是在那杞人忧天，指指点点说三道四。但这是社会文明发展的趋势，是应该令人欣慰的好现象，该深表祝贺哩！还像从前那样，买主敲敲脑壳，问问货色地道吗，放心好了，如今再也不会有人说出这种蠢话。今天我们都身处这样一个时代，要是手续还是过于复杂，估计想要婚嫁那可就遥遥无期了。女人恐怕五六十岁也嫁不出门吧！"

寒月不愧为新世纪青年，大谈当代思潮，将敷岛牌香烟的云雾往迷亭的脸上喷。

迷亭可不是敷岛牌就能够呛晕的。"仁兄所言甚是。如今的女学生们、小姐们，从她们的自尊自信，到她们的身体发肤，处处都要摆脱男人的支配，实在令人钦佩。就拿我邻居的女学生来说吧，很不简单哟！穿件短袖和服，吊在铁杠上，我算是心服口服了。每当我从二楼的窗子看她们做体操，就不免开始缅怀起希腊妇女来。"

"又是希腊！"主人冷笑着。

"凡是给人以美感的，大多来自古希腊，没办法！美学与希腊难分难解嘛！尤其是那位黑皮肤女学生，看她专心致志练体操，我总会想到阿格诺迪斯的趣闻。"迷亭又开始胡诌。

"又一个古怪的名字！"寒月满脸堆笑。

"阿格诺迪斯可是一位了不起的女人！我佩服得五体投地。按当时雅典的法律，是禁止妇女助产的，这太不方便。阿格诺迪斯认为这很不对！"

"什么？你刚才说……"

"女人！是个女人的名字。这个女人左思右想，认为女人不能当产婆实在可悲，而且极其不便。她想当产婆。一连三天三夜在那思考：难道就没有个当上产婆的捷径吗？刚好第三天拂晓时分，她听到邻家出生的婴儿的第一声哭叫，她恍然大悟。随后她剪掉长发，女扮男装，去听希洛菲勒斯讲课。听完全部课程，她认为学得差不多了，就开始开业帮人接生。不过嫂夫人，当时生意可真是兴隆！东家婴儿刚呱呱坠地，西家婴儿就接踵而至，全都是托阿格诺迪斯的福。因此她发了一笔大财。然而，福无双至，祸不单行。最终秘密暴露，她因触犯了法令，被从严惩处了。"

"简直像单口相声！"女主人说。

"引人入胜吧？不过，雅典的妇女们联名请愿，官家又不好敷衍了事，才把这名女产婆无罪释放，并且还发了公告：从此女子也有选择产婆职业的自由。幸哉，幸哉！一场风波，就这样平息了。"

"你知道的事可真多，令人佩服！"女主人说。

"是的，天文地理，大概都略知一二。不知道的，只有自己干的那些蠢事，但连这也略有所知。"

"哈哈哈……净逗乐子！"女主人笑得前仰后合。

这时，隔扇上的门铃儿响了，铃声还和新安装时一样清脆。

"又来客人了。"女主人说着起身去迎接来客。

随女主人一起走进客厅的你猜是谁？原来是列位有点熟悉的那位越智东风。连东风先生也到场了，那么，经常出没于苦沙弥家的怪物，虽不敢说齐聚一堂，也可说是悉数不差，足够慰藉我的寂寞了。

如果这还不满足，那未免太不知足。假如运气欠佳，我是被饲养在别人家里，说不定至死也不知人类中竟有如此人物，岂不枉过我猫的一生。幸而我为苦沙弥先生门下的猫，朝夕相伴左右，因而不要说苦沙弥，就连大东京都屈指可数的迷亭、寒月以及东风这些以一当十的人中豪杰们，我也是躺着就能够欣赏他们的谈笑风生，这在我来说，实乃三生有幸！

烈日炎炎，还真多亏了他们，才使我暂且忘了毛皮裹身之苦，得以开心消磨半日时光，真是不胜感激。既然群英云集，绝不会黯然收场的，我不免从纸屏后屏息以观。

"久疏问候，少见了！"东风先生弓身一拜。只见他的头仍然梳得油光锃亮。如果单从外表看，他倒很像个唱小戏的戏子。但看他煞费苦心穿着小仓布外褂，一副装腔作势、道貌岸然的作态，又不能不以为他是榊原健吉家的弟子。因此，东风的身体像点平常人的部分，只有从肩头到腰那部分了。

"哟，大热的天，难得你能来。喂，进来呀！"迷亭像在自己家里似的。

"迷亭先生久违了。"

"是呀，今年春天搞朗诵会后就再也没见。提起朗诵会，近来也还热闹吧？你后来又扮过宫小姐吗？你演得真精彩！我好一顿鼓掌。注意到了吗？"

"是啊！蒙您捧场，我才鼓起勇气，一直演到最后。"

"下一次几时公演？"主人插嘴问。

"七、八两个月休息，九月份想大干一场。有什么好题材吗？"

"啊……"主人漫不经心地回答。

"东风君！把我的作品公演一下吧！"寒月突然冒出来搭话了。

"你的作品一定很有趣。那么，是什么题材呀？"

"剧本！"寒月刻意加重语气这么一说，全场人无不目瞪口呆，齐齐看向寒月。

"剧本可了不起！是喜剧，还是悲剧？"东风君追问。

寒月先生十分镇静："哪里！既不是喜剧也是不悲剧。近来旧剧呀、新剧呀轮番上阵，热闹非凡！我也想出个新花样，写了一出俳剧。"

"俳剧是什么剧？"

"就是'俳句风格的戏剧'，简称'俳剧'。"

连主人和迷亭都有点听得出神了，亟待想要听个究竟。

"那请问是什么风格？"还是东风君在问。

"因为源于俳风，如果冗长就会无聊，所以写成了独幕剧。"

"原来如此。"

"先从道具谈起吧。最好也简单些。在舞台中央插棵柳树，从树干向右方横出一枝，枝头上蹲着一只乌鸦。"

"乌鸦一动不动才好呢。"主人不大放心，喃喃自语地说。

"那不难，用线绳把乌鸦的腿绑在树枝上。在树下放一个澡盆，盆里侧身坐着一位美人，正用毛巾搓澡。"

"这可有点近似于颓废派了，那么谁来扮演那位女人？"迷亭问。

"这个简单呀，雇一名美术学校的模特儿！"

"那警察厅可要找麻烦了。"主人担心道。

"只要不是公演那就没关系。要是计较这些，学校里的裸体写生课可就不能开了。”

“可那是为了教学呀！不同于供人们观赏哟！”

“只要先生们对此顾虑一天，日本就一天不会进步。绘画也罢，演戏也罢，同样都是艺术。”寒月恼羞成怒。

“好吧，暂且不争论这个。说说接下去打算怎样？”东风仿佛准备用寒月的剧本似的，急着想做进一步了解。

“这时，俳句诗人高滨虚子登场。他要手拿文明杖，头戴防暑帽，身穿薄纱袍，足登短腰靴，萨摩碎银花的衣襟掖在腰间。从观众席走出。他衣着很像陆军的军需商人。不过呢，因为是个俳坛诗人，必须要显出从容淡然、潜心推敲的神态。当他穿过观众席，将要跨上舞台时，忽然抬起凝思中的亮眼，望向那棵巨柳，只见柳荫下，有一位正在沐浴的白净美女，他不由大吃一惊。再向上看，只见摇曳生姿的柳枝上蹲着一只乌鸦，正俯视着美女沐浴。于是，虚子先生诗兴大发，此处应该沉思五十秒钟，接着便高声吟出：‘美人浴，呆了枝头鸦不去。’以此为信号，一声梆子，大幕落下……怎么样？这风格，你还中意吧？东风君！你与其扮演宫小姐，还不如扮演高滨虚子呢！”

东风君的表情似乎还有点意犹未尽，他很严肃地回答：“过于简单了，好像缺点什么，还不够过瘾。应该再穿插一些富于人情味的情节才好。”

这期间迷亭倒是一言未发，这可不像是他。

“不过俳剧不够深刻。据说上田敏先生认为所谓俳风、滑稽戏都是很消极的靡靡之音，是商女不知亡国恨。不愧为上田敏，说得多好！这么低俗的俳剧，试试看，上田先生不嘲笑才怪。首先，正剧也好闹剧也罢，难道不是有点太消极、太莫名其妙了吗？依我看，寒月还是到实验室去磨你的玻璃球吧。至于这俳剧，你就是写得再多，也不过是亡国之音，没用！”

寒月有点恼火。“真那么消极吗？我可是想叫它发挥积极作用的。”他继续做着无力的争辩，“虚子先生说：‘美人浴，呆了枝头鸦不去。’然后捉住乌鸦，叫它别痴迷女色，我认为，这正是积极因素呀。”

“如此说来倒新颖，愿闻其详！”

"站在理学士的立场考虑，乌鸦贪恋美女，这不大合情理吧？"

"对呀。"

"把这种不合理的事信口道出，听来反而不觉得不合理。"

"会吗？"主人用难以置信的口吻从旁插嘴。

"如果问听着为何并不觉得不合理，这得从心理学角度加以剖析。事实上，是否迷得发呆，这都是诗人本身的感情，与乌鸦无关。因此吟成'美人浴，呆了枝头鸦不去'，并不是说乌鸦如何如何，归根结底是诗人自己如何如何。高滨虚子自己见了美女入浴，惊喜的瞬间同时一见钟情。没错，就因为他是用钟情的目光在观看枝头正俯视的乌鸦，这才产生了错觉：'哈哈哈，乌鸦竟也和我一样倾心了。'但正因为是文学，才有积极的意义。把自己的感受转嫁到乌鸦头上而又自以为是，这岂不是很大的积极精神吗？"

可迷亭才不管这一套。"的确是高见。假如高滨虚子听了，一定会惊若天人。你讲得倒很积极，只怕实际表演这出戏的时候，观众要变消极的。是吧？东风君！"

"是啊，总觉得过于消极呢。"东风严肃地回答。

主人好像想要把谈话的范围扩大一些，便说："怎么样？东风君，近日可有杰作？"

"惭愧。没有什么值得先生过目的。不过近来想出一本诗集……正好带了稿子在，还望诸位不吝赐教！"说完东风从怀里掏出一个紫绢包来，从中取出五六十页诗稿，放在主人面前。

主人装得很一本正经："那就拜读了。"只见第一页写了两行字：

莫效世人。应纤纤而读。

献给富子小姐！

主人露出奇怪的表情，他把第一页看了许久。

迷亭从旁说："什么？是新体诗吗？"说着，他也扫了一眼，然后夸赞起来说："噢，'献给'！东风君，横下一条心献给富子小姐，可敬！"

主人仍然疑惑："东风君，这富子小姐确有其人？"

"确有此人，是以前我和迷亭先生邀请出席朗诵会的那位女士。就住在这附近。坦率说，我本想给她看看我的诗集，到她家去拜访过，可惜她上个月就去大矶避暑了。"东风一本正经。

"苦沙弥兄！如今是二十世纪了，别总那么一副表情。快些朗读杰作吧！不过东风君，你'献给'的手法有些欠妥。这文绉绉的'纤纤'二字，究竟寓意何在呀？"迷亭问。

"我觉得是表示'轻盈'和'仔细'的意思。"寒月抢着解释。

"当然，不是不可以这么用。但问题是这个词应该表达的是不牢固的意思。因此，如果是我，不会这么用。"

"怎么写才能更富于诗意呢？"

"如果是我就这样写：'莫效世人。应摇摇欲坠而读。献于富子小姐鼻下。'出入不大，但是有没有'鼻下'二字，给人的感觉可大相径庭哟。"

"不错！"在猫家我看来，这东风完全就是在不懂装懂。

主人默不作声，终于将这页掀过，开始读卷头第一诗章。

倦怠、郁香的烟雾袅袅，

有你的芳心与情丝缭绕。

啊，我呀，在这凄苦的尘寰，

唯有这猛吸时火热的一吻最甘甜。

"这我可有点不敢领教。"主人叹息着将诗稿递给迷亭。

"未免有点新过头了。"迷亭随之又将诗稿递给寒月。

"确实是有点……"诗稿最终又回到东风手里。

"列位不懂这首诗也不奇怪，因为如今诗坛不比从前，已经改头换面了。现在的诗，不是躺在床上或蹲在车站就可以读懂的。即便是作者如果受到质问，也常常会没法为自己辩解，因为那都是灵感乍现的产物。此外，诗人也根本无须负任何责任。注释和训诂，那都是学者们的事，和我们诗人无关。不久前我有个朋友送籍，写了名为《一夜》的短篇小说，谁看都云山雾罩不得要领，于是有人就去见作者，询问《一夜》的主题思想是什么。作者答曰，连他自己也不知所云。根本不予理睬。的确，我想这大概正是诗人的本色。"

"也许他是个诗人。不过，更可能是个特号怪物。"主人评价。

"是个蠢货！"迷亭干脆枪毙了送籍。

东风君觉得评价得有点片面："送籍这个人，就连在我的朋友中也是不被理睬的。还是请诸位细细品评我的诗吧！请特别注意'凄苦的尘寰'和'火热的一吻'，采取了对仗的笔法，是我呕心沥血的精华。"

"可以看得出，你用心良苦。"

"'甘甜'与'凄苦'反义对称，简直是'十七香'[①]了，非常值得玩味！这简直就是东风君独特的艺术风格，在下佩服得五体投地！"迷亭专爱针对老实人肆意取笑。

主人突然起身走进书房，不一会儿拿着一张纸条出来。"诸位已经拜读过东风君的大作，现在我来读一段短文，请诸位指正。"他郑重其事地把那张纸条举到眼前。

"如果是天然居士的墓志铭，我可已经恭听两三遍了。"

"喂，东风君，别多嘴！这可算不上我的上乘佳作，不过是即兴吟咏而已，有劳尊耳了。"

"领教，领教。"

"寒月君也一起听听。"

"必将洗耳恭听。不是长篇大论吧？"

"仅仅六十多个字。"

苦沙弥先生终于开始诵读他的亲笔大作。

"大和魂！"日本人喊罢，就开始像肺病患者咳嗽了。

"简直就是文采飞扬！"寒月夸奖说。

"大和魂！"报贩子在呼喊。

"大和魂！"窃贼在呼喊。

大和魂一跃就远渡了重洋！

在英伦列岛做大和魂演讲；

在德意志演大和魂戏剧。

"远胜天然居士百倍。"迷亭先生挺起胸膛。

东乡大将有大和魂；

---

① 十七香本是烹饪佐料，这里迷亭故意用十七香来取笑东风写的俳句。

鱼铺阿银有大和魂；

骗子、痞子、杀人犯，也都有大和魂！

"先生，不妨再补上一笔——我寒月也有大和魂。"

假如有人问："何为大和魂？"我便答曰："就是大和魂！"说罢拂袖而去。于百米之外，"哼"声悠然而出。

"妙！绝妙好辞！你这文采无人能及。后边的呢？"

大和魂是三角形，还是四边形？

大和魂果如其名是魂。

因是魂，才恍恍惚惚。

"先生，写得有意境。但'大和魂'这个字眼是不是用得多了点？"东风提醒。

"赞成。"喊出这一声的自然是迷亭。

没人不念叨它，但却没人见过它；

没人没听说过它，但却没人遇上过它。

大和魂，恐怕是吞日的天狗之类吧！

读完，主人本以为会余音绕梁。哪知这奇文太短，主题又含混不清，三人就都以为还有，等主人继续读下去。可等了半天音信全无。又等了一会儿还是不见主人有动静，最后寒月等不住了问："就这些？"

"嗯。"主人点头认可，一副轻松自得的样子。

奇怪的是，迷亭对于这篇妙文竟没有像往常那样冷嘲热讽。过了一会儿，他转脸向主人建议："不如你也把你这类短篇收集成册，然后奉献给谁如何？"

"那就献给你。"主人信口道。

"你还是放过我吧，无福消受！"迷亭说罢，拿起刚才对女主人吹嘘的那把剪子咯吱咯吱响地剪指甲。

寒月问东风："你认识那位金田小姐？"

"今年春天请她参加朗诵会，接触比较多，之后一直有往来。我见了她不知什么缘由，总会有感情冲动。在相当长的一段时期，吟诗作赋，都非常顺利，基本都是一挥而就。这本诗集之所以爱情诗居多，我想，可能就是因为从异性朋友那里得的灵感吧。所以，我必须对那位小姐表示真诚的谢意，借此机会献上我的诗集。自古以来，绝妙的作品都离不开女性的启发。"

"是呀！"寒月忍住笑道。

古往今来，雄辩家聚会，从来就不会持续多久。终于，大家都觉得有些索然无味了。我也对他们这些老生常谈的无聊话题失去兴趣，只好先行撤退，自己到院子里找螳螂去了。

梧桐的绿叶在夕阳下疏影横斜，鸣蝉在树干上吱吱呀呀叫个不停。说不定今夜会有一番风雨呢。

第七章

据说人世间爱的法则头一条就是：“于己有利时，不需爱别人。”

我近来开始做运动了。但对此有些人却嗤之以鼻，说什么"一只小猫而已，还运动什么，真是不知天高地厚"！我对此表示强烈不满，不得不对这些家伙进一言。做此番言论的诸公，几年前不是还不知运动为何物，把胡吃海喝、非吃即睡视为自己天职的吗？也正是这些人，从前倡导"平安即是福"，把袖手闲坐、终日不离席看作是权贵的象征。而如今也是这些人，又开始大力倡导什么运动吧、喝牛奶吧、洗冷水澡吧、游海去吧……一到夏天，这些人就会去自己的山间别墅避暑，美其名曰餐风饮露……这就是近来从西方传到神国日本的一种疾病，可与霍乱、肺病、神经衰弱等疾病相媲美。

　　我自去年降生，今年才满一周岁，并没有见证过当年人类染上这类疾病时的样子。可以肯定的是，当时的我基本没可能卷入这尘世风波中去，不过有一点需要强调，那就是猫活一岁，等同人活十年。尽管猫的寿命比人的要短一半以上，但猫在相对短的生命周期中，比起人类来要发育得更为成熟。因此，把人类增寿跟猫辈的生命历程等价齐观，就大错而特错了。

　　别的不说，只要看看我才一岁零几个月，就如此博闻广记，便可窥其一斑了。主人的三女儿，虚年已经三岁了吧？要说智力发育，哎哟，那怎一个慢字了得呀。整天除了哭鼻子抹眼泪，就是吃奶、尿床，什么也不懂。跟我这愤世嫉俗的猫比，她简直就微不足道。所以说，我对运动、海水浴以及转地疗养等知识都有所见地，也就不足为怪了。这么显而易见的道理，假如还有人质疑，那么他一定是黑白不分是非不明的蠢材。

　　说到蠢，人类自古就是些蠢材。正因如此，直到近来才知晓运动的益处，知道海水浴的功效，仿佛是自己的一项了不起的发明似的大肆宣扬。可我，没出生就已经对这些了如指掌。首先，要问海水为什么可以治病？只要到海边去一趟不就立见分晓了吗？在那辽阔的大海中，究竟有多少条鱼？这我不知道。但是，我知道没有一条鱼害病找医生，无不都健壮地在畅游。

鱼儿假如害病，身子就会失灵；一旦失灵，就会漂到水面。因此才把鱼死称为"漂"，把鸟亡称为"落"，人类谢世却要称为"升天"。不妨问问那些横渡印度洋去西方旅游的人们，问他们可曾见过鱼死？我认为任何人都会肯定地回答没见过，他们也只能这么回答。因为不论在海上往返多少次，也没人见过任何一条鱼在波涛之上停止呼吸。不对，呼吸属于我用词不当。鱼嘛，应该是"吞吐"。在茫茫大海上，任凭你昼夜兼程、燃起火把、遍访八方，从古至今也没有一条鱼漂出水面来吞吐的。

依此类推，根本不用研究就能得出结论：鱼，一定是非常健康的。假如再问：为什么鱼那么健康？无须多言！一言以蔽之，就是因为吞波吐浪，永远都在海水浴。对于鱼来说，海水浴的功效显著。既然对鱼功效显著，对人类也必然奏效。一七五〇年，理查德•拉赛尔博士大惊小怪动用广告宣称："只要跳进布莱顿海里，四百零四种疾病保您即刻痊愈。"

说出这样的话来也不怕贻笑大方。告诉你吧，时机一到我们猫也要全体出动，奔赴镰仓海岸的。但目前还不可为之，任何事都得相机行事。明治维新前的日本人从生到死一辈子都没能享受海水浴，今天的猫也还没有机会裸体跳进大海。性急吃不了热豆腐。

今天，我们猫只要被扔到荒郊野外，也没法平安找到回家的路。在这种前提下，要是还对海水浴有非分之想，那可是不自量力的。进化论告诉我们，我们猫类直到对狂涛巨澜有一定抵抗力的那一天，换句话说，在不再说猫"死"，而普遍用猫"漂"这个词汇以前，是不可轻易尝试海水浴的。

那么，海水浴就暂且束之高阁吧！我决定第一步先开展"健身运动"。都二十世纪了，不搞点运动健身会被看作是贫民的，对名声影响不好。假如不运动，别人不会认为你是不运动，而是断定你是因生活窘迫没时间运动。正如古人嘲笑运动员是奴才，而今把不运动的人看成卑微。世人褒贬，时移世易，像我的眼珠一样变化多端。

我的眼珠不过忽大忽小，而人间的评判却从来就是在颠倒黑白，颠倒黑白也不是不可，因为事物本来就有两面和两头。只要抓住两头，对同一事物就可以翻手为云覆手为雨，这是人类权变的拿手好戏。将"方寸"二字颠倒过来，就成了"寸方"。从胯下倒看"天之桥立"，定会别有一番风趣。想一想千万年后，还是只有一个莎士比亚，那该有多乏味。我可以断言，如果没人去从胯下倒看一眼哈姆雷特，因而否定他，文学就会停滞不前。因此，贬斥运动的人突然变得喜好运动，就连女子也手拿球拍往来于长街之上，这就顺理成章了。只要不讥笑我们猫搞运动"太逞能"，那也无所谓。

说到这儿，也许有人想知道我的运动属于哪一类。好吧，我会毫无保留，知无不言言无不尽！众所周知的是，首先，不幸的我没法拿任何器具，因而，不论对球还是球棒，都将望尘莫及。其次就是囊中羞涩，舍不得去买。鉴于这两个主要原因，我选择的运动项目属于分文不花那类，也不需要使用器具。

我想，对此一定有人会以为我无非踱踱方步，要不就叼着金枪鱼片狂奔之类。且慢，如果你以为我就是这样，根据力学原理转动四脚，充分利用地心引力而驰骋于大地，那也太小看我了，这也未免太简单、太不足挂齿。像主人经常进行的那种读书写字等纸上谈兵的所谓运动，那简直就是在侮辱运动。

当然，也不光单靠运动刺激，也有人干钓木松鱼和捕大马哈鱼竞赛这类的事，这当然不错，但都是猎物诱惑所致。如果没有了猎物的刺激，就会索然无味了。假如没有悬赏的刺激，那我宁愿做点讲究技巧的运动，为此我做了各种探索。例如，如何从厨房的檐板跳上屋脊，如何四条腿站在屋顶的梅花形脊瓦上，如何走晾衣竿——这件事始终没有成功——竹竿太滑溜了无法立足。只能出其不备从小孩身后扑上去——这些倒是饶有趣味的运动，但常干就要倒霉。因此，顶多偶尔行之。

再就是让人把纸袋扣在我头上——这种玩法可不好受，也是十分无聊的一种游戏。尤其没有一个人搭伴就不可能成功，所以不行。

另外，还可以在书本的封面上挠——前提是不能被主人发现，否则少不得挨一顿暴拳，而且这也只限于增强爪尖的灵敏，对全身肌肉没多大锻炼效果。以上，是我说的旧式运动。

新式运动中，非捉螳螂莫属。捉螳螂不需要拿耗子那么大的运动量，同时也没有那么大风险。从仲夏到盛秋，我玩的所有游戏中，这种玩法最合我意。至于具体的操作步骤，也就是先到院子里找到一只螳螂。遇到猫品爆棚，可以轻松发现一两只。

发现了螳螂，我就会风驰电掣般扑到它身旁。于是，那螳螂也即刻迎敌，扬起镰刀形的手。别看是螳螂，却非常勇敢，毫不示弱，也不会不量力而行就想反扑，真有意思。我用右脚轻轻弹一下它的镰刀，那昂起的镰刀头立马就软瘫瘫地向旁弯了下去。这时，螳螂的表情非常逗人，一副呆相。紧接着我就蹿到它身后，从背后轻轻搔它的翅膀。那翅膀平常是精心折叠起来的。被狠狠一挠，便唰的一下展开，中间露出类似吉野纸似的一层透明的裙子。螳螂即使盛夏也千辛万苦，虽然披着两层很俏皮的衣裳。这时，它的细长的脖子一定会扭过来。有时面对着我，但大多是愤怒地将头挺立，一副视死如归的模样。

假如对方一直坚持这种态度，那就构不成运动。所以，我又用爪扫了它一下，这一爪，有点见识的螳螂一定会逃之夭夭。可有的就会在这时跟我蛮干，真是个野蛮的家伙。这时候，只有等它靠近，狠狠地给它一爪，总会扔出二三十寸远吧！但是，这时候的螳螂多半却悄声倒退，让我生出恻隐之心。

等我去在院里的树上像鸟飞似的跑两三圈后再来看，它还没逃出五六寸远。既然已经领教过我的厉害，便没勇气再较量，只是东一躲西一闪的，无可遁形。而我也就假装是面对最厉害的对手，左冲右突逼着它让我跟踪追击。它终于无奈反击，扇动翅膀企图最后一搏。

螳螂的翅膀和它的脖子很般配，都是又细又长。据博物学说，其实只是装饰品，像世人学说英语、法语和德语一样，毫无实用价值。因此，想用这样一套中看不中用的武器和我大战一场，简直就是天方夜谭。

说是战斗，其实不过是在地上爬来爬去。对此我虽然有点怜悯它，但为了我的运动，也只好舍弃这份悲天悯人的心肠了。我矫健地跑到它的身前，由于惯性原理，螳螂无法急转弯，只能继续朝前。我打了它的鼻子一下。这时候，它通常都会张开翅膀趴在地上一动不动。我就用前爪将它按住，稍作停顿，随后放开它，再按住，如此这般七擒七纵，用诸葛孔明对待孟获的战术制服它。这个过程大约需要持续三十分钟，直到它完全不再挣扎，我就将它一口叼在嘴里，晃几下，然后把它吐出来。

如此一套程序下来，它才是真不能动弹了，我再用另一只爪推它，等它垂死挣扎往上一蹿时按住它。最后，运动的目的也达到了，玩也玩腻了，就狼吞虎咽地把它送进肚里。在此，顺便想对没吃过螳螂的人略进一言：螳螂并不怎么可口，而且，似乎也没什么营养价值。

除了捉螳螂，还有捕蝉运动。飞蝉并不只是一种。人有"碎嘴子""唠叨鬼""叽叽鬼"，蝉里也有油蝉、蛔蝉、寒蝉。油蝉叫声"絮絮叨叨"，令人生厌；蛔蝉叫声"哇了哇"的，难以忍受；捉起来有趣的只有叫声"知了知了"的寒蝉。

寒蝉这家伙不到夏天快结束不出来，非要等到主人念叨什么"秋风总从和服腋下的破绽往里钻，自作多情地抚摸肌肤，让人受风寒打了战"的时候，它才竖起尾巴开始放声悲鸣。它可是真能唱。依我看，它的天职就是吵闹和做捕猎对象。初秋季节我就捉捕这些家伙，我称其为捉捕运动。

在此我想要向列位声明：既然小名叫飞蝉，就不是在地面爬的，假如落在地面上，就会不幸被一大群蚂蚁围起来蚕食。我可不屑去跟蚂蚁争抢，那都是尘埃里打滚的角色们的事，我专门捕捉那些蹲在高高枝头，"知了知了"叫个不停的家伙。

对了，借此机会，想向博学之士讨教一二，到底是"知了知了"，还是"了知了知"？我看人类对此似乎见解各异，要是能确定究竟是哪种，我想会对蝉学的研究产生很大影响。关于这点，要说清楚，以便表明我们猫的诚实与坦荡。人之所以胜于猫，就在这一点，人类自豪的，也是这一点。假如不能立刻回答，我不会在意，可以在那儿慢慢想。

要说这捉蝉运动也简单，只要循声找到它，然后爬上树去，趁它在那儿闭着眼投入欢叫时，一个腾跃猛扑过去就行了。然而这看似简单的运动，实际上做起来很耗体能。在大地上奔跑，我的四条腿不逊色于任何其他动物。至于两条腿和四条腿比较，按照数学法则运算，四条腿的猫也是不输给人类的。但说到爬树，却有很多比我们厉害的动物。别说以攀爬为职业的猿猴，就是这猿猴的远亲人类，也有些不可轻视。

本来爬树违反地心引力，是属于违背自然规律的行为，这样看就算不会爬树也不羞耻，但这却会给捕蝉运动带来诸多不便。好在我有猫爪这个利器，爬树也不在话下。不过，这也并非如那些看热闹的感觉上那样轻松。况且，要知道蝉是会飞的。和螳螂不同，假如它一下子飞掉，那就白费力气，和没有爬上去一样，说不定还会遇上倒霉的情况，比如被浇一身蝉尿。

对了，不知道为什么，蝉尿好像专门就是冲着我的眼睛来的。我拜托你蝉兄，你要飞走就飞走，别撒尿行不行？真搞不懂是什么心理状态影响了生理器官，难道是痛苦的副产品，就像人的眼泪？总不至于是一种计谋好借机逃跑吧？如果是真的，那就太厉害了，简直就能跟乌贼吐墨、瘪三破口大骂时出示文身，还有我家主人卖弄拉丁语媲美了。看来蝉学是一门很深的学问，值得用心去研究，写一篇博士论文。

言归正传。蝉是最爱集结的家伙——如果"集结"用得不够准确或者别扭，那就改用"集合"；不过思量一下，"集合"二字又过于陈腐，那还是用"集结"吧！

至于蝉最爱集结的地方，非青桐莫属，这种树木在汉语里据说叫作梧桐。青桐叶子多，而且每片都像团扇那么大，如果长得太多了，几乎遮天蔽日，这种结构很不利于捕蝉运动的开展，为捕蝉增加了太大难度。我甚至怀疑"只闻其声，不见其身"这句民谣，是否是在我来到这个世界很久之前，因为预测到了我的降临而作。

没办法，只好循蝉叫声而去。爬上去五六尺，于是梧桐树就变得很让我舒心了。遇到枝分两杈，就在这儿小栖片刻，从树叶下窥探蝉之所在。当然也存在这种情况：当我千辛万苦爬上树的工夫，已经有个性急的家伙嗡嗡飞走。而且，蝉这玩意儿只要有一只飞，其他的就会接二连三全都飞走。在跟风这一点上，蝉的愚蠢几乎与人类不相上下。可怜我好不容易爬上树杈，却一下子了无蝉声，只剩下静悄悄的梧桐树叶。

我曾经有过好多次这样的经历，爬到此处，不论怎么寻找，就是看不到一个蝉影。再爬一次吧，又嫌麻烦，不得已，只能歇息片刻了。我便在树杈上安营扎寨，等待第二次机会的到来。困了，就不知不觉地走进了甜蜜的白日梦之乡。一觉惊醒时，已不知今夕何年，我已从两棵树杈的国度，扑通摔在了院子里的石板地面上。呜呼哀哉，做猫也苦呀。

不过整体来说我每次上树进行捕蝉运动，总不至于空手而归，基本能保证捉到一只蝉。让我扫兴的是在树上时，得把蝉叼在嘴里，所以每次下到地面吐出来时，它大多已气绝身亡了。很多时候我不相信它是真死，就会逗它、挠它，但很失望，通常都没有反应。

捉蝉的妙趣在你不声不响溜到它身后，在它忘情鸣叫时，它会把尾巴一伸一缩，这时候你就可以用前爪逮住它。它会发出哀号，那声音动人心弦，透明的羽翼不住抖动，看上去真是细腻，难怪有"薄如蝉翼"这个成语。蝉翼动起来的速度，频率堪称完美，实为寒蝉世界一大奇观。不开展捕蝉运动是不可能饱览此景的。

每当我摁住一只"知了"时，总要请求它为我表演这手绝技。等玩腻了，那就很抱歉，把它吞进嘴巴。有的蝉直到进嘴，表演仍在继续。

除了捕蝉，再就是滑松这项运动。对这项运动我想不必赘言，略做描述即可。有人也许望文生义，以为是在松树上滑行。尽管这也是爬树。区别在于，捕蝉是为了捕蝉而爬树，滑松是为了爬树而爬树。这样说好了：原来松树常青，自从北条时赖在最明寺饱餐之后，松树才长得这样粗糙不平，从那之后，再也没有像松干那么不光滑的树干了。

松树最大的弊端是你无处下爪，也找不到落爪的位置。这样你就需要首先找到可以搭爪的树干，然后一鼓作气爬上去。爬上去，再蹿下来。蹿下来有两种方法：一是倒爬，即头朝着地面往下爬；二是姿势不变，爬上去后尾巴朝下倒退。

在这里我诚恳求问天下有识之士，有谁能说说，哪一种下法更难？按人类肤浅的见识，一定认为既然是往下爬，还是头朝下舒服吧？这就错了。这些人恐怕只记得源义经翻下鹎越古栈的故事，以为既然源义经头朝下下山，那么，猫自然也是头朝下爬树罢了。不能这么小瞧猫，你知道猫爪的生理构造吗？那可都是口朝后的。是跟鹰嘴钩一样，钩住什么东西了只能往后拽，往前推完全用不上力的。

我现在快速地爬到树上了，而我是地面生活的动物是吧，按理我不能一直留在树上，即使是松树之巅也不可久留。也就是说我最终要下来。如果头朝下往下掉那有点太快，所以，必须采取什么办法来减速，让坠落变成下降。别看都是指的往下，其实差别大到生死之别了。减缓些就是下降，加快些就是坠落。我当然不会喜欢从松树上往下坠落，因此，减缓速度安全返回，就是必须要做的了。这么说吧，就要用一点什么措施减缓落下的速度。

我的爪如上所述，是朝内弯曲的。假如头朝上往下，那么就能够利用脚爪的力量控制下落的速度。于是，坠落就变为下降，这实在是极浅显的道理，无须我反复讲解。反过来，就是学习源义经头朝下爬松树试试看。虽然有爪，却不顶用，会一气呵成一滑到底，完全找不到着力点支撑身体的体重。这时，虽然满心想下降，却一定会变成坠落。想学源义经翻越鹎越古栈是困难的。在猫当中有此技能的恐怕只有我。因此，我才把这叫作滑松。

最后就是跑墙运动。主人家的院子是用竹篱围成的长方形，和檐廊平行的那一边有五六丈长，而左右两侧长度则不过两尺五。我说的跑墙运动，就是在这篱笆上跑一圈不掉下去。虽然有时也会失足，但只要能顺利跑完，就是一次愉快的冒险。尤其是沿途都立着烧断根的松木杆，我可以随时歇息一会儿。这一运动不仅能锻炼身体，还能解闷。

今天成绩不错，从早到晚跑了三圈，越跑越熟练，越熟练就越有成就感，终于开始跑第四圈。跑到一半时，三只乌鸦从邻舍的屋脊飞来，在对面六尺多的地方列队站立。这些不请自来的家伙，就不顾这样影响了主人我的运动！而且这些乌鸦还来历不明，身份不清，怎能随便就落在别人家的墙上？于是我愤而高喊："快闪开！别挡了我的路！喂，闪开！"

最前边的乌鸦嬉皮笑脸地看着我，第二只在看向主人院里，第三只在墙根的竹子上蹭它的嘴，肯定是刚吃了些什么吧。我站在篱笆墙上，等着它们的回答，我决定给它们三分钟考虑时间。据说乌鸦叫作"丧门神"，一点不假。我很绅士地在那儿等，这些家伙却不搭理我，完全视我为不存在。没办法，我只得慢慢向前。第一只乌鸦张开了翅膀，我还以为它是被我的威风震慑了，想要逃走，谁知道它只是改变了一下姿势，把面朝右改为面朝左。这个混账东西。

若是在地面，我才懒得理睬。可我现在是在走都很难的篱笆上，基本没有多余精力去和它们说理，可我又不甘心站在那儿傻乎乎地等这三只鸟知难而退。第一，这么等起来腿很快就没力气了。有翅膀就不同，习惯站在这种地方，因而逗留多久都随心所欲。而且我已经跑了三圈，很疲惫了，要知道这可是比起走钢丝在难度上不差多少的运动，技术含量很高。就算没有任何障碍，也难保一定不会摔下去。偏偏还有三个黑衣歹徒挡住去路，真是险恶。

最后，经过深思熟虑，我决定停下运动，于是我跳下了篱笆。看这几个家伙就是难缠的，那也只好作罢！敌人也不是孤军作战，并且来路不明，一个个尖尖的嘴怪里怪气，活像天狗的私生子！反正一定不是好东西。好汉不吃眼前亏。如果太靠近，万一摔下去，那岂不是更丢脸。

这时候，面朝左的那只乌鸦叫了一声"阿——愚"，第二只也随声附和，第三只郑重其事地连叫两声。我再怎么宽宏大量，也不能不闻不问。在自家地盘上居然受起乌鸦的羞辱，这有损我的声誉。若说我是无名之徒，谈不上与名声有关，那跟颜面有关吧！不能就这样退却，那岂不成了抱头鼠窜了！

俗语说"乌合之众"，虽然它们有三只，但未必有多大能耐，想到这里，我马上壮起胆子，一步步向它们靠近。我看这些乌鸦就是在装腔作势，看也不看我一眼，自顾自地在那儿聊天。

要是墙头再宽五六寸，一定叫它们有来无回。遗憾的是，无论我怎样恼火，也只能缓步而行。好不容易走到距第一只乌鸦五六寸的地方，刚想喘口气歇歇脚，那些机灵鬼忽然不约而同扇动起翅膀，飞了一二尺高。一阵风扇到我的脸上，我惊恐之下一脚踩空，猛地摔了下去。

这下子惨了，从篱下仰望，三只乌鸦又站回了原处，并裂开长嘴居高临下注视着我。岂有此理！是可忍孰不可忍呀，我怒目相对，却无济于事。于是我弓起背来，发出低沉的怒吼，它们还是无动于衷。正像俗人读不懂神奇的象征诗，我对乌鸦表示愤怒，它们却以为我在唱歌。究其原因，问题出在我一直拿它们当猫。假如是猫，来那么一手肯定有效，可偏偏它们是乌鸦。它们可是传说中的机灵鬼乌鸦呀，这不就像是实业家急不可耐地要制服我的主人苦沙弥；源赖朝曾经送给西行和尚一只银制的猫；估计乌鸦也在西乡隆盛的铜像上拉过屎。好吧，我这可不是见风使舵，我这是好汉不吃眼前亏。那我就三十六计走为上了，反正又没有别的猫看见。于是我干净利落地溜进檐廊去了。

运动虽好，过度也不行。不觉间已经是吃晚饭的时候，身子绵软无力，像散了架似的。在这夏末秋初的时节运动，我这一身毛皮大衣大概是吸足了夕照的阳光，身子热得受不了。从毛孔里渗出细细密密的汗珠，真希望能流下去，要不就挥发掉，可它执着地黏糊糊地粘在毛根上。后背疼且痒，搞不清是出汗发痒还是跳蚤钻进毛里发痒，本也知道：大凡嘴够得到的地方可以咬，爪能伸得到的部位可以挠，但现在痒的部位是脊梁骨纵轴的正中，那就鞭长莫及了。要是能见到一个人在他身上乱蹭也好，而现在只能利用松树皮演练一下摩擦术，否则怕是会一夜难眠。

人啊，全是些蠢货。只要我娇声娇气叫几声就能心想事成。按理，这娇声媚气本来该是人为我而发的。假如你是猫，就会明白那不是我们猫在对人献媚，而是猫被人的娇声诱发了媚态——总之，人都是些蠢货。我被诱发出娇媚之态，就会贴靠在人腿上。这时候人们就会自作多情地认为我这是爱上他或她了。不仅任我亲昵，常常还爱抚我的头。只是近日来，因为我皮毛里无端滋生出一种叫跳蚤的寄生虫，于是只要一靠近人，肯定会被提着后脖颈扔出去老远。为了那么个几乎看不见的小虫子而嫌弃我，真是三十年河东，三十年河西。就那么一二千只跳蚤，至于这么小题大做的嘛！人类真是势利眼。

据说人世间爱的法则头一条就是："于己有利时，不需要爱人。"

既然人们对我风云突变，身上再怎么痒，也不能指望靠人解决，除了采取第二种方法——松树皮摩擦，也没有别的好主意了。那就去摩擦一会儿吧！我刚要从檐廊跳下去，突然一个东西闪现在我的脑海中，没错，松脂！这可是个得不偿失的笨法子。松脂的黏着力特别强，一旦沾在毛梢上，哪怕雷轰，哪怕波罗的海舰队苦战得全军覆没，也都拿它没办法。而且，如果粘上五根，很快就会蔓延到十根。刚刚发现粘上了十根时，就已经粘住了三十根。

想我一向恬淡风雅，这种腻腻歪歪、黏黏糊糊、稀稀拉拉的玩意儿该是多么有碍观瞻呀。纵然绝代美猫我都不屑一顾，何况松脂乎？松脂和车夫家大黑迎风流下的眼眵不相上下，让它来玷污我这身浅灰色毛皮大衣，休想！松脂那家伙看不到一点眼色，只要脊背往树皮上一靠，肯定立刻被它粘住。和这种不知好歹的蠢货打交道，不仅有损于我的颜面，而且也有害于我的皮毛。纵然是奇痒难耐，也只好咬紧牙关强忍着。然而一味忍耐也不是个办法，还是得另寻他方，总这样又痒又粘，说不定会引发其他病症。如何是好呢？正弯着后腿苦思冥想，忽然想起一件事来。

我发现我家主人常带上毛巾和肥皂出去，每次都要过三四十分钟才回来，不知晃去了什么地方。每次出去后回来，他那张晦暗的面庞就会稍有生机，不再那么灰头土脸的。对此我很是好奇。如果有什么东西对我家主人这种肮脏不堪的人都有点作用，那对我肯定就会更有用。比起我家主人，我可是天生丽质，虽然我没想过做一个花花公子，靠脸吃饭。单想想最近这种状态，万一身染重疾，享年一岁零几个月而英年早逝，那将何以告慰天下苍生！

听说那地方是人类为了消磨时光而设计出来的，唤作澡堂。既是人类所造，肯定不含糊。反正没事进去看看也未尝不可！即使不奏效，顶多洗手不打湿头。不过，还不知人类是否足够心胸宽广，肯在为自己设计的澡堂里容纳异类的猫，这还是个未知数。但连主人这样的人都能大模大样登堂入室，料想也没有理由将我拒于门外。不过万一没那么幸运，传出去毕竟丢脸。那么，不如先去侦查一下，摸清底细，再叼条毛巾蹿进去也不迟。拿定主意，便徐步向澡堂进发。

出得小巷左拐，迎面一个像竹筒的东西高高站立在那儿，筒尖上冒着烟雾，我想这就是所谓的澡堂了。我绕到后门，悄悄溜了进去。千万别信什么"从后门溜进是胆小""是外行"之类的话，这不过是那些只能走正门的人嫉妒才会这样说的。自古从后门出其不意而闯入的名人志士不胜枚举。《绅士养成法》的第二卷第一章第五页上就这样写着。在下一页的背面，《绅士遗书》中记载着"后门乃修身明德之门也"之类的话。作为二十世纪的猫，这点教养还是有的。可别小看我！

接着说我溜进去后，只见左边是堆积如山的锯成八寸长的松木棒，紧挨着是堆积成岭的煤堆。我想有人肯定要问："为什么松木为山，黑煤似岭呢？"倒没什么重大意义，不过是为了对仗工整，临时凑合着山岭二字分而用之罢了。人类又是吃米，又是吃鸟兽虫鱼，吃尽种种千奇百怪的东西，最后堕落到吃起煤炭来，简直惨不忍睹！

尽头有一扇六尺多宽的门大敞着，室内空空如也，寂静无声，但对面人声鼎沸。由此足可以断定所谓的澡堂子，就是在发出人声那一带了，于是我穿过木炭和煤堆间的深谷，再左拐，发现右边那扇玻璃窗，窗外有圆形小桶堆成三角形，就是所谓的金字塔形。想想看，这些小圆桶被堆成三角形是何等忍辱负重啊！我打心里同情圆桶诸兄。

小桶南侧四五尺宽的地板，像专为欢迎我而设。地板约高于地面三尺，如果想跳，是个很不错的跳台，我欢呼雀跃，纵身一跳。于是乎澡堂子就在我鼻下、眼下和面前乱晃。问天下何事最有趣？莫过于吃没吃过的、看没看过的了。列位如果像我家主人那样，一周三次到这个澡堂来混三四十分钟，那没什么好说；假如跟我一样从未见过澡堂，最好快来看看。都说世界很大，但如此奇观绝无仅有！

如果你问我"什么奇观"，我实在有点难以启齿。人们在玻璃室里一堆堆的、赤条条的吵吵嚷嚷，简直像二十世纪的亚当。翻开人类服装史——这扯得太远，还是不谈罢了，这个还是让给托伊·退菲尔斯特莱克[1] 去谈吧——人类全靠穿衣打扮来提高身价。十八世纪英国的理查德·纳什，为巴斯温泉制定了严格的规则：在浴池内，不论男女，从肩到脚都要着装。距今六十年前，英国的古都曾经设立过绘图学校。既是绘图学校，买些裸体画、裸体素描或者模型，四下陈列起来本是件自然不过的事。可当开学典礼时，从那些官员到教职员，无不感到尴尬。开学典礼嘛，邀请名媛淑女那是必不可少的。可按当时贵妇人的流行观点：人是服饰的动物，

---

[1] 托马斯·卡莱尔《衣服哲学》中虚构的人物。

不是一身毛皮的猴子猴孙。人不穿衣，就像学校没有学生，军人没有武器，完全失去了人的本性。既然失去了人的本性，那就和野兽别无二致。就算是素描或模型，但如果跟兽类一样，当然会有损于女士的观瞻。因此名媛们才会说"恕不出席"。

而在那些教职员们看来，这些女人简直就是不可理喻。只是女人作为一种装饰品，在东西各国是相同的。她们虽然一不会舂米，二不当志愿兵，但在开学典礼上却是不可或缺的道具。没办法，学校只好到布店去买了一丈二尺八分七厘的黑布，给那些人像穿上了衣服。又生怕冒犯哪一位，煞费苦心把脸都遮了。开学典礼这才得以顺利举行。由此可见，服装对于人的重要性。

近来有些老师，不断推崇画裸体，但他们错了。依我这只有生以来从未裸体过的猫的观点来看，这肯定错了。裸体本为希腊、罗马遗风，因文艺复兴时期兴起的淫奢之风而盛行于世。在古代希腊与罗马的人们见惯了裸体，自然不会认为裸体有害于风气。而北欧寒冷，连在日本也常说："不穿衣服怎能出远门。"如果是在德国或英国光着身子，肯定会被冻死。死了白搭一条命，还是穿衣服好。于是都穿起衣服来，人就成了着装的动物。一旦成为这样的动物，再遇上裸体，就不承认是人而认为是兽。因此欧洲人尤其北欧人将裸体画、裸体像视为兽类，是可以理解的。视为不如猫的兽，也情有可原。美？随他去吧！不妨视为"美丽的野兽"好了。

也许有人要问："你见过西方妇女的礼服吗？"在下不过是一只猫，哪能见识到西方妇女的礼服？但听说她们穿的衣服袒胸露肩，赤裸胳膊，把这样的衣裳叫礼服。荒谬绝伦！直到十四世纪，女人们的衣着打扮还不曾这般荒诞，穿的还是普通人的装束。后来怎么就变得像下流的杂技演员了？由于这事考证起来过于烦琐，此处略过不表好了。反正知之为知之，不知为不知，也就算了吧！历史暂且还是不提。她们尽管打扮得怪里怪气，也只是在夜间得意扬扬，但是内心里似乎多少还有点人味。一到白天，就会盖上肩头，遮住胸脯，包紧胳膊，不仅全身不外露，甚至哪怕被人看见一个脚趾，也认为是奇耻大辱。由此可见，她们的礼服不过是用来掩耳盗铃。

如果有人觉得这话说得叫人委屈，那么，何妨不大白天露出肩膀、胸脯和胳膊来？裸体崇拜者也不例外。既然裸体那么好，为什么不叫自己女儿一丝不挂，顺便你自己也脱得精光，到上野公园去走走？做不到？要我看不是做不到，大概是因为西方人不这么干，你才不肯的吧？现在不是正有人穿着这样别别扭扭的礼服趾高气扬跨进帝国饭店吗？究其原因，无非是西方人这样打扮，他们也就穿穿罢了。大概认为西方人优秀，根本看不出生硬、愚蠢，一概模仿之。常言道：见了长的必须短，见了硬的必须软，见了圆的必须扁。按这一连串的"必须"，岂不成了傻瓜！如果认为当傻瓜也没法子，那就忍着点吧！那就别再以为日本人有何了不起。学问也是如此，只因与服装无关，下文省略不谈。

衣服之于人类，举足轻重，几乎说不清人就是衣服，还是衣服就是人。甚至可以说：一部人类史，既不是肉的历史，也不是骨的历史，更不是血的历史，而是一部服装的历史。因此，见了不穿衣服的人，就会觉得他不像个人，简直像妖魔鬼怪。假如全体人类约定了一齐变成妖魔鬼怪，也就不存在所谓的妖魔鬼怪了。因此，是妖怪也无妨。不过，这一来，人类本身可就徒增烦恼万千了。

远古时期，大自然平等造人。任何人出生时都是赤身裸体的。假如人的本性安于平等，就该始终裸着活到今天。然而有一个裸体人说："这样人人毫无差别，会丧失上进心，显示不出努力的成果。但愿想个办法突出个人，我就是我，谁看也是我，而不同于别人；要是我穿上点什么，很可能别人见了就会大吃一惊。难道就没有什么诀窍吗？"他想了十年，发明了裤衩，立刻穿上，心想："看看，服气了吧？"于是他骄傲地走来走去。这也就是车夫的祖先。仅仅发明个简单的裤衩就需要花费十年光阴，很可能人们会觉得有点奇怪吧？因为这是以今天的眼光，看远古蒙昧世界得出的结论。

在当时，这可是史无前例的伟大发明。笛卡儿说："我思，故我在。"这点三岁孩子都懂的道理，据说他花了十几年工夫才想出来。一切真理在探索过程中都是费力劳心的。发明裤衩用了十年，但按车夫的智力来看，实在是难能可贵了。

接着说裤衩。这裤衩一问世，社会上一开始就只有车夫最神气。他们穿着裤衩，在天下所有的大路上横冲直撞。这样就有个妖怪不服气了，于是他用了六年时间，发明了叫作短褂的东西。这直接消减了裤衩锐气，人的社会进化到短褂全盛时期。鲜货庄、药材店、裁缝铺，都是这位大发明家的后代。跟着裤衩、短褂时期接踵而来的，是裤裙时期。这是因为又有些妖怪看着不服气，决心"不养成穿短褂的习惯"而设计出来的。古时候的武士和今日的官员，都和这些妖怪属于同类。那之后各路妖怪就开始争先恐后标新立异，以致相继出现各种奇怪的发明，最终出现了燕尾服这种畸形的装束。

溯本求源，就会发现这些绝不是胡闹、漫不经心导致的，全都是争强好胜的产物，这种争强好胜也就转化为各种奇装异服，被人穿在身上，取代前个时期的服装大摇大摆走来走去，好像在说："我和你不一样！"

从这种心理出发，有了一大发现：如同大自然忌恨真空，人类也厌弃平等。然而，在这厌弃平等、把衣服视同骨肉而穿在身上的今日，如果要人们将已经成为自己属性的衣服扔掉，回到一切平等的开端，那简直就是疯子的行为。就算甘愿当个疯子，也不可能回到原始时。在文明人眼里，凡是回归原始的人们都是怪物。有人认为，把世界几亿人通通带到妖怪的国度去，就能实现平等自由了。因为那样大家都是妖怪，不以为耻，也就心安理得。这还是不行，因为全世界的人都成为妖怪的第二天，又会开始妖怪间的竞争，不能穿上衣服竞争，那就以妖怪本色来竞争。裸体就裸体，一样能制造出差别来……由此可见，衣服还是暂时脱不得。

可现在在我面前这伙人，竟然把不能脱的裤衩、短褂甚至裤子全都扔在衣架上，毫不知羞以原始丑态于众目睽睽之下，居然面无愧色地谈笑风生！前文所谓"一大奇观"，指的就是这种场面。鄙猫能在此见此奇观，并为列位文明君子描述一二，实属三生有幸。

突然一阵嘈杂声传来！真不知从何谈起。妖怪们的行径没有规律，因而，为了井然有序记载下证实材料，不免要费些力气，还是先从浴池说起吧！一时半会儿找不到更合适的名词，那就姑且叫它浴池吧！三尺宽，九尺长，隔成两半，一半是乳白色的热水。听说是"药物浴池"，好像是把石灰溶解在里边。不仅浑浊不堪，还泛着油光。仔细一打听，原来一周才换一次，难怪有一股腐臭的味道，边上是普通澡堂，但我可以肯定，绝对不是晶莹剔透。水色已经告诉我们了：像搅浑了的消防水桶里的积水。

下文是对妖怪的记述，这要费点笔墨。两个年轻人相对而立，站在类似消防水桶的那个池子里。他们互相往彼此肚子上哗哗浇水，看上去非常开心。谁也别说谁，二人都长得漆黑。我边看边想："这妖怪长得真魁梧！"不一会儿，其中一人开始用毛巾反复搓胸，一边搓一边问同伴："阿金，这块儿疼得厉害，是怎么了？"

"那是胃。那可不容小觑！小心着点，危险！"阿金警告说。

"不，是左侧！"他指着左肺。

"那是胃，左边是胃，右边是肺。"

"是吗？我还以为胃在这儿呢。"他又敲了敲腰部给另一个人看。

阿金说："那是疝气吧。"

这时，一个蓄小胡子的小伙子扑通跳进水里，看着二十五六岁的样子。擦在他身上的肥皂沫与泥垢一同漂起，就像在有铁锈的水上能看到的亮晶晶的"闪光"。挨着他的那个秃顶老头儿，与一个蓄长发的人争论不休。二人都只露出个脑袋。

"唉，老了，不中用了。人一老就比不得年轻人啰！不过，只有洗澡至今也还是水不烫不舒坦。"

"你老人家算是结实的呀！精神头很不错。"

"哪有精神，只能说是没病。人哪，只要不干坏事，能活一百二十岁。"

"哎哟，能活那么久？"

"能。保你活一百二十岁。明治维新前，牛込区有个叫曲渊的武官，他手下一个仆人活了一百三十岁。"

"可真能活！"

"唉！活得太长，后来都忘了自己的年龄。听说只能数到一百岁，再多就记不住了。我给他记到一百三十岁，可一百三十岁还没死，后来就不知道了，说不定还活着哩！"说着老头儿出了浴池。留胡子的人好像往身边撒了些云母片，独自在那儿傻笑。

接着跳进来的这个可不同于一般妖怪，这个脊背刺了文身。文身画看着像是岩见重太郎正抡起大刀杀巨蟒。可惜这文身没有完成，到处找不到那条巨蟒。看得出那个重太郎先生有点扫兴。这个怪物边跃入浴池边说："不凉不热的。"

这时又闯进来一个。"啊，够受！再不凉点……"他龇牙咧嘴受不住烫的样子。一见重太郎，叫了声"老板"。

重太郎哼了声，过一会儿才问："阿民怎么样？"

"怎么样？爱耍钱呗！"

"不单是爱耍钱……"

"是吗？他是个心术不正的人……怎么说呢？没人喜欢他……怎么说才好呢……反正都不相信他。一个手艺人，不该这样！"

"是呀！阿民不谦虚，趾高气扬的，所以都不相信他。"

"没错。总以为自己有两下子……到头来还是自己吃亏。"

"白银街的老人也都去世了。如今，只剩下桶匠铺的元兄、砖瓦铺的掌柜和师傅了。咱们都是土生土长。可不像阿民，谁也不知道他是从哪儿来的。"

"谁说不是呢！可他还是那个小样呢！"

"说来也怪，没人爱搭理他。是因为他不和人们来往？"

如此这般，二人毫不留情攻击了阿民。

"防火水桶"里的风光描绘就此打住，再往白浆水那边去看看。那里也人满为患。与其说人进池里，不如说水漫人群更贴切。但是都乐在其中，有进无出。照此下去，估计用不了一个星期，水不脏都是奇迹。再往浴池中仔细观瞧，竟看到了苦沙弥先生，被挤在左边角落，泡得红赤赤的缩成一团。看着真可怜！若是有人让条路就好了。可没人动，主人似乎也无意挤出来，就那样呆呆泡着，看上去真够遭罪的。他大概是想充分利用这二分五厘的票价。我是忠于主子的猫，不免在窗框上担心起来：

再不上来，怕要发高烧的呀！

这时离主人六尺远漂着的那个人，紧蹙着眉头说："这水热过头了。后背辣辣的直冒火呢！"他边说边往四下看看，想来是想在周围的妖怪中找些慰藉。

"有吗？正好呢。药物池水不热没功效，在我们家乡，水要比这热一倍才肯下去呢。"有人自豪地说。

"究竟这种水能治什么病？"一个人叠上毛巾，遮在凹凸不平的头上向众人请教。

"效力可大了，据说包治百病！"答话的人瘦瘦的，面孔好似一条黄瓜。问题是既然药池这么灵验，这家伙应该比现在看着要健康才对。

"投药后三四天效果最好，今天洗澡就正是时候。"这个说话的像个明公，肥嘟噜的，身上布满厚厚的污垢。

"喝下去也有效吗？"不知哪儿冒出的尖叫声。

"水凉后喝一杯再睡觉，神奇得很，不起夜呀！不妨喝点试试。"不知这话从哪张嘴里蹦出的。

好了，浴池风光片到此播放完毕。下面是冲洗室。天哪，那里面密密麻麻地站满了"亚当"，一个个在那儿随心所欲洗自己随心所欲的部位。最出奇的两位"亚当"一位仰面朝天躺着，盯着高高的天窗发呆；一位趴着望着下水道发愣。这两位算是悠闲的一类。有一个秃子面对石墙蹲着，另一个小秃子不停敲他的肩。大概是师徒关系，小秃子代行搓澡人的业务。可真正的搓澡人就在边上，但看上去多半是感冒了，这么热还穿着坎肩。他正从一个袖珍书大小的小桶里沾水，往那个师傅肩上浇。此人右脚拇指缝里夹着条羊毛搓澡布。这边有个小伙子，霸占了三个小桶，一边劝挨肩的人用他的肥皂，一边滔滔不绝长篇大论。

仔细一听说的是："从前只有对杀对砍。火枪大炮这玩意儿是从外国进口的。外国人胆子小，所以造出那种玩意儿。不是中国造，是外国人造的，和唐内时代还没有。和唐内就是清和源氏，据说源义经从虾夷国去满洲时，带去了一个非常有学问的虾夷人，源义经的儿子那时正在攻打明朝，担心打不过，派出使臣去见三代将军要求借兵三千。三代将军却扣留了那个家伙。不记得那使臣叫什么了……扣留二年，最后在长崎给他讨了个女人，生了个儿子就是和唐内……"不知所云，简直听不懂。

他身后那个面色晦暗的二十五六岁的男人，正一言不发在用白浆热水搓自己的胯裆。很有可能是胯裆生了疥子什么的，很难受的样子。他身旁是个十七八岁的小伙子，一口一个"你小子""老子我"，满嘴胡言乱语，大概是附近哪家寄人篱下的学生吧。接下去，是一个奇怪的脊梁，活像从屁股里插进去一根紫竹，脊梁的骨节历历在目。而且脊背左右有四个像儿童棋子的圆点，整整齐齐的。"棋子儿"烂得通红，有的周围还流着脓。

要写的事太多，非我能力所及，太多遗漏也就在所难免。正在懊悔自己干吗要揽下这桩子吃力不讨好的事儿，就见门口出现一位身穿浅黄棉衣，年近古稀的秃子。他对那些裸体妖怪毕恭毕敬鞠个躬："承蒙各位天天关照，多谢了！今天天气有点冷，请各位慢慢洗……到白浆水那儿去几趟，暖暖身子……掌柜的！看洗澡水凉热怎样？"

掌柜应了一声："嗳！"

"和唐内"对老头儿大加赞赏："多么会行事呀！不这样就做不好生意呀！"

这个奇怪的老头儿让我感到有些惊奇，只好暂停上述各类记录，专门观察一下这个秃头佬。他看一个大约四岁的孩子走出浴池，就伸出手去："小宝宝，到这儿来！"

那孩子见老头儿的面孔活像一张被踩扁了的豆馅年糕，大概这一吓非同小可，哇的一声大哭起来。老头儿有点意外，叹息道："怎么哭了？爷爷很可怕吗？唉，这是哪儿跟哪儿呀。"

孩子哭个不停，老头儿见状话锋一转，对孩子的老子说："原来是源先生！今天有点冷啊。昨夜溜进近江铺子的那个小偷，姓甚名谁？把那家的便门给开个四方口子。后来说什么也没拿就走了。大概看见巡警或是查夜的人了吧？"他打趣起那个小偷，多半是觉得小偷有勇无谋。

接着他抓住另一个："喂，喂，好冷！你这么年轻，不觉得冷吧？"因为他是个老头儿，所以只有他一个人怕冷！

我被老头儿吸引住了目光，不但把其他怪物都忘了，就连在那个角落里受苦受难的主人也忘掉了。在搓澡和冲洗之间的地方突然发出一声巨响。是苦沙弥先生，这一点都不意外。这一次主人沙哑的声音响亮又刺耳，这不是从今天才这样的。但总得分个场合，因此我才大吃一惊，很快我就推断出：主人一定是在热水中咬着牙泡太久，上火了。假如因为病魔所致，倒也没什么。然而他尽管上火，也不肯失本性，这一点，等我说明他大呼小叫的原因，你就会明白了。

他是和一个像小孩似的穷学生吵起来了。

"往后点！不许往我的水桶里淋水！"吼叫的是苦沙弥先生。

看问题嘛，眼光不同，看到的东西也不同，公说公有理婆说婆有理。所以也没必要全都上升到上火的程度上去，说不定乌合之众之中就有那么个人，会觉得说他这一声怒吼堪比那高山彦九郎怒斥山贼哩！说不定主人还真是出于这个目的才演了这么出戏。遗憾的是对方完全不认为自己就该扮演山贼，主人肯定也不会收到预期效果。

学生回过头和气地说："我原来就在这儿！"

这句回答无非表达不肯移动的决心，尽管很平常，却有悖于主人的意愿。但我觉得吧，他大可不必像对山贼那样破口大骂，这一点，主人再恼火也应该一清二楚。问题就在这里。主人发火并非对学生占位置不平，好像是因为刚才两个小伙子满口大话，不懂装懂，主人听在耳里，十分恼火。所以，虽然对方态度谦和，主人也不肯就此罢休，又喝道："干吗，有你这样的吗？畜生！让脏水哗哗往别人的桶里淌！"

我也觉得这名学生有点烦。不禁心里暗暗喊："痛快！"不过转念一想，身为一名教师，主人这样有失体统吧？主人就是这样死鸭子嘴硬，像煤矸石一样又尖又硬。从前汉尼拔率军翻越阿尔卑斯山时，据说在路当中遇到一块巨石，阻碍了军队的前进。于是，汉尼拔就往这块巨石上浇醋，用火烧，烧得软了，再用锯拉，像切鱼糕似的锯得平平整整，让大军顺利通过。哪像我主人，在这么灵验的药汤里煮泡了这么久，也丝毫不见功效，恐怕也非得用醋浇火烧不可了。否则像这样的学生，即使上百人用上几十年，也治不好主人的顽固症。

不论漂在浴池里，还是躺在冲洗间里，人一旦脱光文明人必备的服装，就是一群妖怪，自然不能以常理视之。在这地方人们可以为所欲为，随意胡扯一些"肺里有胃……郑成功是清和源……阿民信不过……"，一旦跨出冲洗室来到更衣处，就不再是妖怪了。走进人生息的尘世，穿上文明必备的服装，也就不得不像个人一样行动。

主人正在跨门槛——那是冲洗室与更衣室的分界线，也就是文明的人类的世界与胡说八道的妖怪的世界之间的分界线。就算洗过澡了，主人依然是那么顽固，可见，对于他来说，顽固这病一定是深入骨髓了。既然是顽症，当然不大容易治愈。以我之愚见，这种病只有一服药可以治，那就是请校长革他的职。主人是死心眼儿，一旦革职，就会走投无路；一旦走投无路，必然饿死在路旁。换句话说，革职将会直接导致主人死亡。

主人爱闹病，还很享受，但怕死。他是希望能害点不致命的病，比如人们常说的富贵病之类，可以悠闲着小病大养。因而，你如果吓唬他说："你再闹病就宰了你！"依主人的胆量，肯定会浑身发抖，而浑身发抖时病会不治自愈。如果这样还不见好，那只能是病入膏肓。

再怎么糊涂和患病，主人毕竟是主人。有诗人曰："一饭君恩重。"我虽然是猫，也是有情操、有气节的猫，因此不会不在意主人的命运。也正是因为同情太多了，我被吸引去了全部精力，以致一时间忽视了对冲洗间的观察。这时候，白浆水浴池里突然传来了叫骂声。那里也吵架了？回头一看，妖怪们把浴池门口挤得水泄不通，满眼都是有毛的小腿和没毛的大腿。

暮色已沉，冲洗间被直到天棚的热气笼罩着，妖怪们拥挤的样子依稀可辨。"热呀，热呀"的喊叫声震耳欲聋，让我脑子嗡嗡乱响。那声音仿佛各种颜色叠加，组成没法说清楚的音响，弥漫在整个浴池。这些声音除了引起混乱，什么用也没有。我被这光景迷得出神，茫然伫立在窗框上。过了一会儿，叫声混乱到了极点。突然发生了推搡挤压，人群中直挺挺站出一条大汉。只见他的个头高出常人三寸上下。他扬起不知是脸上长胡子还是胡子包住了脸的赤红面庞，发出破钟般的吼声："加冷水，加冷水！太热，太热！"

只有那声音，那张脸，从熙熙攘攘的人群中高高冒出。看上去似乎整座澡堂里只有一个人头。"超人"！这便是尼采的超人！是魔鬼的大王！是妖怪的头领！我正想着，有人在浴池后应了一声："嗳！"我一惊，往那边一瞧，只见朦胧中那个穿坎肩的搓澡人喊了声："烧啊！"将一锹煤投进灶里。关上灶门时，那锹煤燃烧得嘎巴嘎巴响，将搓澡人的半个脸照亮。同时，搓澡人背后的砖墙像起火似的通亮，撕破了夜幕。我有点恐惧，急忙从窗户跳下，回家去了。

在回家途中，我边走边思考：人们脱掉短褂，脱掉裤衩，赤条条地奋勇争取平等。可在赤条条的人群中，又跳出来个赤条条的豪杰，制服了所有的赤条条。可见，不管怎么赤条条，也不可能有平等的。

到家一看，主人比我先一步到。天下太平。主人出浴后面若桃花，神采奕奕，正在用晚餐。他看我从檐廊走来，说："这猫可真逍遥。不知又跑哪儿溜达去了。"

一看桌上菜肴，本来没钱，偏摆了两三样，其中还有条烤鱼。我叫不上这条鱼的名称，大约是昨天在东京湾炮台附近抓住的吧！我曾说鱼儿健壮。但再怎么健壮，也顶不住这样又煎又煮的，可怜的鱼儿。还不如病魔缠身，苟延残喘。

想着想着，我就坐在了饭桌旁，打算伺机弄点吃的，但表面上要装作似看非看。要是不这样装模作样，想要吃到香喷喷的鱼，那还是趁早死了这个心的好！主人夹了点鱼，表情是不大好吃的样子，又放下筷子。妻子坐在对面，正聚精会神观察主人上下挥舞筷子还有双颚开合的模样。

"喂，敲两下猫头！"主人突然对妻子说。

"打它干吗？"

"爱干吗就干吗，先打它几下！！"

妻子于是就用巴掌拍我的头，一点也不疼。

"没叫唤！"

"是的。"

"再打它几下！"

"打几遍，也还是那回事！"

妻子又用手心拍了我一下，还是不疼，我端庄而坐。然而，心里在琢磨为何打我。我虽足智多谋，却也摸不着头脑。如果知道，就能想出点办法的。可主人不问青红皂白，光是命令妻子打，这样一来，不仅动手打的女主人为难，挨打的我也尴尬。主人一看不能打得叫他称心，有些急不可耐地说："狠点，打哭它！"

"干吗打哭它？"妻子厌烦地边问边打我一下。

这下我才算明白主人的意图。不就是叫一声吗？就当是哭好了，您满意就好。主人不仅蠢，还讨厌。想听我哭，那就该把"哭"这一目的直接说出来，用不着三番两次大费周折。本来一次就可讨饶，何必重复好多次呢？命令"打"，除非以打为目的，否则不该这么说的。打，是你们的事；哭，是我的事。他从一开始就成心想听我哭，却只命令"打"，以为一个"打"字就将属于我自由的哭声控制起来了，真不懂礼貌！太不尊重别人的猫格！是欺负猫！假如是那个被主人视为蛇蝎而深恶痛绝的金田老板干出来倒还有情可原；可一向自诩儒雅清白的主人这么干，就显得太卑鄙。不过说心里话，主人还不是那么的小人。因此，发出的这道命令不能说是出于登峰造极的狡诈，我想，更有可能是智商不足而产生的一些卑鄙的念头。他大概轻率地断定：吃饱饭，肚子肯定鼓起来；划个口，血肯定冒出来；杀一刀，肯定一命呜呼；所以才肤浅地断定：打一巴掌，肯定会哭！

对不起，这可不合逻辑，依此类推，会得出这样的结论：掉进河里，肯定要死；吃炸虾，肯定要泻肚；上班，就肯定拿工资；读书，肯定有出息。如此"肯定"下去，有人就会吃不消。假如"打一巴掌，肯定要哭"能成立，我可就麻烦了。如果把我当成一敲就响的报时钟，可就枉我生而为猫了。我先在内心把主人驳斥一通，然后遵命，嗷地哭了一声。

主人问妻子："现在哭了。嗷的一声，这是感叹词还是副词？"

问题提得唐突，妻子一言不发。老实说，我认为主人大概是洗澡导致的内火还没消失！本来就被左邻右舍公认为怪物，甚至断言他是神经病患者。然而主人自信满满，坚持说自己："我没有神经病！世上人才是神经病！"邻居们叫他"狗"，主人却声称"这都是为了维护正义所必需的"，反口叫邻居们"猪"。

实际上主人真是想到处维护正义。但他真没办法。既然是这么一种人，对妻子提出这么个问题，也就不足为奇了，权当是早饭前一段小小插曲罢了。但却有点疯人疯语，于是乎妻子云里雾里，一句话也说不出，我更无言以对。

　　这时主人大喊一声："喂！"

　　妻子慌忙答道："嗳！"

　　"这声'嗳'是感叹词，还是副词？"

　　"谁知道！真无聊，爱是什么是什么！"

　　"爱是什么是什么？这可是眼下国语学者头脑中的重大问题哟！"

　　"哎呀呀！指的是猫叫声吗？烦人！可那猫叫声也不是国语呀！"

　　"因此嘛，才是一门艰深的学问！这叫'比较研究'。"

　　"是呀！"妻子是个聪明人，不和这种麻烦问题打交道，"那么，到底是什么，弄清楚了吗？"

　　"重大问题嘛，不会那么快就弄清的。"说着，主人将那条鱼吧唧吧唧嚼了。顺手把挨着烤鱼的炖猪肉和芋头塞进嘴里。

　　"这是猪肉吧？"

　　"嗳，是猪肉。"

　　"哼！"主人以极大轻蔑的口吻将猪肉咽下，又拿起酒杯，"再喝一杯吧！"

　　"今晚你都醉醺醺了，满脸通红。"

　　"喝嘛……你知道世界上最长的单词是什么？"

　　"是前任关白太政大臣吧？"

　　"那是人名。说的是最长的单词，你知道吗？"

　　"单词？是横写的外文？"

　　"嗯。"

　　"不知道……酒就算了吧，请用饭。嗯？"

　　"不，还喝！告诉你最长的单词吧！"

　　"说完就吃饭。"

"就是archaiomelesidonophrunicherata①。"

"胡说的吧？"

"怎么胡说了？是希腊语。"

"什么语？用日语来说。"

"不知什么意思，只知道怎么写。如果写得长些，可达六寸三左右。"

换作是其他人，这不过是酒桌上的玩笑话。可他却很正经，真是一大奇观，怪不得今夜想要贪杯。平时规定只喝两盅，而今已四杯下肚了。喝两杯他都脸红，现在多了一倍，脸像烧红了的火筷子似的，肯定不好受。可他还想喝，伸出杯来说："再来一杯！"

妻子怕他过量，板着脸说："别再喝了！好吧！自己找罪受。"

"嗯，就算是遭罪，今后你也得学着点。大町桂月怎么说：'喝吧！'"

"桂月又是个什么东西？"看来就算是大名鼎鼎的桂月，碰上女主人也不名一文。

"桂月是当代一流的批评家。他说'喝吧'那就准没错！"

"哪有这个道理！桂月也好，梅月也好，怂恿人喝酒受罪，真是居心不良！"

"不仅叫人喝酒，还鼓励人们多交际，嫖女人，常旅行。"

"这不是更要不得吗？这种货色也能当上一流批评家？哟，天理何在！竟然劝有妇之夫吃喝玩乐……"

"吃喝玩乐有何不可？即使桂月不劝，只要有钱，说不定我也要干呢。"

"没有那种事多幸福！你若是今后也吃喝玩乐！我可受不了！"

"你说受不了，那就不去吃喝玩乐。不过条件是：你必须更尽心尽力地侍候丈夫。而且，晚上要再加点菜。"

"现在已经够努力了。"

"是吗？那么，等有了钱真的要去吃喝玩乐。今晚的酒到此为止吧！"说着他伸出饭碗。

我记得他一连吃了三大碗茶泡饭，而我那天夜里享用了三片猪肉和一个盐烤鱼头。

---

① 出自古希腊早期喜剧代表作家阿里斯托芬的作品《蜂》，意为"可爱的人"。

第八章

对面有棵扁柏树吧？它妨碍视线
就砍掉它。可这一来前边的旅店又碍
事了。把旅店推倒，再前边那户人家
又碍眼。任你推倒多少，也是没有止
境的！

在讲述跑墙运动时，我就有把主人家的这道竹篱描绘一番的想法。你要是以为主人家的竹篱紧挨着邻居，比如南邻有个二郎之类，那可就是天大的误会。这座宅子房租便宜，这符合苦沙弥先生的特色。

先生从来也没和"小"呀、"阿"呀什么的打过交道，比如"小二""阿与"等等，也不曾隔着篱笆跟邻家结下过亲密友谊。竹篱外有三四丈宽空地，空地尽头有五六棵扁柏，从檐廊望去，像是茂密的森林。苦沙弥先生的住所孤苦伶仃立于荒野之中，给人一种一位伴无名一猫安度余生的江湖隐士的错觉。

其实那扁柏并不像我吹嘘的那么茂密。那所徒有其名的雅号为"群鹤馆"的廉价旅馆的廉价屋顶，从扁柏枝叶的空隙就能一览无遗。因此，要想象出苦沙弥先生的风姿，可是没那么容易。不过既然那家旅店号称"群鹤馆"，那先生的居室则完全配得上"卧龙窟"这个名号了。好在给居所命名不用纳税，大家随便起好了。

这三四丈宽的空地，沿着竹篱按东西方向跑出十余丈，忽然拐了个生硬的弯，一下子就围住了卧龙窟的北侧。这北方可是个祸乱之源。

房屋两侧本来都是空地，甚至可以自豪地说："一片空地连着另一片空地。"别说卧龙窟主人，即使我这卧龙窟的猫，眼望这一片片空地也要发愁。如同南边的扁柏声势浩大，北边的七八株梧桐也不甘示弱。梧桐已经有一尺粗，只要把木屐商领来，准能卖个好价钱。然而这就是租户的可悲之处：心有余而力不足！对主人来说，这也够惨的。

前些天校方来了名杂役，砍了一根树枝去，再次光顾时便穿上了崭新桐木大号木屐，毫不隐瞒地吹嘘新木屐就是用上次砍走的梧桐树枝做的。可恶的家伙！

这里的梧桐树对我和主人全家来说，却是一文不值。古语有："怀璧其罪"一说，那么说主人"守着梧桐受穷"，也还通顺吧！这就是说：守着宝藏受穷。其实真正愚蠢的不是主人，也不是我，而是房东传兵卫。梧桐若能开口讲话一定会催促传兵卫："怎么木屐商还没来？"可他却装作不懂，就知道催要每月那点房租。鉴于我的品格，我与传兵卫无冤无仇，就不多说他的坏话。

言归正传。刚才介绍过，"这块空地是祸乱之源"，这话可决不能传进主人的耳朵里，听说就当风刮过的。

说到这片空地，最大的麻烦是没有围墙。一大片空旷之地，任由风来风去，不受约束，更不需要谁的恩准。带来些这，带走些那，随心所欲。所以就此而言，要是简单只说"是"一片，好像不准确，风呀、叶子呀之类的会说我在撒谎。看来应该说"曾经是"才对。但是，任何事情要是想弄个水落石出，那都要追本溯源；而要是不明真相，即使是妙手也难开出妙方来。

这还得从我家主人迁来这里说起。虽说"任风儿畅游"，夏天倒是凉爽；至于戒备，想来教师这样的贫寒之家，盗贼还不至于感兴趣吧。因此，大凡影壁院墙以及木栅栏、枣刺网之类，对我家主人来说，既没有必要，也就多一事不如少一事了。不过，这也不能由我家主人，更不能由我来决定，而是得由对面住的人家，还有周边居住的那些动物来决定。

为此，就得先摸清盘踞在周围的各路君子的底细。在没有弄清楚他们是人还是动物前便称为"君子"，似乎有点太鲁莽。不过大抵是些君子，这是不会错的。不是一直都把盗贼称为"梁上君子"的嘛！

对了，首先可以断定的是，对面那些君子不会找警察麻烦。不过，对面这所号称"落云馆"的私立中学，人数不少，人头攒动的，据说致力于把八百人培养成君子。为此，每月征收两元学费。但要是以为取个"落云馆"的名字，就一定是文雅君子，这也太过轻松了。千万不要相信名号，这是历史可以验证的，例如"群鹤馆中无鹤立"，反倒是"卧龙窟里有猫来"。这个暂且不提也好。

从我家主人苦沙弥这样的疯子身上，就能了解那些号称学者、教师的人是些什么货色，这样你就能对落云馆里的君子等有所判断了。如果实在不能感同身受，那就请来在下主人家住上三天，亲口尝一尝，你就知道梨子的滋味了。

综上所述，总而言之就是刚搬来时那片空地上就没有围墙。落云馆的诸君子像车夫家的大黑猫似的，随意随时闯进梧桐树林，谈话呀，吃饭呀，在嫩竹上打滚儿呀……总之比在自家还随便。还把饭盒的尸首、竹皮、废报纸、废草鞋、废木屐之类的，凡带个"废"字的一概扔在这儿。主人反正也习惯了不修边幅，自然是能泰然处之，真不知他是不知道，还是明知却不想责怪。不过，那些君子随着在学校接受教育的程度加深，渐渐像真正的君子，阴谋逐步从北向南蚕食。假如"蚕食"与君子的雅号不大相称，那就不用也罢。然而，实在是找不到恰当的词儿。还不说这些君子像逐水草而居的游牧民，离了梧桐就奔向扁柏。

扁柏位于主人房屋的正面。非胆大包天的君子，是不敢入侵的。但天长日久，见主人家毫无动静，他们也就变成无所畏惧了。

说到当今社会的效应，再也没有比教育更惊人的了。这些对面接受教育的家伙，渐渐不仅逼近了房屋，而且还在那儿唱起歌来。歌名是什么记不得，但绝不是和歌之类，而是更活泼、更容易入耳的歌，被称为"流行歌曲"。说起来有点丢人，不仅主人，就连我这猫也逐渐佩服起这些君子的才华，不由自主竖起了耳朵。

我想读者也不至于分不清"佩服"与"骚扰"的区别，它们经常是对立的。但这两者居然再次珠联璧合起来，今日回想，还感到遗憾。大约主人也是引以为憾，不得已从书房闯出去，赶他们两三次，说："这儿不是你们厮混的地方，滚远点！"然而，那是些受过教育的人，这么几句吩咐是不会乖乖听的。刚被赶走，他们又回来，回来就唱欢快的歌，高声谈话。而且既然是君子之言嘛，自然别具一格，诸如"你小子""不摸门儿"等话，据说明治维新前原是引车卖浆者的专用行话，到了二十世纪，成为受教育的君子们的官方语言。有人解释说：这与"常人所轻视的运动如今大受欢迎"异曲同工。

这一会儿主人又从书房跑了出来，捉住一个最会说"君子语言"的学生，盘问他"为什么到这儿来"？君子竟然忘了"你小子""不摸门儿"等"高雅"语言，说出了极端下流的话语："以为这里是学校的植物园嘛！"主人告诫他下不为例，放了他。

说"放了"，像放了只小乌龟似的，不大妥当。实际上主人是揪住了君子的衣袖进行谈判。主人心想，把君子这么收拾一通，他们总会规矩些的。可他哪想到，从女娲补天以来，从来事就是与愿相违的。主人又一次失败。君子们转从北侧横跨院庭，从正门穿过。

大门哐啷一声开了，主人以为是有客临门，却听到梧桐树园里传来了欢声笑语。才发现形势不妙，教育的功效这时候就愈发显现了。

可怜的主人，回到书房死守，并毕恭毕敬给落云馆校长修书一封，恳请管束席下弟子。校长郑重复函，声称立刻高筑院墙。不多时三四名工匠就来了，半日工夫就在主人房屋和落云馆边界上筑起三尺许的四道墙来。主人得偿所愿，这下总算放心了。不过，蠢货就是蠢货呀，他又哪里会想到，这等低矮的墙，怎能阻挡住君子所为？

捉弄人倒是一件有趣的事儿。连我这猫都常常捉弄家中的小千金玩呢。所以落云馆的君子们，捉弄昏庸的苦沙弥先生可是一万个应该。对此鸣不平的，恐怕只有被捉弄的人自己了。

从心理学层面分析一下捉弄人者的心理吧，两个要素：（一）被捉弄的人不能满不在乎；（二）捉弄人的人，不论在力量还是在数量上必须占优势。

前几天主人去了一趟动物园，回来后就常提起一件使他深受感动的事。原来是看见大骆驼和小狗崽打架。小狗崽在老骆驼周围快如疾风转着圈叫嚣，骆驼却不介意，依然在背上鼓起驼峰，站住不动。小狗崽发疯般嚎叫，大骆驼还是无动于衷，终于，狗崽厌倦，不再奔跑嚎叫。主人笑那骆驼真是麻木。这个例子用在此很恰当。不管多么会捉弄人的高手，如果对方像骆驼，那就没法捉弄。如果对方过于凶猛，像狮子和老虎，也不会成功，不等捉弄，就被撕得粉碎。最开心的是：一捉弄，他就龇牙瞪眼，干瞪眼，却不敢奈何于我。只有在这种情况下，捉弄人才乐趣横生。

为什么说有趣？原因是多方面的。首先可以消磨时光。要知道寂寞起来了，甚至想数一下胡须多少根。传说古代坐牢的囚徒，烦闷之余，竟在墙上反复画三角形熬岁月。

哎呀，说句心里话吧，这世上再也没有比寂寞更难耐的了。生活要是没有点刺激，也够乏味的。活着可真苦啊！

捉弄人是一种很刺激的娱乐，但要是不能让被捉弄的人有些恼火、焦急或尴尬，就不会有刺激的快感。因此，自古以来，热衷于捉弄人的只有那些昏官样的不懂关爱、看不起人的无聊透顶的家伙，要不就是头脑简单，自私自利的纨绔子弟。

其次，对于那些想要证明自己权威、优越感的人，捉弄人是最简便的方法。当然，杀人、伤人或害人，也能验证。但目的就不一样了，捉弄人对他们来说，只是为杀人、伤人和害人这一目的服务的手段，仅仅只是为了证明自己的强大，是采取手段后必然出现的结果罢了。因此，要想显示自己的优势，又不太加害于人，捉弄是最好的方法。

当然，要是完全不伤害对方，就不能证明自己优越，就算捉弄过后心安理得，也会失去乐趣。人都是自负的。不对，不该自负时也忍不住自负。因此，他们一定要把自己的自负表演给人看。不然就会难受，会欲罢不能。那些不明事理的家伙，那些缺乏自信沉不住气的人，会利用一切机会，达到这种目的。反正就是要证明自己比别人强。有些会点柔道的家伙就是这样，他们时刻想着有机会把别人摔倒在地，哪怕一次也好，是个外行也行，一定要摔倒。他们在街头流连忘返，就是为了达到这个可恶的目的。

此外还有各种各样的，但说来话长，还是就此打住的好。如果还想听，你可以带上一匣鱼干向我请教，我定会知无不言。

依在下拙见，后山的猴子还有对面学校的教师，是最佳捉弄对象。当然，拿学校教师跟后山毛猴子相提并论，的确有失体统——不是对毛猴子，是对教师而言。可二者既然如此相似，那我也没别的办法！

众所周知，现在后山的毛猴都被铁链锁着了，所以张牙舞爪也伤不了人。那些教师，比如苦沙弥先生这样的，虽然没有铁锁在身，也被月薪捆着，任你怎样捉弄都行，绝不会辞职后去打学生。假如是个能有勇气辞职的人，当初就不会去当孩子王。我家主人是教师，他虽然不是落云馆的教师，毕竟也是教师，这毫无疑义。

要想找到一个捉弄对象，我家主人是最适合、最简易、最保险的对象。

落云馆的学生都是少年，捉弄人可以提高他们的身价，因而他们把捉弄人看成教育成果而理直气壮提出要求，甚至认为是应有的权利。不仅如此，这些家伙不捉弄人的话，就会不知道怎样安放他们充满朝气的四肢跟头脑，漫长的假期也会因此无聊透顶。

综上所述，苦沙弥先生是最合适的，不被这些学生捉弄，也会被其他人捉弄。与其舍近求远，还不如就让他们来捉弄好了。不论叫谁来说，这简直就无可厚非到了无可厚非。主人对此发怒，恐怕是混蛋至极、愚蠢透顶吧！下面谨将落云馆学生如何捉弄我家主人，我家主人又如何糊涂透顶，一一描述了敬请诸公过目。

列位都清楚"方格篱笆"是什么玩意儿。那是种通风良好的简易墙，我们猫可以自由自在地从格眼里走来走去。其实有没有方格篱笆，对我们猫来说都是一回事。落云馆的校长建造方格篱笆自然不是为了防备我们猫，他是为了防止自己培养的君子钻来钻去，才请工匠来编制而成的。当然，通风再怎么良好，人也钻不过去。这种用竹子编成的四寸见方的格子，纵使魔术师张世尊，也会束手无策。因此，这道篱笆对于人来说，倒是充分发挥了隔离的作用。

主人一看篱笆墙修好了，就以为从此天下太平。他这也不无道理。然而主人的理论有个大漏洞，比方格眼儿更大，简直连吞舟之鲸都能溜掉。主人是从"垣墙不可逾越"这一逻辑假定出发的。按他的推导，既然是学生，不论怎样的垣墙，只要名之为墙，就绝不用担心他们会逾越。接着，主人又暂且推翻这一假定，得出如下论断：假如有人擅自闯入也不要紧。不论多小的孩子也没有可能从格子眼里钻进来。由此武断得出他又一结论："绝无闯入之忧。"不错，只要他们不是猫，就不可能从篱笆的方格眼穿过，想穿过也办不到。但是跨过、跳过，却不费吹灰之力，甚至是一项很不错的运动，还很有意思。

从筑起篱笆的第二天开始，君子们跟以前一样跳到北侧的空地，只是不再深入到宅子正面。他们来前就利用自己的优势做了测算，算好遭到追击所需的逃走时间。因此，预先计算好了逃跑所需的时间，然后没有被抓的后顾之忧，在空地那四处流窜。他们究竟在干些什么，住东厢房里的人一目了然。想了解他们在北侧空地上的活动情况，只用打开栅门，从相反方向拐个生硬的弯笔直看就是。要不就从厕所的窗口，透过篱笆墙眺望，这样，那里发生的一切就尽收眼底。

不过，就算发现几名敌人也不好捉拿，只能从窗格里骂几声。假如从栅门处迂回奇袭敌阵，那些君子们只要听到脚步声，不等你出现早就溜之大吉了。这简直就和那些无视"海狗禁捕令"的渔船，朝着海狗晒太阳的地方径直开去一样。

在茅房里放哨这种事主人自然是不会干的，也没想过打开栅栏，一有风吹草动就立刻窜出。真想这么干，那就只能辞掉教员工作，专干这种营生，否则是无济于事的。主人的不利是：在书房里，只能闻其声而不能见其人；在茅房窗下，只能见其人，却又奈何不得。

对方看来是掌握了主人的这些弊端，采取了如下策略：当探知主人是在书房闷坐时，他们就放开胆纵情喊叫，冒出来些骂大街的话讥讽主人，而且声音的来处很难确定。乍一听，很难断定是在篱笆内，还是在篱笆外。主人只要一出来，他们要不就是逃之夭夭，要不就是像一直在竹篱外似的。主人如厕时（前文频频使用"厕所"这一脏字眼，非我怎么引以为荣。老实说，是叙述这场战争的必要，才不得已而为之）他们会在梧桐树林那儿徘徊，故意让主人看见。等主人从厕所里发出响彻云霄的高声怒吼时，敌人才开始从容撤退到自己的根据地。敌人的这种战术，让主人狼狈不堪。当他以为敌人侵入了，操起文明杖冲出去，却发现静悄悄的没有一个人影。以为没人了，从厕所窗子一看，分明有一两名学生在那儿啊！主人一会儿绕到后面看，一会儿从厕所里看，转来转去，如此循环往复；可还是要重复下去，我看"疲于奔命"指的就是主人这种样子。主人越来越恼火，于是就开始忘记了自己的职业究竟是教师呢，还是战士。这样的结果就是最终惹下这样一场风波。

"上火"嘛，如字面所示，就是火往上攻。关于这一点，不论是盖伦，还是帕拉塞尔苏斯，甚至是扁鹊，都没异议。只是火攻何处，却存在着问题；并且到底是什么往上攻，这也是争论的焦点。据古时欧洲人的说法，人体内主要循环着的是四种液体。一是"怒液"，它要是上升，人就会大发雷霆；二是"钝液"，它一旦上升了，感觉就会迟钝；三是"忧液"，它多了人就会抑郁；最后是"血液"，它关系到人的活力跟灵敏。

传说随着人类进化，怒液、钝液、忧液不知不觉消失了，只剩血液还在人体内循环。因此，如果一个人"上火"，就只有血液。可血液的量因人而异，各不相同，但大约每人也就平均有五升半①。假如这五升半的血液开始倒流，那么，只有血流到的部位活跃，其他部分则因缺血而冷却。

打个比方吧，这就好比警察局失火了，警察们都赶回局里救火，街上就看不到警察的影子。在医学上，这就叫作"警察上火"。要想治好这种病，必须使血液均匀地在全身流动。那就得让火退下去，方法多种多样。

据说主人的祖先们，采用的是湿毛巾敷头，身子贴在火炉上。《伤寒论》中也有如是说：头冷脚热，乃益寿祛灾也。因此，湿毛巾作为延年益寿法的道具，一日也不可或缺。要不就试一下和尚的方法："定无居所的沙弥，云游四方的行僧，眠于树下石上。"所谓"眠于树下石上"，跟苦修不相干，据说是禅宗六祖边舂米边想出的法子，是用来消火退热的。在石头上坐一下，臀部发凉是吧？臀部一凉，火气自然下降，这也是自然规律，完全不容怀疑。

古往今来，已经有太多除火退热的妙法被提了出来，但遗憾的是，至今仍未想出对付引发上火的良策。一般来说，"上火"是有害无益的，但有些时候，也不一定都是有害无益的。比如有的专业上火就很重要，如不上火就会一事无成，其中最典型的是诗人。诗人之需要火气，犹如轮船之不可缺煤。哪怕一天停止供火，诗人只得垂手待食，重新回到凡夫俗子状态。

因此，上火就是发疯的别名。不发疯，就支撑不住家业，名声会不大好听。但诗人毕竟是诗人，煞有介事商定了一个"灵感"的名词。这样一来更容易蒙骗世上那些缺乏智慧的人。其实那就是上火。柏拉图曾经捧诗人臭脚，把上火称为"神圣的疯狂"。然而再怎么神圣，既然"疯狂"人们就不会理睬。因此，还是像新发明的药名那样，称为灵感对于诗人们更好用一些。但鱼糕的原料是山药，观音菩萨像的素材是一寸八的朽木，

鸡丝汤里是乌鸦肉，牛肉锅里是马肉，所谓灵感，就是上火。所谓上火，就是发疯，那些还没有进巢鸭疯人院的人，因为是临时性的发疯。不过，临时性发疯的制造比较困难，反倒是真疯癫要容易很多。要想只在对纸挥毫时的时间段里发疯，这是不管什么神仙鬼怪，花多大精力也很难制造出来的。既然神鬼不给造，只好自谋生路。

于是从古至今，上火术和消炎术一样使学者们殚精竭虑。有人为获得灵感，每天吃十二个涩柿子。这种办法是基于下述逻辑：吃了涩柿子就要便秘，便秘了火会上攻。还有人拿着滚烫的酒壶，跳进滚烫的澡堂。他们认为在热水里饮热酒，肯定火气上升。按这种理论，如果还不成功，那只有把葡萄酒烧开了跳进去，估计能奏效。可钱是个大问题，此人因为没有钱，终于出师未捷身先死，怪可怜的。

最后有人想出个主意，觉得模仿古人也许能激发灵感。其理论上的根据是这么一种学说：只要模仿某人的举止风貌，长此以往，心理状态也必然如出一辙。就好比像醉鬼那样唠唠叨叨，不知不觉情绪自然也会像醉酒一样。坐禅能坚持一炷香工夫，就会觉得自己变成了和尚。

那么，模仿古代的名家名作，肯定也会具备那些作古了的先辈的风范。传说雨果曾躺在一艘快艇上构思作品，因此，只要坐在船上凝视苍天，就能跟雨果一样激情四射。又传说史蒂文森趴着写小说，因此，只要趴着握笔，就会文思如泉涌。

诸如此类，各色人等，想出了各种不同的办法；之所以至今还没有一个人成功，主要是因为如今人为的激情已成为不可能。真的很遗憾，又无可奈何。但不要紧，迟早自由激起灵感的时机会到来，猫家我为了人类的未来，殷切盼望这一天尽早降临。

关于上火，那就暂且讨论到这里好了！下文是有关事件叙述的经过。要知道任何大事件发生前，一定有个小风波。只谈大事而忽略小事，这是自古以来史学家们的通病。我家主人就属于每当碰上个小风波，头脑就更加发热的人，定会惹出大乱。

因此，不按事物的发展顺序娓娓道来，就难以理解主人究竟是怎样上火的。既然难以理解，主人上火就只落个徒有虚名，说不定世人会对他嗤之以鼻："未必属实吧。"主人难得上一次火，如果不被人们称赞一声"绝妙的上火"，那岂不太让人泄气了吗？

首先声明，下述事件无论大小，对主人都不大光彩。既然不大光彩，一旦上火了却又上得地地道道，不比任何人逊色，那就一定有其独特之处，需要加以说明才行。我主人本来就乏善可陈，要是连上火都不吹嘘一番，可就一无是处了。

聚集在落云馆的敌军，近日发明了达姆弹，于课间休息的十分钟里或者放学后，冲着北方阵地开炮。达姆弹俗称棒球，玩法是这样的：拿一根类似特大研磨棒的大棒，向敌阵一阵猛挥后射出球去。管它达姆不达姆，因为是从落云馆的运动场发射的，自然无须担心会射中躲在书房里的我家主人。即使敌人，也不是不知道这样射程不会太远。这自然是出于战略上的考虑。更何况每发一炮，全军便嗷的一声发出惊天动地的巨响！惶恐之余，主人手脚里流通的血液不得不跟着收缩；烦闷之至，淤积的血液自然要倒流，应该说敌人的计策十分巧妙奏效。

据说古希腊有位剧作家叫埃斯库罗斯，他有一个学者和作家并存的脑袋。我所谓学者和作家并存的脑袋，实际上就是指秃头。为什么头秃了呢？显然是头部营养不良，不能兼顾到头发的生长。学者和作家都太费脑细胞，很穷是大概率，这是注定了的。因此，学者和作家的头颅都营养不良，都光秃秃的。

那么埃斯库罗斯也是作家，自然也要秃头。他有一颗耀眼的金橘头。有一天，这位先生跟往常一样顶着那个脑袋（他的脑袋平时不戴帽，外出不换冠，当然还是那个脑袋了），摇摇晃晃，晃晃悠悠，在阳光照射下走在长街上。他铸成大错的根源就来自这点。远远看去，日光下的秃头比日光还亮。树大都招风，何况是一颗耀眼的秃头。于是，埃斯库罗斯头上盘旋着一只老雕，爪子上还抓着一只不知在什么地方活捉的乌龟。乌龟、老鳖之类当然美味可口。但是，到了希腊时代，无缘无故长出了一层硬壳，这个谁都知道，再美味有了硬盖，也就给品尝增加了难度。带皮烤大虾倒是有的，而时至今日还不曾有过带壳炖小乌龟的，这在当时，更是没有的事了。

这头凶猛的老雕抓着一只乌龟正不知在哪儿落脚，朝下一看看见一个光闪闪的玩意儿，心中一喜：妙啊！如果把爪里这只小乌龟往下面这个光闪闪的小东西上一摔，乌龟壳不就摔碎了？那东西一碎，我就可以俯冲下去享受乌龟肉大餐。真是个好主意，得来全不费功夫。 老雕打定主意，连个招呼也不打，就把小乌龟从空中向埃斯库罗斯的秃头扔了下去。现在谁都知道作家的脑壳没有乌龟壳硬，自然脑瓜就被砸个稀巴烂，著名的埃斯库罗斯也因此呜呼哀哉。

最令人费解的是老雕的居心。它究竟是明知那是作家的头才摔下乌龟的，还是误以为是石头才摔下的？因答案不同，既可以拿老雕和落云馆的学生们做比，也可以说不能相提并论。

主人的头并不像埃斯库罗斯或著名学者的那样闪闪发光。但是，即便只有六铺席子大，既然号称书房，虽然总是打着盹，但把脸埋在一堆深奥的书里，那也只好把他看成近似于学者或作家。看来主人的头之所以没秃，是因为他还没有取得秃头的资格。"不久也要秃的。"这是即将降临的主人的命运吧！

可见落云馆的学生们以主人的头为目标，集中火力进攻，其战术可谓相当优秀。假如持续两个星期进行这样的攻击，主人的头由于攻击带来的持续恐惧和烦闷，必然会引起营养不良，变成金橘、茶壶或铜壶那是很容易的了！再连续吃两周的炮弹，金橘也要粉碎，茶壶也要漏水，铜壶自然也要出现裂缝。居然连显而易见的结果都熟视无睹，反倒一心要决一死战的，除了苦沙弥先生，再无他人。

一天下午，我在檐廊下照例睡午觉，梦见自己变成一只老虎，正虎视眈眈对着主人说："拿鸡肉来！"主人诚惶诚恐地说："是！"战战兢兢拿来鸡肉。

迷亭先生也来了。我说："你去飞禽餐馆叫一道雁肉来！我现在想吃。"迷亭就照例开始胡说八道："把酱菜和咸煎饼掺合起来，就有雁肉味。"

我张开血盆大口怒吼一声，吓得迷亭脸色苍白："山下做雁肉火锅那家已经关门，这可如何是好？"

我说："那就将就来点牛肉。快到西川肉铺去拿一斤牛肉里脊来！快去快回，不然先把你吃了。"

迷亭披起大襟疾驰而去。我突然体魄变大，一躺下，就把整个檐廊都占满了。正在等迷亭归来，屋内突然发出一声巨响，惊醒了我牛肉大餐的美梦。

主人方才还一直在给我叩头，现在想不到他竟从厕所里蹿出，照我的小肚子一脚。我惨叫了一声，他已经趿拉着轻便木屐从栅栏门绕过去，向落云馆奔去。我迅速缩小了身子，重新变回猫，有些沮丧，也有点好笑。但主人气势汹汹，小腹又被他踹了一脚，疼死了，老虎、大雁肉、牛肉里脊全都灰飞烟灭。此时，主人正出马和敌人交战，那可比什么都有意思！于是我忍痛跟上，走出便门。这时，只听主人一声断喝："强盗！"但见一个十八九岁戴学生帽的小子正往篱笆墙外跳。我心想："他算跑不掉了！"可那小子跑起来像飞毛腿韦驮天王，一转眼就跑回根据地去了。

主人以为大骂"强盗"获得大捷，便又呐喊着"强盗"，跟踪追击。不过很显然，想要追上敌人就必须跳过篱笆。一旦超过范围，追强盗的主人也就成了强盗。如上所述，主人是个出色的上火专家。他似乎以为穷寇很容易追，看上去大有一副老夫宁可为寇，也要将剩勇用完的气概。他毫无鸣金收兵之意，直冲到篱笆根下。

就在这千钧一发之际，蓄着稀疏蓬乱小胡子的将军从敌军中大摇大摆地出马。于是，二人以篱笆为界进行谈判。仔细听，原来是如下无聊的争辩。

"他是我校的学生！"

"他哪像个学生！为什么擅闯他人住宅？"

"不是，是刚才球飞过去了。"

"为什么不先打招呼就进来拿球？"

"今后注意。"

"那就算了吧！"

本以为将会是一番龙争虎斗，殊不知竟然以散文式的谈判草草收场。看来主人不过是虚张声势，一旦交锋，无非就是这样了结，太像我从"梦中虎"还原为"醒来猫"了。我所谓"小小风波"，正是诸如此类。小风波既已叙罢，按顺序，势必要来一桩大事件了。

主人敞着客室纸屏趴在床上，看上去若有所思。大约是在苦思冥想对敌之策吧！落云馆正在上课，运动场空旷安静。校舍的某室在讲授伦理学，声音清晰可辨。听那铿锵悦耳的声音、条理清晰的口才，正是昨日敌营出马担负谈判重任的那位将军。

"……所以，讲公德，至为重要。西方不论法国、德国或英国，没有一个不讲公德；而且，不论多下流的家伙，都没有不重视公德的。在这一点，我们无法跟这些国家比，这真是可悲！也许你们中间有人以为公德是新近从外国输入的。这种想法大错而特错。古人云：'夫子之道，一以贯之，忠恕而已矣。'其中的'恕'字，正是指的'公德'。我也是人，有时也很想纵情唱一下歌或者别的，读书时，听到邻室高歌，就没法读下去，这是我的性格造成的。因此，每当觉得高声吟咏《唐诗选》才开心时，心里就想：假如隔壁住的也是个像我一样怕吵闹的人，这样岂不是打搅了人家，于是就会心生愧疚。这时候，我总是要克己的。依此类推，诸君也应尽量遵守公德。假如自己觉得是有碍于他人的事，就决不要去做……"

主人在那儿洗耳恭听，听到这里，不禁哧哧笑了。我想有必要对主人嗤笑的含义做点交代。如果讽刺家读了这段文字，一定会以为这嗤笑有冷嘲的成分。主人可不是品格很坏的人，说坏还不如说他智力不够发达。主人为什么笑？实际上是因为高兴。

多亏伦理学老师这番谆谆教诲，今后一定可以再也不用被达姆弹扫射，那么脑袋暂时也不用秃。虽然上火的毛病无法立刻根除，但总会逐渐康复！这样一想，多半就算不头蒙湿毛巾顶在暖炉上，也不睡在树下石板上，也不会有什么事了，因此才哧哧笑了。到了二十世纪的今天，在下主人还认为"欠债必还"。想到这，就能理解他为什么认真听完上述讲话而发笑了。

看来是下课时间到了，讲话声停了下来。我发现所有教室都是一起下课，所以才会在短时间内突然出现这样像是八百雄兵齐声呐喊着冲出校舍的奇观，简直就像是打掉了树上一个马蜂窝，呜呜、嗡嗡……从所有的门，一切敞开的门，蜂拥而出。大乱就是由此开始的。

先从马蜂窝说起。以为这种战争还需要什么阵地，那就大错特错了。提起战争，一般人会以为那只是在奉天或旅顺，似乎除此之外便无战事。至于爱好史诗的野蛮人，一味联想那些夸大渲染了的战斗场面，什么阿喀琉斯拖着赫克托尔在特洛伊绕城三匝了，燕人张飞站在长坂坡桥上横起丈八长矛，喝退百万曹兵。随他们去联想好了，可以为再也没有别的战事那就有点不公平。

在蒙昧时期有过上述那种荒唐的战争。在太平盛世的今天，在大日本国京城的中心，那种野蛮行为已经不可能出现。学生们无论如何骚动，其凶狠也不会比火烧警察署厉害吧？照此看，将卧龙窟主人苦沙弥先生和落云馆八百健儿的战争，忝列东京城有史以来大战之一，并不过分。

既然左丘明写鄢陵之战，先从敌军营寨下笔，而且自古以来精于记叙的大师都用这种方法，因此，我首先来描述下敌军排兵布阵，也算常理之中吧！

首先是敌方，在篱笆墙外排出一列纵队，想来这是先锋诱饵，任务是诱我主人跨入战斗圈。敌人吵吵嚷嚷："不服？""不服，不服！""糟了，糟了！""他不出来！""没溜吗？""不会溜的。""叫两声给他听听！""嗷，嗷！""汪，汪，汪"……随后是全体一片呐喊。

右边操场上，有炮队选了个险要之地设阵。一名将领手握大号研磨棒，面对卧龙窟伺机出击。他对面站着一个人，研磨棒后面朝卧龙窟也笔直站着一个人。这些可能都是炮手吧。据说，这是在练习棒球，不是做战斗准备。我是个球盲，不知棒球为何物。不过，据悉是从美国引进的一种游戏，在中学以上的学校，目前是最流行的体育项目。

美国是个花花点子超级多的国家，很可能觉得把这种容易被看成是炮弹，而且侵扰四邻的游戏教给日本，才显得有感情哩！还有，美国人是把这当成一种运动和游戏，既然游戏都具有如此强大的扰民威力，那要是炮弹，威力更是可想而知。据我观察的结果来看：美国人是想借此运动之名，收炮击之功。人嘴两层皮，怎么说都有理。既然有人能借慈悲之名，行欺诈之实，口说灵感，实则上火，那谁也保证不了这玩棒球不会爆发战争。别人指的是世上普通的棒球运动，而我前边叙述的炮战，是特殊场合下的棒球，即攻城炮战术。

下文再介绍一下达姆弹的发射方法。一字排开的炮兵行列中，有一人右手抓着达姆弹，向拿大棒的人发射过去。至于这达姆弹用什么材料制成，局外人不得而知。它是用皮革精心缝制而成，像个坚硬的石球。炮弹一旦离开炮手的手，就风驰电掣般飞了出去。站在对面的人使出吃奶的力气抢起那根研磨棒，将炮弹击回，有时打不中，炮弹就越过这人飞了过去。但通常都能砰的一声将炮弹击打回去，飞回的炮弹来势更猛，我看用来敲开我家神经性胃炎主人的脑瓜，倒是不在话下。

炮手们的发射与击打已经足够让我家主人吃不消了，再加上一大群凑热闹兼援兵的家伙。每次木棒打中那个圆球发出砰的一声后，就会鼓掌叫器，声音震耳欲聋："好哇，好哇！""打中了吧？""还不够劲儿吗？""不害怕吗？""认输了吗？"

如果仅仅是这样，问题还不是很大。问题是被打回去的炮弹，三发必有一发飞进卧龙窟院内。看来他们是把这卧龙窟当作目标了，飞不进去就是没有击中。近来各地都在制造达姆弹，价格十分昂贵。虽然是战争期间，也很难大量供应；大体上一个炮队发给一至二个，这么贵重的炮弹当然不能随便就消耗掉。

于是，他们又专门成立了一支"拾球部队"，负责把炮弹捡回。假如球落的地点好些，拾回倒也不费力气；一旦落在草原或院落里，那就不那么容易了。平时练习时君子们总是尽量让球落在容易拾到的地方，而此时，因为球手之意不在玩，而在于战，所以他们故意把达姆弹射进主人院落。既然球射进了院内，自然要进院拾球。进院最简便的办法就是翻过方格篱笆，只要他们在方格篱笆之内喧哗，主人就非发火不可，否则就只能认输告饶；劳心过度，头也就日渐变秃。

刚刚敌军发出的一炮，就准确越过方格篱笆，打落梧桐树一片叶子，命中第二道城墙竹篱，发出很大的声音。牛顿第一定律说：如无外界阻力，物体一旦飞出，就会保持匀速直线运动不停飞行。假如这棒球的动态只受这定律的约束，那么主人的脑袋，此时此刻就已经遭到了和埃斯库罗斯的头同样的命运了。

幸而牛顿在规定了第一定律的同时，又规定了一个第二定律，才使主人的头免于破裂之灾。牛顿运动第二定律是："物体加速度的大小与作用力成正比，方向跟作用力的方向相同。"这究竟说的是些什么？有点深奥了，恕在下很难弄懂，不过，那达姆弹倒的确没有穿过竹篱，撞破纸屏，砸碎主人的脑袋。由此看来，必然是牛顿的功劳了。

不多时，敌军果然有人跳进院内，用棒子四处敲打竹叶："是这儿？""更靠左些？"……如果敌军是倾巢而出，跳进院来找达姆弹，一定会大喊大叫。悄悄进来，悄悄拾球，那是达不到主要目的的。达姆弹珍贵，可捉弄主人更珍贵。他们已经听到达姆弹撞击竹墙的声音，判断出击中的部位，大致确定了弹着点。所以说，如果想规规矩矩地拾弹，要拾多少都不在话下。按莱布尼茨的定义："空间是为了显示物质之间的排序。"一、二、三、四、五……总是依次排开。柳树之下，必有泥鳅；蝙蝠之上，当然是弯月。至于墙根有球，也许不大协调吧。但在这些天天往主人院内发射达姆弹的人们眼里，已经习惯如此排列的空间。那么，故意这样闹得人声鼎沸，就只能是在向主人发起挑战。

既然如此，主人只得出马应战了。刚才还是听着伦理课咻咻笑的主人，此时愤然而起，猛冲前去，活捉了一名敌兵。这在主人可是一件奇功；可问题是一看，原来是个十四五岁的孩子，列为长胡子主人之敌，未免有点不够体面。不过呢，主人也许觉得再也无法宽容了，就把一再道歉的孩子硬是拉到檐廊下。

在此有必要对敌人的战术做一下分析。敌军昨天见识过主人的嚣张。认为今天也一定会亲自出马。那时，万一来不及逃走，被抓住也不过是个孩子，他们一定是想，派个一年级或二年级的孩子去拾球更能避开我家主人雷霆之怒的锋芒吧。而且，就算小孩被主人抓住，唠唠叨叨纠缠不休，对于落云馆的名声也伤害不大。

可主人就会落得个大人欺负小孩子的笑名。作为普通人这样设想，倒也无可厚非。不过，敌人忽略了对手不是个普通人这一事实。主人如果具备普通人的那么一点常识，昨天就不会跳出来。历史经验告诉我们，上火，能使普通人变成非凡者，将常识变为荒唐。当人分得清谁是女人、小孩、车夫、马夫时，还不足以以"上火"炫耀于世。假如不是像主人这样老谋深算，活捉一名中学一年级学生当人质，是不足以跻身上火专家之列的。可怜的是俘虏，他不过是遵命充当拾球的杂役，而不幸遭到神经异常的敌将上火天才的穷追猛打，以至于来不及逾墙而逃被俘拖到庭前。如此一来，敌兵如何也不能眼睁睁地看着自己战友受辱，他们争先恐后翻过方格篱笆，从木栅门闯进院子。人数约有一打，排在主人面前。有的穿白衬衫，挽起袖子，叉着胳膊；有的光脊梁，将绒衣搭在肩上；有的光着脚穿鞋，裤腿挽得高高的，看来像是要到近处救火似的。个个都像以一当十的勇将，肤黑气壮，筋肉发达，仿佛在说："吾乃丹波国好汉，昨夜自竹山来也①。"其中还有个漂亮小生，白帆布上衣镶着黑边，前胸正中绣着黑色花纹。把这些人送进中学，叫他们求学，太可惜了。私以为，让他们去做渔夫或水手，大概更利国利民吧！

　　这些人在主人面前列队而立，一言不发。主人也不开口。一时双方怒目而视，目光中都带着几分杀气。

　　"你们是强盗？"主人气势汹汹大喝道，那样子就像是刚用大牙咬响了冲天炮，烈火正从鼻孔往外喷的战士，鼻翼猛烈扇动。越后地区的狮子头像的鼻子，大约就是照人发怒时的样子设计的，否则不会那么吓人。

　　"我们不是强盗，是落云馆的学生！"

　　"胡扯！落云馆的学生，岂能擅自侵入他人住宅？"

　　"我们戴着制帽，有校徽呀！！"

　　"冒牌吧？既是落云馆的学生，为什么擅自侵入？"

　　"因为球飞进来了。"

　　"为什么球会飞进来？"

　　"可它就飞进来了嘛。"

　　"混账东西！"

　　"下不为例，这一回就饶了我们吧！"

---

① 此山在丹波国境内，旧传山中有野人，后人遂将"自竹山来"当作没见过世面的粗野之人初次进城的代称。

"对来历不明的人翻墙入室，会轻易放走？"

"我们是落云馆的学生，这是没错的。"

"既是落云馆的学生，你们几年级？"

"三年级。"

"说准了？"

"是的。"

主人回头朝屋里喊道："喂，来人，来人！"

埼玉县出生的女仆拉开纸格门，应声而出。

"到落云馆去带一个人来！"

"把谁带来？"

"谁都行，给我带来！"

女仆虽然应了一声"是"，但看光景奇怪，出使的目的不明，当然还是事件的经过自始至终都太无聊，她就一下子忐忑不安起来，只好讪笑着。主人却巴不得来一场激烈的大战，把这上火的本事充分展示一下。关键时刻，自己的用人当然应该同仇敌忾。但她不仅不以严肃的态度对待，反而在一旁哧哧笑，这让主人想不烈火攻头都不行。

"不是告诉你了？谁都行，叫一个来！听不懂？管他校长、干事，还是首席教师……"

"把校长先生……"女仆只知道有校长。

"不是告诉你了吗？管他是校长、干事，还是首席教师！听不懂吗？"

"要是谁都不在，叫个杂役来行吗？"

"岂有此理！杂役懂个屁！"

事已至此，女仆见箭在弦上不得不发，便应一声出发了。只是出使的目的依旧是稀里糊涂的。主人正担心可能只能叫来个杂役，却见那个讲伦理学的老师出现在正门外。主人请他入座，等他安然落座了就立刻开始谈判。

"适才这小厮擅入敝宅……"用的是《忠臣榜》戏曲里的古老道白，略带讥讽收尾说，"确实是贵校的学生吧？"

伦理课教师毫无惧色，泰然自若地将站在庭前的勇士们扫了一眼，又将眼珠对准主人，做了如下答辩。

"是的，都是敝校学生。我们一直教育学生不要这样，可他们总是不听话……你们为什么跳过墙来？"

学生毕竟是学生，面对伦理课老师都规规矩矩地挤在院落的一隅，一言不发，像羊群遇上了大雪。

主人说："球飞了进来。倒也是难免的事嘛！既然与学校比邻，总要不时有球飞进院里来的嘛！不过……他们太凶了。即使翻过墙来，也别出声，偷偷把球捡去，也还可以饶恕……"

"所言极是。敝校尽管一再告诫，怎奈人多手杂……今后加倍注意。如果球飞进了院子，必须从正门进，打个招呼再去拾球。听见了吗？……学校太大，总是叫人操心，没办法。不过，运动是教育上必需的课程，总不好禁止的。可是一允许，就惹出麻烦来。这一点，无论如何请多多原谅。另一方面，今后一定从正门进院，打个招呼再拾球。"

"好，既然这么通情达理，那就好说。不论投进来多少球都无妨的，只要从正门进来，知会一声，也就算不了什么。那么，这学生交给你，托你带回去吧！噢，有劳大驾，对不起了！"

照例是致歉，照例是虎头蛇尾的言辞。伦理课老师带着丹波国的好汉从正门回到落云馆。

我所谓"大事件"，至此告一段落。如果想笑"这算得了什么大事件"那就笑好了。顶多说这不是笑的人的大事件。可我叙述的是我家主人，大事件也是属于他的，而不是笑的人的。要是谁骂主人"虎头蛇尾""强弩之末"，我这里可要奉劝他不要忘记，这正是主人的特色；更不要忘记，主人之所以能成为滑稽小说的主人翁，也正是因为具备这样的特色。如果批评主人竟和十四五岁的孩子过不去太愚蠢，这我也是同意的。大町桂月就曾抓住主人说："你还没有去掉孩子气？"

我先前写完了小风波，现在又写完了大事件，下面想叙述一下事件的余波，作为全篇的结尾。

我所记录下的这些，读者也许会以为是信口开河！但我保证，我不是个轻佻的猫。如果你认真仔细去品读，就会发现我这字里行间处处藏着宇宙的巨大哲理,这无须赘言。看看这一字一句,井然有序,首尾之呼应,前后之对照,认为是琐谈闲话而随手翻阅的读者会精神为之一振,发现成了难懂的经典之作。前提是决不容许躺着或伸着腿一目十行这样的丑陋表演,据说柳宗元每读韩愈的文章,都会先用蔷薇花泡水净手。那么,但愿读者至少能掏腰包买本刊登我这文字的杂志,千万不可做那种没规矩的事,从朋友那里借书看。

接下来是我所说的"余波"。假如有人认为"既是余波,自然无足轻重,无须精读",那他一定会追悔莫及。必须从头至尾,细心精读才是。

发生大事件的第二天,我想到门外散散步。只见金田老板和铃木藤十郎先生在对面巷角站着谈话。大致的前因后果是这样的:金田老板驱车回府,铃木先生访金田未遇准备离开,两人就在巷子角落邂逅了。

近来金田府上平安无事,因此我很少去走动。刚才一见熟人的面,又有些怀念。与铃木先生阔别已久,不妨暗暗跟踪好一睹尊颜。

决心已下,我便徐徐靠近二公伫立之处,他们的对话自然都传进了我的耳鼓。这并非我的罪过,全都是他们谈话的内容不好。金田老板既然不是个"有良心的人",能派密探去侦查主人的动向,那么我偶然窃听他的谈话,他还不至于为此恼羞吧?就算是恼羞了,也只说明他对"公平"二字不甚了了。

总之,我听了二位的谈话。这里需要申明一下,不是想要听才听的。压根儿没想听,是那谈话自己钻进我耳朵的。

"刚才去过府上。真是巧遇!"藤十郎先生毕恭毕敬弯腰施礼。

"是吗?说真的,我正想见见你呢。来得好!"

"噢?真巧。有何吩咐?"

"哪里,没什么大不了的。不过,这事虽说怎么都行,可除了你,别人是办不成的。"

"只要我力所能及,一定效命!请问什么事?"

"唔……这……"金田老板在思索。

"要是不便说,那就在方便的时候我再来拜访。您看哪天合适?"

"没什么太大的事……那么,既然难得谋面,就有求于你了。"

"请不要客气……"

"就是那个怪人！你的老友，是叫苦沙弥吧……"

"是的。苦沙弥怎么了？"

"不，也没怎么。只是闹那个事件之后，我心绪不太好。"

"说得对。这全怪苦沙弥太傲慢……本应该看清自己的身份，可他简直就是目中无人！"

"就是啊。说什么'不向金钱低头''实业家算个屁'等等，种种狂话，我想，那就让他尝尝实业家的厉害！他这一阵子被治得收敛些了，但还很顽固，真是头犟骡子。"

"对对，就是个不识好歹的家伙，不过是在逞能罢了！他以前就有这毛病，自己吃了亏也一点都不知道，真是不可理喻。"

"啊，哈哈哈……的确是不可理喻。我变换着法子，叫学生们熊了他一通。"

"这主意妙！效果如何呀？"

"那个家伙应该很尴尬，不用多久，肯定会告饶的。"

"那才好呢。再神气毕竟寡不敌众呀！"

"没错。孤家寡人，怎么抵挡得住！因此，他似乎有所收敛。不过，究竟如何，我想求你去看看。"

"噢，这有何难，我立刻就去。情况嘛，回来向您报告。那么顽固的人居然意气消沉，一定是大有看头。"

"好，回头见，我等着你。"

"那先失陪了。"

嚯，这阴谋，实业家果然势力大。不论是让最近形同枯槁的主人上火，还是让主人苦闷得脑袋变成苍蝇都会失足的危险之地，要不就是让主人的头颅遭到埃斯库罗斯同样的厄运，无不展现出实业家的神威。我不太清楚使地球旋转的究竟是什么力量，但知道使社会运转的的确是金钱。熟悉金钱的功能并能自由发挥金钱威力的，除了实业家，恐怕再没有别人。连太阳能够东升西落，看来也都是托了实业家的福。

我一直生活在一个不谙世事的穷酸夫子府上，对实业家的功德一无所知，自己也开始觉得是一大憾事。不过我想，就算顽固不化的主人，这回也不能不多少有所醒悟。如果还是顽抗到底，那可就危险了，连一向最珍惜的生命都岌岌可危。不知他见了铃木先生会说些什么，闻其声便自然可知其觉醒程度。废话少说！在下虽然是猫，对主人却十分关心。那这就告辞铃木先生，先行一步回家去了。

铃木先生是个擅于周旋的人。今天他对金田老板吩咐过的事只字不提，兴致勃勃拉起了家常。

"你面色可不大好，没什么不舒服吧？"

"没有呀！"

"看上去很苍白呀！不当心点可不行，时令不好嘛。夜里睡得着吗？"

"嗯。"

"有什么挂心事吧？只要我能办到，一定效劳！别客气，有就说出来！"

"挂心事？挂心什么？"

"没有最好，我是说假如。忧虑最伤身体呀！愉快轻松度日为上策，我总觉得你有点消沉。"

"笑也最伤身子，有的人因为狂笑送命了呢。"

"别开玩笑！俗语说：'笑门开，洪福来。'"

"你恐怕不知道，古希腊有个名叫克里希帕斯的哲学家。"

"不知道。他怎么了？"

"他笑死了。"

"噢？新鲜！不过，这是早些年的事……"

"早些年也好，如今也好，还不一样？他看见毛驴吃银碗里的无花果，觉得滑稽，忍不住大笑。他怎么也不能让自己不笑，于是笑死了。"

"哈哈……不过，他还真是不该那么不节制地大笑。微笑……适当地……这才最快活。"

铃木正在研究主人的神情，正门突然哗的一声开了。主人以为是有客登门。

"球落进院子了，请允许我去取。"

女仆从厨房里应了一声："请！"学生便绕到后门去了。铃木愣着问："这是怎么回事？"

"是房后的学生把球打进院里来了。"

"房后的学生？后边有学校吗？"

"有一所叫落云馆的学校。"

"学校呀。吵闹得很吧？"

"提什么吵闹不吵闹！很难看得下书去哟。我如果是文部大臣，早就下令关闭它了。"

"哈哈哈，火气不小呀！有什么伤脑筋的事吗？"

"别提了。从早到晚一直是生闷气！"

"既然那么招人烦，不如干脆搬家吧。"

"鬼才搬家呢。岂有此理！"

"对我发火有什么用！唉，是些小孩子嘛，置之不理就完事了。"

"你行，我可不行。昨天找他们的老师来谈判过了。"

"这倒很有意思。他们害怕了吧？"

"嗯。"

这时，门又开了，又进来个学生说："球落进了院子，请允许我去取！"

"啊，来得真勤。喂，又是球。"

"哼，约定他们要走正门来捡的。"

"怪不得来得这么勤。懂了。"

"懂什么？"

"就是懂了来捡球的原因。"

"今天到现在是第十六次了。"

"你不嫌麻烦？不叫他们进来多好！"

"不叫他们进来？可他们要来呀，有什么办法！"

"既然没办法，也只有如此了。话说回来，你别那么固执了。人一有棱角，在人世上周旋，就会又吃苦又吃亏呀！圆滑的人滴溜溜转，转到哪儿都吃得开；而有棱有角的，不仅累，而且转动一次，就要磨得很疼。世界毕竟不属于个人专有，别人不会让你事事如意呀！不管怎么说，跟有钱人作对总要吃亏，伤身动气，搞坏身体，没人说个好，人家还满不在乎，坐在家里动动嘴就把事办了，俗话说'胳膊拧不过大腿'。有点固执倒也没什么，但顽固到底就会影响自己的生活、工作，到头来自讨苦吃！"

"对不起，刚才球飞进来了，我转到便门去捡球可以吗？"

"呵，又来了！"铃木笑了起来。

"真无礼呀！"主人气得满脸通红。

铃木感觉自己差不多完成了使命，起身告辞道："那么告辞了。有空来串门。"接踵而至的是甘木先生。

自古以来，鲜有自称"上火专家"者，主人感到"有点不对头"时，火已经越过了高高的悬崖。在昨天的大事件中，主人的上火已经登峰造极。尽管后来的谈判虎头蛇尾，但总算收了场。那一晚上他在书房思量，终于发觉事情有点不大对头。

当然，是落云馆还是自己不对头，还未可知。但事情不大对头，是无疑的。他想：尽管跟这中学比邻而居，像这样不停惹事让自己上火，好像不那么简单了。既然不对头了，就得想个主意，可想什么主意也没用，只得服下医生给的药，对制造肝火的制造商贿赂一下，聊以抚慰。念及此，就想到了请甘木医生。贤愚姑且不论，他意识到自己已经上火，还想到了治疗，只此一点，其志可嘉，其意难得。

甘木医生依旧面带笑容，十分沉稳："怎么样？"医生大抵都要问这样一声"怎么样"的，我可信不过那些不问"怎么样"的医生。

"怎么也不见好呢！"

"嗯？怎么会呢？"

"医生给的药到底有没有效？"

甘木医生也有点吃惊。可他是一位温厚的长者，缓缓地说："不会没有效力的。"

"可我的胃病，不论吃多少药，也还是不见起色！"

"绝对不会！"

"不会？那就是稍微见效？"胃病长在自己身上，却问起别人来。

"不会好得那么快，慢慢会好起来的。现在就好多了。"

"是吗？"

"又动了肝火？"

"动了。连做梦都生气。"

"稍微运动运动才好。"

"一运动，更火上浇油！"

甘木医生目瞪口呆："喂，让我瞧瞧！"

检查开始了。好半天不见完事，主人等得不耐烦，突然高声问："医生！前些天我读了介绍催眠术的书，书上说，采用催眠术能治好各种疾病，是真的吗？"

"是啊，是有那么治的。"

"现在也在这么治？"

"有的。"

"催眠术难不难？"

"容易。我也常催。"

"先生也常催？"

"呃，要不给你也试试？按理说，人人都必须接受催眠术。只要你同意，就催一催！"

"有意思。那就给我催一下吧。我早就想催。不过要是催完醒不过来可就糟了！"

"怎么可能！那么开始吧！"

谈判的结果，主人接受催眠术。我还从没见识过催眠，不免有点心里痒痒的，赶忙蹲在墙脚看热闹。医生从主人的眼睛开始催眠。具体方法是：将上眼皮从上往下揉。

尽管主人已经闭上眼了，医生还是朝一个方向揉弄他的眼皮褶皱。一会儿后医生说："这样一摩挲眼皮，渐渐眼皮沉了吧？"

主人回答："沉了。"

医生继续摩挲主人眼皮："眼皮很沉了。没事吧？"

主人也许真被催眠了，一句话也不说。按摩术又进行了三四分钟。最后甘木医生说："眼睛睁不开啰！"

可怜的主人！眼睛终于死死闭住了。

"再也睁不开了？"主人问。

"嗯，再也睁不开了。"医生说。

主人闭着眼。起初我以为主人被催眠了，可隔了会儿医生说："能睁开你就睁一下试试。可毕竟是睁不开的呀！"

"是吗？"不等主人的话音落地，他的眼睛像平常一样睁开了。

主人笑说："催眠不成功啊！"

甘木医生也同样笑说："是的，不成功。"

催眠术以失败告终，甘木医生走了。

甘木医生刚走，紧接着又来了一位。主人府上从没来过这么多的客人，这在跟人没有来往的主人家来说，真不可思议。然而这次来的客货真价实，还是稀客。接下来我没漏掉稀客的一言一行，这不光是因为他是稀客。

综上所述，我是在记录那大事件的余波，而这位稀客却是在提供事件余波的素材。不知道他叫什么名字。只大致描述下这是个长脸、留两撇山羊胡、四十岁左右的男子，也就够了！与迷亭这位美学家比，我要称他为哲学家。为什么这样说呢？我可不像迷亭那样胡吹，只是看他和主人谈话时的风度，让人觉得他像哲学家。好像也是主人的老同学，看二人对话十分融洽。

"提起迷亭嘛，他像喂金鱼的麸子，在池面上漂浮。前些天他领个朋友，路过素昧平生的贵族家门前，他进门去讨碗茶喝，硬把他那位朋友也拖了进去。真够不见外的。"

"后事如何？"

"后事如何？我可没有问过。是啊，大概是个天生怪人吧！不过没有思想，空皮囊一副，是喂金鱼的麸子。铃木？他来过？嗨！这人不明事理，人情世故倒圆滑，是个戴金壳表的材料。但太浅薄，不稳重，废料一块。他常说要圆滑些、圆滑些。可何谓圆滑压根儿不懂。如果迷亭是喂金鱼的麸子，铃木就是用草绳绑的凉粉，滑得很，还总啰唆个没完。"

主人听了似乎觉得精辟绝妙，破例哈哈大笑起来。我都不记得他上一次这样大笑是何时了。

"那么你是什么？"

"我？像我这样的……充其量不过是个野生的山药蛋，长大埋在土里。"

"你好像一直怡然自得，优哉游哉，真叫人羡慕啊！"

"哪里！和平常人一样，没什么可羡慕的。值得庆幸的是我无心羡慕别人，唯这一点还好。"

"手头还宽裕吧？"

"哪里，还是老样子紧紧巴巴的。不过，没有饿肚子，死不了，不值一提！"

"找不痛快，闷气难忍，看什么都有牢骚。"

"牢骚也好嘛！如果有牢骚就发，一时心情会好些的。人嘛，各有千秋。即使哀求别人都变成你那样的人，也不可能。虽说要是不跟别人一样拿着筷子就吃不成饭，但面包还是自己切的最好吃。在高级服装店定做衣服，会做一身穿上就合体的；在普通服装店定做，不将就着穿段时间是不行的。不过，社会可是件做得很精致的服装，穿来穿去，西服就主动适应了人的身材了。假如是上等爹妈，本领过硬，把我们生得适应这个社会，那就幸福了。如果生得不合要求，那就只有两条路：或者自愿与世格格不入，或者忍受到跟社会合拍时为止。"

"但如我者流，永远也不会与社会合拍，真可怕。"

"太不合身的西装，如果硬穿就会撑破。吵架了，自杀了，暴动了。不过拿你来说，只是感到无聊而已，不会自杀；连吵架的事也不会有的，还算混得下去呀。"

"可我现在正整天吵架呢！即使对方不出现，只要生气，就算是吵架吧！"

"的确，这叫单人吵架，有意思，吵多少次都无妨的。"

"我有些腻了！"

"那就不吵为好。"

"不如这么说吧！我自己的心，可并不怎么听我的话。"

"唉，到底什么事使你这样牢骚满腹？"

主人把落云馆事件说了，接着把今户窑的狗獾子、津木乒助、福地基沙戈，还有其他一大堆的不平，通通对哲学家一一道来。

哲学家漠然听着，终于开口对主人作如下表述："乒助和基沙戈们管他说些什么，佯作不知就行了嘛，反正够无聊的。至于中学生，置之不理嘛。怎么？害着你了？可是谈也好，吵也罢，妨害不是依然没解除吗？就这点来说，我觉得古代日本人比西方人要伟大得多。西方人最近流行这么一句话：'积极'，但是这有很大的不足。

"首先说什么'积极'，那是没边儿的事呀！任凭你积极干多久，也达不到如意或完美。对面有棵扁柏树吧？它妨碍视线就砍掉它。可这一来前边的旅店又碍事了。把旅店推倒，再前边那户人家又碍眼。任你推倒多少，也是没有止境的！西方人的干法，全是这一套。拿破仑也好，亚历山大也好，没有一个人胜了一次便心满意足。总嫌别人碍眼。吵，对方不沉默，到法院去告。官司打赢了，以为这下子会满足，错了。任凭你苦苦追求'心满意足'，有如愿以偿吗？寡头政治不好，就改代议制。代议制不好，就再换个什么制。河水泛滥了，就架桥；山挡路，就挖个洞；交通不便就修铁路。可人类能多大程度满足自己的欲望呢？西方文明也许是积极进取的，但那毕竟是失意的人创造出来的文明。至于日本文明并不以改变外界事物以求满足。日本和西方文明最大的区别就在于：日本文明是在'不根本改变周围环境'这一假设的前提下发展起来的。父亲和子女处不来，不能像西方人那样改善关系，以求安宁。亲子关系必须保持固有状态，不可改变；只能在维护这种关系的前提下，谋求安定。夫妻君臣之间的关系，武士与商人的界限以及自然观，莫不如此……高山挡住了去路，去不成邻国，那就不要去想着推倒这座大山，而是磨炼自己不去邻国也能混下去的功夫。所以佛家也好，儒家也好，都是以这个根本为基础的。

"不管你如何了不起，世上毕竟不可能都万事如意。既不能使落日回升，又不能使加茂川倒流，能约束自己的唯有自己的心灵了。只要努力使自己平心静气，落云馆的学生再怎么吵闹，能奈你何！即使今户窑的狗獾子，只要满不在乎，也就完事了吧？关于乒助之流，即使说了什么蠢话，心想他是个大浑蛋，装没听见，也就没事了！据说从前有个和尚，刀按脖子了还风趣幽默说：'电光影里斩春风。'如果修身养性到家，到了登峰造极的地步，说不定就会这样收放自如。我这号人不懂那些玄妙道理。不过，我总觉得一味鼓吹西方人那种积极进取精神，是不对的。眼下你不论怎么积极争取，学生们还是要来捉弄你，岂不徒劳吗？假如你有权封闭那所学校，或是学生们干了足够报警的坏事，那另当别论。既然情况并非如此，你再怎么积极地跑出去，也不会获胜。跑出去，就会碰上金钱问题、寡不敌众的问题。换句话说，你在财主面前不得不低头；在恃众作恶的孩子们面前不得不求饶。像你这样的穷人，还要单枪匹马去斗架，这正是你心中不平的祸根！怎么样？懂了？"

主人听了，不说懂也不说不懂。送走了稀客回到书房，不看书，在那儿沉思。

铃木藤十郎先生告诉主人的是：要屈从于钱多、势众；甘木医生奉劝主人的是：要用催眠术镇静神经；最后这位稀客的意思是：以修身养性求心安。究竟选择哪一学说，那是主人自己的事。不过，照惯例会行不通。

第九章

没有比承认自己愚蠢更高尚的了。在自知之明前，一切自命不凡的人都会低下头来，甘拜下风。

据说明治维新以前麻脸很时髦，主人就是个麻脸。但在缔结了日英同盟的今天，这副尊容不免有点落伍。麻脸的衰退与人口繁殖成反比，因此，不久的将来麻脸估计会绝迹。这可是医学在统计基础上精密计算得出的结论。高见，连猫家我也找不到任何漏洞。试看今日寰球，到底还有几个麻脸在，我不清楚。不过，在我的交际范围内清点，猫里没有，人里只有一名，那就是我家主人。真够可怜的！

每当我看见主人，就会这样想：主人究竟造了什么孽遭到如此报应，才长了这么副怪脸，居然还厚颜无耻呼吸着这二十世纪的空气？我不知古代的麻脸是否显得更气魄，但在一切麻点都被勒令退到双臂的今日，麻点还依然盘踞在鼻头、面部，这很有点损麻点的体面，还是想法趁早除掉为好。如果我有麻点自己都有些不好意思呢。也许主人这点麻点，是想要在这"麻党"威风扫地时，挽落日于中天吧。不然为何要蛮横地占据主人整个脸。照此看来，对麻点万万不可掉以轻心。很有可能就是那抵抗滚滚俗流的千古长存之坑洞联军，是值得吾等无麻者敬仰的坑洼。唯独有点脏是美中不足。

听说主人小时候，牛込区的山伏街住着一位叫浅田宗伯的汉药名医。这位老人出诊时一定要坐慢腾腾的轿子。宗伯老人谢世后，到了他的养子那一代，用人力车代替了轿子。想那养子去世后，要是有养子继承家业，说不定葛根汤也会变阿司匹林。坐上轿子在东京游行，即使在宗伯老人活着时也并不怎么雅观。肯这样我行我素的，只有那些亡灵、装上火车的猪猡和宗伯老人家了。

在不光彩这一点，主人的麻脸和宗伯老人的轿子足以分庭抗礼。旁人看在眼里也许觉得可怜，可主人的顽固不亚于宗伯，至今也还将孤城落日般的麻脸昭示于天下，天天去学校教英语入门。

主人就这样满脸十九世纪的遗迹站在教坛之上。这对于学生来讲一定是授业解惑之外又一教益。与其说他反复讲解英语课本中的"猴子有手"，不如说他就是在对"麻点对于面孔的影响"这一重大问题，做深刻的讲说，无形中给学生以答案。假如没有主人这样的教师，学生们为了研究这个课题，就要跑图书馆或博物馆，那就要耗费我们靠木乃伊去想象埃及人那样的精力。如此说来，主人的麻脸反倒是功不可没呢。

当然，主人并不是为了功德才弄得满面痘疮。据说他是种过痘的，只是不幸本该种在手腕，可天知道怎么就到了脸上。当时年幼，不像今天这样讲究什么颜值。他那时一边唠叨着"痒呀，痒呀"，一边往脸上乱抓。那情景简直就似爆发中的火山，熔岩流得遍地都是，把他父母赋予他的那张脸弄得面目全非。主人常对妻子说，他没长痘疮前是个白玉般的美男子，甚至夸自己小时候漂亮得像浅草寺庙的观音像，迷得外国人都回眸。也许是真的，只是没任何证人，这很遗憾。

不管做了何种功德，又垂训于人，但肮脏毕竟是肮脏。长大成人后，他对这张麻脸犯愁，用尽了方法要消除这种丑态。然而这跟宗伯老人的轿子一样，尽管讨厌，也不可能立刻甩掉，所以就清晰地留在脸上。这清晰的麻点总是让他沉不住气。走在大街上，大概也总在数麻脸。诸如今天遇见了几个麻脸，是男还是女，地点是小川街的摊贩街，还是上野公园，统统写在日记里。

他确信自己关于麻脸的知识胜于任何人。前不久一位留学回国的朋友来访，主人甚至问："喂，西方人有麻脸吗？"朋友说："这个嘛……"摇头思忖了好一阵子才说，"很少！"主人叮问了一句："很少，就是说还有吧？"朋友无可奈何地说："有也是叫花子，或是苦力，有教养的似乎从未见过。"主人就说："是呀，这和日本不大相同呢。"

听取了哲学家的意见，主人不再和落云馆学生争吵，而是躲在书房里，沉湎于思索。也许是想试试哲学家的忠告，在静坐中养浩然之气！但心胸狭小的人，一味这样死气沉沉枯坐，通常都不会有什么好结果。尽管提醒过他，还不如把英文读本送当铺去，然后跟歌女学学《喇叭小调》更好些。这种性格乖张的家伙自然不会听从敝猫的劝告，那就悉听尊便吧！这五六天来，我干脆离他远远地打发时光。

从那天算，今天是第七天了。禅宗说：人死后第七天才能成佛。于是，有些人就忘乎所以地打坐，我心想主人也不至于例外。死也好活也罢，总该有些头绪了吧？于是我就慢条斯理地从檐廊来到书房门口，侦查一下室内的动向。

十二平方米的书房坐北朝南，在阳光充足的地方放了一张大桌子。说大桌子还不够具体，准确说这张桌子长六尺，宽三尺八寸，高度也还合适。当然不是件正规产品，而是跟就近木器店商量后特制的一张卧铺兼书桌，是件绝世珍宝。主人为什么新做这么张大桌子，又为何起念要睡在桌上？我不曾向主人讨教，也就一无所知。也许只是一时鬼迷心窍，他才想出了这么个馊主意。要不就是像常见的神经病患者那样，把风马牛不相及的两件事生拉硬拽扯到一起，反正就是把桌子和卧铺胡乱搅和起来吧。言而总之总而言之，就是标新立异，不过，缺点过于张扬了，新奇却不实用。

我就亲眼看见过主人躺在这张桌子上午睡时摔到檐廊里。自那以后，他似乎再也不把桌子当卧铺了。

桌前放着薄纱的坐垫，被香烟烧了三个窟窿，可以看见里面黑乎乎的棉花。现在这个脸背对着我正襟危坐的正是主人。一条脏得成了灰色的腰带打了个死结，两边余下的耷拉在脚背上。最近我一抓带子玩总要突然被他敲一下头，看来这条带子可不是随便可以靠近的。

我看到主人，想起有人打的那个比喻："傻想就会想傻。"我从他身后偷偷一瞟，只见桌子上有个崭新的玩意儿，不由惊得连连眨眼。真是个奇怪的玩意儿！我忍受着晃眼的强光，定睛看那个发亮的东西。这时才看清，光亮原来是从桌上晃动的一面镜子发出来的。主人为什么在书房里摆弄起镜子了呢？

提起镜子，一定是洗澡间里的。我今天早晨还在洗澡间见过。所以强调指出"那一面"，是因为主人家里除此之外再没有第二面。主人每天洗完脸梳分发时也用这面镜子。也许有人奇怪：像主人那路货还梳分发？告诉你说吧，主人干别的事都无精打采，唯有梳起分头来最一心一意。

从我来到这户人家至今，不论多么炎热的天气，主人都没剪过短发，一定要留二寸长，不仅从左边装腔作势分开，还把右边的头发往上抿，抿得服服帖帖。说不定这也是神经病的症状之一。我心想，这种哗众取宠的梳法，和那张桌子丝毫也不协调，但却因为是于人无害的小事，别人也就不说什么，他本人也很得意。

暂且先把关于主人分发赶时髦的事放下。要是想知道他为什么留长发，原因很单纯，如天花不仅损害了脸，还侵蚀了他的天灵盖。因此，像一般人那样把头发剪成半寸或三分，短发发根就会暴露那上面的几十个麻坑，那些坑坑洼洼可是怎么也弄不掉的，好像在荒郊野外放了些萤火虫，风雅的人自然觉得风雅！可他妻子不中意，这是不消说的。既然留下长发就不至于露出马脚，谁又会自揭短处！我倒真愿意他的毛发再长些，干脆把脸也盖上，那些麻坑也可以朦胧起来。想不通为什么这自然生长的毛发，要花钱去剪短，这不等于是向人们宣布："快来看呀，我已经水痘升天了！"

以上所述就是主人蓄长发的理由，而蓄长发又是主人梳分头的原因，梳分头自然就要照镜子，当然洗澡间就要放一面镜子了，也即是只有一面镜子的缘故。

既然本该是在洗澡间，而且是唯一的镜子，现在竟然出现在书房，那么不是镜子灵魂出窍自己跑来的，就是主人从洗澡间拿来的。因为"无为静养"的需要！听说从前有一位学者来访。那位和尚朋友正脱光了膀子磨一片瓦。问他磨瓦做什么，回答说："唉，我正使大力气要把瓦片磨成一面镜子呢。"于是学者惊呼："任你是什么样的高僧，怕也磨不成镜子。"和尚哈哈大笑道："是吗？那就算了吧！这就跟任你读破万卷书也不会得道大概是一个道理吧！"说不定主人就是根据这么点道听途说，就把镜子从浴室中拿了出来，摆出扬扬自得的样子反复观赏自己。这下子可有热闹瞧了。我继续偷偷往里看。

主人不知有猫在偷看，于是在那全神贯注凝视唯一的宝贝镜子。本来镜子这玩意儿怪吓人的。不信你试试深夜秉烛，在空空的房间里独自对镜，这大概要有很大勇气。我第一次被小姐用镜子照时吓坏了，几乎围着房屋跑了三圈。那么多阳光灿烂的白昼，谁像主人这样死死盯着镜子里看，也都会被自己的脸吓死。更何况主人的脸只要看上一眼，就会断定不是张能让人赏心悦目的脸。

主人还偶尔自言自语："真是一张脏脸。"能知道并承认自己的容貌丑，倒不失一个让人佩服的行为，所谓自知之明是也。虽说他的举止越来越像个疯子，可他的话越来越接近真理。估计接下去就会被自己的丑貌吓到。人要是不能入骨三分地认识到自己是个可怕的浑蛋，就够不上饱经风霜。不饱经风霜，终究得不到解脱。既然这样，主人本应顺口回答自己说一句："啊，吓人！"但他怎么也不肯说。说完"真是一张脏脸"，不知又打什么主意，将两腮高高鼓起，用手心拍了两下，我很想知道这是在念什么咒。突然，我感觉有个东西近似于这脸，细思量，原来是女仆那副面孔。

正好，一直都没好好介绍女仆，顺便就把女仆的面孔介绍介绍好了。说起这个女仆的脸，哎呀呀，简直是肿胀。前些日子有人从东京羽田区的六守神社，送来了河豚型的灯笼，如果你见过这种灯笼，女仆的脸就不用亲眼见到了，就是那个样。由于太过于肿胀，以致眼睛都不见踪影了。

是的，河豚虽也臃肿，却是通体浑圆；而女仆的骨骼本来就张牙舞爪，挂上一身膘，那就成了一座浮肿的六角钟了。不行，这话如果被她听去，那肯定是要恼羞成怒的。那就打住，回到主人身上来。主人就这样吸入全宇宙的空气鼓起腮帮，如前所述，用手心边拍打，边自言自语说："把脸皮绷得这么紧，有麻子也看不见了。"

主人又扭过头，让被阳光照到的半边脸出现在镜子里。他突然激动了起来："这一来，麻子更显眼。还是正冲着阳光的一面显得平整。真是奇妙。"然后他伸出右手，尽可能将镜子放得远些仔细端详，仿佛豁然开朗地说，"这个距离也看不见麻子了。还是近了不行……不仅仅是脸，一切都是如此。"后来他突然将镜子横放，把眼睛、前额和眉毛全都朝着鼻根挤去。可能自己也意识到了，这样子太难看。"这招使不得！"便立刻停止。"干吗长了这么一张凶恶的脸呢？"他有些奇怪，将镜子收回到离眼睛三寸多远的位置，用右手食指刮了一下鼻翅儿，往桌上的吸墨纸上使劲一抹，被吸住的鼻涕圆圆鼓鼓留在吸墨纸上。

随后他玩了很多小把戏！比如把抹过鼻涕的那只手指调转方向，去翻开右眼的下眼皮，这就是俗语说的"鬼脸吓人"，他表演得十分精彩。不知他究竟是在研究麻子，还是在和镜子做"瞪眼比赛"，恕在下摸不到头绪了。看来我错了，主人原本是个妙趣横生的人嘛！对镜独览，就能想出这么多花花点子。不，不是这么回事。假如善意解释为《魔芋问答》①精神，那么，说不定主人正是为了便于醒心悟道，才这样以镜子为对象进行种种表演呢。

人类学都是为了研究自我。什么天地、山川、日月、星辰，都不过是自我的别名。任何人也找不到舍我而他的研究对象。假如人能超越自我，那么，当他超越的瞬间就会失掉自我。而且，研究自我，除非研究者自己，是不会有人愿意为之付出的。再怎么想研究别人或盼着别人研究自己，那都是无稽之谈。

因此，自古英雄靠自己。假如靠别人就可以了解自我，那就等于求别人替自己吃牛肉，却能像自己吃了一样，辨别出牛肉的嫩与老，所谓"朝知法，夕闻道""案前灯下，手不释卷"，都不过是认识真正自我的便利手段而已。

从他人所述之法，他人所论之道里，或者是堆积如山的虫蛀书堆里，是不可能找到你自己的。就算有，那也只能是自己的幽灵。是的，有些时候，有幽灵也许胜于没有。死劲追影子，未必就撞不到这东西。多数影子还是离不开实体。从这个意义说，我主人摆弄镜子，还算得上情有可原，比那些摆出学者架势、死搬硬套爱比克泰德学说的人高明多了。

镜子是酿造自鸣得意的机器，同时又是自我吹嘘的消毒器。假如怀着浮华与虚荣念头对此明镜，再也没有比镜子对蠢物更具有煽动力的了。自古太多不懂装懂而害人害己的史实，其中三分之二是镜子造成的。

法国大革命时，有一名好事的医生发明了"改良杀头机"，犯下滔天大罪。同样，第一个发明镜子的家伙，料想他也梦魂难安的吧！然而，每当厌弃自己，或者自我萎靡时，再也没有比照一下镜子更有益的了。镜子能立马美丑分明。照的人一定会发觉：呀，这么一副尊容，竟趾高气扬活到了今天！注意到这一点，才是人生最可贵的。

没有比承认自己愚蠢更高尚的了。在自知之明前，一切自命不凡的

---

① 这是日本的一个相声节目，讲的是一个卖魔芋的人与行脚僧在路上相遇，两个人盘道问答，句句答非所问，行脚僧为此佩服得五体投地。

人都会低下头来，甘拜下风。尽管他主观上还是想疾言厉色对对方轻蔑冷嘲，但在对方看来，他那疾言厉色，已经表明了低头服输。主人倒未必是个"对镜知愚"的贤者，但还算是个能公平读懂刻在自己脸上的天花瘢痕的男子。承认自己的颜值低劣，也许就能成为认识自己灵魂卑鄙的阶梯。看来他是个前途光明的人！说不定这正是被那位哲学家批判的结果呢。

我正在浮想联翩着，不经意间又留意了下主人的动态。主人对我这些想法目前还一无所知。他还在那面对镜子尽情玩"鬼脸吓人"的游戏，然后说："好像严重充血，又是慢性结膜炎！"说着，他用食指的侧面用力揉充血的眼睑，大概他眼睑发痒吧。然而，不揉它都红得如此厉害，怎能受得住这么一揉？用不了多久就会像咸加吉鱼的眼珠一样烂掉！

不一会儿，只见主人睁开眼睛对镜子看。果然，他的眼睛像北国的寒空，阴沉得混浊了。平日里他一双眼就不清澈，夸大点形容就是两眼混浊，一片模糊，分不清白眼球和黑眼珠。这与他精神恍惚，一贯不着边际的做派极其协调；他的眼睛就那样含混不清永远漂在眼窝深处。有人说这是胎毒所致，也有人说是痘疮的余波。

听说小时候为他治病，伤害了无数柳树虫和哈什蟆。然而可惜母亲的努力毫无回报，直到今天，他的两眼还像从前一样模模糊糊。我暗自想：这种状态绝不是胎毒和痘疮所致。他的眼珠之所以徘徊在如此混浊的苦海里，完全是由于他那混浊的头脑所致；并且其影响已经达到了暗黑溟溟之程度，自然要反映于外形，给浑然不知的母亲带来不必要的忧愁与劳苦！

冒烟，就知道有火；眼球混浊，就证明是个糊涂虫。可见主人的眼睛是他心灵的窗口。他的心像天宝年间的铜钱一样有个中空的洞，由此得知，他的眼睛也一定像天宝铜钱一样，虽然大，却不中用。

主人又捋起胡须了。那些胡须本来就不整齐，长得杂乱无章。虽说这是个人主义盛行的年代，但这样乱纷纷的极端自由，给主人带来的麻烦可想而知。为此，主人近来大加操练，尽可能将胡须做系统化的处理。功夫不负苦心人，胡须稍微步调一致些了。对此主人都自豪地说："从前的胡须是自然生长，现在的胡须是服从安排地生长。"

有成效，就受鼓舞。主人认清自己胡须的前途光明，便朝朝暮暮，只要得闲，就要开始鞭挞它们。按他的野心，是想要学那德国皇帝，长一撮积极向上的翘胡。因此，哪管毛孔是横还是竖，不管三七二十一，抓住就往上揪。问题是胡须活受罪，胡须的主人也自然会受皮肉之苦呢。

然而这是操练，管它愿意不愿意，往上揪就是！局外人看着觉得莫名其妙，而本人却当成天经地义。正如教育家枉自违背学生的本性，却还夸口"瞧我这两下子"，同样很难找到责难的理由。

主人只顾满腔热情操练胡须，女仆挺着肥硕的面孔从厨房飘来，说："来信了。"一如往常，通红的手突然伸进书房房门。主人依然右手抓着胡须，左手拿着镜子，回过脸来向门口望去，脸儿肿胀的女仆一见那被迫听命成倒写八字状的胡须，急忙跑回厨房，趴在锅盖上哈哈大笑。

主人可是稳重的人。他放下镜子，拿起信笺。头一封信是铅印的，全是些严肃字句，读之如下：

敬启者。谨祝日益康健。回顾日俄战争，以破竹连捷之势，获恢复和平之功，我忠勇刚烈之将士，大半已在"万岁"声中凯歌高奏，万民欢腾，难以尽述。忆及宣战大诏颁发之初，义勇之将士久驻万里之外疆，茹苦含辛，竭诚战斗，为国捐躯。其至诚之心，必将铭刻不忘。且勇士凯旋本月将告终。据此，本会定于十五日，代表本区全体居民，为区内千余名出征将士召开盛大之凯旋庆祝会，并借以抚慰军人家属，故特竭诚欢迎军属莅临，以聊表谢忱。如蒙诸位大力相助，盛典得以顺利召开，则本会无上之光荣。为此，敬请赞助，踊跃捐款，不胜翘盼之至。

谨启

寄信人是一位贵族老爷。主人默读一遍，随即将来笺装进信封，若无其事。捐助嘛，定是不肯的。前些天他拿出两元还是三元，作为赈济东北灾区的捐款，逢人就大肆宣扬："我被敲竹杠赈灾了！"既然是赈灾，自然是主动掏钱，绝不是敲竹杠，又不是遇上了强盗，说什么"敲竹杠"，真是词不达意。要是动点硬的，那又当别论；就凭这么一纸铅印信，任你说什么"欢迎军人""贵族募捐"，也看不出要他掏钱的可能，按主人的意思，欢迎军人之前首先应该欢迎他，然后欢迎其他的人倒是情理之中。而他日夜操劳中，欢迎一事也只好有劳贵族大人先生们了。

主人拿起第二封信说："啊？又是一封铅印信！"

当此寒秋，谨祝贵府兴旺。

敬启者：敝校之事，一如所知，自前年以来，被二三名野心家所扰，一时陷于极大困境。窃以为此乃不肖针作无德之所致，深以为戒。兹经卧薪尝胆，苦心筹划，我校将采取依靠自力、符合理想之新建校舍筹措经费方案。

方案无他，即出版定名为《缝纫秘法纲要特辑》。本书乃不肖针作遵循工艺学之原理，多年来苦心研究之结晶，实为心血之作。深望一般家庭普遍购买，敝人只在成本费外略收薄利。但愿此举既能为发展缝纫技术尽绵薄之力，又能积薄利以应新建校舍经费之所需。不胜惶恐，特请购买敝人印行的《缝纫秘法纲要特辑》一册，不妨赐给女仆，以表赞助之意，权作对敝校新建经费之捐款。百拜求援，匆匆谨启。

大日本女子裁缝最高等大学院

校长缝田针作

三拜九叩

如此郑重的书信，主人竟揉成一团，啪的一声扔进废纸篓里。可怜！针作先生难得三拜九叩与卧薪尝胆，全都付诸废纸篓中。

再看第三封信。第三封信有点耀眼。信封上是红白二色的横纹图案，很花哨，你见过卖棒棒糖的招贴画就明白我说的样子了。正中用八分楷大笔特书："珍野苦沙弥先生帐下。"这看起来倒是华丽，至于信里会不会蹦出个什么大人物的名字来，这个我可不清楚。

假如由我管天管地，我会一口喝干西江之水；假如由天地管我，我只能是阡陌上一粒尘埃。当然要这样问：天地与我又有何干？最先吃海参的人，其胆量委实可敬；最先吞河豚的人，其勇气自然可嘉。食海参者如亲鸾再世；吞河豚者似日莲化身。如苦沙弥之流者，只品尝了葫芦干里的酸酱，岂可自誉天下名流？没见过也……

亲友会出卖你，父母也有私心，爱人也会抛弃你。富贵从来如过眼云烟，功禄会一朝尽失。你头脑中秘藏的那点学识会发霉。试问，汝所恃者何也？俯仰于天地间，将何所依？其神乎？

神佛者，人类苦痛之余所捏造之自慰泥偶矣，人类粪便汇聚而成之臭屎堆而已。寄希望于渺茫，说什么心安理得。嗟乎，醉汉言危言耸听之昏乱狂妄之语，蹒跚向坟茔。油枯而灯灭，财竭而何所遗？苦沙弥先生！聊备清茶，呜呼尚飨！

不把人看成人了，则何所畏惧？试问不把人看成人的人，却对不把我看成我的社会愤怒，那将怎样？飞黄腾达之士，视其不以人为人为至宝，只在别人对其视而不见时才勃然色变。管他色变不色变，混账东西……

当我把人看成人，而当他人不把我看成我时，鸣不平者便爆发式自天而降。此爆发名曰革命。革命并非鸣不平者之所为，实乃权贵荣达之士欣然造成者也。

朝鲜人参多，先生何故不用？

天道公平再拜于巢鸭

针作先生都"九拜"了，这家伙竟然仅"再拜"。就是没有要募捐，一下子就勾销了七拜。这封信虽非募捐，但非常难懂。向任何刊物投稿都有充分的资格遭到废弃，因此，想我这以头脑不清而扬名立万的主人，是要将它撕得粉碎的。鬼才知道怎么了，他倒是翻来覆去地读个没完。说不定他认为这种书信有什么含义，决心一定要追根溯源呢。

天地间未知之事多如猫毛，你尽管信口开河好了。再念不通的东西，只要想解释，都不难。说人愚蠢也行，说人聪明也罢，反正费不了多少唇舌。岂止此！即使想证明"人是狗""人是猪"，也并非难事。说山是洼地也可，说宇宙狭窄又何妨？说乌鸦白、小町丑、苦沙弥先生是君子，也没什么不通。

因此，即使这封毫无意义的信，只要绞点脑汁，给它安上点什么，那就一切悉听尊便好了。尤其主人，一向善于对自己不懂的英文胡乱讲解，那就更是爱牵强附会了。学生问："明天天气不好，为什么还说'早安'？"主人连着思考七天。又问："哥伦布用日文怎么说？"主人又用了三天三夜苦苦思索。尝了葫芦干里的酸酱就自以为是天下名流，吃了朝鲜人参便以为要闹革命。像他这号人，随便想安点什么含义，自然都左右逢源。

隔了一会儿，主人像对待"早安"一样，似乎对这些难懂的胡说八道名言也大有所悟。他赞赏道："意义深远。此人应该是个对哲理颇有心得的人。高见，高见！"由此可见我这个主人有多么蠢。

不过，反过来看也还算精辟。主人习惯对那些没影而自己不懂的事大加赞美，这恐怕不单是主人的嗜好吧。既然是不清楚的，那就自然藏着神秘了，莫测才能高深，空洞才得以神圣。因此，凡夫俗子们惯于不懂装懂，而学者惯于把懂了的事讲得叫人不懂。大学课程中，那些把未知事情讲得滔滔不绝的大受好评，而那些讲解已知事理的却不受欢迎，由此可见一斑。

主人敬佩这封信，同样也不是因为看懂了信中内容，而是捉摸不透主题，是看到里面一会儿海参，一会儿臭屁。因此，主人尊敬这封书信的唯一理由，如同道家之尊敬《道德经》、儒家之尊敬《易经》、禅门之尊敬《临济录》，简单说就是自己一窍不通。

当然，承认自己一窍不通又说不过去，于是就胡乱注释，装成懂了的样子。不懂装懂，而且表示尊敬，自古以来都是件快事。于是主人毕恭毕敬地把八分书的名家书帖卷了起来，放在桌上，袖起手陷于遐思冥想。

"劳驾，劳驾！"正门有人高声求见。听声音像迷亭，可又不像。这人在不停叫门。主人在书房早就听见了，但他还是袖手旁观，充耳不闻。也许他这是打定主意，迎接客人不是主人的任务，一向都是如此，这位主人从来不在书房里答话。女仆出门买肥皂去了。妻子要回避。

于是，可以出去迎接客人的只有敝猫了。但我也懒得去，于是客人从换鞋处跳上台阶，拉开屋门，大摇大摆跨进来。主人纵然妙计千条，来客也有应对之方。这人刚一进屋，就把纸屏两三次拉开，又两三次关上，现在正朝书房走来。

"喂，开的什么玩笑！在干什么？来客人了！"

"噢，是你呀！"

"什么'是你呀'！既然坐在那儿，就该吱个声！简直像到了废墟。"

"噢，我在想心事。"

"就算想心事，说声'请进'，总还不耽误很多吧？"

"倒是能说的。"

"还是那么沉得住气！"

"从前些天开始致力于修养精神了。"

"这可蹊跷了！精神修养就不能答话，那等你修成了，来客可就遭殃了！太沉着了可受不了哟！老实说，不是我一个人来，还领来了客人。你出去见一见！"

"领谁来了？"

"先别问，出去见一见！他一定要见见你。"

"谁呀？"

"管他是谁，站起来！"

主人仍然袖着手，蓦地站起说："又想捉弄人吧？"

他从檐廊漫不经心地走进客厅。看见一位老人面对六尺壁龛正襟危坐在那里。看见这个不期而至的老人，主人从袖筒里抽出手来，一屁股坐在隔扇旁，和老人坐了个面对面。这两人谁也不行礼，也不打招呼，丝毫也不像过去的正人君子，完全没有礼貌。

"噢，请到这边来！"老人指着壁龛催主人坐过去。还是两三年前，主人认为在客厅里坐哪儿都一样。后来听一位先生讲解一番，才明白壁龛是由贵宾席演变而来的，过去是钦差御使落座的地方。那之后他就再也没靠近此地。特别是今天这样，见到一位素昧平生的长老气呼呼地坐在那儿，而且叫他去坐上座，他又怎敢？连请安都不敢说出口。

听到对他说话，干脆低下头来照抄对方的话，重复说："噢，请到这边来！请这边来！"

"那就不便请安了。还是您请到这边来。"

"别……还是您请……"主人鹦鹉学舌着。

"哪里。这么客气，那可不敢当。我怎么好意思。还是请您别客气。噢，您请……"

"这么客气……那可不敢当……还是……"主人满脸通红，嘟嘟囔囔，看来这阵子的精神修养并无功效。迷亭君站在纸屏后笑着观赏，觉得已经瞧够了，就从后面推了主人屁股一下，插嘴说："喂，滚吧！你紧靠着纸隔门，我没有座位了。不要客气，到前边去！"主人迫不得已，往前蹭了几步。

"苦沙弥先生！这位就是我时常对你提起的从静冈来的伯父，伯父！他就是苦沙弥先生。"

"啊，初次相逢！听说迷亭常来打扰。老朽早就想登门造访，当面聆听雅教。今日幸得从附近路过，特来致谢，并拜会芝颜，今后请多关照。"一口古老的腔调，说得很顺当。

主人是个交际不广、口齿不清的人，也没见过这种旧式的老人，有点怯阵。正畏缩不前，听老人家滔滔不绝来这么一大套，朝鲜人参什么的信，全忘得干干净净，带着哭腔应答些莫名其妙的话。

"我……我……本应登门拜访……请多海涵……"说罢，从床席上抬起头来，见长老在叩头，吓了一跳，慌忙又头拱床席了。

老人抬起头来说："往昔寒舍也曾忝列此地，久居天子脚下。江户幕府倒台那年才迁居静冈。其后，几乎不曾来过。今番重游，完全迷失了方向。如不是迷亭带我，恐怕一事无成了。真所谓'沧海变桑田'啊！自德川家康将军受封以来三百载，就连那样的将军府……"

迷亭先生觉得啰唆了，打断老人："伯父，德川将军也许值得感谢，但明治时代也还好嘛。从前并没有红十字会吧？"

"那是，压根儿没有红十字会。尤其能够瞻仰皇族仪容，这除了明治时代是做不到的。老朽幸而长寿，就这副样子也出席了今天的大会，并且恭聆皇族殿下的玉音，如此，死而无憾了。"

"啊，仅是久别后重游东京，这就够福气的了。苦沙弥兄！伯父嘛，因为这次红十字会召开全体大会，特地从静冈赶来。今天我陪他去过上野，刚刚回来。所以，你瞧，他还穿着我从白木裁缝铺定做的那身大礼服呢！"迷亭提醒主人。

还真是，他穿着礼服，但一点儿也不合体。袖子太长，领口也大敞着，后背凹了进去，腋下吊了上来。就算是故意往坏处去做，也很难煞费苦心做到如此一塌糊涂。那白衬衫和白衬领还各自为政，只要老人一抬起脸，就会露出喉骨。看看那个黑领结，完全不清楚是打在衬领上，还是打在衬衫上。

大礼服总还算对付，可那个白发小髻可以算是天下奇观了。那把驰名的铁扇呢？仔细一找，可不就在老人膝旁贴身放着嘛。

主人这时才神志清醒过来，开始把这些日子修炼的精神修养功夫用在老头儿的服装上，不免吃惊。原以为老头的大礼服总不至于像迷亭说得那么不成体统；见面一看，比说得更严重。假如自己脸上的麻子可供做历史研究的材料，那么这老头儿的小髻和铁扇，历史价值更大。

他很想打听一下铁扇的来历，又不便刨根问底；谈话中断吧，又有些失礼，于是就随便问道："很多人吧？"

"噢，人山人海！那些人还都死盯着我……唉，如今的人越来越好奇了。从前可不是这样……"

"是的，从前可不是这样。"主人腔调像个长者。这多半不是假充行家，是他糊里糊涂随口冒出的那么一句。

"还有，人们都盯住我这把铁扇。"

"那把铁扇很重吧？"

"苦沙弥君，你拿下试试！重得很呢。伯父！让他试试！"

老头儿拿起铁扇递给主人说："您受累！"

主人接过铁扇，就像在东京黑谷神社参拜的人接过莲生和尚当年用过的大刀似的。他拿了一会儿，说了声"的确是"，便还给老人。

老人说："都叫它'铁扇''铁扇'的，其实这玩意儿本来叫'劈盔刀'，和铁扇是两码子事儿……"

"噢？这玩意儿是干什么用的？"

"用来砍敌人的盔甲……当年趁敌人两眼昏花的时机得到了这件宝，听说从楠木正成时期一直留到今天……"

"伯父，是楠木正成用过的劈盔刀吗？"

"不是！不知是什么人的。不过，年久月深，说不定是建武时代的东西呢。"

"也许。不过，寒月君可大吃苦头啰！苦沙弥兄！今天开会回来路过大学，真是个好机会，就顺便去了理学部，刚刚参观过物理实验室。因为这把劈菎刀是铁的，害得试验室里的磁力装置全部失灵，惹了大乱子。"

"且慢，此话无理！这是建武时代的优质铁，怎么会有此风险！"

"再怎么是优质铁也不行。寒月兄刚说过，没有办法！"

"寒月，就是磨玻璃球的那个人吗？年纪轻轻的真可怜！总该干点什么正经营生嘛。"

"真可怜！那也算'科学研究'！只磨光个玻璃球，就能成为了不起的学者了！"

"要是磨光玻璃球就能成非凡的学者，那谁都能吧？老夫也行。玻璃铺掌柜更不用说。这行当，在汉人那里叫'玉石匠'，身份极低下。"老头儿边说边看主人，意图得到主人的赞同。

"此话不假！"主人诚恳地说。

"学问如今以形而下学为主，看起来很不错，不过有事了却不大顶用。从前武士们干的是玩命营生。他们平素就在养心，一旦有事，绝不慌张。您大概也知道，这可绝不是磨个球、搓根铁丝什么的不需要花力气的小事！"

"极是！"主人照旧诚恳。

"伯父呀！养心是不是不用磨球，只把手袖起来打坐？"

"叫你一说，那可就不好了。绝不是轻而易举的。孟子都说：'求其放心。'邵康节说：'心要放。'还有佛门有个中峰和尚，他告诫人们：'绝不退缩！'都是很难懂的。"

"说归说，一点都不懂！到底该怎么办呀？"

"读过泽庵禅师的《不动智神妙录》吗？"

"没有，没听说过！"

"心者，置于何处也？置于敌之所动，则为敌之所动制；置于敌之剑，则为敌人之剑所取；置于杀敌之念，则为杀敌之念所摄。置于己之剑，则为己之剑所得；置于己不欲为敌所杀之念，则为不欲所杀之念所缚；置于他人之形，则为他人之形所惑。总之，心也，无所留存之处。"

"一句不漏全背下来了？伯父记性真好。多长啊！苦沙弥兄，听懂了吗？"

"的确。"主人应付道。

"喂，问你嘞，是不是这样？心者，置于何处也？置于敌之所动，则为敌之所动制；置于敌之剑，则为敌人之剑所取……"

"伯父！苦沙弥兄对这种事很内行！近来常在书房养心！连来客了也不去迎接，把心搁在什么地方了。所以，他没事。"

"啊，真是佩服，佩服……你也一同修炼就好了！"

"呵呵，没工夫啊。伯父因为自己一身轻闲，所以认为别人也都无所事事吧？"

"你不是很闲吗？"

"不过是'闲中有忙'呀！"

"你真粗心，就凭这点儿，我说你非修养不可。成语是'忙里偷闲'，没听过'闲中有忙'。"

"是的，闻所未闻。"主人说。

"哈哈，这下子我可招架不住了。伯父，好久没尝了，偶尔去吃顿东京的鳝鱼如何？再请你喝几杯。从这儿坐电车，转眼就到。"

"吃鳝鱼倒是好事，不过，今天约定去见杉原，我就不奉陪了。"

"是 sugihara 吗？那位老爷子还硬朗吧？"

"不是 sugihara，是 suihara。你竟胡扯，真糟糕。念错别人的姓名是失礼的。以后要注意！"

"不是明明写着杉原（sugihara）吗？"

"是杉原，可要读成 suihara。"

"真奇怪。"

"哪里奇怪了？古已有之的习惯读音嘛,蚯蚓的训读法就是'mimizu'，这就是习惯读法，跟'瞎眼睛'读音相同；癞蛤蟆就读成'kaeru'，一个道理。"

"高见！"

"把癞蛤蟆打翻在地，它就仰下巴，仰下巴读音就是'阿欧牟气尼卡衣路'，习惯上就叫癞蛤蟆'kaeru'。还有好多了！把杉原读成

sugihara，那是乡下人的读法。会被人家笑话的。"

"那么，现在去 suihara 家吗？真麻烦。"

"怎么？你不想去也行，我一个人去。"

"你一个人能去吗？"

"走去困难。给我叫个车，从这儿坐车去吧！"

主人唯唯诺诺，立刻派女仆去车夫家。老头儿道起别来没完没了，好不容易才终于把圆顶礼帽戴在小髻上。

"他是你伯父吗？"主人问迷亭。

"是我伯父！"

"好嘛。"主人又开始在坐垫上打坐，袖着手陷入沉思。

"哈哈，是个豪杰吧？我也以有这样一位伯父而荣幸。不论带到什么地方，总是这样一副派头。吃惊吧？"迷亭觉得让主人吃惊非常开心。

"没怎么吃惊。"

"连这都不吃惊，你可真够沉着了。"

"不过，你伯父有些地方看来很了不起。比如提倡精神修养就是，值得敬佩。"

"值得敬佩吗？如果你六十岁了，很可能和我这个伯父一样成落伍者呢。加油吧！轮着班当落伍者，那就太死心眼了。"

"你总担心落伍。但在一定时空中，落伍者反倒更了不起！首先如今对知识的索求，只知道向前，没有止境，永不满足。这样看来，东方的哲学是消极了点，但更有韵味，就是因为强调精神修养。"主人把从哲学家那儿听来的，当作自己的东西说给了迷亭。

"你可真了不起！怎么，好像讲起八木独仙的学说了。"

八木独仙这个名字让主人一惊。前几天来卧龙窟造访，对主人说出一番道理后飘然而去的那位，正是八木独仙。主人刚才一本正经地宣传的那一套，刚好是从八木独仙那里现买现卖的。迷亭以为主人不知道那位哲学家，猛然间说出这位先生的名字，让主人有点被拆穿的尴尬吧。

"你听过独仙的讲演？"主人有点心慌意乱，叮问了一句。

"还用听？从十年前在学校直到今天，他的学说就没变过！"

"真理不会变来变去的，也许正因为不变，才值得信赖！"

"就是因为有人捧场，独仙才混得下去啊！首先，八木这名字起得好。他那胡须简直就跟山羊的一个样；从寄宿求学到现在，一直是照老样子长。独仙这个名字也够劲。过去，他每次到我那儿去投宿，照例大讲特讲精神修养。因为他翻来覆去说个没完，我就说：'也该休息了吧？'这位先生说：'不，我不困！'就继续在那儿一本正经讲他的消极论，烦死了。没办法，我求他睡吧。我说：'怎么办！你大概不困，可我困死了。还是睡吧！'可那天晚上老鼠出了洞，咬了独仙先生的鼻子，他深夜里大呼小叫起来。这位先生嘴上讲看破死生，其实骨子里很在乎！他责怪我说：'鼠疫会传染，那可不得了！你要想个法子呀！'我真是服了。后来，我就到厨房，在纸片上粘些饭粒来糊弄他。"

"怎么糊弄？"

"说'这是洋膏药，最近德国的一位名医发明的。印度人一被毒蛇咬伤，用上就立见功效'。我对他说：'贴上这贴膏药，保你平安。'"

"你是从那时起，深得糊弄人的诀窍了？"

"……独仙先生真是个大好人，听我这样一说，就安心酣然大睡了。第二天起来一看，膏药下边拉出来一些线头，原来是把山羊胡给粘住了，太搞笑了！"

"但是，现在的山羊胡可比那时神气多了。"

"你最近见过他？"

"一个星期前来过，谈了很长时间才走。"

"难怪！我说你怎么卖弄起独仙的消极论来了！"

"说真的，当时我很感动，也发奋要修养一番呢。"

"发奋是对的。可太把他人的话当真，会受罪的哟。你这家伙太容易随波逐流，这不行。独仙不过是嘴上的功夫，一到紧要关头，跟你我别无二致。喂，还记得九年前的大地震吧？当时，从宿舍二楼跳下去摔伤的，就他一人。"

"那件事，他本人不是振振有词吗？"

"是呀！要他本人说，那件事他很幸运。'禅机玄妙呀！到了十万火急之刻，能迅速做出反应，其他人听说是地震，都吓蒙了，只有我知道从二楼窗户往下跳，说明了修炼的作用。真令人欣慰……'说着还一瘸一拐，喜不自胜。真是个嘴硬的家伙！说到底，再也没见过那种一开口就是禅呀、佛呀的人了。"

"是吗！"苦沙弥先生有些丧气。

"前些天他来，一定对你讲了些和尚道士们常说的鬼话吧？"

"他说：'电光影里斩春风'，说完就走了。"

"'电光'这一套，真好笑，都是他十年前的拿手戏了。那时候，一提起无觉禅师的'电光'，宿舍里无人不晓。而且这位先生一着急，就把全句错念成'春风影里斩电光'，真逗！他下次再来，你不妨试试，单等他慢条斯理宣讲时，从各方面进行反驳。瞧好吧，他立刻就会颠三倒四，说得牛头不对马嘴。"

"碰上你这样捣蛋的，谁受得了？"

"真不知道是谁捣蛋！我非常讨厌那些禅和尚，还有什么'得道的'。我家不远就有个南藏院，南藏院有个八十来岁的和尚。前些天下暴雨，一个雷打在院内，把院前一棵松树劈倒了。听说那位和尚若无其事，安然无恙。仔细一打听，原来他是个聋子，自然泰然自若啰。大抵都是这么回事。独仙要是只管自己悟道也就算了，可动不动就去诱惑他人，所以不好。有两个人就是在独仙影响下成了疯子。"

"谁？"

"谁？一个是里野陶然。拜独仙所赐潜心修禅，去了镰仓，在那儿变成了疯子。丹觉寺门前有个铁路的岔路口知道吧？他就在路轨上打坐，张牙舞爪要挡住对面开过来的火车。火车是刹住了保住了他的命。可从此，他就开始称自己是什么金刚不坏之躯，又跳进寺内的荷花池里，灌得咕噜噜的满肚子水。"

"死了？"

"又万幸了，赶巧去做道场的和尚路过，救了他。后来他回到东京，终于患腹膜炎死了。致命的是腹膜炎，但造成腹膜炎的原因，是在佛堂吃大麦饭和咸菜。归根结底是独仙间接杀了他。"

"看来，太认真，也好也不好啊！"主人有些沮丧。

"就是！被独仙坑害的还有一名同学。"

"危险了！谁？"

"立町老梅呀！也是在独仙怂恿下张口就什么'鳝鱼升天'，最后，成了真事儿。"

"什么真事儿？"

"终于鳝鱼升天，肥猪成仙了。"

"这是怎么回事？"

"既然八木是独仙，那么，立町便是猪仙了。没有人像他那样没脸没皮地贪吃。因为太贪吃再加上出家人坏心肠的综合征，这就没救了。刚开始大家也没注意，现在回头想，当时那些事也是够奇怪的了！他一到我家就说什么：'那棵松树下难道没有飞来炸肉排吗？''在我家乡，鱼糕都坐在木板上游泳嘞！'他满嘴不着边际的胡话。不但说，还催我'到门外脏水沟去挖地瓜面馒头吧'！我算是服了。两三天后，他终于成了猪仙，被关进巢鸭疯人院。本来猪是不够资格得精神病的，这都是托独仙的'福'，他才到了那地方。可见独仙功力的强大了！"

"现在还在巢鸭？"

"可不，气焰嚣张，狂妄至极！说什么立町老梅这个名字不好，就自号天道公平，以替天行道为己任。可猖狂了，喂，你去瞧瞧！"

"天道公平？"

"天道公平！别看他是个疯子，可起了个漂亮的名字。有时他也写成'孔平'。说世人多陷于迷津，他要普度众生。给朋友们写些乱七八糟的信，我也收到过四五封，有些又臭又长，都因为超重我被罚了两次款。"

"这么说，寄给我家的也是老梅的啰！"

"也给你寄了？也是红色信皮吧？"

"嗯。中间红，两边白，别具一格。"

"那种信封据说是特意从中国进口的，寓意了猪仙的：'天道白，地道白，人在中间放光彩'……"

"原来还大有来历！"

"正因为发疯，才考究。不过，尽管发疯，贪吃还是初衷不改，据说每信必写用餐之事，真是出奇！给你的来信里也提到过这些吧？"

"嗯嗯，写了海参。"

"老梅喜欢吃海参。难怪！还有呢？"

"还写些河豚和朝鲜人参什么的。"

"河豚配朝鲜人参，妙！他的意思大概是吃河豚中了毒，就煎朝鲜参汤喝！"

"好像不是这样。"

"无所谓，反正是个疯子。就这些？"

"还有这样的句子：'苦沙弥先生！聊备清茶，呜呼尚飨！'"

"哈哈……'聊备清茶，呜呼尚飨'，这太刻薄了！他一定是成心要治你一下。干得好！要山呼天道公平君万岁！"

迷亭先生大笑起来。可我家主人就糗了，之前他满怀敬意捧读的书信，原来是个疯子写的。想到自己的虔诚与敬意就这样变成笑话，总会懊恼，生自己的气也正常；当然，想到自己把疯子的胡言乱语当作绝妙好文品味，自然有些脸红；最后，联想到自己对狂人妄语会这样喜欢，担心自己是不是也有点神经异常了。就这样，愤怒、羞惭、疑虑合在一起，主人一时间有些坐立不安起来。

就在这时，门外传来重重的脚步声，走到了门口。接着有人在门口喊着："劳驾，劳驾！"

主人屁股一向沉得住气，倒是迷亭先生沉不住气，不等女仆去迎客，就大声询问"谁呀"，只两步就蹿出堂屋，跑到门口。迷亭是个很有趣的家伙，通常来访也不叫门，总是大摇大摆进来，显得很没规矩；可一旦进门了，就会承担书童的迎来送往任务，算是将功抵过罢。

不过毕竟是客，也不能太过随意；这样让客人去迎客，作为主人的苦沙弥先生纹丝不动，太不成体统！换个人都会自己去，可他却偏不，这才是苦沙弥先生的本色。他就那样与己无关地稳坐坐垫上。"稳坐"与"安居"，其意相似，实则大不相同。

迷亭到了门口，连珠炮似的和谁争辩些什么。过一会儿，朝屋内嚷嚷：

"喂！有劳大驾了房东大人！出来一趟。你不出场解决不了问题。"

主人起身来，十分不情愿地袖着手慢腾腾走出去。看见迷亭正拿着一张名片蹲着和客人应酬，点头哈腰的很有点低三下四。主人看看名片，写的是警视厅刑警吉田虎藏。和他并肩而立的是个二十五六岁、高个子、穿一身进口条纹服的英俊男子。奇怪的是他和主人同样袖手默默站立。

这人好像在哪儿见过。我仔细一看，恍然大悟，岂止是见过，正是那个前些天深夜来访、拿走山芋的梁上君子。天，莫非这回是在光天化日下要公然从正门光临吗？

"喂，这位是刑警，逮住了前些天行窃的小偷，特来通知你出面的。"

主人似乎这才明白刑警来干什么。他低着头，对那个君子毕恭毕敬行礼。很有可能是他觉着这位梁上君子比虎藏先生长得还要一表人才吧，于是就错把他当成刑警了。我看小偷都大吃一惊，又不好意思直说"我是小偷"，便装出一副无辜的样子，袖着手站在那儿。这个也不能怪他了，他戴了手铐呢，叫他拿出手来也办不到。

如果人正常点，也能明白个七八分的。可我家主人不是一般人，他有个毛病，就是害怕当官的和警察，一见到威风凛凛的人物就恐惧不安。不错，他也清楚这个道理：警察等人不过是包括自己在内的人花钱雇来看门的。但是只要面对了，他还是一样唯唯诺诺。很可能是因为主人的老子过去做过乡村的村长，习惯了对上司点头哈腰，多半是把这种德行遗传给了主人这个儿子。我看着都可怜他。

刑警感到主人很滑稽，笑眯眯说："明天上午九点前，请到日本堤警察分局去一趟。失盗物品都是些什么？"

"失盗物品有……"主人刚开了头，就什么都不记得了，只还记得有多多良三平的山药。尽管心里在想：山药什么的提不倒没什么。但刚说"失盗物品有……"就不知道接着说什么了，那样子呆头呆脑，不成体统。如果是别人家被盗，猛然间有可能说不清；但自家被盗，居然都没法说清被盗的物品，这会被当成不成熟的证据。

有念及此，主人才横下一条心来："失盗物品有……山药一箱。"

这时，小偷弓起身来把脸埋在了衣襟里。

迷亭哈哈大笑。"好像丢了点山药，非常心疼呀！"

只有刑警听得格外认真。"山药是弄不回来了。其他物品差不多都找到了。好吧，你去看一下就清楚了。还有，退还时要写一份收条，去的时候别忘了带图章……一定要在九点前到日本堤分局，是浅草警察署管辖内的日本堤分局。那么，再见！"

刑警一通说明，说完转身带上那个小偷走了。小偷走出去后手被铐着，没法关门，门就只好那样敞开着。看到走了，主人一改先前的诚惶诚恐，表现出了不满，鼓起腮帮砰的一声把门关了。

"哈哈哈……你对刑警真是尊敬有加呀！你要是总这样谦恭，倒也是个好男儿。可你除了对刑警毕恭毕敬，对别人就不怎么样了。"

"人家可是费心费力来通知的嘛！"

"通知怎么了？那是他的职责！平平常常接待，就够意思了！"

"这不是一般的职责嘛！"

"当然，这不是一般的职责，而是所谓侦探这种不招人喜欢的职责，比通常的职责还卑劣！"

"喂，说这话你可要倒霉的！"

"哈……那你就不要再骂刑警了！不过，你还知道尊敬刑警，总算说得过去，至于你尊敬盗贼，真让人大跌眼镜啊！"

"谁尊敬盗贼了？"

"你呀！"

"我什么时候结交过盗贼？"

"结交？刚才你不是对盗贼客客气气的吗？"

"什么时候？"

"就刚才，是不是有点卑躬屈膝了？"

"胡说！那是刑警呀！"

"刑警能是那种派头？"

"正因为是刑警，才是那种派头！"

"真顽固！"

"你才顽固！"

"好吧好吧，首先请问：刑警到别人家，难道就那样袖着手，直挺挺站着？"

"谁敢说刑警不能袖着手？"

"你那么凶，我可有点害怕。在你客套过程中，他可是一直站着不动的！"

"刑警嘛，也会有这种姿态的。"

"太主观了，怎么说也不听。"

"就是不听！你不过嘴皮上说什么'偷儿''偷儿'的，可你并没有当场见过那个偷儿破门而入。只是凭空想象，片面地一口咬定。"

迷亭已经绝望了，他好像拿我这个主人毫无办法，一反常态不再作声；主人还以为是自己这次说服了迷亭，真是难得少见，当然十分得意。

在迷亭眼里，主人顽冥不灵的人品都掉格了；可是主人却自以为是有主见，所以比迷亭高出一个等级。如此咄咄怪事世所罕见。就是有些人会把顽固不化看作是自己的优点，完全不知道在别人眼里，自己就是个笨蛋。奇怪的是，通常冥顽不化的人都会把面子看得比什么都重，反倒是对将来是不是被人看不起，现在有没有人搭理自己毫不在意，估计是想都没想到过，说起来这也算是一种憨人憨福。据我所知，这种福被命名为"猪猡的幸福"。

"好吧，明天你去吗？"

"去呀！叫我九点以前到，我八点就出发。"

"学校怎么办？"

"停课呗！学校算个什么。"主人一下子豪迈起来，一切都不放在眼里了！

"好大的口气！你说停课就停课？"

"没事儿！我们学校是发月薪，不会扣我工资的。"主人倒是坦率。这人很奇特，你要是说他很圆滑，他就真还有点圆滑；但你要说他没脑子，也就真没脑子。

"喂，你认识路吗？"

"不认识。坐车去就不难了吧？"主人信心满满地说。

"您是个'东京通'，不亚于静冈那位伯父，佩服！"

"佩服嘛，还是多多益善！"

"哈，日本堤分局，可不是个寻常地方哟！在吉原！"

"什么？"

"在吉原。"

"是有妓院的那个吉原吗？"

"是呀。东京只有一个吉原。怎么样？还想去吗？"迷亭先生又开始捉弄主人。

主人听吉原这个地名，感觉是犹豫了一下。"怎么在那种地方！"

他突然像是改了主意，逞起威风来。"管它是吉原还是妓院，说去，就一定去！"在这类事上虚张声势是蠢货的专长。

迷亭说："啊，那就去吧，一定很有意思。去开开眼！"

刑警风波到此算是告一段落。接下去就是迷亭一贯的胡扯，直到天快黑了才说回太晚了伯父要发火，于是走了。

迷亭走后，主人匆匆吃罢晚餐，照旧回到书房袖起手来，他的思绪如下：

"按迷亭说的来看，尽管我钦佩八木独仙，但他像是个不值得学习的人。而且，仔细想想，发现他所倡导的学说有些不合逻辑，正如迷亭所说，多半属于疯癫之语。没想到他居然还有两个神经病的徒弟，那就太危险了！如果过多往来，说不定自己就会被拉入到那个神经病圈子里去。

"至于天道公平——真名立町老梅，读他的文字时，我竟以为他是有深刻思想的伟人。谁知道是个疯子，还住进了巢鸭疯人院。迷亭说话，自然有些信口开河夸夸其谈，但想来立町在疯人院里沽名钓誉，以天道主宰者自居，恐怕还是属实吧。这么一看，很可能我自己也有点疯癫的趋向呢！常言说'人以群分，物以类聚'嘛。

"想我既然对狂人之说心悦诚服——至少是对狂人的文章与言辞表示了同情——恐怕离疯癫也不远了！就算还不算一路货色，既然择狂为邻，比室而居，那就迟早会推倒墙壁，同聚一室，然后促膝谈心了。这还了得！仔细回味，这样的思维活动，连自己都要吃惊，真是奇上奇，怪上怪。

先不谈脑浆一勺的化学变化，就说意志变成行动、声音化为言辞，很多地方已经有失中庸，太不可思议了。虽然舌上无甘泉，腋下少清风，但牙根总有恶臭，脑筋常生呆气，如之奈何？看来是不太妙了！这样下去，我会不会真成了名副其实的神经病患者？

"好在目前还没伤人，危害社会治安，多半是因此才没被赶出城市，还能当一个东京居民。这可不是什么'消极''积极'之类说说而已的事，必须先从脉搏进行检查。但脉搏好像没什么异常。要不就是头部发热？看上去不像火往上攻之类。唉，总让人担心呀！

"一个人如果总拿自己跟疯子比较，在身上找相似点，多半离精神病不远了。怪只怪出发点有问题。一个人如果用疯子作为标准来看自己，得出的结论就会跟疯子差不多；反之亦然，要是以健康人为标准，那么就会把自己当健康人看待。好吧，那就换一个法子，先从眼前着手看看。首先是那个今天登门的穿礼服的伯父。他说：'心者，置于何处也？……'这一套也有点不大正常。那就换成寒月？他从早到晚带着饭盒，没完没了地磨玻璃球。这家伙也该纳入疯子行列吧。那么迷亭呢？这家伙嬉笑怒骂，以恶作剧为职业，无疑算是个快乐的疯子。下一个就是鼻子夫人了。她心肠之恶毒，早已超出常态，也只能是疯子才有。金田老板，没见过也一样，看他对老婆低三下四、妇唱夫随的样子，完全可以看作是一个不同凡响的人物。

"不同凡响就是疯子的别名，和疯子划为一类名副其实。其次嘛……对了，还有落云馆的诸君子。从年龄来看，还都嫩得很；但在躁狂这点上，完全符合目空一切的暴徒特点。这样一算，基本所有人都可以归类到疯人类，这倒叫人意外地心安理得起来。说不定整个社会就是由疯子构成的呢。疯子聚在一起，互相争吵、叫骂、争斗、残杀，像细胞之于生物一样沉沉浮浮、浮浮沉沉。说不定其中有人头脑清晰，能分辨对错善恶反倒成了另类，才需要创建疯人院，把那些人关进去，不让他们再见天日。

"如此说来，被幽禁在疯人院里的才是正常人，而留在疯人院外的倒是疯子了。这也就是说，当只有一个疯子时，谁都看他是疯子；一旦全都成了疯子，成为一个很大的群体了，也就成了正常人。大的疯子滥用金钱与势力，管理很多的小疯子，奴役驱使，结果成为'杰出的人'。这种事屡见不鲜，真把人搞糊涂了！"

以上，是我对主人当天夜晚孤灯只影沉思默想时的思想的如实记录。我家主人的昏庸愚蠢，由此可见一斑，就算他蓄着恺撒式的八字胡，也是个呆子，分不清正常人与疯子。更何况他好不容易想到了这么个问题，但苦思冥想得不出结论，半途而废。

对了，这一点以前一直忘了提及，那就是他这个人任何时候任何地点，都不具备持续思考的能力。通常从他这个脑瓜里分析出的结论，都属于虚无缥缈的类型，像他从鼻孔里喷出的朝日牌青烟一样。一定不要忘记，这就是他思维方式的基本特色。

也许有人怀疑：一只小猫，怎么能如此绘声绘色描述主人的内心世界？这就是你的孤陋寡闻了。对于猫来说，这等区区小事，何足挂齿！何况猫家我学过解心术。"什么时候学的？"这种念头，最好及时扼杀！总而言之我就是擅长，每当我趴在人们膝上，只要柔软的毛皮轻轻贴在人们的肚皮上，说时迟那时快，人们的心理活动就立马昭然若揭，了然于我的眼帘。

前些天甚至发生过这样的事：当时主人正温存地抚摸我的头，他心里居然冒出这样一个大逆不道的念头："要是剥下这张猫皮，做件坎肩一定暖和。"我瞬间冒了一身冷汗。太可怕了！当天夜里主人脑洞稍微打开，泛起的思维涟漪我这里有幸能向诸公描绘一二，实属猫家我三生有幸了。但主人却想："一切都搞糊涂了。"然后酣然大睡。

到了第二天，究竟原来都想了些什么，他自己已然忘得一干二净。之后，如果想要再思考疯子问题，自然只能重新来过。至于那时他究竟走哪条思路，是否还会得出"一切都搞糊涂了"的结论，谁也无从知晓。但有一点是可以明确告知的，那就是不论他再重想多少遍，也不论他沿着哪条思路绞尽脑汁，最终得出的结论只能是："一切都搞糊涂了！"

第十章

我很怀疑人类是自己说的那样深情、那样富于同情心的动物，还是生而为人流几滴泪或是假装同情，不过是一种义务，为了交际才不得不做做样子罢了。

妻子隔着纸屏在喊："七点了，喂！"

主人背过脸去不予理睬，也不知道他是醒着还是在睡。

有问不答，这又是我家主人的一个特点。除非是不得不开口，他才会哼一声，而且就连这哼也不轻易发出。一个人如果懒到连回答都嫌麻烦了，那也算是一种风格吧，不过这号人没有一个是讨女人喜欢的。

现在，连身边的妻子似乎对他都不大敬重了，至于其他人，说"可想而知"也没多大出入！常言道："见弃于亲兄弟的人，怎能得到陌生美女的怜爱？"既然连妻子都不敬重他，我家主人怎么可能得到女士们的垂青呢？这倒也不是说想借机揭一下主人在异性中毫无魅力的老底，只是主人总是生出一些荒谬的念头，还找出一堆理由来为自己辩护。比如他说妻子之所以不喜欢他，是因为他年事已高。这简直就是昏聩嘛。所以，我这只是出于关心，想要警醒一下他，表达一下自己的看法。

既然遵命在指定时间通知主人到点了，主人就不该当耳旁风；既然背过脸去，也不哼一声，女主人断定错在丈夫而不在妻子，也就理所当然了。于是她一副"通知到了，误事了与我无关"的神情，扛起笤帚和掸子走向书房。

不多时，书房就传出叮当乱响的敲打声，例行公事的清扫工作开始了。清扫的目的究竟是运动还是为了游戏，我不负清扫之责，自然无须过问，装作不知便是。不过，像女主人这种清扫法，很难说是有意义的。为什么说没有意义？那我就告诉你好了：原因是女主人是在为扫除而扫除。她把掸子往纸屏上一碰，将笤帚往床席上一晃，这就表明清扫工作完成。至于清扫的效果之类，就与她毫无关系了，责任嘛，自然也是免的。

因此，干净的地方每天都干净，不干净的位置每天照样不干净。古有"告朔饩羊"的故事嘛，或许比根本不扫要好些。但扫不扫除，对主人并没什么益处。既然无益，还要天天按部就班地去假装扫一下，这正是女主人的非凡之处。妻子与扫除这两个词，按多年的社会习俗，已是固定联系到了一起的。至于扫除的实效，你就这样想吧：没有女主人，就没有笤帚和掸子。想一想还真是，两者的关系，大概像形式逻辑命题中的名词一样，不问内容，只管结合在一起。

和主人不同，我习惯了早起。此时，已经饥饿难耐。但这家里连人都还没用餐，凭我的身份，哪有可能得到早点享用呢？这正是为猫的可悲之处。不过，我心想：蛤蜊壳里说不定正袅袅腾起香喷喷的热气呢！于是，再也等不下去了。

当你明知希望渺茫，却还要去追求这渺茫的希望时，最好只把这追求在心里描画一番，平心静气一动不动。可惜我可做不到，我是定要把"事与愿合"实践一遍才行的。即使明知实践不可能出真知，也是要等撞南墙再回头。我饿得受不了，爬进厨房，先向锅台后的蛤蜊壳瞅一眼。果不其然，昨晚舔干净的地方，在从天窗里倾泻而入的初秋阳光下，不动声色地闪烁着奇异光辉。

女仆已把煮好的米饭倒进饭桶，现在正在火炉上的锅里搅拌。饭锅周围溢出来的米汤已经结痂了，粘在饭桶上，活像粘上了棉纸似的。饭菜也都做好，大概可以进餐了吧！这节骨眼上还客气什么，即使不能如愿以偿，也吃不了什么亏，下定决心，催她快吃早饭好了。我再怎么是个吃闲饭的，也一样知道饿！拿定了主意，我就用猫语开始喵喵叫起来，尽量妩媚点，好让人听起来如诉如泣。

女仆却干脆置之不理，她生来就喜欢摆臭架子，早就知道她不近人情，但叫得动听，唤起她的同情，这可是我的独门绝技。我继续试探着喵哟喵哟地叫。那带几分凄楚悲切的叫声我故意显得有气无力，连自己都确信一定能让天涯游子肝肠寸断。

这个女仆真是铁石心肠，全然不睬。这女人很可能是个聋子，但聋子不可能当女仆。也许只是听不见猫叫声？世上有人是色盲。尽管本人认为自己视力很好，但在医学上，则是个"睁眼瞎"。而这位女仆，大概是声盲吧？声盲也是残废。残废还那么傲慢！夜里不管我憋得多难受要去方便，她也不给开门。终于放我出去，又不准回屋。即使夏天，夜露也会很恼人，更何况秋霜？在那屋檐下彻夜蹲着，等待日出，其中的凄苦可想而知！

前些天我吃了闭门羹后，甚至发生了遭到野狗袭击的事件，眼看就要一命呜呼，幸亏我灵机一动，蹿到一个仓房的屋顶上去了。可整夜都在发抖。这一切的不幸，都是女仆的铁石心肠酿成的。看来，面对这么个女人，纵然哭诉，也是无济于事的。

然而"饿极拜佛脚，贫极起盗心，爱极写情书"，这种时候，什么事都得尝试一下才知道行不行。

我"喵哟,喵哟"叫第三声,特意用了复杂的奏鸣法来引起女仆的注意。我确信自己的声音优美,不亚于贝多芬的交响乐。可对女仆简直就是在对牛弹琴,丝毫也不起作用。她突然跪下,掀起一块活板,抓出一根木炭,然后在火炉边地上敲断成三截,周围被炭粉弄得乌黑,还有一点很可能飞进菜汤里去了。女仆是个不拘小节的女人,立刻从锅后将三截木炭投进火炉,依然不肯侧耳聆听我的交响乐。无奈,我只好蹑足回客厅。路过浴室时,看见三个女孩正在洗脸,十分热闹!

两个大的才上幼儿园,老三最小,只能跟在姐姐们身后转。因此,说是洗脸,不可能正规洗和灵巧化妆。最小的竟把湿抹布从水桶里捞出来在脸上擦来擦去。用抹布洗脸,我不清楚有何感受。可要知道地震时,每当大地颤动,她就会大声喊叫:"太有意西(思)了!"像这样的孩子,用抹布擦脸这点小事,又何足为奇?说不定她比八木独仙要懂事得多。

大小姐不愧是长女,担负起姐姐的职责,哐啷一声摔了自己的漱口杯说:"丫蛋!那是抹布呀!"她急忙来夺抹布。

丫蛋也是死犟,不会轻易听姐姐的话。"烦你,嘎咕!"说着又抢回那条抹布。

这"嘎咕"二字,究竟是句什么话,语源为何,无人知道。只知道这位小姐发脾气时,就会频频道来。

抹布被姊妹二人你拉我扯,水从水分最多的中段滴答滴答往下滴,冷静漠然地滴在小妹脚上。如果只是脚上倒也罢了,还把双膝也淋得湿漉漉的。小妹这时还穿着花布衫。什么是花布衫?我听来听去才明白,大约是把带花纹的布衫都叫作花布衫,不知是谁教给她的。

"丫蛋!花布衫湿了,算了吧!嗯?"姐姐说得很温柔,可她这位万事通近来竟把"花布"跟"双六"念混了。

提到花布，我想起一件事来，顺便啰唆几句。这位小姐说错话的时候太多，经常叫人晕头转向。例如："着火了，直飞蘑菇丁（火星）！""到御茶酱汤（御茶水）女子学校去上学了！"有时会把财神爷和厨房搞混。有一次还说："我可不是草绳铺生的。"仔细一打听，原来是把"草绳铺"和"小胡同"读串了。主人每次听到都发笑，但他自己在学校教英语时，可能教给学生的那些英语，错得比这更可笑，不也一样认真地讲给学生们听了！

丫蛋（她本人并不这么叫，而总是叫丫丫）发现花布衫湿了，哭着说："布衫狼（凉）！"

布衫凉，那还了得！女仆从厨房里跑出来，拿起抹布给她擦。

在这场风波中比较镇静的是二小姐澄子。澄子把从架上滚下来的扑粉瓶盖打开，给自己不停化妆。她先用手指伸进瓶里，然后拿出来在鼻尖上抹一下，立刻出现一条竖道，于是鼻子的轮廓有些清晰了。接着又用抹过鼻子的手指往脸上抹一下。那里又白花花的一块。刚打扮完，女仆进来擦完丫蛋的布衫，顺手给澄子揩了脸蛋。澄子显得快快不乐起来。

我观看了一会儿，就去了主人的卧室，想看看主人起床没。然而，到处不见主人的头颅，只见一只高脚背的八寸半大脚从被子里露了出来。他大概是讨厌别人叫他起床，干脆把头缩进被窝里去了，简直跟乌龟一样。这时候，照例打扫完书房的妻子，扛着笤帚和掸子走了进来，再一次在门口喊："还没起来？"

她站了会儿，看那个不露人头的被窝无反响。就两步跨进门来，嗵的一声把笤帚一顿，再次催促："还不起来？喂！"

主人已经醒了。正因为醒了，为防备妻子袭击，才把脑袋钻进被窝里。他大概以为只要不露出头来，就会躲过了。正满怀侥幸，没想到妻子却决不肯罢休。第一次妻子是在门口喊。他心想：至少六尺远，没什么了不起。当妻子嗵的一声顿笤帚时，距离已经只剩下三尺左右，他这才吓了一跳。尤其是第二次问他"还不起来吗？喂！"时，不论从距离还是音量来判断，都在可攻击范围内了，他明白已是山穷水尽，小声应道：

"嗯！"

"不是说九点钟前去吗？不快些，要来不及的。"

"你不说，我也要立刻起来的。"

他从睡衣的袖口里答话的样子，真乃一大奇观。妻子常常上他的这份当：以为他会起床，就放下心来离开了，谁知他又酣然入睡。这次妻子觉着不可轻信，又催他："喂，起床吧！"

本来说了就起床，还叫喊什么起床起床的，真烦人！对主人这种任性的人来说，就更无法接受。也就是这时吧，主人把蒙在头上的被子一下子掀开。睁圆两只虎眼喊："吵什么？我说起床自然会起床嘛！"

"你嘴起床，可身子就是不起呀！"

"我什么时候扯过这样的谎？"

"任何时候都在扯谎！"

"胡说！"

"不知道是谁在胡说！"

妻子嗵的一声将笤帚一顿，往主人枕旁一站，那姿势，威风凛凛。

这时，房后车夫家的孩子阿八突然放声大哭起来。是车夫家老板娘下的命令：只要主人发火，阿八丫头就一定要大哭。因为这样，她很可能会收到一点赏钱吧！不过，这可难为了阿八。有了这个娘，需要从早哭到晚。

假如主人对此能稍微体谅些，也就会控制一点火气，阿八的寿命也就会延长些。然而话说回来，无论金田先生怎么恳求，车夫老婆依然我行我素，可见她比天道公平更险恶。

如果只是在主人发怒时叫阿八哭几声，那还不算太过分。可金田先生雇用了近邻的几个小流氓，每当他们扮丑女人的鬼脸时，阿八就一定要哭。这是在不知道主人是否动怒时，估计这么做他一定会发火，阿八才提前哭上几声的。于是，也就弄不清到底是主人气阿八，还是阿八气主人。若想捉弄主人，也就无须费什么周折，只要把阿八臭骂一通，便等于轻而易举地打了主人的嘴。

传说古时候西方的犯人如果临行前逃亡国外，未能逮捕归案，便制造一个偶人作为本人的替身予以火葬。可见金田公馆里大概也有通晓西方故事的军师，传授过巧计。落云馆也好，阿八他娘也好，对于毫无本领的主人来说，大约都是些难于对付的敌手吧！此外还有各路强敌，也许全街人都是他的强敌。不过，这暂时还跟本文无关，是随手插入的，那就陆续介绍好了！

主人听见屋后传来的车夫家阿八丫头的哭声，大动肝火，一下子蹦起来，又一屁股坐在被褥上。这时候呀，精神修养、八木独仙，全都烟消云散了。他一边起床，一边使劲抓自己的头皮，险些把头皮扒下来。攒了一个月的头皮屑毫不客气地落到脖子和睡衣领上，那可真是壮观。一瞧他的胡须，让人吃惊：怒发倒立。想是胡须觉得主人发怒了，如果这时自己还无动于衷，那就有些愧对主人，因此才根根奋起，以迅雷不及掩耳之势，朝着四面八方延展开来。

前一日是因为照过镜子，这些胡子都井然有序顺服地排列在下巴上，就像在恺撒的脸上一样。但只过了一夜，先前的操练都白费功夫，又恢复了杂乱无章的面目。这跟主人那速成的精神修养一样，都是过一夜就消失。这样粗野的男人，蓄如此粗野的胡须，居然能在教师职务上盘踞如此之久，由此可见日本之大。正因为大，金田老板跟他那些走狗们，才都算得上是人而横行于世！只要他们能算是人而横行于世，那么就没有理由革他的职，估计主人就是这样推理的。可以给巢鸭疯人院写封信，请教天道公平先生一下，大概就能迎刃而解。

我昨天介绍过主人的混沌太古双眼，现在他又怒目圆睁，正盯着对面的那个壁橱。那个壁橱高六尺，分成上下两层，各带一个门。下边那个门几乎是紧挨着主人睡觉的棉被的，主人坐起来睁开眼睛，第一个看见的就是这个门。这次主人看见裱糊的花纹纸已经破旧不堪，里面的各种各样的糊纸，像被开肠破肚后露出的肠子。有印刷体，有手写体，横七竖八粘在上面。

主人瞧见这些"肠子"，想看看上边写些什么。本来是怒火中烧的暴起，想冲出去一把将车夫老婆抓住，然后把她那副嘴脸在松树上摩擦，但突然之间又想读这些废纸上的字。看起来这种行为的变化很不合逻辑，不过你只要想到这是一个喜怒无常的人，就能理解了。等同于小孩哭起来了，分给他一个豆包他就破涕为笑。

从前主人在一个寺庙里住过，只隔了一扇纸屏，隔壁就住着五六个尼姑。尼姑嘛，本来就是坏心肠女人中心肠最坏的。据说有位尼姑摸透了主人的脾气，她经常会边敲饭锅边反复唱："乌鸦刚才在哭，现在乌鸦笑了。"看来主人讨厌尼姑，应该就是从那时开始。你还真别说，讨厌的尼姑说得还真准。主人就是这样哭笑无常、情绪多变的家伙，什么心情也不会维持很长就要变。

说实在的，他这种多变和喜怒无常，翻译成白话就是他不过是个浅薄、习惯于胡搅蛮缠的赖皮。既然是个赖皮，那他这样愤怒了就要冲出去干一架，起来了就马上想要看那些"肠子"，就都是顺理成章的。

首先看到的是两脚朝天的伊藤博文，上端标有"明治十一年九月二十八日"。足见这位朝鲜总督从那时开始就紧跟政令行事了。主人心想：不知大将军此时任何职？他往下找，看见"大藏卿"三个字。真了不起！尽管两脚朝天，也还是个大藏卿！向左移动目光，又是一个大藏卿，这个是躺着在午睡。难怪，拿大顶终归是坚持不长的。下面有木版印刷的"尔等"两个大字，他想往下看，可赶巧那一段"肠子"被覆盖住了。

下一行只露出"迅速"二字。本来很想看清，无奈只露这么点也就没法成句了。假如主人也是警察厅的侦探，那就算是别人的东西，他也很可能会随便撕开看了再说。侦探这一行，因为没受过高等教育，为了拿到真凭实据，什么事都干得出，真拿他们没办法。但愿他们能稍微礼貌些。要是不懂礼貌，就不准取证，这样就对了！据说他们甚至罗织和捏造罪状诬陷良民。良民花钱雇来的人，竟然构陷雇主，真是太疯狂了。

主人眼珠又转动了一下，这次是看向了中心区域。那里有翻着筋斗的"大分县"三个字。连伊藤博文都拿大顶，大分县翻筋斗也不是不可以的。主人突然握紧双拳，向天井伸去——他这是准备打哈欠了。

主人打出像鲸鱼喷水式的哈欠，发出的声音稀奇古怪。他打完这个哈欠，终于开始慢条斯理换上衣服，换好了到洗漱间去洗脸。早等得不耐烦的妻子，愤愤然叠好被子，卷起床褥，例行公事开始扫除。跟女主人的扫除一样，主人的洗脸也是例行公事，十年如一日。

记得先前我介绍过，就是那样"啊、啊""嘎、嘎"不住叫唤。不一会儿洗完脸，分完头发，毛巾往肩上一搭就驾临客厅，在长方形火炉旁悠然落座。说起这个长方形火炉，想必有些读者的脑海里会浮现这样的情景：火炉是山毛榉鱼鳞花纹木和全铜镶的里子，女人披散着刚洗过的长发，支起一条腿来，将长烟袋在柿木的炉边上敲打……

至于我家苦沙弥先生的长方形火炉当然没有那么排场。它很典型，但是是用什么材料制作的，常人很难判断。一般来说长方形火炉应该被擦得锃亮，可主人的这个货色看不出究竟是山毛榉、樱木，还是桐木的。还根本看不出是否擦过，因此看着脏兮兮的。问："这玩意儿从哪儿买的？"答："记不起来了。"问："那么是不花钱得来的？"他又好像不记得有人送过这玩意儿。如果继续问"难道是偷来的"？说不清为什么，每次遇到这样的提问，主人总会语焉不详。

从前亲戚中有个老太太，去世前曾求主人看过一段时间门。后来主人自己成家，很可能从老太太家搬走时，这个长方形火炉就被顺手牵羊带走了。怎么觉得有点品性问题了？但想想也正常，世间这类事司空见惯。据说银行家整天存别人的钱，渐渐地就把别人的钱看成自己的了。

官吏本该是人民的公仆、代理人，为了办事方便，人民才给了他们一定权力。但他们摇身一变，就认为这权力是与生俱来的，跟人民毫无关系了。既然这类人满世界都是，一个长方形火炉也就不足以用来判断我家主人是不是有偷东西的嗜好。假如主人有偷东西的嗜好，那么，天下人就一定全都是小偷了。

主人面前摆着饭桌，在长方形火炉旁安营扎寨了。围在他周围的是刚才用抹布揩脸的丫丫，在"御茶酱汤"学校读书的敦子和用手指插进扑粉瓶里的澄子。爱女坐齐，开始用早餐。主人挨个打量一遍三位公主。敦子脸的轮廓很像南洋铁刀的刀把；澄子因为是妹妹，面相比较像姐姐，说像琉球漆的朱红漆盆，倒也十分形象。只有丫丫独具一格长了一副长脸。如果是竖着长，世间还很容易找到相同的人，问题是这个小丫头的脸却是横着长。不管流行时尚如何变幻，可总不至于横着长的脸也流行起来吧！本是自己的孩子，主人竟也边看边感慨起来。就这模样，也还是一定要继续成长。岂止成长，其速度之快，大有和尚庙里的竹笋眨眼变成嫩竹之势，长得飞快。"又长高了！"每念及此，主人都感觉身后有追兵逼近，心里惶惶不安。

不管主人如何没心没肺，三位小姐都是女的这一点他可没糊涂。既然是女的，迟早要嫁人这也清楚。但清楚不等于有本事安排她们出嫁，这一点主人也心知肚明。这样的结果是自己的亲骨肉，也要感到棘手。既然棘手就不该生她们。可这就是人生！要是问人生是什么，说一句"自己给自己不断添些麻烦来折磨自己"也就够了。

孩子们可就不一样了。她们做梦也不会想到，自己的老子对她们是在穷于应付。她们欢天喜地地用餐。不过，眼下难缠的是丫丫。丫丫三岁时，她妈妈动歪脑筋分给她一套适用的小碗筷。可丫丫不答应，一定要抢姐姐的碗，非要用那个自己还拿不动的碗吃饭。

纵观人世间，大凡越是凡夫俗子，就越横行霸道，一心要爬上并不称职的官阶，而丫丫的行为举止，可以看出这种秉性是早在孩童时期就开始萌芽了的。因袭而成的东西，很难矫正，不如早点断了教育和熏陶能改善的念头。

丫丫已经把掠夺来的特大饭碗和又长又大的筷子据为己有，并继续在饭桌前横行。因为用自己根本没法用的餐具，势必大逞威风。她先把两根筷子头攥在一起往碗底插去。碗里盛了大半碗饭，上面还飘着酱汤。在筷子突然施加的压力下，碗里原来勉强维持的平衡被破坏，装满米饭和酱汤的碗倾斜了三十度，酱汤肆无忌惮地流向她的胸脯。

不过，这种小事丫丫才不会在乎。丫丫是个暴君。她接着把插进碗底的筷子用尽气力朝上一挑，同时把小嘴凑近碗边，将挑上来的饭粒啜了个满嘴，剩下的米粒与黄色酱汤混合，哇地喊着号子，从她鼻尖涌向她的脸，再转向下巴；其中因失误而坠落于床席者不计其数。这种吃法，简直就是霸王的吃法。

我就此谨向鼎鼎大名的金田先生及天下权贵们发出忠告：诸公待人，如果像丫丫用碗筷一样，那么进入诸公口里的饭粒必然会少得可怜。而且，即使是这些少得可怜的饭粒，也必定会是误入嘴中，而非特意进入。敬请三思。否则，有悖于"谙于事故的干将"这一头衔。

被抢走了筷子和饭碗的姐姐敦子，拿着不好使的小筷子小碗一直凑合着用。碗本来就太小，即使盛得满了，也三两口就吃光。这样一来她就被迫频频往饭桶伸碗，现在该是第五碗了。敦子揭开锅盖操起大勺，看了一会儿。她似乎拿不定主意，是吃下这一碗还是就此打住。

终于下决心，在没有锅巴的地方下勺子一盛。这倒不难，但是反过手来将饭勺里的饭往碗里一扣时，没有装进碗里的米饭成团落在床席上。敦子毫不惊慌，开始将撒落的米饭小心拾起。拾起它来干吗？当然全扔回饭桶里。

丫丫大显身手挑起筷子之时，敦子正好在将掉落的饭粒捡起来扔回饭桶。不愧是姐姐，责任让她不忍看丫丫的脸上一塌糊涂："呀，丫丫，太不像话，脸上全是饭粒了！"说着急忙去给丫丫揩脸。这个行为的第一步，就是除掉丫丫鼻尖上的饭粒。本以为她会将除下的饭粒扔别处去，她却不假思索就扔进了自己嘴里。然后就是丫丫的脸蛋。丫丫的脸蛋上饭粒成群结伙，看数量总有二十粒吧！姐姐这时集中注意力，拿掉一粒吃下一粒，终于大功告成，把粘在妹妹脸上的饭粒悉数吃光。

一直文静地吃着咸菜的澄子，舀了一勺酱汤，突然发现里面有一块煮烂的地瓜，就大口填进了嘴里。读者诸公一定深有体会，再没有比汤煮地瓜更烫嘴的食物了。就算是大人，一不小心也会被烫伤似的。何况澄子吃地瓜缺少经验，吃苦头也就在所避免。澄子哇的一声惊叫，把嘴里的地瓜吐在饭桌上。其中两三块不知怎么就滚到丫丫面前，在一定距离外停住。丫丫本来就特别爱吃地瓜。既然特别爱吃的地瓜不请自来，自然要放下筷子用手去捡起来吞下。

诸多丑态，主人尽收眼底，但他一言不发，专心吃自己的饭喝自己的汤，现在已经开始用牙签剔牙了。

主人对于女儿们的教育，采取的似乎是放任自流的方针。就算这三位小姐马上成了"海老茶式部""鼠式部"，不约而同找了个情夫出奔，大概主人也会泰然处之，照样吃他的饭，喝他的茶，不动声色地看着。

这应该就算是"无所作为"吧。然而当今世界，号称"大有作为"的那些人，除了坑蒙拐骗、阴谋残害、虚张声势外，似乎再也没别的本事了。连中学生也是在见样学样，误以为不这样就不够神气，而只有得意扬扬干那种惹人厌烦的勾当，才算得上是在为将来成为绅士做准备。这哪是什么"大有作为"，简直就是"胡作非为"！

我好歹是只日本猫，多少有点爱国心。每当看见这号人，就想揍他们一通。这种人多一个，国家就要相应弱一分。有这样的学生，是学校的耻辱；有这样的人民，是国家的耻辱。虽然耻辱，这号人却源源不断产生出来，日本人似乎连猫这么点气度都没有。呜呼哀哉！

如此看来，相对而言像在下主人这类人，都可以算得上上等好人了，因为他的窝囊是上等的，无能也是上等的，不耍小聪明也是上等的。

终于按部就班吃罢早餐，主人穿上西装，乘上车，到日本堤警察分局去报到。他拉开纸隔门时，问过车夫是否知道"日本堤"在哪儿。车夫马上嘿嘿地笑了起来。"就是有妓院的那个吉原附近的日本堤吧？"车夫回答得意味深长。

主人破例乘车出门了。随后妻子照例吃罢早餐，催促小姐们："喂，快上学吧！要迟到了！"

小姐们却一个比一个沉着，根本没想上学。"啊，今天放假呀！"

"放什么假？快走！"妈妈申斥起来。

"可昨天老师说，今天休息呀！"姐姐坐在那儿纹丝不动。

妈妈这时大概觉得有些奇怪，从壁橱里拿出日历，看了半天才看清楚，发现上面今天的日子旁印着"皇室节日"四个红字。主人大概不知道今天是节日，才给学校写了假条的吧。妻子也不知今天是节日，大概把假条给扔进了邮筒吧！至于迷亭，他是真的不知道，还是故意假装不知，那就不得而知了。

女主人为这发现大感意外，就"啊"了一声说："那就都好好玩吧！"说着，她像往常一样拿出针线筐，开始做针线。

此后半个小时家里平安无事，没发生什么足以构成创作素材的事件。但半小时后突然有个奇怪的来客，是位十七八岁的女学生。穿着一双歪跟的皮鞋，紫色裙子，头发卷得像一堆算盘珠，连招呼也不打，从便门闯了进来。

她是主人的侄女。据说是学校里的学生，有时星期天来，和叔父大吵一通然后告退。这位小姐名叫雪江。毫无悬念，模样不如名字动人。属于那种走到大街上，百步之内必有的面孔。

"婶子好！"她踢踢踏踏跨进客厅，在针线筐旁坐定。

"哟，来得这么早！"

"今天过节，我就想早晨来一趟，所以八点半就出家门了。"

"是啊，有事吗？"

"没有。只是好久没见了才来一趟。"

"来一趟吗？多玩一会儿吧！"

"叔叔去哪儿了？真新鲜。"

"噢，今天到一个不寻常的地方去……警察分局去了。新鲜吧？"

"啊？为什么？"

"说是抓住了今年春天闯进家来的那个小偷。"

"那么是对质去了？真麻烦。"

"不是！是返还失物。昨天警察特意来通知认领被盗的东西。"

"怪不得。这么早叔叔可从来不出门呀。平常都还在睡觉呢！"

"没见过像你叔叔那么能睡懒觉的……而且，一喊他就气哼哼的。本来事先告诉我七点钟一定叫醒他，早晨喊他起来，可是他钻进被窝里不答话。我担心才又叫了一遍，他竟在睡衣袖子里不知说些什么。真拿他没办法！"

"他为什么这么容易犯困？是神经衰弱吧？"

"什么？"

"他是个乱发脾气的人。就这样，还能在学校教书？"

"唉，听说在学校还很平和的呀！"

"这就更坏。在家是老虎，出门是豆腐！"

"为什么？"

"不为什么，反正在家是老虎，出门是豆腐！不像吗？"

"他可不光是发脾气！你要是想叫他向右，他就偏向左；事事都要跟人反着来，太犟了。"

"真是这样别扭？叔叔就这样。所以，要是想让他干什么，只要反着说，他一定会照着去做。前些天我要他给我买把雨伞，可我偏说不要不要的。叔叔说：'怎么会不要呢？'立刻就给我买了。"

"哈哈哈……好办法。今后也依此照办。"

"就这样办吧！否则要吃亏的。"

"前些天保险公司来人，劝他参加保险，说了一大堆理由。说这有利，那有好处，差不多跟他说了一个钟头，可他说什么也不肯参加。家里既没有存款，又有三个孩子，索性加入保险叫人放心。可他，一点都不关心这些。"

"是啊！万一出点什么事，岂不抓瞎！"

这话说得太过成熟，和十七八岁的姑娘很不相称。

婶子说："偷听他们的谈判，可有意思了。'当然，我不是不承认有参加保险的必要。有必要保险公司才存在。'可他又死犟说，'我既然没死，就没参加保险的必要！'"

"叔叔这么说？"

"是呀。于是保险公司那人说：'人要是不用死，那也就不需要保险公司了。可人的生命既坚强又脆弱，谁也不知道自己会遇到什么危险。'可你叔叔说什么'没关系，我决心不死！'之类的浑话，真是胡搅蛮缠！"

"下决心也难免一死。像我，尽管决心考试合格，可还是一样名落孙山。"

"保险公司的职员也是那么说的呀！他说：'寿命是不以人们的意志为转移的。如果只要下决心就可以长生不老，人就谁也不会死掉。'"

"保险公司的人说得没错。"

"没错吧，可你叔叔听不懂。说什么'不，我决不死！我发誓不死'！看他那神气十足的样子！"

"怪呀！"

"就是怪！太怪了。他说：'拿钱买保险，倒不如在银行存款。'"

"在银行有存款吗？"

"有个屁！他自己一蹬腿，后事全不管！"

"真叫人不放心。他为什么会这样？就说那些常来这里的人吧，也没有一个像叔叔这样的。"

"怎么会有？他可是空前绝后！"

"要不就跟铃木先生谈谈，求他给叔叔提提意见。人家多稳重，一定过得很不错呢。"

"你叔叔对铃木先生很有成见呢！"

"全搞颠倒了！那么，那一位总可以吧……哎，就是那个文文静静的……"

"八木先生？"

"对呀。"

"对八木先生，一般来说还是心服口服。不过昨天迷亭先生来，说了八木一些坏话，也许他对八木先生改变看法了。"

"不会呀！像八木先生那样稳重大度……前不久八木先生还在我们学校讲演了呢。"

"八木先生？"

"是啊。"

"八木先生是你们学校的老师？"

"不是老师。不过，'淑德妇女会'经常会请他去做讲演。"

"讲得有趣吗？"

"这……倒不怎么有趣。那位先生是张大长脸吧？还长着一副天父一样的胡须，所以大家都洗耳恭听。"

"光说讲演，可他讲了些什么呀？"女主人刚刚这么一问，三个大概在竹篱外的空地上玩耍的女孩，在檐廊下听见了雪江的声音，呼地一下子涌进客厅！

"啊，雪江姐来了！"两个大的欢天喜地。妈妈则说："别吵！都安安静静坐下！你雪江姐正讲有趣的故事。"说着，把针线活放在墙脚。

"雪江姐，你讲什么故事？我最爱听故事了。"敦子抢先说。

“还是讲《咔嚓咔嚓的山》吗？”这次是澄子。

“丫丫也港（讲）！”小三从两位姐姐间伸出腿。她说的不是听故事，而是说她要讲故事。

“啊？丫丫也讲？”雪江笑着说。

“丫丫过一会儿再讲！让你雪江姐先讲。”妈妈哄着说。丫丫怎么肯听！

“不——嘛，嘎咕！”她大声叫喊。

“喂，算了，算了，那就由丫丫先讲。什么故事？”雪江表现得很谦逊。

“故系（事），喂，小孩，小孩，乙（你）到了（哪儿）去？”

“有意思，后来呢？”

“哇（我）们上田里割稻去！”

“哟，丫丫知道的还真不少！”

“你一拉（来），就打扰了！”

“哟，不是‘拉’，是‘来’。”敦子插嘴说。丫丫又是“嘎咕”一声大喝，吓到了敦子。但敦子半路这么一插嘴，丫丫忘了讲的是什么，讲不下去了。

“丫丫！故事就这么多？”雪江问。

丫丫说：“喂，以后别再放屁了。噗噗噗的。”

“哈哈哈，烦人！是谁教给你这些话的？”

“女扑（仆）！”

“那个坏女仆！教她这种话！”女主人苦笑说，“好吧！这回轮到雪江了！丫丫安安静静听哟！”

“暴君”这次居然顺从了，很长时间都鸦雀无声。

“八木先生的讲演是这样！”雪江终于开口了，“据说从前有一个十字路口，中间有一座石头的地藏菩萨像。可偏偏那地方车水马龙，门庭若市，石菩萨就成了碍事的障碍。于是，很多人聚到一起，互相商量，怎样才能把石菩萨迁到某个角落去。”

“这是真事吗？”

“关于这一点，他什么也没说呀。接着说那些人想了很多主意。街上有个著名的大力士，他说：‘这有何难，看我把石菩萨搬走！’他只身一人来到十字路口，双臂抱住石菩萨使劲想要抱起来，但无论怎么样用力，最后大汗淋漓也没能让石菩萨动一动。"

"这石菩萨可真够重的。"

"是呀。那个大力士筋疲力尽，回家睡大觉去了。于是街上的人们又重新开始商量。这时，一位最聪明的男子说：'这事就交给我吧！'他在饭盒里装满了豆馅年糕，来到石菩萨面前说：'请到这儿来！'他边说边拿豆馅年糕诱惑。他以为地藏菩萨也会跟自己一样嘴馋，用豆馅年糕就能让这石菩萨上钩。可石菩萨还是纹丝没动。那个聪明的男子觉得这招不顶用。他又把酒倒进瓢里，用一只手拎着，另一只手端着酒盅，走到菩萨像前说：'喂，不贪一杯吗？想喝，就请到这儿来！'他连哄带劝三个来小时，可那石菩萨依然不动。"

"雪江姐！地藏菩萨不饿吗？"敦子问。

澄子却抢着说："我馋豆馅年糕了！"

"聪明人两次失败，又造了一些伪钞，将假票子晃来晃去：'喂，想要吗？来呀！'可这一招也不灵。那地藏菩萨十分顽固！"

"有点像你的叔叔。"

"嗳，和我叔叔一模一样。最后，聪明人也烦了，不再理睬。后来呀，一个吹大牛的人出来说：'看我来挪走它。请放心。'就像那是一件很轻松的活似的。"

"那个吹大牛的人干了些什么？"

"那可太有意思了。他先穿上警服，粘上假胡子，来到菩萨面前说：'喂，喂，你再不动，可没你的好处！我们当警察的可不能置之不理！'他抖了一阵威风。可如今世上，即使装警察的腔调又有谁理会呢？"

"是啊。那么，菩萨像动了吗？"

"动？和叔叔一样嘛！"

"可是，你叔叔非常怕警察呀！"

"哟，是嘛！那叔叔会是怎样一副表情？看来，对他再也没有比警察更可怕的了。不过，那个地藏菩萨可一动不动。这时，那个吹牛大王勃然大怒，脱下警服，把脸上的假胡子也扔到纸篓里，换上有钱人的服装。

在今天来说，就是以岩崎男爵①的神气出场了。多可笑呀！"

"所谓'岩崎男爵的神气'是什么样？"

"不过是摆摆臭架子，并且什么也不做，什么也不说，叼着长长的雪茄，在地藏菩萨周围边走边吸。"

"这又能怎么样？"

"为了用烟雾将地藏菩萨蒙起来呀。"

"简直像说单口相声一样。那么，把菩萨像蒙在烟雾里了吗？"

"不行！那是石头嘛！骗人也要有个分寸。听说他后来又乔装起王爷来了。愚蠢！"

"咦？那时候就有王爷？"

"有吧？八木先生是这么说的。据说那个人真的变成了个王爷。虽然胆战心惊，可他总还是变了。一个吹牛大王的身份，首先，岂不是犯了不敬之罪吗？"

"光说是王爷，可是是哪位王爷呀？"

"哪位王爷？不论变成哪位王爷，结果都一样。"

"是啊。"

"变成王爷也不灵，吹牛大王毫无办法。据说他认输说：'凭我这点本事，对地藏菩萨是束手无策哟！'"

"活该！"

"是啊，本该顺手惩办他一下的……街上的人们越来越烦恼，又接着商量，可再也没人主动出来冒险，大家都难住了。"

"故事就这样结束了？"

"没有呢。最后，人们雇了好多脚夫、无赖，在地藏菩萨周围乱喊乱叫。他们说只要让菩萨生气了，它就会在这儿待不住。因此，他们就换着班昼夜不停吵嚷。"

"够辛苦的。"

"可还是不行，地藏菩萨也够犟的。"

"后来又怎样？"敦子热情地问。

---

① 岩崎男爵是日本明治时期一个著名的大富豪。

"后来呀，不论如何吵闹，也不灵验，人们有些厌倦了。可对那些脚夫和无赖，不管干多少天，只要能发工钱就行。"

"雪江姐，工钱是什么？"澄子问。

"工钱嘛，就是工钱呀！"

"领了钱，做什么用？"

"领了钱吗……哈哈哈，澄子真是个讨厌鬼……姊子，那些人就这样白天夜晚地吵闹。当时街上有个傻子，都叫他'傻阿竹'，没有人认识他，也没人理他。傻子看到了这情景，问大家：'你们吵什么？多少年多少月，也动不了地藏菩萨吗？真可怜……'"

"别看他傻，倒很神气呢！"

"是个了不起的傻子哟！大家听了他的话都说：'白猫黑猫，抓住耗子是好猫。'反正也不会更坏，那就叫他试试。于是就央求傻子。傻子不管三七二十一竟答应了。他制止那些脚夫和无赖说：'别那么吵吵闹闹捣乱，都住口！'然后他飘然来到地藏菩萨面前。"

"雪江姐！'飘然'，是傻阿竹的朋友？"正在紧要关头敦子突然发出这样的一问，妈妈和雪江爆发了一阵笑。

"哪里，不是朋友。"

"那是什么？"

"'飘然'吗……唉，没法说。"

"'飘然'，就是'没法说'？"

"不是的。'飘然'嘛……"

"咦？"

"喂，你知道多多良三平先生吧？"

"多多良先生就是'飘然'？"

"哎，是呀……单说那傻阿竹来到地藏菩萨面前，操着手说：'地藏菩萨！街上的人都要求你动迁，就请动身吧！'这么一说，地藏菩萨答道：'是呀！既然如此，早些告诉我多好呢。'于是菩萨像缓缓移动了。"

"真是个莫名其妙的地藏菩萨！"

"下边介绍一下演说。"

"故事还没完？"

"是啊。下边只说八木先生好了。他说：'今天是妇女开会，我特意讲上面那个故事，是有原因的。不过，也许有些失礼。妇女有个毛病，遇事常常不正面直接面对，而是喜欢绕路而行，舍近求远。当然，并不只妇女会这样。在这明治年代，男子也受到文明的不良影响，变得越来越像女人，因此，常常因简就繁，做些表面文章，反而认为这才是正常的途径，是作为绅士必须身体力行的，如今这样的人似乎还不少。但这些人都是文明束缚下的畸形。'

"'只是对于妇女们来说，千万要记住我刚才讲的这个故事，一旦有事，请按照傻阿竹的坦率直接去处理。诸位如果能像傻阿竹那样，那么夫妻之间、婆媳之间的纠纷，就会减少三分之一。人心眼越多，就越是怂恿你去胆大妄为，给你带来诸多不幸。相对于男人，大多数妇女要更不幸，都是因为心眼太多了。好吧！请都变成傻阿竹吧！'"

"嗯？雪江姐，你想成为傻阿竹吗？"

"见他的鬼吧！什么傻阿竹。我才不想当个傻阿竹呢。金田家的富子小姐等人说：'讲话太失礼了！'她们气得要死呢。"

"金田家的富子小姐？是对面胡同口那家的？"

"是呀，就是那位摩登女郎哟！"

"她也在你们学校上学？"

"不！是妇女开会才去旁听的。时髦得简直叹为观止。"

"可据说是容貌出众嘛。"

"很一般了！根本不像她自吹的那样。只要像她那么搽脂抹粉，任谁都能显得好看。"

"那么，雪江姐要是像金田小姐那样化妆，会比金田小姐漂亮？"

"哟，烦人！少说两句。我不知道。不过，金田小姐太做作，尽管她有钱……"

"尽管做作，也还是有钱好吧！"

"那倒也是，她要是能稍微变成个傻阿竹就好了。太张狂了。听说最近有个叫什么的诗人献给她一本新诗集，她就在每个人面前大肆吹嘘了！”

“是东风先生吧？”

“啊？是东风先生送的？真是没事干了。”

“不过，东风先生可认为那样做很值得。”

“正因为有这样的人，事情才糟……对了，还有更有趣的事了！听说最近有人给她写了一封情书。”

“哟，缺德！是谁干出那种事来？”

“据说不知道是谁！”

“没写姓名？”

“姓名倒是写得一清二楚。不过，据说是个没人知道的陌生人。还有，那封信写得足有六尺长了。都说写了好多花花事儿，什么‘我爱慕你，如同宗教家对神灵的膜拜’‘为了你，我愿变成祭坛上的羔羊，任你宰割，这将是我无上的光荣’‘心脏是三角形的，三角形的中心插着丘比特的箭。如果是吹气的玩具箭，那就百发百中了……’”

“这就叫虔诚？”

“当然是虔诚了。真的，我的朋友中就有三个人看过这封信。”

“真够可以！那玩意儿还拿出去炫耀？她想要嫁给寒月先生的，那封信要是被人传开，岂不糟糕？”

“这有什么糟糕的，她才得意扬扬呢！下回寒月先生来，可以告诉他。寒月先生还一无所知吧？”

“谁知道。那位先生整天在学校磨玻璃球，多半不清楚吧！”

“寒月先生真的想娶她？可怜！”

“为什么？她有钱，一旦有事，就有了依靠。这不是很好吗？”

“姊子张口闭口都是钱呀钱的，多俗气！难道爱情不比金钱更重要？没有爱，就不能结为夫妻。”

“是啊。那么雪江，你想嫁给谁？”

“天晓得！连点影子都没有呢。”

就在雪江小姐和姊子就婚姻大事激烈舌战时，一直在那儿认真听，但一点都听不懂的敦子突然开口说：“我也想嫁人了！”

对此，就连青春活泼的雪江都惊呆了。可妈妈好冷静，笑问："你想嫁给谁？"

"先是想嫁给'招魂社'，可我讨厌过水道桥，正发愁了！"

妈妈和雪江听了这不寻常的回答，笑得前仰后合。这也太过分了，太出乎意料，大家连再问的勇气也没有了。

这时候倒是二小姐澄子问姐姐："姐姐喜欢招魂社呀？我也喜欢。我们一同嫁给招魂社吧！喂，好不好？不同意算了！我自己坐车去了。"

"丫丫也去！"终于，丫丫也决定嫁给招魂社。假如三人一同嫁给招魂社，估计主人会很高兴吧！

就在这时，门外传来车马声，有人用雄壮的声音呐喊一声："您回来了！"估计是主人从"日本堤"警察分局回来了。车夫递过一个好大的包袱，主人叫女仆接过，悠然跨进了客厅。

"你来了！"他和雪江打招呼，把手里一个像酒瓶的玩意儿啪的一声扔在那个著名的长方形火炉边。只是说像酒瓶，当然不会就是酒瓶，只不过是个古怪的陶器罢了。既然不知道是什么，就只好以像是酒瓶称之。

"奇怪的酒瓶啊！这玩意儿是从警察分局拿来的？"雪江边将那个摔倒的玩意儿扶起边问叔父。叔父看看雪江自豪地说："怎么样？样式美吧？"

"样式美？什么玩意儿？我看不怎么好。一个油壶，拿它干什么？"

"什么油壶？说得真没趣！"

"那是什么？"

"花瓶嘛！"

"作为花瓶嘴儿太小，肚子又太大。"

"所以才有意思呢！你和你婶子不分上下，一样不文雅，太扫兴了！"他拿过油壶，朝纸屏方向看。

"我是不文雅。可我不会从警察分局拿回来个油壶。是吧，婶子！"

她婶子没工夫跟她说话，正在那儿看包袱里的东西，她瞪大眼睛一件件检视。"真意外，小偷也进步了。全部拆洗过。喂，你看呀！"

"我怎么会从警察分局拿回个油壶呢？是因为等得太无聊，就在那一带闲逛，这中间在地里挖出来的。你们自然不懂，那可是件宝啊！"

"宝得夸张了。叔叔到底在哪儿闲逛？"

"哪儿？日本堤一带呗！还到吉原去了，那儿可真热闹！你见过吉原的大铁门吗？没有吧？"

"我怎么会见过？我可没有缘分到吉原那种下贱女人住的地方！叔叔身为教师，竟然去那种地方，真吓人！婶子，婶子！"

"呃，说得是啊。件数总好像不够。全都还了？就这些？"

"没还的只有山药。本来叫九点钟去，可是一直等到十一点，这还像话吗？因此说日本的警察就是不像话！"

"要是日本的警察不像话，那么你到吉原去溜达，就更不成体统。这种事要是传出去，会被革职了！是吧，婶子？"

"呃，好像是吧！喂，我那条带子缺了一面。就觉着缺点什么嘛！"

"腰带缺一面就算了吧！我干等了几个小时，糟蹋了半天宝贵时光。"

说着主人换上了和服，靠在火炉上，悠然自得地把赏起那个油壶。妻子也觉得只能这样，就把返还的东西都放进壁橱，坐回自己的座位。

"还说这个油壶是件宝！多脏啊。"

"是在吉原买的？哟——"

"'哟'什么！还没了解真相就……"

"这么个小壶，何须到吉原去买，到处不是都有吗？"

"遗憾的是没有啊！这可是件罕见的东西哟！"

"叔叔太像那个地藏菩萨了。"

"你一个孩子，口气怪大的。近来的女学生嘴太碎，需要读读《女子大学》了。"

"叔叔不愿意参加生命保险吧？女学生和生命保险，你最讨厌哪个？"

"我并不讨厌保险，那是有必要的。凡是想到将来的人，都要参加。而女学生，却是没用的废物。"

"没用就没用吧！可你还没有参加保险呀！"

"下个月就参加！"

"一言为定？"

"一言为定。"

"算了吧！参加什么保险！还不如用来买点什么。你说是吧，婶子！"

她婶子笑眯眯的，可主人的脸绷起来了。

"你这是想活一百年、二百年吧，才这么四平八稳？等人的理性再发达些，你看好了，那时就会感到参加保险的必要。下个月我一定参加生命保险。"

"是吗？那就不说了。不过，有前些天给我买伞的钱，说不定参加保险更好些呢。人家一再不要不要的，可你偏给买。"

"你是那么不想要吗？"

"嗯，我不喜欢雨伞。"

"那就还给我好了。刚好给敦子。那就给她吧！今天带来了？"

"太过分了，不觉得刻薄吗？好不容易给我买了，又往回要。"

"你说不要，我才叫你还呀！一点不刻薄。"

"我是不要。不过你太刻薄了。"

"净说些浑话！你说不要我才叫你还给我，这有什么刻薄的？"

"不过……"

"'不过'什么？"

"不过，还是刻薄。"

"真蠢，一句话翻来覆去。"

"叔叔不也是一句话翻来覆去吗？"

"是因为你翻来覆去，我有什么办法。刚才说不要雨伞了吗？"

"我说了。不要倒是不要，但不想还给你。"

"怪了！又混又犟，真没办法！你们学校不教逻辑学吗？"

"算了！随便你说吧！反正我少教育！叫人家把东西还回来！即使外人也不会说这种冷冰冰的话。你哪怕像点傻阿竹也就好了。"

"叫我像什么？"

"叫你学得正直和坦率些！"

"你这个蠢材，想不到这么固执。正因如此，你才降班了呢。"

"降班也不跟叔叔要学费！"

话说到这儿，雪江似乎不胜感慨地流下泪来，滴在紫色裙裤上。主人可好，像是在研究泪水来自哪种情绪似的，呆呆地看着雪江的裙裤和她低垂的脸。

　　这时，女仆从厨房里伸出来一双红彤彤的手说："有人来了。"

　　"又是谁来了？"主人问。

　　"是学生。"女仆侧脸看雪江的泪脸。

　　主人走出客厅。而我为了继续采访并研究人类，尾随主人转到檐廊。研究人类，不选择波澜乍起的时机，那将一事无成。一般时候的人听其言观其行，无不庸庸碌碌，太过平凡。只有到了紧急关头，那些平凡才会因为某些神秘力量，变成一些奇特的、怪诞的、玄虚的、荒谬的情景。一言以蔽之，只要有心，够我们猫类日后三思的事件比比皆是。像雪江的泪，就是其中之一。

　　雪江有一颗不可思议的难以捉摸的心。在她和女主人谈话过程中，这一点并不突出，但当主人归来而扔下油壶时，就立刻像用蒸汽泵给一条死龙注射了氧气似的，她那深不可测的、巧妙的、美妙的、奇妙的、玄妙的丽质便猛然发挥得淋漓尽致。然而，她的丽质为天下女子所共有，遗憾的是很少能轻易发挥出来。也不完全是，倒也是在整天不停发挥，只是不这么显著，不这么发挥得淋漓尽致。幸而我有一个动不动就倒着抚摸猫发的怪主人，才得以欣赏到这出好戏！

　　总而言之，只要跟着主人，不论到哪儿，那些出现在台上的演员都会不知不觉表演起来。幸亏有这么一位有趣的人做我主人，我短暂的一生才能有丰富的经历，真乃三生有幸！这回来的客人又是个干吗的？

　　来者十七八岁，和雪江相仿，自然是个学生。他坐在屋子的一个角落。大脑袋，头发剃得溜光，根根见底。脸中心盘踞着个蒜头鼻子。此人的特征只有脑袋特别大。即使剃个秃子，脑袋也没法显小，想象一下，那要是像主人那样蓄起长发，肯定引人注目的。凡是长了这样脑袋的人，一定没学问，这是主人一贯的论调。事实很可能真的如此。

　　不过，猛然一看，他倒有几分像拿破仑。衣着和一般学生一样，看不出是萨摩产的，还是久留米或伊予产的花纹布。总之是一种花纹布的夹袍，袖子太短了，不过还算合身。里边好像没穿衬衫也没穿背心。虽说穿空心夹袍光着脚倒也无伤大雅，但这位学生让人觉得很不干净。尤其像个小偷，在床席上清清楚楚印下三个脚印，这都是他赤足的罪过。他在自己的第四个脚印上端坐，畏畏缩缩的。

假如生性胆小，这样老老实实坐着倒也不必大惊小怪。可像他这个剃平头、秃亮亮的野蛮家伙，竟也如此诚惶诚恐，总觉得不大对劲。这家伙是那种即使路遇主人了，也不会施礼，还会以此而自豪的家伙。现在他倒像个普通人一样坐着，我想就算只坐半个小时，也一定难受。他坐在那儿，仿佛是个适得其所的谦谦君子，要不就是个修为到家了的长者，谁管他呢，反正显得很滑稽。一个善于在教室里或操场上吵吵闹闹的家伙，哪里来的这么大的力量约束自己？这岂不又可怜又可笑。

这样相对而坐，不论主人怎么冥顽不化，对一名学生来说还多少有些分量。看来对此主人大概也很是得意吧！常言说："积土成山。"区区学生，如果大量纠集到一起，也会成为不可小觑的力量，搞起什么抗议运动或罢工来的。这基本类同于人类中的酒壮怂人胆！由此可见，完全可以把恃众闹事的，当作是喝得烂醉以致丧失了正气的人。否则，这名看似诚惶诚恐，其实很是悠然自得的紧挨着纸屏的穿疑似萨摩条纹布的学生，不管主人怎么老朽，既被称为老师，就不该轻蔑，也不可太过冷落。

主人递过一个坐垫说："喂，请铺上！"秃小子像个僵尸，哼了一声动也不动。那个开始褪色的洋花布坐垫很好地找到了个自己的位置，也不说一声"请坐在我身上"。它身后是一个呆呆喘气的大脑袋，这场景不能再有趣了。那坐垫女主人绝不是为了供人欣赏，才从商场买来的。作为坐垫来说，如果不是给人们坐，等于是在毁坏它的名声，这对于好客的主人也要丢几分面子。

至于秃小子，却宁肯瞅着坐垫，让主人丢面子也无所谓。看来他也绝不是对坐垫有什么意见。实话说吧，这小子除了为他爷爷举办祭祀活动外，有生以来也很少好好坐在坐垫上过。其实他早已坐得两腿发麻，脚尖有点受不住了。

尽管如此，他还是不肯坐在坐垫上。主人再劝他："请用！"他照旧不坐。真是个难缠的秃小子。假如真这么客气，当人数众多或是在学校、在住处，哪怕稍微客气点也好呢。不用客气的事他倒斤斤计较，该客气的时候却毫不懂得谦让。简直是无理。这秃小子！绝不是好东西！

突然，他身后的纸屏哗的一声被拉开。雪江端着一碗茶毕恭毕敬地献给秃小子。

假如平时，那秃小子一定会奚落一句："嗬，野蛮人来了！"但现在，连面对主人都惴惴不安，更何况这位妙龄少女又采取了在学校学会的小笠原派敬茶方法，以过度文雅的手势递上来，秃小子当时更加局促。雪江关上门后，能听到她在门外哧哧地笑。可见，即使同龄，也还是女子厉害。比起秃小子，雪江的胆子大多了。尤其她还刚刚气愤得洒下几滴热泪，这哧哧一笑让她一下子有了前所未有的妩媚。

二人继续相对无语。直到主人忽然意识到，这简直是活受罪，才开口问："你叫什么名字？"

"古井……"

"古井？古井什么？名字呢？"

"古井武右卫门。"

"古井武右卫门？不错，真是个长长的名字。这不是当代的名字，是个古人的名字。四年级了吧？"

"不。"

"三年级？"

"不，二年级。"

"在甲班？"

"乙班。"

"乙班，我是班主任呀！是吧？"主人一下子激动起来。

说真的，这个大脑袋学生，从入学那天起，主人就见过的，决没有忘记。何况他那头，主人早就熟稔于心，时不时梦里相会。可粗心的主人既没有和二年级乙班联系起来，更没有把这样一个大头和一个旧式名字联系起来。

因此，当记起这颗梦中多次相会的大脑袋，原来是自己负责那一班的学生时，不由得在心里叫好："是呀！"可问题是，起了个古老名字，又是本班学生的这个大脑袋，究竟为什么事闯进家来呢？这太难以琢磨了。主人本来就是个不怎么受欢迎的人，所以，平时学生们不论年初岁末，几乎从不登门。

至今唯一登门的，就只有古井武右卫门这一古老名字的稀客。可谓是始作俑者吧。但又不知贵客所来何意，主人为此很有些忐忑不安。该不会是到这个令人扫兴的家中来玩耍的吧？但要是来要求主人辞职，那就该语气强硬才对。这样想，这武右卫门多半是来商量自己的私事的。左思右想，右想左思还是不得要领。看这武右卫门，说不定连自己也弄不清究竟是为了什么前来造访。没办法，主人只好公开问："你是来玩的吗？"

"不是。"

"那么有何贵干？"

"呃。"

"是学校的事？"

"呃，想对您说说，就……"

"哦。什么事快说吧！"

武右卫门眼睛盯着对面，一言不发。

作为中学二年级学生，武右卫门应该是擅于辞令的。虽然头脑不像大脑瓜那么发达，但论口才，在乙班却是个佼佼者。那个问老师"哥伦布"用日文怎么翻译，以致把主人难倒了的，正是这个武右卫门。这么一位赫赫有名的学生，这时候却唯唯诺诺，像个口吃的公主，一定有缘由，肯定不能理解为客气。主人也感到颇为蹊跷。

"既然有话，那就快说吧！"

"是个有点难开口的事……"

"难开口？"主人说着，察看一眼武右卫门的脸色。但他依然低着头，什么也看不出。不得已，主人稍微改变了一下口气，平和地补充说："好吧，不管什么，尽管说吧！没有外人听，我也不对别人讲。"

"说说也不妨吗？"武右卫门还在犹豫不决。

"无妨！"主人顺口答道。

"那么，我就说了。"说着，秃小子猛地一扬头，满怀希望地望着主人。那双眼是三角形的。主人鼓起两腮，怒喷着朝日牌香烟的烟雾，稍稍扭过头去。

"老实说……事情糟了。"

"什么事？"

"什么事？非常挠头，所以才来。"

"唉，到底是什么事呀？"

"我本不想干那种事，可滨田总说：'借给我吧，借给我吧……'"

"滨田？就是滨田平助吗？"

"是的。"

"你借给滨田房费了？"

"哪里，没有。"

"那么，借给他什么？"

"把名字借给他了。"

"滨田借你的名字干了些什么？"

"写了一封情书寄出去了。"

"什么？"

"唉，我说，别借名字，我当个传书人吧！"

"说得稀里糊涂。到底是谁干了什么？"

"送情书了。"

"送情书？给谁？"

"所以我说，难开口呢。"

"那么，你给谁家女子送了情书？"

"不，不是我。"

"是滨田送的吗？"

"也不是滨田。"

"那么，是谁送的？"

"说不清是谁。"

"简直是摸不清头绪。那么，谁也没有送？"

"只是用了我的名义。"

"只是用了你的名义？越说越糊涂！再说得有条有理些！收下情书的是谁？"

"说是姓金田，住在对面胡同口的一个女人。"

"是姓金田的那个实业家吗？"

"是的。"

"那么，所谓'只借给了名义'又是怎么回事？"

"他家女儿又时髦又骄傲，就给她送了情书。滨田说：'这个名字不行。'我说：'那就写上你的名字吧。'他说：'我的名字没意思，还是写上古井武右卫门这个名字好……'所以，最终借用了我的名义。"

"那么，你认识他家女儿吗？有过交往吗？"

"压根儿没有交往，也从未见过。"

"简直是胡闹，竟然给一个没见过面的女子写情书。你到底是出于什么动机才干出这种事的？"

"只因大家都说她骄傲，爱摆架子，才想要戏弄她的。"

"越说越乱套！那么，你是公然签上自己的名字寄出的吗？"

"是的。文章是滨田写的。我借给他名字，由远藤连夜到她家去送的信。"

"噢，是三人合谋干的？"

"是的。不过事后一想，要是败露，被学校开除就坏了。所以非常担心，两三天睡不成觉，总有些昏昏沉沉的。"

"干了件意外的蠢事！你是写了'文明中学二年级古井武右卫门'吗？"

"不，没有写校名。"

"没写校名嘛，这还好。要是写上学校名你试试，那可真是关系到学校的声誉了！"

"怎么？会开除吗？"

"肯定呀。"

"老师！我老爹是个非常唠叨的人。老娘又是个继母，我如果被开除，那可糟糕。真的会被开除吗？"

"既然如此，就不该轻举妄动。"

"我并不想那么干，可是终究干了。不能帮帮忙不开除我吗？"武右卫门几乎用哭腔苦苦哀求着。女主人和雪江早已在纸屏后咯咯笑个不住，主人倒是惯例地假装正经，一再重复："是嘛！"真有趣。

我说有趣，也许有人要问："有什么趣？"问得好！不论人还是动物，平生第一要事就是要有自知之明。只要有自知之明，人就有资格比猫更受尊敬。这一来，我也就不好意思写这些混账话了，一定马上封笔。可是看来人们基本难认清自己是什么货色，就好比自己看不见自己的鼻子有多高一样。因此，连对他们平日看不上眼的猫，也会提出上述疑问！

人们看上去神气十足，但总有很多愚蠢之处。成天扛着个"万物之灵"的招牌，却连上述那么点小事都无法理解透彻。还有大言不惭者就更逗猫发笑了。既然扛着的是"万物之灵"的招牌，就不该叽叽歪歪地问："我鼻子在哪里？"但即使是这样，你要是以为他们会因为觉得丢脸就放弃"万物之灵"的头衔，休想！这可是会要了他们的命的。在如此明显的矛盾中，人依然活得心平气和，够天真的。天真倒是天真，但同时也就不得不心甘情愿地接受这样的结论：人类是愚蠢的。

此时此刻之所以我会对武右卫门、主人、女主人和雪江感兴趣，并不单纯是因为外部事件互相冲突，以及这一冲突的波在向着微妙之处扩展，而是由于冲突的反响在人们心里敲击出来不同的音色。

首先是主人，他对这件事明显是漠不关心的。关于武右卫门老爹的唠叨、老娘知道后会如何对待他，主人都不惊诧，也不可能惊诧。开不开除武右卫门，跟他本人被不被革职风马牛不相及。如果是成千上万的学生退学，也许会影响到教师的衣、食、住、行；但仅仅一个武右卫门，他的命运的变幻莫测，跟主人毫不相干。

道理无非如此，人与人之间的同情心，都是根据相互关系的亲疏决定的。为陌生人皱眉、流泪或叹息，这可不是什么淳朴善良。我很怀疑人类是自己说的那样深情、那样富于同情心的动物，还是生而为人，流几滴泪或是假装同情,不过是一种义务,为了交际才不得不做做样子罢了。说穿了,大多是吃力的艺术。擅于做假的,被称为"富于艺术良心的人",为人世所敬重。因此,再也没有比受敬重的人更靠不住的了。要是不信那大可一试。

关于主人与上述这些的关系,他应该属于笨拙一类。既然笨拙,自然不被重视;不被重视,就会不知不觉把自己内心中的冷漠倾泻出来。他对武右卫门反反复复说"是嘛",就是这种内心冷漠的典型表现了。

诸位!万万不可因为在下主人这种冷漠,就讨厌他这样的人。冷漠是人类的本性,不掩饰自己的本性才是正直的人。

假如这时候,诸位期望主人超越自己的冷漠,那就不能不说是在严重高估人类。人世上正直的人可是寥若晨星,再过高要求,那除非泷泽马琴小说里的志乃和小文登从书中走出来,《八犬传》里的狗男狗女搬到了东邻西舍来居住;否则,只能是痴心妄想。

主人这边暂且按下不表,说说在客厅内大笑的女流之辈。她们把主人的冷漠又向前推了一步,堂而皇之视之为滑稽并引以为乐。她们对于让武右卫门头疼的情书,高兴得像菩萨的福音。不需要任何理由,反正就是取乐。如果一定要解析,就只能是武右卫门陷于困境,给她们带来了欢乐。诸位不妨问问女人:"你是不是对别人的痛苦开心大笑过?"这样问的话,被问的人一定会恼羞成怒大骂提问者愚蠢。就算不骂愚蠢,也会说是刁难,是在侮辱淑女的妇德。侮辱了妇德也许是事实,但她们拿别人的痛苦开心也是事实。

这样看来就等于是在声明:"我马上要做侮辱我自己品格的事给大家看,你们谁也不许说三道四。"也像是在说:"我现在去偷东西,但是绝不许说我不道德。如果说我不道德,就是抹黑我,是侮辱了我。"

女人实在够聪明了,横竖就是有理。既然生而为人,那就不论被踩、被踢或是被打,受到冷遇,都不仅要有处之泰然的决心,还要随时做好欣然接受被吐唾弃、被泼粪、被高声嘲笑的准备;否则,就不用跟号称"聪明"的女人来往。

武右卫门先生一失足铸成大错,因而表现得十分惊惧、不安。他心里也许在想：我这么忐忑不安，她们却在背后窃笑，太失礼了。但他年小幼稚，以为在别人失礼时自己表现出恼火，会被人说小气。为了避免得到小气这个名声，那就只能忍受。

对了，关于武右卫门需要简单介绍一下。作为忧虑的化身，他那颗伟大的头颅装满了忧虑，如同拿破仑的脑壳里塞满了功利心。他的蒜头鼻子翕合着，那正是来自忧虑的条件反射，正沿着面部神经跃动。他像吞下颗大炸弹，心里有一个无可奈何的大疙瘩，连日来一筹莫展。苦思不得其解，最后才想到去班主任老师家，也许能有点办法。于是，他就勉强把自己的大脑袋运到他讨厌的这个家里来。平时在学校，他耍笑我家主人，煽动同班同学给主人出难题。这些事，他现在似乎都忘了，还似乎坚信：不论曾经怎么耍笑和为难，老师既然名曰班主任，就该替他分忧。他很天真。他可不知道，这班主任并不是主人爱干的。那是因为校长的任命，不得已而接受的。说起来，很像迷亭伯父头戴的那顶大礼帽，徒有其名而已。既然徒有其名，便毫不顶用。到了关键时刻，假如名义也能顶用，雪江也就可以只用姓名去相亲了。

不但任性，这武右卫门还是在从高估人类的假想出发，以为别人爱护他是天经地义，压根儿不承想会遭到嘲笑。他这次到班主任家来，肯定会发现一条有关人类的真理。这条真理会让他将来逐渐成长为一个真正的人。

到那时，他也会一样学会对他人的痛苦冷漠的吧，别人发愁时也会高声大笑吧。长此以往，未来的世界将遍地都是武右卫门、金田老板和金田夫人吧。我衷心期望武右卫门争分夺秒尽早醒悟，成为一个真正的人。否则，不论他如何担忧，如何后悔，有怎样殷切的向善之心，都无法像金田老板那样成功。要是这样冥顽不化，用不了多久，就不仅仅是被文明中学开除这么简单了，人类社会会把他流放到居住区外去！

我正在做深刻的哲思，越来越觉得有意思时，纸格门哗的一声被拉开了。露出半个脸来叫了声："先生！"

主人此时正在重复着对武右卫门说"是嘛"，忽听有人喊。是谁呢？一看，纸屏后斜着探出来的半个脸正是寒月。

"噢，请进！"主人只说这么一句，依然坐着没动。

"有客人吗？"寒月还是只探进半张脸问。

"哪里，没关系，请进！"

"说真的，是请你来了。"

"去哪儿？还是赤坂？那地方我不去。前些天拉我去腿都直了。"

"好久没出门，走走吧。"

"喂，进来呀！"

"想去上野，听听老虎嚎叫的声音。"

"多无聊。你还是先请进吧！"

寒月先生可能是觉得远距离谈判毕竟不便，就脱了鞋缓缓走进来。他照例穿着那条后腚上有补丁的老鼠皮色的裤子。那裤子可不是由于年深月久，或是寒月先生屁股太重才磨破了的。据他本人解释，都是因为近来开始学骑自行车，对裤子的局部摩擦过多所致。他做梦也想不到，给他自封的未来夫人写过情书的那个情敌就在这里，他对武右卫门微微点头，"哦"的一声算是打了招呼，在靠近檐廊的地方落座。

"听老虎嚎叫多没意思！"

"是呀。现在不行。先四处溜达，夜里十一点再去上野。"

"什么？"

"那时那地方古木森森，很吓人的吧？"

"是啊！比白天凄凉。"

"然后，千万要找个林木茂密、大白天都不见个人影的地方去走走，肯定会获得这么一种心情：不知不觉，忘却了这一红尘滚滚的都城，仿佛在深山中迷路了似的。"

"心情变成那样，又能怎样？"

"心情变得那样时，稍微站住，就会听到动物园里老虎的嚎叫声。"

"老虎很爱叫？"

"没问题，会叫的。那叫声，即使白天也能传到理科大学。到了夜深人静、四顾无人、鬼气袭身、魑魅扑鼻的时候……"

"魑魅扑鼻是怎么回事？"

"就是形容那种场合嘛，恐怖！"

"是吗？没听说过。然后……"

"然后老虎嚎叫得上野的老杉树树叶都被震落了。太恐怖了。"

"够吓人的。"

"怎么样？去冒冒险？一定很快活。我想，不在深夜听听老虎嚎叫，那就不能说听过老虎叫。"

"是嘛……"如同对武右卫门的恳求表示冷漠，主人对寒月先生的探险要求也毫无热情。

武右卫门坐在那里羡慕地听别人讲"话说老虎"，忽闻主人说"是嘛"，似乎又想起自己的事。重又问："老师，我很担心，怎么办呢？"寒月先生面带疑色，望着那个大脑袋。

恰在此时，我突然有了点心事，只好暂且失陪，信步到客厅。

客厅里女主人还在咯咯笑，往廉价的京瓷茶碗哗哗斟茶，然后放在一个铅制茶托上说："雪江小姐！劳驾，把这个送去。"

"我不嘛。"

"怎么了？"女主人立刻收住笑容，有点愣住了。

"也不怎么。"雪江装出一副扭扭捏捏的表情，目光低垂，自己以为自己是在看身旁的《读卖新闻》。

女主人再一次协商：

"哟，真是个怪人！是寒月先生呀，没关系。"

"可我不嘛。"她的视线不肯离开《读卖新闻》，其实她这时候连一个字也读不下去。揭穿她并没看报，她大概会哭一鼻子！

"有什么害羞的。"女主人笑了，特意将茶碗推到《读卖新闻》上。

雪江小姐说："讨厌！真坏！"她想把报纸从碗下抽出，不巧碰翻了茶托，茶水毫不留情地流到报纸上。

"看你！"女主人说罢，雪江小姐喊道："呀，不得了！"她向厨房跑去，是要拿抹布吧。

这出戏够滑稽，我看得还算开心。

寒月先生不曾知晓这出戏，正在房间里大发奇谈怪论呢。"先生！纸屏重新裱糊了？是谁糊的？”

“女人糊的。糊得好吧？”

“是的，很好。是常常光临贵府的那位小姐糊的吗？”

“嗯，她也帮了忙。她还夸口说：‘能把纸屏糊得这么好，就有资格嫁出门去！’”

“哈哈！不错。”寒月边说边呆呆地盯着纸屏，“这边糊得平平的，右角上纸太长，出褶了。”

“是从右角开始糊的。难怪呀，还没经验嘛！”

“难怪，有点丢手艺。那一带糊成了超越曲线，这可是没法用普通方程式表达的。”

真是个理学家，说话够玄乎的。

“可不是嘛！”主人完全不懂说的是什么，只是信口应酬。

可一边的武右卫门着急了，照这样下去，不论怎样哀求，看来都是希望渺茫了，他很可能是灵机一动，就把他那伟大的头盖骨顶在床席上，默默无言中表示了诀别之意。

主人问：“你要走吗？”

武右卫门已经无言无语趿拉着萨摩产的木屐走出门去了，看着十分可怜，假如干脆不理，说不定他会写出《岩头吟》，跳进华岩瀑布而自尽的。

此事追根求源，还是金田小姐的摩登和骄傲惹出的麻烦。假如武右卫门丧命，不妨化作幽灵杀了金田小姐。那种女人从这个世上消灭一两个，对男人来说丝毫不受影响，寒月可以另娶一个像样的小姐。

“先生，他是个学生吗？”

“嗯。”

“好大个脑袋呀！有学问吧？”

“学问可比不上他的脑袋大。不过，常常提些奇怪的问题。不久前叫我把哥伦布译成日文，使我非常尴尬。”

“全怪脑袋太大，才提出那类多余的问题。先生，你怎么回答的？”

“我胡诌八扯，给翻译了一下。”

“那总算翻译了。了不起！”

"小孩子嘛，不胡乱翻译出来，他就不再信服你了。"

"先生也变成了不起的政治家了。可是，看他刚才的样子，总像非常无精打采，看不出他会给先生出难题。"

"今天他可有点不争气。混账东西！"

"怎么了？冷眼一看，觉得他非常可怜呢。到底发生了什么？"

"嗨，干糊涂事了！他给金田小姐送了情书。"

"什么？就他这个大脑袋？近来学生们可真厉害。太惊人了。"

"你也许有点担心吧……"

"哪里，一点儿也不担心，反而觉得有趣儿。不管飞去多少情书，也不会出事的。"

"既然这么放心，那就无所谓了……"

"没说的。我一向不在乎。不过，听说那个大脑袋写了情书，真感到意外。"

"这嘛，是开了个玩笑。他们三个人，认为金田小姐又摩登，又骄傲，就想要笑她一番。于是，三人合伙……"

"三人合伙给金田小姐写了封情书？越说越离奇。这岂不像一人份的西餐，由三个人享用吗？"

"不过，他们有分工。一个写信，一个送信，一个借名。刚才来的，就是被借名的小子，他最蠢。而且他说，他根本没见过金田小姐呢。那何必干出那种混账事来？"

"这可是近来的巨大成果，杰作！那个大脑袋，居然给女人写情书，多么有趣啊！"

"惹出大乱子了！"

"怎么惹都没事儿，对方是金田小姐嘛。"

"不过，你说不定会娶她的呀！"

"正因为我说不定会娶她，所以才没关系嘛。"

"你没关系，可……"

"怎么？金田小姐也没关系！没事儿。"

"如果真的是这样，也就没什么了。可是，写情书的人事后良心发现，害怕了，诚惶诚恐，跑到我家来讨个主意。"

"这么点事就那么颓丧？可见是个成不了大气候的人。先生，您是怎样发落他的？"

"他自己说一定会被学校开除，非常担心呢。"

"为什么开除？"

"因为干了那么不体面、不道德的事情。"

"不至于说不道德吧？没什么大不了的。金田小姐可能认为这是光荣，在到处炫耀呢！"

"是呀。"

"总之很可怜。虽说干那种事不好，但是叫他那么担心，会害了一个男孩子的。他虽然脑袋大些，可是相貌并不怎么丑。鼻子直忽扇，很招人喜欢。"

"你也有些像迷亭，逞些口舌之快。"

"不，这是时代思潮。先生太守旧，所以把任何事情都说得严重。"

"可是，这不是太蠢了吗？给一个根本不认识的人送什么情书。简直是缺乏常识。"

"讨人嫌，大多因为缺乏常识。救救他吧！会积德的呀。看他那样子，会到华岩瀑布去寻短见的。"

"是啊！"

"就这么办，要是他再成熟些、再懂事些，怎么会做这种事呢？那些大的，干了坏事可从来就是装无辜！如果开除这个孩子，那么不把那些干了坏事还装无辜的大孩子们都赶出校门，就是不公平。"

"理倒也是这个理啊！"

"怎么样？那就去上野听老虎叫吧？"

"老虎？"

"是呀，去听吧！近日我要回一趟老家，因此暂时不论去哪儿都不能奉陪。今天是抱着一定要一同去散步的决心来的。"

"是吗？你要走？有事？"

"有点事。无论如何，去吧！"

"哦，那就出发吧！"

"好嘞，今天我请你吃晚饭。然后活动活动，到达上野的时辰刚好是最佳时刻。"

在寒月一再的央求下，主人终于还是动了心，两人便一同出发了。

身后是女主人和雪江肆无忌惮的放声大笑。

第十一章

等我清醒过来时，发现自己是在水里。对猫来说，在水里是难受的，就用爪一通乱挠，但挠来挠去全都是水。

"不是早就声明了吗？这地方是不许进的。"

"进得冒失了点，失礼，失礼！喂，你把这个白子儿拿掉！"

"那个也悔？"

"顺手把旁边那个白子儿也拿掉！"

"你脸皮真厚。"

"你看见那个黑子儿了？唉，也不看我俩什么交情！别说那些见外的话，快给我拿掉！这可是生死关头。'慢点，慢点！'正是救命人边喊边出场的紧要关头。"

"我可不吃你那一套！"

"不吃就不吃，拿掉那个子儿就行！"

"这已经是你悔的第六步了。"

"你这人就是记性好。接下去要开始加倍悔棋呢。所以，你就拿掉那个子儿。真够固执。既然坐禅，就应该超脱些嘛……"

"可是，要是不吃掉你这颗，我就输了。"

"你不是说输赢根本无所谓的吗？"

"我是不在乎输赢，但不等于喜欢你赢。"

"得道了呀，真了不起！还是'春风影里斩电光'！"

"是'电光影里'。弄反了。"

"哈哈，我还以为这时候差不多都颠三倒四了呢，谁想到还一本正经呢。好吧，我认了。"

"生死之间，转眼无常。你就看开点吧！"

"阿——门——！"迷亭先生在看上去毫不相干处投下了一子儿。

迷亭与独仙正在壁龛前厮杀，寒月与东风并肩坐在客厅门口。端坐在寒月与东风身旁的是面色蜡黄的主人。寒月面前的床席上赤条条整整齐齐排列着三条鱼干，真是奇观。

这鱼干出自寒月的怀中，取出时还是热的，手心可以感到鱼干上的热量。主人和东风正专注地看着鱼干。寒月隔了会儿说："老实说吧，四天前我才从故乡回来。因为有很多事要办，四处奔波，没能来府上拜访。"

"何苦急着来嘛！"主人照例说些招人不爱听的话。

"急着来就对了。不早点献上这些礼品，于心难安啊！"

"木松鱼干？"

"是，我家乡的名产。"

"名产？好像东京也有吧！"主人拿起最大的一个，凑在鼻尖下闻。

"鼻子是闻不出鱼干好坏的！"

"个头大点，这就是成为所谓名产的理由吧？"

"你尝尝再说。"

"尝总是要尝的。可这条鱼怎么没鱼头呢？"

"因此，才要早些送来。"

"为什么？"

"为什么？头被耗子吃了。"

"真荒唐。胡吃起来，会得霍乱呀！"

"什么话，没事！耗子只咬掉那么点，不会中毒的。"

"到底是在哪儿被耗子咬的？"

"在船上。"

"船上？怎么回事？"

"因为没地方放，就和小提琴一起装进行李袋里，上船那天晚上就被耗子咬了。如果光是咬了木松鱼干还没什么，偏偏那耗子把小提琴的琴身也当成木松鱼干，咬了一点点呢。"

"这耗子也太冒失了！一到船上就能真假不辨？"主人还是看着木松鱼干，说些没人能懂的话。

"唉，耗子嘛，不管住在哪儿，都是这样冒失的。所以我把鱼干带到公寓，又被咬了。我看危险，夜里就搂着它睡了。"

"不太卫生吧！"

"因此，吃它的时候，要洗一洗。"

"光洗洗，怎么可能干净？"

"那就泡在碱水里，搓一通总行吧。"

"那把小提琴，你也是搂着睡？"

"小提琴太大，搂着睡怎么可能……"

远处迷亭先生也加入了这边的对话，高声说："什么？搂着小提琴睡觉？这可风雅了。'春又别人间。独抱琵琶重几许？意阑珊。'这首俳句是古人作的，明治年代的秀才不抱着提琴睡觉，可是没法超越古人的，看我也来一首吧：'薄衫裹忧思。漫漫长夜厮守，小提琴。'怎么样？东风君，新体诗里也能写出这种吗？"

"新体诗与俳句不同，很难一挥而就，但一旦写成功了，就会有触及人灵魂的妙音发出。"东风严肃地说。

"是呀，这'魂灵'嘛，我还以为要焚烧麻秆迎接呢，原来写些新诗就能请得来呀！"迷亭忘了下棋，只顾嘲笑了。

"你还贫嘴，要输了。"主人警告迷亭，可迷亭满不在乎："我要输还是要赢你无须操心，反正对方手脚全都不能动，成了釜中鱼。我感到无聊，不得已才加入小提琴这一伙的。"

独仙先生有些激动，嚷着说："该你走了。快点啊！"

"咦？已经走了！"

"走了。终于走了。"

"在哪儿？"

"在这儿，添了个白子儿。"

"啊！这个白子儿这么斜着一放，吾休矣。那，我……我……我穷途末路了。哪儿还有好出路呀？喂，让你再下个子儿，随便放哪儿都行。"

"有这样下棋的吗？"

"'有这样下棋的吗？'要这样说，那我可就下子儿了……好吧，拐个弯，在这个犄角放一个子儿。寒月君，你的小提琴太廉价，所以耗子都欺负，把它咬了。长点志气，再买把好些的。我从意大利给你函购一把三百年前的古货好吗？"

"那就费心了。付款的事也一并拜托。"

"那种古董实用吗？"一切茫然的主人大喝一声，训斥了迷亭。

"你是把人里的古董和小提琴里的古董混了吧？就算是人里的古董，

不是还有金田之流至今也还走着好运吗？至于小提琴，那是越旧越好……喂，独仙君，想什么呢？快下呀！我这可不是在演庆政：'秋日短哟！'"

"和你这种啰里啰唆的家伙下棋真是活受罪。连动脑筋的工夫都没有。没办法，在这儿放个子儿，填上个空了！"

"哎呀呀！到底让你把棋走活了。我就是怕你把子儿摆那儿，才胡扯扰乱你。终是白费一片苦心呀！"

"当然。你这根本不是下棋，是在蒙棋。"

"这就是'本因坊派——金田派——当代绅士派'……喂，苦沙弥先生！不枉独仙君在镰仓顿顿吃咸菜，不为物欲所动哟！实在佩服！别看棋下得不高明，胆子可够大。"

"所以，像你这种胆小怕事的人，就该学着点。"

主人脸背着迷亭说，迷亭伸出红红的舌头，独仙催迷亭："快点，该你下了！"

"你什么时候开始学小提琴的？我也想学，可听说很难。"东风问寒月。

"嗯。但如果只想玩玩，倒没什么难的。"

"都是艺术嘛。爱好诗歌的人，学起音乐来会学得快些吧？所以，我感觉没什么问题。怎样？"

"没问题嘛！你如果下决心学，一定会学好的。"

"你是什么时候开始学琴的？"

"高中时，先生。我好像跟您说过我学琴的始末吧？"

"没听你说过呢。"

东风问："高中时是老师教，才拉起小提琴的吗？"

"没有老师教，也没人指点，是自学。"

"简直是天才！"

"自学的人不一定是天才！"寒月先生板着脸说。被誉为天才还板着脸的，大概就只有寒月了。

"这倒没什么。你说说自学经历吧，我也可以总结些经验教训。"

"那没问题，先生。那我就说？"

"好，那就说吧。"

"如今，经常能看到一些年轻人，拎着个琴盒在大街上走来走去。可那时，高中生几乎没有接触西方音乐的。像我们那所学校，就是乡下的乡下，又简陋又穷，连个穿麻里草鞋的人都没有，当然没有人拉小提琴……"

"那边好像是在讲什么有趣的。独仙君！这盘棋就这样吧！"

"还有两三处没有摆好！"

"没摆就没摆！那些地盘你都拿去好了。"

"那怎么行，我也不能白捡呀！"

"看你斤斤计较的样子，哪像个禅学家。好吧，那就一鼓作气，快点下完这盘棋……寒月讲得很有趣……就是那所学生都光着脚上学的高等中学吧？……"

"没这事！"

"可都传说学生光脚操练军操，向右转，脚皮都磨得厚厚的。"

"奇闻了！这谁说的？"

"管他谁说的！反正说是学生腰上都挂着个柚子那么大的大饭团，到时候就吃它。与其说是吃还不如说是啃，啃到中间了，就露出个咸梅干来。据说那些学生就是为了啃出这个咸梅干，才集中精力啃外面没有一点盐味的饭。真是些生龙活虎的家伙！独仙君，这故事还中你的意吧？"

"淳朴健勇，值得发扬啊！"

"还有比这更好的故事呢！传闻那地方没有烟灰筒。我一位朋友在那儿任职时，想买一个吐月峰牌的烟筒。不要说品牌，那地方就没有烟筒这个东西。他一打听，当地人对他说：烟筒呀，到后山砍一节竹子来就行了。那么这算是民风淳朴的一段佳话了，是吗？独仙君。"

"嗯。管它呢。要在这里补上个子儿才行。"

"补吧，补，补。这回补齐了吧？……我听了实在吃惊。在那种环境里自学小提琴，让人肃然起敬。《楚辞》有：'既茕独而不群兮。'寒月君简直就是日本明治时期的屈原！"

"我可不想做屈原。"

"那么，就当二十世纪的维特吧！什么？还要数棋子？你也太认真了，不数了，我认输好了！"

"不过，难说呀……"

"那你就数吧！我可不去数。如果不听一下现代维特先生自学小提琴的励志故事，对不起列祖列宗！失陪了。"说完迷亭就转到了寒月那边。

独仙独自一人在那里把空用白子填满，每填一个白空，就会拿起一颗黑子填满黑空，嘴里念念有词地数着。寒月在那边继续说："风俗就是这样，故乡那地方人都很守旧。只要有谁稍微表现得软弱点，就会说：在其他县的学生面前丢脸，就要惩处，太要面子了。"

"提起你故乡的学生，真是不可思议。不知为什么要穿清一色的和服裤裙。首先，这身装束也还算俏皮。其次，可能是因为海风的缘故，每个人的脸都黑黝黝的，光是男人还没什么，女人也那个样子，是不是也算一道风景？"

只要迷亭一掺和，谈话就会跑题。

"女人也那么黑呀！"

"那么，还有人要吗？"

"家乡个个都一样黑，有什么办法！"

"太不幸了！苦沙弥兄。"

主人喟然叹曰："还是黑脸好啊！要是脸白了，一照镜子就成了孤芳自赏，那才麻烦。女人很难缠呀！"

东风倒是有理有据："要是全乡下人脸都是黑的，难道他们不会以黑为美了吗？"

主人说："总而言之吧，女人没一个好东西！"

迷亭笑了起来，用警告的口吻对主人说："说这样的话，回头嫂夫人会不高兴的呀！"

"没事。"

"她不在家？"

"刚带孩子出去了。"

"怪不得这么安静。去哪儿了？"

"不知道，多半是一时兴起出去随便转转。"

"然后再一时兴起突然就回来了？"

"是啊。怎比得了你这样的单身汉啊！"

听到这话东风有点不高兴了，寒月却嬉皮笑脸的。迷亭说："人只要娶上老婆了，都爱说这种话。是吧，独仙兄！你大概也属于'娶了老婆愁事多'一类吧？"

"咦？等等！四六二十四，二十五，二十六，二十七。这么大点儿的地方，居然有四十六目。想多赢你一些，排起来一看，才十八子。怎么搞的？"

"我在说，你也是'娶了老婆愁事多'。"

"哈哈，也没什么好愁的。我老婆爱我。"

"那就是我乱说了，看来独仙就是与众不同。"

这时，反倒是寒月开始为天下妻子说话了："不光独仙君，天下恩爱的夫妻还是很多吧！"

东风先生看着迷亭认真地说："我也同意寒月兄的看法。依我看，人想要进入纯情之境，只有两条路可走：艺术和恋爱。因为夫妻之爱代表恋爱的一个主要方面，因此我认为人必须结婚，从婚姻获得幸福，否则就是逆天意……你说是吗？迷亭先生！"

"高论！看来我这种人，是毫无希望进入纯情境界了！"

"娶了老婆就更进不去了。"主人哭丧着脸说。

"总之，我们这些未婚青年就要追求艺术的灵性，开拓向上的道路，否则就不可能了解人生的意义。为此，我想必须从学小提琴开始，所以才要请寒月君说说自己的经验。"

"对呀！维特先生就讲讲自学小提琴的故事吧。讲啊！这次一定洗耳恭听。"

迷亭刚收敛了锋芒。独仙君又一本正经地开始了对东风的说教："自学小提琴是没法开拓出向上之路的。这就是一种游戏，要是靠这就能认识到宇宙真理，那才是怪事。想要认识宇宙万物的奥秘，就要有壮士断腕的气魄。"

这一通训诚倒是蛮有理，可东风连个禅字怎么写都不知道，所以，这对他无异于对牛弹琴。

"是吗？你说的也许很对。但我还是认为，只有艺术才是人所期望的最高境界，我绝不会放弃对它的追求的。"

寒月说："看你这样坚决，那我说说我学小提琴的经历吧！刚才说到，我开始学琴的时候，并非一帆风顺。首先，买提琴就很是困难，先生！"

"可以理解。在麻里草鞋都没有的地方，自然不会有小提琴。"

"也不是，小提琴倒是有。钱也早就攒够了。但就是买不了。"

"为什么？"

"我们那个地方，只要买了，马上就会人尽皆知。人们知道了，你就会被看作是狂妄，就会遭到孤立、排斥。"

"古今中外的天才都是要受迫害哟！"东风先生深表同情。

"什么天才！千万别再当我是什么天才！后来，我天天路过卖小提琴的商店门前，心里就会渴望：'买一把多好啊！''把小提琴抱在怀里是什么滋味？''啊，真想有一把！'"

"可以理解！"迷亭先生说。

"鬼迷心窍！"主人不屑。

"不愧是天才！"东风先生赞叹。

只有独仙先生拈着胡须，不以为然。

"那么个小地方会有小提琴？这的确会让人质疑。但想想就会理解。我们那地方有所女子学校。练琴是女子学校的必修课，所以，有小提琴也是理所当然的。当然不是说会有什么很好的，不过是些用来训练的琴。开商店的自然也不会太当回事，就那样把几把琴捆在一起，吊在门店里。唉，那次我从店前走过，也不知道是风吹的，还是有谁拨动了，琴声随即传出来。一听到那个声音我的心就像碎了，不知如何是好。"

迷亭先生改不了嘲弄人的习性："这太危险！疯病品种繁多：山疯、水疯、人疯……你既然是维特，那就是'琴疯'了。"

东风却被深深打动了："不，要是没有敏锐的感觉，是不可能成为艺术家的，不愧是天才！"

寒月继续说："哎，也许真的疯了。太绝妙了！直到今天，我拉了这么久也没能拉出那么美妙的声音。怎么形容呢？毕竟是无法用语言表达的！"

"那声音是否琅琅然、锵锵然？"独仙搬出套艰深晦涩、似是而非的字句，但无人理睬他，我看着怪可怜的。

寒月接着说："那时候我天天从店前走过，记忆中好像一共听到过三次那种妙音。最后一次听到时，我横下一条心，非买下那把小提琴不可！就算是遭到乡亲们的谴责，外乡的轻蔑，被一顿铁拳打死，被学校开除，也在所不惜！"

"天才本色就是这样！否则不可能这样痴迷。真让人羡慕。一年来我总盼着自己也能激起这种炽热的情感，但总是事与愿违。参加音乐会的时候，尽管以最大热情去倾听，但还是感觉索然无味。"东风也不知是在拍马屁，还是真的这样想。

寒月说："如果兴趣索然那就幸运了！你们现在看着我好像是很平静是吧，可当时那种痛苦你们很难想象……后来，先生，我发奋图强，终于买到手了。"

"哦。怎么买的？"

"那年的十一月，刚好是天长节前夕，乡亲们都到温泉去了，当晚不会回来，村里一个人也没有。我假装生病，那天连学都没上。我躺在床上，一心想着一件事：趁村民们今夜出门，我要把梦寐以求的小提琴买到手。"

主人问："你装病连学都不上？！"

寒月回答："千真万确。"

迷亭的样子也有些诚恳："这才有点像天才呀！"

寒月接着说："我从被窝里露头往外一看，日头还很高，那种等待真难熬。我把头缩进被窝，闭上眼睛。可还是受不住。我又露出头来看，秋日的阳光洒满了六尺高的纸屏，火辣辣的。我勃然大怒。这时，纸屏上端出现了一个细长的黑影，在秋风中摇曳。"

主人问："那个细长的黑影是什么？"

"原来是挂在屋檐下剥了皮晾晒的涩柿子。"

"哼！后来呢？"

"我跳下床，拉开纸屏，到了檐廊，拿了柿饼吃。"

"甜吗？"主人的问话仿佛贪吃的小孩一样。

"那一带的柿子可甜了。东京人是不可能知道那种味道的！"

东风先生问："柿子的事无须多言。后来怎样了？"

"后来我又钻进被窝，闭上眼睛默默向神佛祷告：'天快些黑吧！'过了三四个小时，心就琢磨差不多了吧？可一露头，可恶的秋阳还是洒在六尺高的纸屏上，火辣辣的。上端还是那个细长的黑影在摇动。"

"这一段听过了。"

"有好几回呢。后来我下了床，拉开纸屏，再吃一个柿饼子，又钻进被窝默默对神佛祷告：'天快些黑吧！'"

主人说："这不是重复了吗？"

"唉，先生！别急，往下听吧！后来我又在被窝里忍了三四个小时，以为这下总可以了吧？猛探头，可恶的秋阳还是洒在六尺高的纸屏上，火辣辣的。上端还是那个细长的黑影在摇动。"

"你怎么说来说去都是同一套呀！"主人有些急了。

"然后我下了床，拉开纸屏，到了檐廊，吃了一个柿饼子……"

"又吃柿饼子！你这样吃柿饼子，还有没有完呀？"

"我也不耐烦了！"

"听的人比你更不耐烦！"

"先生太性急，故事讲不下去，真愁人！"

"听的人也发愁呢。"东风都开始鸣不平了。

寒月则不慌不忙："各位既然发愁了，那就没办法。就说个大概结果吧！总之，我吃完柿饼子钻进被窝，钻进被窝又出来吃，终于把吊在屋檐下的柿饼子吃光了。"

"既然全吃光了，太阳该落了吧？"

"哪里呀。我吃了最后一个柿饼子，以为差不多了，探出头来一看，依然是可恶的秋阳洒满了六尺高的纸屏……"

"哦，求求你饶命吧！说上一千遍也完不了。"

"连我自己都烦死了。"

这时候迷亭也有些不耐烦了。他说："如果有那么大恒心，那就没什么事做不成的。你这要是没人阻止的话，说到明天恐怕也还是这么几句：秋日骄阳火辣辣的。那你到底准备几时才买小提琴呢？"

唯有独仙泰然自若地坐在那儿，恐怕就算你讲到明天早晨、后天早晨，管它秋阳是不是火辣辣，他也不会为之所动。

这时寒月从容不迫地说："问我几时去买吗？我想，等到天黑吧，那时就去买下。问题在于：只要探头看，就总是秋日烈焰，火辣辣的……

"唉，想起当时我那个痛苦，当然不是诸位的焦急可以相提并论的。我一看，吃完了最后一个柿饼子太阳还是不落，忽然悲从中来，哭了个泪流满面。东风君，我那可是真感到可悲才落泪的呀！"

"或许是吧，艺术家都是多愁善感的。你落泪，我同情。不过你也该快点说完才是！"东风为人就是这样好，又严肃又滑稽。

"我倒非常想说快些。问题是太阳不肯落呀，愁死个人。"

主人终于忍无可忍："太阳不落，听众也难受，那就结束吧！"

"如果结束，就更难受。眼看就要进入佳境了。"

"那就继续！你快点说'太阳已落'，这不就行了吗？"

"虽然这个要求令人犯难，但既然是先生开口，那就当黑天了吧！"

独仙板着面孔说："这就对了。"逗得大家哈哈大笑起来。

"天终于黑了。我总算放下心来，起床走出鞍悬村宿舍。我生来不喜欢喧闹，所以特意远离交通便利的市区，在人迹罕见的荒村结草为蜗庐……"

主人抗议起来："什么'人迹罕至'，太过分了吧。"

迷亭也抱怨说："'蜗庐'，这也太夸张了。还不如说是个'没有客室的四铺半草席的屋子'逼真。真有意思。"

只有东风夸赞说："具体是什么别去管它，这语言倒蛮有诗意，感觉还好。"

独仙一脸严肃地问："住在那儿，上学可够困难，几里路？"

"不过四五百米。原来学校是在乡村的……"

"那么，大多数学生在那儿住？"独仙不依不饶。

"是啊，一般家庭住一两名学生。"

"那怎么说得上'人迹罕至'？"独仙当头一棒敲下来。

"唉，没有学校那就杳无人迹……好吧，说起那天夜里我的服装，一件家织布的棉袄，外面套上铜纽扣的学生大衣。我小心翼翼地，怕被人发现，用大衣领子将头蒙住。

正是柿子树落叶时节，从我住的地方走到南乡大街，一路上铺满了树叶。每迈一步都会发出沙沙的声响，这声音真让我胆战心惊呀。总觉得身后有人跟着，每次扭头看，都是东岭寺黑沉沉的森林的黑森森的影子。东岭寺是松平氏的家庙，坐落在庚申山山麓，离我的居室百米左右，这座古刹十分幽静。森林的上方，是月朗星稀的夜空，天河斜躺在长濑川上，尾巴……对呀，天河的尾巴大概到夏威夷去了……"

"夏威夷？亏你想得出来。"迷亭说。

"我在南乡街的大路上走了二百米左右，就转到鹰台街进入了市内，再穿过古城街，拐过仙石街，越过食代街，依次穿过长街的一目、二目、三目，然后穿过尾张街、名古屋街、鲸鲊街、蒲鲊街……"

"要经过这么多街吗？关键是小提琴你到底买到没有？"主人不耐烦了。

"卖乐器的商店主人是金善，也就是金子善兵卫先生，所以，距买到手还远着呢。"

"那你就快些买吧！"

"遵命！于是我来到金善商店一瞧，火油灯亮得火辣辣的……"

这回迷亭预先设防了："又来了。看来你的火辣辣一两次是说不完的。这可麻烦了！！"

寒月说："哪里，这回的火辣辣，仅仅火辣辣那么一次，无须太担心。我在灯影里一瞧，只见那把小提琴映着秋夜灯火，椭圆形琴腰寒光瑟瑟，只有绷得紧紧的丝弦亮晃晃的……"

东风赞美道："多么动人的叙述啊！"

"'就是它！就是那把小提琴！'这个念头一冒出来，我的两腿就开始颤抖，站不稳了。"

"哼！"独仙闷哼一声。

"我闯了进去，从衣袋里掏出钱包，拿出两张五元的票子……"

"买下了？"主人问。

"想买，可且慢，这是关键时刻，一莽撞就要失败的。唉，算了。在关键时刻我临时改了主意。"

"还没买？不就是买把小提琴吗，用这么拖拖拉拉吗？"

"也不是拖拉，一直还没下定最后的决心嘛，有什么办法！"

"为什么？"

"为什么？天刚黑，不是还有很多人来来往往嘛！"

主人气哼哼地说："有二百人、三百人来来往往，跟你又有什么关系？你这人太怪了。"

"如果是一般人，二千、三千也无所谓。可要是挽着袖子、挂着好大文明杖的学生在徘徊，那就断然不能轻易下手。更何况其中还有号称'渣滓党'、永远留级的那些家伙。要论摔跤，没有比他们更厉害的了。这时候我可决不能草率去动小提琴，因为不知会惹出什么麻烦来。我肯定是盼着买下小提琴的。可生命还是最重要的嘛！与其拉小提琴被杀，宁愿不拉琴活着。"

主人催道："没买就收场了？"

"不，买了。"

"你这人真能磨叽！买就买，不买就不买，快些决定好了！"

"呵呵，人世间哪有痛痛快快的！"寒月说着镇静地把朝日牌香烟燃着，吞云吐雾起来。

主人真有点烦了，突然站起来去了书房，拿出本不知名的外国旧书，扑通趴在床席上开读。独仙不知什么工夫跑到神龛下一个人下起棋来。

本来很有趣的故事，因这样成了王大妈的裹脚布，听众就减少一名，又减少一名，最后只剩下对艺术矢志不渝的东风和从不怕拖拉的迷亭先生。

寒月一阵阵朝着人世间喷长长的烟雾，过了一会儿，才开始又以原有的节奏继续讲起来："东风君，当时我是这么想的：夜幕初降，要黑还没黑透，这时候是不行的，但如果是深夜，金善老板也去了梦乡，那就更不行。所以，最佳时机就是学生们散步归去，而金善老板尚未安眠！不然我苦心设计的计划就会化为泡影。要掐准这个时间，可不容易。"

"没错，不容易。"

"我把那个时间设定在晚上十点钟左右。那么，十点钟到来前，我就得想办法找个地方混光阴。回家一趟再回来？太累。到朋友家去谈谈？心中不安。没办法，我就在街上闲逛。平常两三个小时，不知不觉就过去了。可是那晚上，时间过得真慢。那句话怎么说？'度日如年'，大概指的就是这种滋味，我算亲自领教了。"

寒月绘声绘色，还特意去看一眼迷亭。

迷亭说："古人有云：暖炉待其主，谁知相思苦。又说：等待最难熬，玉人不见来。我想吊在店中的小提琴一定急死了。但你像个漫无目标的侦探在街上晃荡，一定比那些小提琴还苦吧，像丧家犬。真的，再也没有比无家可归的狗更可怜的了。"

"把我比作狗，也太刻薄了。从没有人拿我比作狗呢。"

东风安慰寒月说："听你讲故事，就跟读那些艺术家的传记一样，有些感同身受呢。至于把你跟狗比，不过是迷亭先生一句玩笑，不必在意，还是快讲下去吧！"

其实无论东风安慰与否，寒月都是要讲下去的。

"然后，从徒街穿过百骑街、从两替街来到鹰匠街，在县衙门前数了几次枯柳，又在医院外计算了一遍窗灯，再到染房桥上吸了两支烟，这时看表……"

"终于到十点钟了？"

"遗憾，还不到。我就过了染房桥，沿着河朝东走，看见有三个人在按摩。还有几条狗在汪汪叫，先生！"

"'秋夜漫漫，岸边听寒犬远吠。'还真有戏剧性，你是逃犯吗？"

"我干过什么坏事吗？"

"那你就是想以后干。"

"可叹！如果买小提琴是干坏事，那所有音乐学校的学生就都是罪犯了。"

"只要没人理解，干天大的好事也是罪人。因此，人世上的'罪犯'可是防不胜防的。即使是耶稣活在这样的世界里，也会是罪犯。天才寒月先生如果是在那种地方买小提琴，也就是个罪犯。"

"好吧，我服输了，权且就算是个罪犯吧！当个罪犯也没什么，可到不了十点钟真折磨人。"

迷亭说："你可以从头把街道名字数一遍，要是时间还多，那就再来几次'秋日烈焰火辣辣的'之类的吧！还有时间，那就只能吃三打涩柿子饼了！你讲到什么时候我都听着，总会到十点钟吧！"

寒月眯着眼笑了："全被你说了，我还说什么？只好告饶。那就一步跨越好了，就算到了十点钟吧！且说到了十点，我回到金善商店，正是寒夜时分，就连最繁华的两替街都人迹罕至了，对面响起的木屐声听来真凄凉。金善商店已经关了大门，只留下个小角门。我从角门进去，不知怎么总觉得被狗跟着似的，有点发瘆……"

这时，主人从那本脏书上抬起头来问道："喂，买小提琴了？"

"就要买了。"东风帮着回答说。

"还没买？时间太长了。"主人像说梦话似的，说完又看起书来。

独仙仍在沉默，半个盘棋已被白黑子儿摆满。

"我一咬牙。闯了进去说：'卖给我一把小提琴！'火炉旁有四五个小伙计和小崽子在说话。他们不约而同地朝我看来。我不由自主地抬起右手，下意识地把大衣帽子往前一拉，又喊了声：'喂，卖给我一把小提琴！'坐在最前边盯着我看的那个小伙计有气无力地说：'知道了。'他站起来，将吊在那儿的三四把小提琴全都拿下来。我问他多少钱，他说：'五元二角钱一把！'……"

"喂，有那么便宜的小提琴吗？是玩具吧？"

"我问：'都一个价？'他说：'是呀，全一个价。'他还说质量都很好。我从钱包里掏出一张五元的票子，用准备好的一个包袱包起小提琴来。那些店伙计都一声不吭地盯着我的脸。我的脸被大衣帽子遮挡着，他们是不可能看清的，但我还是被盯得心慌意乱，恨不得马上窜到大街上去，总算把包袱藏在了大衣下，走出了店门，店员们这才一齐大喊："谢谢光顾！"来到大街上往四周一看，还好没人。可我走了一百米，就发现迎面走来几个人，边走边吟着诗，声音几乎可以传遍整个市区了。我心想这下子可糟了。就从金善商店的路口往西拐，沿着河边走到药王路，从榛木村到了庚申山麓脚下，终于回到住处。一看，已经快夜里两点了……"

"真是通宵达旦呀。"东风君充满了同情。

迷亭长出口气："总算买了。可真是长途跋涉，简直就像是下双六棋一样长呀！"

"接下去才是高潮呢！前面这些都是序曲。"

"天！还有呀？一般人都会坚持不住了。"

"如果就这样收场，那岂不是修了佛像却忘了给它开光？我得继续讲完才行！"

"随你吧，反正我听就是。"

"怎么样，苦沙弥先生也听吗？寒月已经买了小提琴，喂，先生！"

主人回答道："又该卖小提琴了是吧？那就不必听了。"

"还不到卖的时候呢。"

"那就更不值得听。"

"东风君，看来热心听的只有你一个，真扫兴！没办法，那就草草讲完算了。"

"干吗要草草？慢慢讲好了，非常有趣！"

"好不容易把小提琴买到手，面临的难题是没地方放。我宿舍常有人来玩，如果挂起来或是靠在那儿，立马就会被发现。总不至于去挖个坑埋起来吧！"

"也是。那么是不是藏在天棚里了？"东风说得轻松。

"哪里有天棚，那是农户。"

"那可真让人为难。那你放在哪儿了？"

"你猜猜呀。"

"猜不出。莫非是放在雨窗的护板里了？"

"不对。"

"裹在被里，放进壁橱？"

"不对。"

就在东风与寒月就小提琴的藏匿处一问一答时，主人和迷亭却正在谈论其他。

"这念什么？"主人在问迷亭。

"哪里？"

"这两行。"

"Quid aliud est mulier nisi amiticiae inimica……喂，这不是拉丁文吗？"

"我当然知道是拉丁文，怎么读？"

迷亭此时感觉到了大势不好，立刻想要逃脱："你平时不是说会拉丁文吗？"

"当然会。可就是不知道这几行怎么读。"

"'当然会。可就是不知道这几行怎么读。'真有你的！"

"随你怎么说！你用英文翻译一下给我听。"

"'给我听'？这口气，我成你的勤务兵了。"

"勤务兵就勤务兵！怎么读？"

"唉，拉丁文之类，暂且放下好了，还是聆听寒月的高论吧！现在正到关键时刻，正处于会不会被发现的千钧一发之际，是吧，寒月，后来怎样了？"迷亭突然来了兴致，转身加入"话说小提琴"那一伙了，扔下主人孤零零一个不再理会。寒月先生此时气势大振，说起小提琴的藏匿处来。

"是一个旧藤箱里。这个藤箱是我出来读书前，我祖母送给我的，听说是祖母出阁时的嫁妆。"

"这可是件古董，好像小提琴有些配不上它呢。是吧，东风先生？"

"的确如此。"

"如果放在天棚里，那不是更不般配吗？"寒月回敬了东风一句。

迷亭说："不般配也无关紧要，可以吟成诗呢：'寂寞清秋时，提琴箱中收。'如何二位？"

东风说："今天迷亭先生很会作俳句了！"

"说什么今天！我任何时候都是满腹诗情。提起俳句的造诣，就连已故的正冈子规先生都对我赞不绝口呢！"

"你和子规先生有过交往吗？"坦率的东风君问得可是直截了当。

"呃，就算没有交往，也始终通过无线电报惺惺相惜嘛。"迷亭先生又开始胡扯，东风君可有些烦了，马上不再说话。

寒月却笑着说："藏小提琴的地方倒是有了，可现在往外拿又成了问题。要是只背着人拿出来看看，倒也没什么难的。可买了琴不能只是没事了拿出来看看吧？总得拉吧？可只要一拉就会发出琴声，发出琴声了就会被人听到。要知道南边隔壁就住着几个渣滓党，只隔一道木槿篱笆！"

对此东风深表同情："那是，真糟糕！"

迷亭则说："的确糟糕。有史可鉴呀，当年只因发出了声音，小督局才败露了。如果是'偷嘴'或'伪造假币'，那还不难遮掩；然而奏乐，那是瞒不了人的。"

寒月接着说："可不是嘛，只要不出声总还好说。不过……"

迷亭说："且慢，什么不出声……有时候不出声也瞒不住。还记得以前我们在小石川的庙里自己起伙时，有个叫铃木藤的，此公非常喜欢喝白酒。他用啤酒瓶子装买来的白酒，在那儿美滋滋地自斟自饮。有天出去散步，被苦沙弥偷喝了一口……"

主人突然大声说："我什么时候偷过铃木的白酒？偷酒喝的不是你吗？"

"噢，我以为你在看书。胡扯几句，被你听见了。你这人，不防着点不行啊。所谓'眼观六路，耳听八方'，指的就是你。不假，我是偷喝了。但发现酒的是你。你们两位听着！苦沙弥先生本来不会喝酒。但他觉得是别人的酒，不喝白不喝，就痛饮一气。呵，所以就满脸通红。哎呀呀，那样子真不忍直视……"

"住口！连拉丁文都不会还……"

"哈哈哈……后来藤先生回来发现少了一大半，他说一定是有人喝了。四周一看，见这位'大老爷'蜷缩在墙脚，活像用红土捏成的泥像……"

三人不由哄堂大笑。主人边看书也边咯咯笑了。只有那个独仙，可能是用脑过度，伏在棋盘上不知什么时候已经酣然入梦。

　　迷亭又说："不出声也被发现过。记得从前去姥子温泉，和一位老头住在一起。据说他是东京一家布匹商店的退休老板。反正是同宿，管他是布匹商还是估衣商。只是有件事伤脑筋，因为到姥子温泉后第三天，我的烟抽光了。诸位大概也都清楚，那个姥子温泉是山里的一幢房，出来进去很不方便，除了洗澡、吃饭，没有任何商店。在那儿断了烟，可就遭罪了。缺什么想什么。我刚刚想到没烟了，就突然非常想吸。其实平日也没多大烟瘾。可恨的是，那老头来时带了一大包烟叶，当时他拿出烟来，盘腿大坐津津有味地在那儿吸，就像在问我：'想吸一口吗？'他光吸还好，后来居然吐起烟圈，竖着吐，横着吐，甚至躺在枕上侧过脸来吐；像变戏法似的吸入鼻孔，再从鼻孔里喷出来。真'显吸'呀！"

　　"'显'什么？"

　　"炫耀服装家具叫'显摆'，那炫耀吸烟，就叫'显吸'了。"

　　"唉，你这样心驰神往，干吗不求人家给你一点儿？"

　　"不能要。我可是个男子汉大丈夫。"

　　"哟，男子汉大丈夫就不能开口要？"

　　"也许能。但我没要。"

　　"那怎么办？"

　　"我偷呀！"

　　"哎呀呀！"

　　"老头儿吸完烟，拎着条毛巾出去洗澡了，我就想：要吸，就趁现在！我就拿起老头的烟袋，装上烟叶大口猛吸起来。真过瘾！突然间，纸屏哗的一声开了。我回头一看，来者正是烟叶的主人。"

　　寒月问："他没去洗澡？"

　　"他刚想洗，忽然想起忘了钱褡子，从走廊折了回来。谁稀罕偷他的钱褡子？首先，这是对我的冒犯！"

　　寒月说："看你还有什么好说的？"

　　"哈哈哈，那老头儿真有眼力，钱褡子的事暂且不提。单说他拉开纸屏一看，我已断烟两天，而现在那浓浓的烟雾却弥漫在整个房间。常言道：'坏事传千里！'一下子事情败露了。"

"老头儿说什么了？"

"到底是年高德劭呀！他什么也没说，把用白纸卷好了的五六十支烟递给我：'对不起，如果这劣质的粗烟您不嫌弃，就请吸吧！'说完，他就去了浴池。"

"这就是所谓的'江户风趣'？"

"谁知道是'江户风趣'还是'布匹商风趣'，总之，从此我和老头儿肝胆相照，逗留两个星期才回来。非常愉快。"

"这两个星期，烟卷都是老头儿请客？"

"大致如此。"

主人终于合上书，边起身边求饶说："小提琴完事了？"

寒月说："还没呢。接下去才是故事高潮，你就也听听吧！顺便说一句，棋盘上睡大觉的那位叫什么来着？对了，独仙先生……独仙先生也请听听吧！你那种睡法对身体有害。叫醒他好吗？"

迷亭随即转头去喊道："喂，独仙兄，起来，起来了！马上到了故事最有趣的地方。起来吧！人家说你那种睡法对身体有害！说您太太会担心的。"

"什么？"独仙一下子就抬起头来，口涎顺着他的山羊胡流下来，长长一串挂在那儿，像蜗牛爬过的地方，闪着光。"啊，真困呀！'山上白云闲，恰似我偷眠。'睡得好香！"

"你睡得是很香，这已经公认。现在快起来如何？"

"好吧！有什么趣闻吗？"

"紧接着就要把小提琴……怎么回事？苦沙弥兄！"

"怎么回事？丈二和尚摸不着头脑。"

东风说："马上就该拉琴了。"

迷亭附和："马上就要拉琴了。到这儿来，你听呀！"

独仙表态："还是那个小提琴？真受不了！"

迷亭时刻不忘挖苦别人："你拉'无弦之素琴'的人没什么受不了。

寒月兄只怕要拉吱吱呀呀，左邻右舍才受不了呢。"

独仙问："寒月兄不懂操琴不惊邻的方法吗？"

寒月答："不懂。如果真有这样的方法倒要请教一二。"

"不必请教！只要看一眼圣地白牛，就立见分晓。"独仙越说越玄乎。

寒月这时断定这是独仙睡得糊里糊涂信口胡扯，也就不再理他，接着说："好歹我想出了个妙计。第二天是天长节，从早到晚我都在家，就把那个藤箱开了关，关了开，一整天在心慌意乱中度过。好不容易等到天黑，当蟋蟀开始在藤箱下鸣叫时，我把心一横，拿出小提琴和琴弓来。"

"总算露面了。"东风说。

迷亭立刻警告说："率性操琴，有危险哟！"

"我先拿起琴弓，从弓尖到弓把检查一遍……"

迷亭开始讥讽了："那不会是劣等品吧？"

寒月也不理他，自顾自说："当想到这便是我的灵魂时，心情便像武士在深夜灯影下拔出锋利的宝剑仔细品观一样。我握琴弓的手瑟瑟发抖。"

"真是个天才！"东风发出感叹。

迷亭说："真是个疯子！"

而主人显然有些不耐烦了："快拉琴吧！"只有独仙一副无所谓的样子。

"谢天谢地，琴弓还好。接着我把小提琴也拿到油灯旁，里里外外全面检查一遍。整个过程大约五分钟。记住：藤箱下那只蟋蟀一直在叫……"

迷亭说道："都替你记着呢，你就放心拉好了。"

"我还没有拉。幸亏小提琴完整无缺，一颗心落在肚子里了。我猛然站起……"

"要去哪儿？"迷亭问。

"闭上你的嘴，光用耳朵！你这样句句打岔我没法讲……"

迷亭对大家喊："喂，列位！叫你们闭上嘴！嘘——嘘——"

"多嘴的只你一个！"

"对不起。这就洗耳恭听，洗耳恭听！"

"我把小提琴挟在腋下，穿着草鞋走出草门二三步。呃，慢点……"

"嗬，总算出去了。搞不好又是什么地方停电了吧。"

主人补充一句："回去也没有柿饼子了。"

"各位七嘴八舌的，实在憾甚，憾甚。我只好对东风一个人讲了……好吧，东风。我迈了两三步，又折了回去，把离开家乡时花三元两角钱买的红毛巾蒙在头上，吹灭了油灯。唉，我对你说呀，眼前漆黑。连草鞋在哪儿都看不见了。"

"你到底想去哪儿？"主人问。

"你听着就是！好不容易找到草鞋，出去一看，正是：'月夜星空柿叶落；红头巾下，抱着一把小提琴。'向右，向右！沿着坡路登上庚申山。这时，东岭寺的钟声沿着我的头巾，通过我的耳鼓，响彻我的头颅。你猜什么时间？"

"那谁知道！"

"九点。那之后，我在漫漫的黑夜里独自走了八百多米山路，登上大平岭。我本来胆小，换个时候一定会被吓昏。但在精神高度集中时，却一点都不感到害怕。真是神奇。当时我心里根本不怕，想的只有一件事——要拉小提琴。

"大平岭位于庚申山的南边。好天气里登高远望，透过红松林俯瞰山下的城市，十分壮观。那上面是约六十丈见方的一块平台，中间有一块石板，大约八张席大。北侧是叫作'鹈沼'的那片池塘，池塘周围全都是三人才能抱住的巨大樟树。山上有一间采樟脑人的小屋。池塘周围再无人迹，大白天都很难走进去。后来军队的工兵为演习开辟了一条路，爬起来还不算吃力。我来到那块大石板上，铺好带上去的毯子坐下。

"这么晚到山上还是第一次。我坐在石板上，等稍微恢复后，无边的寂静就开始侵入。强烈的恐惧抓住了我的身心，我开始紧张。夜里的山上空灵洁净，空气格外清冽。我在那块石头上呆呆坐了有二十多分钟，恐惧感逐渐减轻了，又开始感觉到孤独。我迷失了自己，神魄简直像是用凉粉做成的，冰凉透明。我已经不清楚究竟是在水晶宫里，还是水晶宫在我心中……"

"越说越离奇了！"迷亭的奚落这时也有点勉强。

独仙则被深深打动了："进入玄妙佳境了！"

寒月接着说："要是这种状态持续下去，说不定到第二天早晨，也拉不成小提琴，会在那块石头上打坐入定了的……"

东风问："那儿有狐狸吗？"

"在这种情况下，我分不清东南西北，甚至连死活都不清楚。就在这时，突然听到身后鹈沼传来一声尖叫……"

"终于冒出来了！"

"那叫声传得很远，伴着强劲的秋风掠过山林，在空山中回荡。我这才突然被惊醒……"

迷亭装神弄鬼地抚摸自己的胸口："一块石头总算落地了！"

独仙挤眉弄眼地随声附和。

寒月接着说："后来，我环视一下四周，庚申山静悄悄的！连一滴雨滴滴落的声音都没有。唉，我在想：刚才那是什么声音呢？要是人声那也太凄厉了点；说是鸟叫吧，又太高亢；猿猴在啼……那一带哪儿有猿猴！到底是什么声音呢？我疑虑重重，想解开这个谜。

"于是，本来还算安静的脑细胞熙熙攘攘，开始在脑瓜里翻腾，就像当年京城欢迎英国康诺特爵士一样疯狂和混乱。不一会儿，我全身毛孔就像多毛的腿上喷了烧酒，毛孔中那些什么勇气、胆量、智谋等等珍贵的品质，统统跑掉了，剩下颗心在肋骨下跳起捏鼻舞①。两条腿像风筝上带着的响笛一样抖动。真是吃不消了！我就把毛毯朝头上一蒙，把小提琴挟在腋下，糊里糊涂从磐石上跳下去，沿着崎岖小路向山下一溜烟跑了下去。回到住处蒙头大睡。不过东风君呀，今天回忆起来，可没那么叫人毛骨悚然了。"

"后来呢？"

"没有后来！"

"没拉小提琴吗？"

"不是嘎地惨叫一声吗？想拉也拉不成呀！是你也拉不成的。"

"总觉得你这个故事讲得不够过瘾。"

---

① 捏鼻舞是用手捏住鼻子，装出要将鼻子扔掉一样的舞蹈。

"随便你怎么'觉得'，事实如此！怎么样各位？"寒月巡视全场，得意扬扬。

"哈哈，你真有两下子！把故事编到这么个程度，煞费苦心了吧？我还以为是男桑德拉·贝罗尼在东方的君子国出场了呢，因此一直都在虔诚地洗耳恭听！"迷亭以为会有人要求他解释一下桑德拉·贝罗尼，但大家什么也没有问，他只好主动做讲解。"桑德拉·贝罗尼在月下弹竖琴，在森林中唱意大利小夜曲。这和你抱着小提琴登上庚申山简直'异曲同工'！遗憾的是，人家惊了月中嫦娥，老兄你却被鹈沼中的怪物吓坏了。这真是：在人生的紧要处，展现出了崇高与滑稽的区别。一定很遗憾吧？"

寒月却意外冷静："也没什么遗憾。"

接着，主人开始做严肃的评说："本来你想到山上去拉小提琴，这太新潮了，因此才吓唬你了！"

独仙叹息道："好人竟在魔窟里鬼混！可惜呀！"

独仙说的所有的话，寒月一句也不懂。不仅寒月，恐怕其他人也不懂！

大家沉默了一会儿，迷亭话锋一转说："这事就结束吧！你近来还到学校去磨玻璃球吗？"

"不，前不久我因归乡省亲，暂时停下来了。我已经有点厌倦磨玻璃球了。我正在犹豫是不是算了。"

"可你不磨玻璃球，就当不上博士呀！"主人一皱眉。

寒月自己却意外轻松："博士嘛，嘿嘿……当不成也无妨吧。"

"但拖延婚期，双方都要烦恼吧？"

"结婚？谁？"

"你呀。"

"我和谁结婚？"

"和金田小姐呀！"

"咦？"

"咦什么？不是约定了吗？"

"约定什么！把这事到处宣扬的是对方，不过那是他们的自由。"

主人说："这也太胡闹了。迷亭君，那事你也知道吧？"

"那事是指'鼻子夫人'吗？如果是，那就不只你我知道，已经是人尽皆知的秘密了。现在总会有人没完没了问我这事：什么时候能在《万朝报》等报刊上，看到'新郎、新娘'的照片呀？东风君早在三个月前就写好了长篇大作《鸳鸯歌》。就因为寒月还没当上博士，一直担心呕心沥血的杰作会黄金变粪土。是吧，东风君？"

东风回答说："还不到担心的地步吧。反正希望这篇洋溢着情思的作品能公之于世呀。"

迷亭说："看到了吧！你能不能当上博士，已经波及四面八方，就加把劲儿，去磨玻璃球吧！"

寒月说："嘿嘿。承蒙各位看重了，但很抱歉，这博士当不当我已无所谓了。"

"为什么？"

"为什么？就因为我有了明媒正娶的老婆。"

"这招厉害！你什么时候秘密结婚的？这可含糊不得！苦沙弥兄，你也听见了，寒月君说他已经有老婆了。"

寒月说："只是还没有孩子呢！结婚不到一个月就生孩子，那就成问题了。"

主人一下子变成了预审的法官："到底何时、何地结婚的？"

"何时？我回家乡的时候，她一直就在我家等着我呢。今天这木松鱼干，就是婚礼上亲友们送的。"

"只送三条鱼干贺喜？够吝啬的！"迷亭嘲讽道。

"哪里！是从一大堆里拿了三条。"

"这个在家乡等你的姑娘，脸也是漆黑的？"

"是呀，漆黑漆黑，和我很般配。"

"那对金田家你打算怎么办？"

"没什么打算。"

"这可有点儿说不过去。是吧，迷亭兄！"

"没什么。嫁给别人也一样。反正夫妻不过是摸黑撞头罢了。本来就不用摸黑撞的，偏要瞎撞，那就是多此一举。既然是多此一举，谁和谁撞都无所谓。只是可怜了作《鸳鸯歌》的东风君了！"

"这个《鸳鸯歌》嘛，转让给我也行啊！等金田小姐结婚时，我再另写一首就是。"

"不愧是诗人，真是随性大度！"

主人还惦记着那边的金田小姐："回绝金田家了吗？"

"没有。没有这个必要。我又没向对方求过婚，都没表示过，所以，无须理会……真的，不理会最好。现在就有十几二十名密探在盯着，我们说的会一字不漏全去告密了。"

听见"密探"二字，主人的脸一下子板起："哼！那就住口！"

主人看上去对此耿耿于怀，针对密探大发了一通议论："乘人不备，探囊取物者是小偷；乘人不备，窃人心曲者是密探；神不知鬼不觉，撬门开窗拿走他人物件的是盗贼；神不知鬼不觉，诱人失言以窥人心境者是密探；把刀插在席上，勒索豪夺他人钱财的是强盗；罗织言辞恐吓强奸他人意志的，还是密探。所以这密探、小偷、盗贼、强盗本来就是一家，都一样臭名昭著。你要是顺从他们，那就是在纵容他们。对这类东西决不能低头服软！"

"没事，就算有一两千个密探在上风头列队进攻，也没什么好怕的。我可是磨玻璃球的著名理学士水岛寒月哟！"

"实在佩服！到底是新婚的学士，真个是龙虎精神！但苦沙弥兄呀，既然密探和小偷、盗贼、强盗都属蛇蝎一家，那雇用密探的金田家是和什么人一伙呢？"迷亭说。

"那就是熊坂长范之流吧！"

"比作熊坂，实在是绝妙。有句戏词不是这样唱的吗：'怎的一个长范，却成了两个，原来是身首异处。'靠放阎王债起家，贪得无厌，物欲横流，活一千年也不会毙命的，说的就是胡同对过那个'长范'。叫那些家伙盯上可是一辈子要倒霉的。寒月，可要当心！"

寒月神情自若,学着"宝生派"的腔调豪气冲天地说:"担的什么忧呀？戏词中不是唱到'哎呀呀，你这胆大包天凶恶的强盗！老子的刀法谅你早已知晓。如此还胆敢破门而入，管叫你有来无回！'"

独仙毕竟是独仙，他提出了个毫不相干的问题："提起密探，二十世纪的人，大多数似乎都有成为密探的倾向。这是什么原因呢？"

寒月说："是物价上涨吧？"

东风说："不懂艺术吧？"

迷亭说："是人长了文明角，像芝麻糖似的，疙疙瘩瘩的。"

轮到主人，他装腔作势发出一通议论来："关于这一点，我曾苦思冥想很久。依我所见，现代人的密探倾向，都是因为个人自我意识太强。我这里所说的自我意识，绝不是独仙君所谓的'见性成佛''浑然与天地一体'等等顿悟……"

"哎呀，越说越玄了。苦沙弥兄，连你都巧舌如簧满口大道理，在下迷亭我也就冒昧了，要来对现代文明的种种弊端，开诚布公议论一番了！"

主人说："那就请便了。你还能说出些什么！"

"当然有，有很多。还记得苦沙弥兄你前几天对刑警唯唯诺诺，今天又把密探比作小偷和盗贼，这简直就是前恭后倨，太善变了。至于我嘛，还没出娘胎就已定性，从来没有改变过自己的观点。"

主人说："刑警是刑警，密探是密探，前几天是前几天，今天是今天。不改变自己的观点，那是你顽固不化的铁证。《论语》中有'下愚不移'，指的就是你。"

"厉害！要是密探也能像你这样正面进攻，倒还有可爱之处。"

"我是密探？"

"就是说你不是密探，我才觉得你坦率得让人爱。好了，好了，不吵了，你接着发表你的宏论吧！"

"所谓现代人的自我意识，指的是对人与人之间的利益冲突了解得太过清晰，并且，个人的这种自我意识随着文明发展，日渐变得更敏锐起来，最终连一举手、一投足都要失去天真与自然。西方有个人叫亨利，他批评史蒂文森说：'他走进悬挂着玻璃镜的房间，每当从镜前走过，如不照一下自己的身影就会难受。他就是这样一个任何时刻都不能忘记自我的人。'这话生动描绘了今日世界的面貌。睡着了不忘我，醒着不忘我，一个我字如影随形，使得举止言行矫揉造作，简直就是在作茧自缚，满世界都是辛酸，人就怀着初次见面的男女面对面那时的忐忑不安、紧张的心情，熬过自己的白天黑夜。不要提什么'悠然自得''从容不迫'，那都是徒有其名，毫无意义。

"由这点看来，现代人全都密探化、盗贼化了。密探需要掩人耳目，干的就是不能见人的勾当，依靠的就是个人意识。而盗贼，时时刻刻担心着被看破、被抓住，本来就是一个人干的营生，没有强大的个人意识根本不可能。现代人不论是睡醒了还是在梦中，都在想着自己的利益，对任何事、任何人都会盘算一下对自己的利弊，自然就会拥有跟那些密探和盗贼一样强的个人意识。整天算计着别人也防备着被人算计，无时无刻不在如履薄冰，直到进入坟墓才得以安心。这就是现代人，就是文明发出的诅咒。简直愚蠢透顶！"

"这说法很有趣。"碰上这样问题，独仙是不会自甘落后的，"苦沙弥兄的分析深得我意。古人是要人们忘我，今天的教育却是要人们不要忘我，彻底地颠倒了过来。这样的结果就是一个人的一天二十四小时，全被我字占满。因此没有片刻安宁，到处都是水深火热的地狱。要问治这病的良药是什么，没有比'忘我'更有效的了。正所谓'三更月下入无我'，说的就是这种境界。而今即使是对人亲热，也要有太多形式的东西。连英国人引以为荣的所谓'教养'，也是个人意识的产物。听说英国国王去印度访问时，曾和印度的皇族同席共餐。那些皇族拿出本国吃法，将手伸到盘子里去抓马铃薯吃。后来他们意识到了国王在场，于是脸红起来，感到羞愧。而英王却佯装不知，也用手去盘子里抓马铃薯吃……"

寒月问道："这就是英国教养吗？"

"我听过这样一个故事，"主人补充说，"也是关于英国人的。说是有一个大兵营，一些团部士官宴请一名下士，用餐结束后，送上来装着水的玻璃瓶洗手。那名下士拿过去就嘴对嘴喝干了瓶中水。于是，团长边祝福下士身体健康，边将洗手盆里的水一饮而尽。据说其他的士官也都争先恐后举起洗手盆祝福下士。"

"还有这样的笑话呢？"不甘寂寞的迷亭说，"据说卡莱尔是个不懂宫廷礼节的怪人，他第一次谒见英国女王时，突然问：'可以吗？'就一屁股坐在了椅子上。站在女王身后的侍从和宫女都偷偷笑了起来。不对，应该是禁不住笑了。于是女王回头对身后的人们示意一下，侍从和宫女马上也都在椅子上坐下，就这样保住了卡莱尔的面子。想不到连女王也这样善解人意！"

寒月对此做了简评："既然是卡莱尔，就算众人都垂手而立，说不定他也会不以为意。"

"谅解与体贴他人的确值得钦佩，"独仙说，"不过，正因为是以自我为中心，这样的谅解与体贴也会很费劲。想想就可怜！人们都说：随着文明进步，杀戮就会消失，人与人的交往就会变得宽容，可这却是大错而特错。自我意识过强了，怎么可能相安无事？不错，从表面看，的确是和平安定了，然而，相互之间却无法沟通。这大概像摔跤人在擂台上扭在一起，都无法动那样吧？从表面看来，是平静了，但实际上，双方的内心难道不是在拼命跟对手较劲吗？"

迷亭不甘人后，他接过话头："就说打架吧！从前打架是以暴力进行对抗，反而算是公平的；如今变成靠计谋取巧，这也是因为个人意识增强了的缘故。培根说过：'顺从自然的力量，才能战胜自然。'如今的人正是在遵循着培根的教导。这可有点怪，这就像是柔道，以彼之力还诸彼身……"

"水力发电就是这样。借水流动的力量，转换为电力……"

独仙立刻打断寒月："所以呀，'贫穷时为贫所困，富有了为财所缚，忧愁就像一张网，欢喜就像一根绊索。'才子死于才，智者败于智。像苦沙弥这样脾气暴躁的人，只要引起他的暴躁，就会冲出去，掉入他人的陷阱中……"

"所言极是！"迷亭拍手称快。苦沙弥先生则笑嘻嘻地回答说："不过，也不是那么容易就能得逞吧？"全场人一同大笑起来。

迷亭问："不过，像金田老板那种人，会因何而亡呢？"

独仙回答道："老婆因鼻子而死，老板因罪孽而丧生，喽啰们因做密探而亡。"

"那小姐呢？"

"小姐我没见过，无从说起……不过，不外乎是被捂死、被撑死吧？总不至于恋爱死。弄不好会像卒塔婆小町那样死于路旁呢。"

"那可惨了。"东风因为为金田小姐献过新诗，马上提出抗议。

独仙一副众人皆醉我独醒的样子说："所以，'应无所住而生其心'这句话很了不起。不能到这境界，人就会苦不堪言！"

"你别神气！像你这号人，说不定在电光影里两脚朝天一命呜呼呢。"迷亭讥讽说。

主人说："总之，在文明日益昌盛的今天，我活腻了。"

迷亭马上点破："那就死吧！不用客气。"

主人蛮不讲理起来："我可更不想死呢。"

寒月来了一句冷冰冰的格言："生时，无人深思熟虑而后生；临死时，却无人不烦恼将死。"

也只有迷亭能应对这种玄机妙语："这就像借钱时先把钱借到手再说，到要还钱了就心疼起钱来。"

"如同借债不想还钱的人才幸福，同样，视死如归的人也是幸福的。"独仙还是一副飘飘欲仙的模样。

迷亭说："按你的理论，那岂不是厚颜无耻就是悟道了？"

独仙回答说："是呀！这就是禅语所谓的'铁牛面者铁牛心，牛铁面者牛铁心'。"

迷亭反唇相讥："这样看来，你就是这号人的榜样了？"

"那也不能这样说。不过，以死为苦，这是人类发明了'神经衰弱'以后的事。"

"还真是。像你这种人，怎么看都像是神经衰弱症出现前的遗民。"

两人你一言我一语，互不相让逗着口舌之快。这时，主人却在对寒月和东风继续抨击文明。

"怎样才能借钱不还，这是个问题！"

"不成问题。欠债还钱，天经地义。"

"喂，讨论嘛，你先听着。正如怎样才能借钱不还一样，怎样才能长生不死也是个问题，不对，早就是个问题了。最初发明炼金术，就是为了这个。可所有的炼金术都失败了，不管怎样人总是要死的。这可是很清楚了的。"

"远在发明炼金术前，这点就太清楚了。"

"喂喂，在讨论呢，你就别打岔了，能听懂吗？当明确了死不可避免后，第二个问题又出现了。"

"什么问题？"

"既然非死不可，那如何才算好死呢？这就是第二个问题。'自杀俱乐部'，也就应运而生了。"

"还真是。"

"死，是痛苦的，但死都死不成，就加倍痛苦。神经衰弱的国民活着比死更痛苦，因此，才会为了死而受苦。不是怕死才以死为苦，而是为不知道怎样死而痛苦。一般人智力不足，只能在听天由命的过程中遭受社会的杀戮。有点个性的人，不甘于被社会零敲碎打的慢性杀戮，就会对死亡方式进行种种理性探讨，然后拿出各自的方案来。由此而见，世界发展的趋势，就是自杀者不断增多，而且每个自杀者都无不是以个性化的方式自杀。"

"真够热闹的！"

"一定会的。亨利·阿瑟·琼斯在他的剧本里，就有一个一贯宣扬自杀哲学的哲学家……"

"他自己自杀了吗？"

"遗憾得很，没有。不过，再过一千年，人类一定会全采取自杀方式的。一万年后，提到死，人们就会不记得除了自杀，还有别的死的方式。"

"那还得了！"

"会的，一定会。这样一来，就会产生出大量有关自杀的研究成果，自杀研究就会成为一门科学。像落云馆这样的中学，就会用自杀学来代替伦理学。"

"妙！我都忍不住想去旁听了！迷亭先生，你听到苦沙弥先生的高论了吗？"

"听到了。到那时，落云馆的伦理学教师这样讲：'诸君，公德已经是野蛮的习俗，不许再墨守。作为新的世界青年，诸君的首要义务是自杀。己所欲者，必施于人。为了提高自杀的效率，还需要他杀。尤其是那个又穷又酸又臭又硬的苦沙弥先生，既然他活得痛苦，那就要争取早一天杀了他，这也是诸君的义务。诚然，如今是开明时代了，自然不能再用舞刀弄枪或飞箭投矢等卑鄙手段，只能用高尚的讽刺技巧开开玩笑而置他于死地，这既是他的荣誉，也是在为诸君积德。'"

"讲演太动人了。"

"还有比这更动人的呢。现代警察是以保护人民的生命财产为首要目的。但将来有一天，巡警就会抢起打狗的棍棒，到处扑杀天下公民……"

"为什么？"

"为什么？令人珍惜生命，所以靠警察来保护；到那时，因为国民都活得痛不欲生，警察自然就有义务予以扑杀。当然，那些心眼灵活的人大多都自杀了，需要警察动手的都是些优柔寡断的、缺乏自杀能力的白痴、残废。并且那些自愿被扑杀的人都会在自家门口贴一张纸条，上书'有男（或女）自愿被杀'，等警察巡逻到此看见了，就会立刻加以执行。至于尸身，由巡警车拉走好了。还有更有趣的……"

东风显然激动了起来："先生笑谈起来就没个完呀！"

独仙又开始捻他那缕山羊胡，不紧不慢地分辩道："笑谈吗，也算是笑谈；不过说是预言，也许就是预言。不彻底掌握真理的人，总是被眼前的现象所困，以为这泡沫般的梦幻是永恒；只要有人说得超脱些，立刻被当作是笑谈。"

寒月肃然起敬："是不是'燕雀安知鸿鹄之志'？"

"正是如此。"独仙接着说，"从前西班牙有个地方叫作科尔多瓦……"

"今天还在吗？"

"也许在。别去管它在不在了！那里的风俗是，只要寺院一敲响晚钟，家家户户的女人都要出去跳进河里游泳……"

"冬天也游？"

"这个不是很清楚。总之，不分老少尊卑都要跳进河里。但男人不参加，只是远远地看。但见那暮色苍茫的河面上，一片白花花的肉体在跃动……"

听到裸体，东风赶忙往前挪动身子。"真是富于诗意呀！可以写成一首新诗了！那是什么地方？"

"科尔多瓦呀！那里的小伙子不能和女人一起游泳，可又不许看女人们的身体。所以那里的小伙子们都觉遗憾，就想出一个点子来……"

迷亭一听玩笑就非常高兴："什么花样？"

"他们贿赂寺院里的敲钟人，提前一个小时敲钟。女人们都很傻，不知道提前了，就会相互说着'钟响了'，聚集到岸边，只穿着小背心、短裤衩，扑通扑通地往水里跳。水倒是跳进去了，不过天还没黑。"

"又是'秋日骄阳火辣辣'？"

"她们往桥上一看，发现男人们正站在桥上往下看，一时间又羞又躁，但也没办法。"

"这……"

"这就是在说，人只会受制于成见，而忘了成见的初衷。不当心些可不行！"

迷亭听了，大为感触："听先生一席话，胜读十年书。关于受成见所惑，我也有个故事，讲一讲？好吧，最近读某某刊物，有篇小说写了这样一个骗子。比方说吧，假设我开了个书画古董店。店内陈列了很多大家的书画、名人的遗物。全是不折不扣的上品真货。既然是上品，自然要卖高价。这时候有一个顾客走进来问：'元信的这幅画多少钱？'我说：'标价六百元，那就六百元吧！'顾客说：'买倒是想买，只是手头没带那么多钱，真遗憾。'"

"你肯定他是这么说的吗？"也只有主人这种人会这样迂腐了。

"这可是小说，我说什么你就听什么。那时我就说：'钱算什么。如果中意，您就请拿去好了！'顾客说：'这怎么行？'他有些犹豫。

"我十分慷慨：'那就按月付款吧！这样可以少些压力，反正今后您就是我们的主顾……您不用客气。每月付十元怎么样？如果不便，每月付五元也行。'后来我和顾客磋商的结果是，以六百元的价格将狩野元信那一幅画卖给他，分期付款，每月十元。"

"简直像读《大英百科全书》。"寒月说。

"《大英百科全书》很精确,而我说的可不确切。以下骗局就要展开了。你别打岔,好好听着!六百元,每月十元,你算算,要多少年才能还清?寒月!"

"五年吧?"

"当然是五年。不过,独仙君,你认为五年是长还是短?"

"一梦千年,千年一梦。又短又长啊。"

"说些什么乱七八糟的!是道歌吗?那也是缺乏常识的道歌。五年中每月付十元,对方一共要付六十期。这里就出现了一个可怕的习惯问题。假如同一件事月月都要做,重复六十次,那么第六十一次也还会想着要做了。以此类推,六十二次、六十三次……重复的次数越多,就会养成到期付款十元的习惯。人看似聪明,但有个很大的弱点,就是受习惯的制约,一旦习以为常了,就会忘了初衷。这个骗局就是在利用人的这种弱点,我将无数次月月得到十元钱。"

"哈哈,哪里会如此健忘呢?"

寒月一笑,主人略严肃地说:"唉,那种事真的就有。我就是不算账,月月寄款偿还读大学时欠下的债,直到对方最后拒收了。"也只有主人这样的人,才会把自己的丑事拿出来张扬。

"看,实例在此了,看来我讲的一点都没错!所以,笑我刚才说的'未来文明记'是玩笑的人,正是这类六十次的分月付款会用毕生去付的家伙。尤其是寒月、东风这类缺乏社会经验的青年,必须牢记我说的,以免上当受骗!"

"记下了。以后分月付款一定不超过六十次。"

"寒月君,这话听起来像是玩笑,实际上发人深省呢!"

独仙对寒月说:"比如现在苦沙弥兄或是迷亭兄给你忠告:'你擅自和别人结婚,有欠稳妥,快到金田家去请罪!'不知你会如何想?去请罪吗?"

寒月回答说:"请什么罪呀!要是对方向我赔礼,那另当别论。"

独仙又问:"假如是警察要你去请罪,怎么办?"

"那就更对不起了!"

"如果是大臣、贵族命令呢？"

"那就加倍地恕难从命。"

"看！人发生了多大的变化！过去是一个权力可以为所欲为的时代，而现代则是一个即使是皇家也不能想干什么就干什么的时代。在今天这样一个时代里，管他是殿下还是将军，都不可能随心所欲凌驾于他人之上。这样说吧，如今，压迫者的压迫越大，被压迫者就越要反抗。因此今天才会出现这样的新气象：正因为权势显赫，才落得个无可奈何。要是让过去的人来到今天，几乎不敢相信那些过去不可能的事情，今天竟然能畅通无阻。真是世事多变！迷亭君的《未来记》说是笑谈，倒也算是笑谈，但说它有所启示，难道不正是对未来的启示吗？"

迷亭说："既然有知音，那我就把《未来记》的续篇讲下去。如独仙所说，在今日世界，如果还有人指望着靠权势耀武扬威，仗着二三百条竹枪就想横行霸道，简直就像是坐上轿子和火车赛跑的冥顽不化的时代落伍者。例如放阎王债的长范先生！对这种人，拭目以待就是了……

"不过，我的《未来记》关注的绝非一时权宜之计，而是与人类命运攸关的社会大问题。看看如今的文明趋势，再看看未来的发展趋势，就会知道结婚将成为不可能。诸位不要惊慌！我说'结婚将成为不可能'，有如下理由：如上所述，今天的世界是一个以个性为核心的世界。从前家长是一家之长，郡守是一郡之首，领主是一国之主；那时，除此之外，其他的人们几乎毫无自己的人格。就算有，也不被承认。今天不同了，今天的人都知道自己是有个性的，个个内心都存在这样的理念：'你是你，我是我！'如果二人路上相遇，会各自在内心想着：'你小子是人，我也是人！'然后傲然擦肩而过。可见个性已经强化到了何种程度。

"但个性意识的加强，在某种程度上实际也是个性的普遍减弱。别人不再能轻易伤害于我，从这个角度来看，个人的权利的确增强了，但同时对他人不可任意干预。从这一点来看，个人的权利相对于过去显然是减弱了。强了大家都高兴，弱了又会人人不满。于是就会这样，一边是'不许他人动我一根毫毛'！一边却是'哪怕动他人半根毫毛也好'。这样一来，人与人之间就失去了沟通的可能，活得窘迫了，人们都在不知不觉间自我无限膨胀，直到破裂陷入痛苦中。于是就想出一个方案——老少分居。在日本，你到山沟里去瞧瞧，一户一个门，全家人都挤在一所房子里。他们没有多少个人隐私；即使有也不强调，如此也就一顺百顺了。但对于文明人来说，即使亲子之间，都各自要有自己的空间，只要稍微有所限制了，就会怨声载道。因此，就要分居。欧洲由于发达，比日本更早实行了这一制度。有的人家二世同堂，儿子跟老子借钱也要付利息，像外人租房要付房租一样。正因为老子承认和尊重儿子的个性，才出现了如此良好的风气。这种良好的风气早晚也会传到日本。

"亲戚早已疏远，老少业已分居，被压抑的个性得到了舒展，以至于对个性的权利以及个性的不可侵犯会无限扩展下去。因此不得不快点分居了。可问题是，在父子、兄弟都已分居的今天，再也没有什么可以分居下去的了，最后剩下的只有夫妻。按现代人的观点，男女同居便是夫妻，但这是极大的认知错误，同居的前提是两情相悦。今非昔比，旧的时代讲究的是夫妻'异体同心'，表面是两个人在一起组成夫妻，实质上不过是一人的两种形式。因此才会有什么'偕老同穴'，就是说，死了也变成一穴狐狸。这也够野蛮的了。

"今天这一套早就行不通了。因为丈夫永远是丈夫，妻子也还是妻子。为人妻者，都是在学校里穿着没有裆的和服裙裤，磨炼出了强大的个性，梳着西式发型嫁进门来的，当然不可能对丈夫百依百顺。而且如今对丈夫百依百顺的妻子不算是妻子，是泥偶。越是贤惠，个性就越是棱角分明；棱角分明了自然就会和丈夫意见相左；意见相左了，就会发生冲突。由此可以推断，凡是贤惠的夫人，那是一定要从早到晚和丈夫闹别扭才行的。如此看来，娶个夫人越是贤惠，双方的痛苦也就越多。夫妻间就像油水，怎么都是格格不入的，之间那就是存在一堵铜墙铁壁。

"假如那墙壁总是能保持稳定还好些。但是，因为油水不能相容，就会分分合合发生爆炸，这一来家庭就会像发生大地震一样摇摇欲坠。日久天长了，夫妻同床异梦这个道理，逐渐被人们所认识……"

"你这岂不是在说，夫妻都要分手吗？真令人担心啊！"刚结婚的寒月有点害怕了。

"要分手。一定要分手的。天下夫妻都要分手。从前是同床共枕才算是夫妻，以后人们会认为同床共枕的人没有做夫妻的资格。"

寒月更加担心起来："照此说，我这号人就是没资格的一伙了！"

"生在明治时代真是幸运呀！比如我，"迷亭有点得意忘形了，"就因为写这《未来记》，思想意识领先了当今一步，所以，现在就干脆过起独身生活。有些人居然说我这是失恋的结果，看来近视眼的目光真是短浅到家！这个还是姑且不谈了，接下来继续《未来记》！

"那时，一位哲学家将会从天而降，对世人宣讲破天荒第一次发现的真理。曰：人是个性的动物。消灭个性，就等于消灭人类。为了人生的实现，必须不惜代价保持并发展个性。因此那些父母之命、媒妁之言，并非两情相悦的婚姻，就是违背自然法则的野蛮习俗。姑且不论是在个性不彰的蒙昧时期，还是在文明昌盛的今日，依然沉溺于如此野蛮陋习，也未免太荒谬没人性了。

"在文明开化之今日世界，两个个性不可能有理由因为超乎常态的亲密情感联系到一起。尽管这是显而易见的，但一些没有受过教育的男女青年在一时低劣情感的驱使下，擅自举行新婚合卺之礼，其行径，实有悖于道德伦常。吾等为了人道，为了文明，为了保护那些青年的个性，不能不全力抵制这种野蛮之风……"

"迷亭先生，我要坚决反对这种学说！"东风君啪地用手心拍一下膝盖，以视死如归的勇气宣布，"我看这世上最珍贵的，再也没有比得上爱与美了。多亏这二者，才使我们有了慰藉，生活有了希望和幸福。是爱与美使我们有了优美的情操，高洁的品格，纯净的同情心。我们不论何时何地，也不能忘记它们。二者一旦降临，爱就化身为夫妻之间的一举一动，美就成为诗与音乐。因此我想，只要人类还生存在地球上，夫妻与艺术就绝不会消亡！"

"如果不至于消亡那当然好，然而按哲学家所说，都是要彻底消亡的。有什么办法呢？只好绝望了。什么艺术？艺术也和夫妻命运相同。我想个性发展就是个性自由吧？至于艺术，那不是就没有存在的可能了吗？你想想看，所谓艺术，难道不就是因为艺术家和欣赏者之间存在共同点吗？不管你是多么了不起的新诗诗人，也不管你怎样咬牙坚持，假如没有一个人对你的诗感兴趣，你的新体诗除了你自己，也不会有人欣赏了吧？任凭你作多少篇《鸳鸯歌》也无济于事，幸而你生在明治时期，普天之下还有人喜欢读你的诗。不过……"

"哪里，实不敢当！"

"假如现在就不敢当，到了文明的未来，就是刚才讲到的那位大哲学家出世、提倡'非婚论'时，那可就更没人看了。当然不是因为是你写的才没人看，而是因为满世界都是唯我独尊的独特个性，对别人的东西根本不感兴趣。眼下在英国等国家，这种趋势已经十足呈现。你读读梅瑞狄斯的小说！读读詹姆斯的小说！在今日英国小说家中他们是最善于描写人物性格的。可读者不是少得可怜吗？那样的作品，除了极少数具有类似个性的人，谁会感兴趣呢？这种趋势发展到最后，到了结婚成为不道德的时候，艺术也就会彻底消亡了。你的诗我不懂，我的诗你也不懂。那时候，你我之间就不存在艺术了！"

"这样说也有理。不过我还是无法认同。"东风有点犹豫。

"你是凭直感不以为然，而我是凭曲感以为然。"

"迷亭君的也许是曲感。"现在轮到独仙开口了，"一言以蔽之，个性越是自由，人与人就越是疏远。尼采抛出他那个超人哲学，就是因为感受到了这种疏离带来的紧迫感，想着依靠意志能化解。乍一听这像是理想，但实际上是尼采内心的缺憾。活在个性得到过度发展的十九世纪，连邻居之间都互相提防，睡着了都要睁半只眼，那位老兄才神经兮兮地写了那么一些话。读他的书，与其说是痛快还不如说是痛苦。那不是呼唤人们奋勇前进的号角，反倒像是对人类的深恶痛绝。这也难怪。从前是'圣人出则黄河清'。痛快！既有如此快事，何必需要像尼采那样用纸笔写在书上呢？

"所以，不论是荷马，还是那些英国古民谣，同样是写超人，但给人截然不同的印象，明朗，快活，这是因为有快活的事。把这些快活的事写在纸上，读起来也就没有苦涩。到了尼采的时代，可就不一样了。没有一个英雄出现。即使出现了，也没有人推崇。从前只有一个孔子，因此孔子有权威；如今到处都是孔子，因此当你神气十足地说'我是孔子'时，也没人正眼瞧你。于是，牢骚多了，只能在纸上发泄一通超人快感。

"我等盼望自由，也得到了自由；得到了自由，又感到不自由；感觉不到自由，就会发牢骚。因此，看上去西方文明似乎好点，但一样靠不住。与此相反，东方自古讲求精神修养，还是有道理的。看看个性发展到今天的结果，全都得了神经衰弱。这时才发现'王者之民荡荡焉'这句话的价值，才领悟到'无为而治'的真谛。但纵然醒悟，也为时晚矣，就好比酒精中毒了才明白：'啊，不喝酒多好！'"

寒月说："各位说的，似乎都是厌世哲学。但是我这个人怪，洗耳恭听，却没半点反应。这怎么回事？"

"那是因为你娶了老婆。"迷亭一针见血。

主人突然大声说："娶了老婆就认为女人真好，这是天大的错觉。我念几句有趣的文字给你们听，就当是供你们参考好了。都给我好好听着！"说着，他翻开早就从书房拿出来的一本古书说，"这本古书在它那个年代，就对女人的可恶做了详细说明。"

"啊，是什么年代的书？"寒月问。

"十六世纪的，作者名叫托马斯·纳西。"

"越说越惊人了。那时候就有人骂我老婆了？"

"骂了各种女人，其中也一定包括你老婆。所以你要好好听！"

"好，我听！"

"首先，介绍一下自古以来贤哲们的女性观。注意了！都在听吗？"

东风回答："都在听！连我这个光棍也在听！"

主人这才开始继续读："亚里士多德说：'既然女子是祸害，那么娶大祸害就不如娶小祸害，因小祸害毕竟比大祸害祸害小也……'"

迷亭问："寒月君的妻子是大祸害还是小祸害？"

"属于大祸害之类哟！"

迷亭哈哈笑着说："有意思。喂，往下念呀！"

"有人问：'何为最大奇迹？'智者答曰：'贞妇……'"

"这位智者是谁？"

"没有说。"

"一定是被女人甩了的。"

"接下来是第欧根尼①，有人问他：'娶妻何时最好？'答曰：'青年早了，老年迟了。'"

"他多半是在酒桶里想出来的吧？"

"毕达哥拉斯说：'天下可畏者有三：火、水、女人。'"

"希腊的哲学家们竟然也能说出这样明智的话。依我看，天下没什么值得畏惧。入火而不焚，落水而不溺……"说到这儿，独仙说不下去了。

迷亭赶快给他补上："见色而不迷。"

主人没有理会这些家伙的打岔，继续读下去："苏格拉底说：'驾驭女人，是人间最难之事。'德摩斯梯尼说：'欲困敌，上策莫过于赠以女人，可使其日夜困于纠纷，而一蹶不振。'塞涅卡则把妇女与无知看成是世界的两大灾难；马卡斯·奥莱里阿斯说：'女子像航船一样难以驾驭。'贝罗塔说：'女人爱穿绫罗绸缎，以便于掩盖其天赋愚钝。'巴莱拉斯曾致函朋友，叮嘱说：'世界上没有什么事是女人不能偷偷干出的。但愿上天眷顾，不要让你掉进女人的陷阱里。'他还说，'女人是什么？难道不是友谊之最大敌人，难以逃避之苦难，无法规避之灾害，天然之诱惑，甜蜜之毒药？假如抛弃女人不道德，那么不愿离开女人就更应该遭到谴责。'……"

"够了！先生。听这么多咒骂我老婆的话，已经让我不寒而栗了。"寒月显然是有点抗不住了。

"还有四五页，接着听下去，怎样？"

迷亭笑说："大致念念吧，夫人快回来了。"

恰好，饭厅传来女主人呼喊女仆的声音："阿清！阿清！"

迷亭马上打趣起来："这下子坏了！喂，夫人在家呀！"

"嘿嘿……"主人笑得有些尴尬，"管她呢！"

"嫂夫人！嫂夫人！什么时候回来的？"

饭厅没人应声。

---

① 第欧根尼是古希腊的一位哲学家，传说他为躲避妻子，独自住在一个大酒桶里。

"刚念的文章，夫人你听到了？"

还是没人回答。

"刚才是苦沙弥兄在念十六世纪纳西的话，你放心好了。"

"不懂啊！"女主人的回答冷冰冰的。寒月咯咯笑了起来。

跟着迷亭也开始无所顾忌地笑了："我也不懂。对不起了！哈哈哈……"

突然外面的大门哗的一声被人拉开，沉重的脚步声朝屋内进来。接着客厅的纸门被粗暴拉开，一张脸出现在门口。原来是多多良三平。

三平君今日身穿洁白的衬衫、崭新的礼服，这已经令人有几分刮目相看了，再加上他右手拎着用绳绑着的四瓶沉甸甸的啤酒，就更是让人惊讶。他把啤酒往木松鱼干旁一放，也不打招呼，就那么一屁股坐下，两腿开开，一副武士风度。

"先生近来胃病好些了？总这样闷在家里行吗？"

"感觉不出好坏。"主人回答。

"可是脸看上去不是很好呀！老师的脸色发黄。近来正好想钓鱼，就从品川租了条小船……上个星期天我还去过。"

"钓了些什么？"

"什么也没钓到。"

"钓不到还钓？"

三平毫不客气指指在场所有人："养吾浩然之气呀先生！怎么样？诸位都去钓过鱼吗？钓鱼可有意思呢。在广阔的海面上，驾一叶扁舟，四处漂荡……"

迷亭首先搭话说："可我想在小小海面驾一条大船自由漂荡呢。"

寒月则说："既然垂钓嘛，就该钓上些鲸鱼、人鱼的，不然没意思。"

"能钓上那些东西吗？文学家基本没常识！"

"我可不是文学家。"

"是吗？那你是干什么的？像我这样的实业家，最重要的是常识。老师，近来我的常识可是大大丰富了。还真别说，在那种地方就是'近朱者赤'，不知不觉就被熏陶成这样。"

"什么样？"

"就拿抽烟来说吧！抽'朝日牌''敷岛牌'太没身份了。"说着，他掏出一根金纸烟嘴的埃及香烟，美美地吸了起来。

主人问："你现在很有钱了吗？"

三平回答："钱现在倒是还没有，不过马上就会有了。一抽上这种烟，在别人眼里我就非同小可了。"

"比寒月君磨玻璃球，信心来得更方便容易，堪称'轻便信心'了！"迷亭看着寒月说，而寒月一时不知道怎样回答。

三平突然问："您就是寒月先生？还是没当上博士吧？因为您没有当上博士，所以就轮到我了。"

"当博士？"

"当然不是，是金田家的小姐。说真的，我觉得怪不好意思的。问题是对方一再求我娶了她，我这才下决心要她。不过，总觉得有点对不起寒月先生，于心不安呢。"

"不必介意！"寒月说。

主人的话有些含糊："想娶，你就娶她好了。"

迷亭照例起哄："大喜事呀！所以这才是，不论养个什么样的姑娘也不愁嫁。刚才我还说不必发愁，这不就有了一位英俊的绅士来做乘龙快婿了？东风君，有新诗的素材了，赶快写呀！"

三平马上看着东风说："您就是东风君？那我结婚时您不写点什么吗？写了我就去铅印，拿去满世界散发，但愿能投到《太阳》杂志社去。"

"好，那就写点什么！您几时用？"

"都行。从现成的诗里选一篇也行。这可是有报酬的，举行婚礼时请您去喝喜酒。您喝过香槟吗？香槟很甜……苦沙弥先生，举行婚礼时您打算请乐队来吗？给东风君的诗谱上曲演奏怎样？"

"随你的便！"

"老师，您不能给谱曲吗？"

"胡扯！"

"列位中有人会谱曲吗？"

迷亭这时说："落榜了的候选人寒月君可是小提琴高手！好好求
他！不过，光香槟恐怕他不会答应。"

"虽说都是香槟，那种四五元钱一瓶的不好喝。我请人喝的可不是那
种便宜货。您就给我谱一曲行吗？"

寒月回答道："行，那就谱吧！给我喝两角钱一瓶的也行。实在没有，
白谱也行！"

"那可不能，我一定会报答您。不喜欢香槟，这玩意儿行吗？"说着
三平从上衣暗兜掏出七八张照片，扔在床席上。有的是半身，有的是全身；
有的站着，有的坐着；有的穿着和服裙裤，有的穿着长袖和服，有的还
挽着高岛田式发髻；全是妙龄女郎。

"先生，有这么多候选人！喂，为了表达谢意，不久我可以给寒月和
东风君各介绍一名。这样可好？"说着迷亭捡起一张扔给寒月。

"多美呀！求您一定费心周旋。"寒月看看说。

"这个也美吧？"三平又扔过一张。

"也美，请一定代为周旋。"

"哪一个？"

"哪个都行。"

"您可真多情。先生，这位是博士的侄女呀！"

"是吗？"

三平自言自语起来："这位年龄好，才十六七岁，性格也特别温柔……
如果娶她，有上千元的陪嫁金……这位是县长的小姐。"

寒月说："我可以都娶了吗？"

三平惊诧起来："都要？太贪了！你是一夫多妻主义吗？"

"那倒不是。我只是个肉食论者。"

"爱什么主义就什么主义！快把你那套收起来不好吗？"主人大声申
斥起来。

"那么一个也不要了？"三平边嘀咕边把照片一张张装进衣袋。

"那啤酒是怎么回事？"

三平回答："是带来的礼品！为了提前祝贺，我在路口的酒馆买来的，

请干一杯吧！"

主人拍拍手叫来了女仆，启了瓶塞。主人、迷亭、独仙、寒月、东风五位毕恭毕敬捧起酒杯，祝贺三平君的艳福。

三平非常高兴："我邀请今天在场的各位都参加我的婚礼。请一定赏光呀！我想，会赏光的吧？"

主人立刻打断他："我恕难从命。"

"为什么？这可是我一生中只有一次的大礼呀！您不去有点说不过去呀！"

"说不过去就说不过去，我不去！"

"没有衣服？短褂、裙裤总还是有的吧？先生，偶尔见见世面还是好的！给您介绍些名家。"

"强人所难！"

"那会治好胃病的！"

"胃病不好也没关系。"

"既然如此顽固，也就不勉强。您怎么样？肯赏光吗？"三平看着迷亭。

迷亭回答说："我呀，一定去。如果可能，还巴不得当个媒人呢。'香槟九巡闹春宵'……媒人是铃木藤吧？我猜定是他。有点遗憾，但也没办法。要是有两个媒人是不是太多了？就算是个小人物，也要出席的。"

"您意下如何？"

独仙说："我呀，'一竿风月闲生计，人钓白苹红蓼间'。"

"这是唐诗选里的吗？"

"我也不知道。"

"不知道？真是的！寒月君会赏光的吧？老交情了！"

"一定。如果错过良机听不到乐队演奏我作的曲子，那就太遗憾了。"

"就是嘛！东风君你呢？"

"我呀，很想出席，在你夫妻面前朗诵我的新诗。"

"那太荣幸了。先生，我有生以来没这么高兴过。所以，再喝一杯啤酒。"

他就把自己买来的啤酒咕嘟咕嘟地喝了起来，喝得满脸通红。

秋日苦短，转眼天黑。看一眼扔了一些烟蒂的火炉，才发现炉火早已熄灭。逍遥自在的诸公也似乎有些意兴阑珊。

独仙先说："太晚了，该走了！"大家相继告辞起来："我也回了！"很快，刚刚还像是杂耍场的客厅，一下子变得冷冷清清。

主人晚餐后照例进了书房。而女主人觉得凉，紧了紧衬衫的领子，正在那儿补一件洗褪了色的便服。孩子们已经并枕而眠。女仆洗澡去了。

人看着悠闲，可一旦叩其内心深处，总是发出悲凉的声音。

独仙好像已经得道，但两脚依然还在大地上；迷亭也许逍遥，可惜人间并非画中美景；寒月终于不再磨玻璃球了，从家乡领来个夫人。这都是正常的。可正常得久了，就难免会感到无聊！

十年后，东风也会懊悔今日胡乱献诗的勾当吧！至于三平，难说他会继续去钻山还是混水。他平生只要能请到人喝几盅三鞭酒，吹吹牛也就满足了。而铃木藤先生自然会继续闯他的江湖，闯来闯去就会沾上污泥。不过沾了污泥也比不去闯荡的人神气！

我托生为猫来到这人世间，转眼两年多过去了。一向自认为比我见多识广的还不曾出现。然而前不久，突然遇到了个叫卡提·莫尔的素不相识的同胞，一番高谈阔论，让我大吃一惊。仔细一打听，据说它一百多年前就已死了，只因为一时的好奇，特意变成幽灵，从遥远的冥土赶来专为吓我一下。还听说它曾叼着一条鱼，作为见面礼去母子相逢。可半路上馋得无法忍受，竟然自己享用了。这不孝的猫！

可实话实说，它横溢的才华丝毫不亚于人类，还曾作诗使它主人惊诧不已。既然如此豪杰早在一个世纪之前就已出现，那么像我这样的废物，看来最好是赶快辞别这个人世间，回到虚无之乡更好些。

主人早晚要因胃病而身亡，金田老板已经因贪得无厌而丧命了。

秋叶几乎全已凋零。死亡是万物的归宿，活着也没什么大用，说不定尽早瞑目才算聪明。照几位先生的说法，人的命运，可以自杀归结。

要是不小心点，我也会投胎到束缚太多的人世。想想就可怕！于是有些闷闷不乐，琢磨着还是喝点三平先生的啤酒提提神吧！

我转到厨房。秋风正不依不饶敲打着屋门，从缝隙钻进去。油灯不知什么时候灭了。应该是个月明之夜，月光从窗子洒进来。茶盘上并排放着三个玻璃杯，两只杯里还残留着半杯茶色的水。在玻璃杯里，就算是开水也令人觉得冰冷，更何况那液体是在秋夜冷月下喝。静悄悄挨着一个灭火罐，不等沾唇已经觉得发冷，还是不喝了吧。可不入虎穴，焉得虎子！三平喝了这种水，满脸通红，呼出的气都热乎乎的。

猫要是喝了也不会不快活吧？反正这条命不知什么时候就要升天，趁着有口气，就该对什么都体验一下。否则等死了躺在坟墓下会叹息："啊，遗憾呀！"到那时追悔莫及也是枉然。于是我横下一条心，那就尝尝！于是鼓起勇气，把舌头伸进去，吧嗒吧嗒舔了几下。我不禁大吃一惊，舌尖像被好多根针扎似的麻酥酥的。真不知人为什么要喝这种味道奇怪的玩意儿。猫是无论如何再也喝不下去的，看来猫跟啤酒还是无缘。真受不了！我把舌头缩了回来。但转念一想，人常说"良药苦口"，所以每当受了风寒，就会皱着眉喝一些莫名其妙的苦水。

至今还纳闷：到底是喝了病才好的，还是为了病好才喝呢？好吧，我就用啤酒来解这个谜吧！假如喝下后五脏六腑都苦，也就罢了；假如像三平那样忘乎所以，那可就是空前绝后的大收获，然后我就可以去对邻近的猫们吹嘘一番，传授传授。想想就得意，管它呢，不过就是一条猫命而已！决心一定，我就又伸出舌头去舔。睁着眼舔不舒服，那就闭上眼好了。于是我吧嗒吧嗒舔起来。

我没法像人那样灌，只能耐着性子舔，终于舔干了一杯的啤酒。我感觉到了一种奇异的现象。最初舌头麻酥酥的，像是从外部来的压力压迫到了嘴里。一开始真是苦！但喝着喝着，就逐渐舒坦起来。

当喝光头一杯时，已经不怎么难受了。看来没事儿！于是，第二杯又轻而易举舔干了。顺带我又把酒在盘子里的也舔了一遍，盘子被舔得干干净净。

然后，我想看看自己身子会有什么变化，就蹲在那儿不动。先是感到浑身发热，然后就是眼圈发红，耳朵发烧，很想唱歌。我想唱"我是猫，我是猫"。问题是一唱这个就想跳舞，就想对主人、迷亭和独仙大骂一声："胡说八道！"还特别想挠金田老头的秃头，咬鼻子夫人那个巨大的鼻子。我发现现在的我什么都敢干了！

不过最后我什么也没干，就只是跟跟跄跄站起来想走。但一站起来就晃晃悠悠。这太有趣了。我想出门！好吧，那就出门去。出得门来，我想招呼一声"月亮大姐，晚上好"。今儿个真太高兴了！

　　我琢磨着，所谓"悠然自适"，大概就是这种滋味吧！我开始漫无目标地到处乱走，像散步，又不大像，反正就是心情杂乱无章地跟着软绵绵的双腿移动。"悠然自适"就"悠然自适"，可总打瞌睡。

　　搞不清是在睡觉还是在走路。我想睁开眼，但眼皮太重。心想随它去好了。高山也好大海也罢，没什么好怕的。也就是在这当口，在我勉强抬起前爪朝前一迈时，扑通一声把我惊醒，心想这下糟了！刚意识到糟了，就什么都不知道了。

　　等我清醒过来时，发现自己是在水里。对猫来说，在水里是难受的，就用爪一通乱挠，但挠来挠去全都是水。而且只要我一挠，水就把我按下去。没法子，还是得用后爪往上蹬，用前爪挠。这时，听到咕嘟一声，好歹露出头来。我想应该先了解一下周围环境，就四周一看，惊觉原来掉进了一口大缸里。这口大缸，直到夏末，还密密麻麻地长着一种叫作莼菜的水草。后来乌鸦飞来了，啄光了莼菜，用这口缸洗澡。乌鸦每天洗澡，水就少了，水少了，乌鸦就不再来。不久前我还在想："水太浅，乌鸦不见了。"万万想不到，如今由我来代替乌鸦洗起澡来。

　　水面距缸沿大约四寸多。我努力伸出爪也够不到，水里自然是没法往上跳的。想表现得满不在乎，随它沉下去就沉下去好了。但还是在拼命挣扎，发出些脚爪挠缸壁的咯吱声。挠到缸壁了，身子浮起了些，但爪一滑，立刻扎一个大猛子。扎猛子了太难受，就又继续不住地挠。不一会儿就累了，累了身子跟腿就不怎么听使唤。终于，我也弄不清是为了下沉而挠缸，还是由于挠缸而下沉。

　　这时，我开始做痛苦中的沉思：都怪我一心想要从水缸里挣扎逃命，才会遭此厄运。要能逃出升天，那也是一万个求之不得。但事实摆在眼前，逃是逃不出去的。看看我这三寸不到的腿，就算浮出水面，可想要伸出腿去搭到五寸上下的缸沿，无论如何尝试，也是爱莫能助了。再急也毫无用处，就算用上一百年时间，就算是粉身碎骨，也无路可逃。明知道逃不出去，却还拼命去逃，简直就是浪费时间。正因为贪生做无谓挣扎，才会痛苦。真无聊！自寻烦恼，自找折磨，真糊涂！

算了！还是听之任之吧，不再挣扎，不再发出这样的咯吱声，随他去吧！于是，不论前脚、后脚还是头跟尾，都顺其自然不再抵抗。

逐渐舒服起来。一时半会儿真说不清是痛苦还是欢快，也弄不清是在水中还是在客室。随他去吧，反正也无所谓了，只要觉得舒服就行。不对，就连是不是舒服也不知道了。日月星辰陨落，天地灰飞烟灭！我进入一个莫可名状的平静宇宙里。我死了，死后才得到平静，看来想要得到平静，唯有死路一条。

南无阿弥陀佛！南无阿弥陀佛！谢天谢地！谢天谢地！